新潮文庫

鏡影劇場

下巻

逢坂剛著

新潮社版

11724

鏡影劇場

下巻

48（承前）

倉石麻里奈(くらいしまりな)は、目を丸くした。

「なんですって」

古閑沙帆(こがさほ)は、麻里奈の驚きようにたじろぎながら、ことさら冷静に続けた。

「驚くのは、当然よね。わたしだって最初は、信じられなかったくらいだから」

麻里奈は、テーブルに載った報告書の最後の翻訳原稿と、本間鋭太(ほんまえいた)から返却された手稿の原本を、代わるがわる見下ろした。

「この続きを、本間先生が持ってらっしゃるって、ほんとなの」

「ええ。一枚目だけ、コピーをもらってきたわ」

トートバッグから、そのコピーを取り出す。

麻里奈は、ほとんど引ったくるようにそれを受け取り、さっと目を走らせた。

「わたしが見たかぎりでは、麻里奈から預かったこの手稿と、同じ種類の紙だった。

筆跡も同じだし、偽物(にせもの)とは思えないわ」

沙帆の説明も、麻里奈の耳にはいらないようだった。

やがて紙を持ったまま、くたりとソファに背を預ける。

「そんなことが、ありうるかしら。マドリードの古本屋で、倉石が掘り出した古文書の片割れが、日本にあったなんて」

「それも、解読と翻訳を頼んだ、当の本間先生の手元に、眠っていたのよ。信じられないでしょう」

麻里奈の目が、異様に光り始める。

「なんだか、いかがわしい気がするわ。沙帆が、うちの古文書を最初に持ち込んだとき、本間先生はすぐに自分の手元に、その片割れとおぼしきものがあるって、気づいたはずよね。それをおくびにも出さずに、黙って解読の仕事を引き受けるなんて、どういうつもりだったのかしら」

「わたしにも、分からない。でも、解読翻訳料のかわりにこの古文書がほしい、とくおっしゃったのは、半分半分に分かれていた報告書を、もとのとおり一つにしたい、とお考えになったからに違いないわ」

麻里奈は、コピーをテーブルに置いて、腕を組んだ。

「その報告書の後半が、なぜ本間先生の手元にあるのか、聞いてみたの」

「もちろんよ。偶然にしたって、あまりにも偶然すぎるし」

「それで、納得のいく説明があったわけ」

沙帆は考えた。

「なんというか、全面的に納得できる説明ではないけれど、そんなこともあるかもしれないな、という程度の説得力はあったわ」

「その説明、わたしもぜひ聞きたいわ」

「けっこうややこしくて、時間がかかるかもしれないわよ」

麻里奈が親指で、レッスン室の方を示す。

「近いうちに、生徒さんたちの発表会があるから、今日の帆太郎(はんたろう)くんのレッスンは、少し延びるはずよ。由梨亜(ゆりあ)も塾で遅くなるから、時間はたっぷりあるわ。よかったら、あとでまた一緒に、食事に行きましょうよ」

数日前の日曜日、老人ホームに倉石玉絵(たまえ)を見舞った帰りに、そろって食事をしたばかりだ。

しかしあの日は、老人ホームで思わぬ出来事があり、あまり気分が乗らない食事会になった。

新規まき直しも、悪くない気がする。

「じゃ、そうしましょう。話が長くなるけど、がまんしてね」

「ちょっと待ってね。お茶を入れ直してくるから」

麻里奈はソファを飛び立ち、キッチンへ姿を消した。

そのあいだに沙帆は、前日本間から聞かされた話を反芻し、順序立てて整理した。

新しい紅茶と、クッキーを載せたトレーを、麻里奈が運んで来る。

沙帆は、ジーボルトにまつわる部分を適当にはしょり、本間が語った後半部の報告書の由来を、そのまま麻里奈に話して聞かせた。

麻里奈は、驚いたりあきれたりしながらも、最後までよけいな口を挟まずに、聞いていた。

話が終わると、麻里奈はほとんど途方に暮れた様子で、ソファにもたれた。

「その、JJとかいう無関係のホフマンを、E・T・A・ホフマンの甥に仕立てるなんて、本間先生もやきが回ったわね。名字が同じで、お互いの年格好がそれに近いこと以外に、なんの根拠もないじゃないの」

「実のところ、JJの父親がETAの長兄のヨハンとは別人だ、ということは本間先生自身も、認めていらっしゃるわ。ただ、JJの楽才やら画才、文才、それに語学の才能などから、ETAの血筋がはいっているのではないか、と考えたくなる先生の気持ちも、分かるのよね」

「確かに、偶然の一致にしては共通点が多すぎるし、そこに目が向くのはしかたがない、と思うわ。でも学者としては、もう少し冷徹な見方をしなければ、いけないんじゃない」

「そのとおりね。でも、そこがホフマンにのめり込んだ本間先生の、本間先生たるゆえんだわ。いかにも浪漫派らしくて、いいじゃないの」

「それとこれとは、別でしょう」

麻里奈は、そう言い捨てて体を起こし、クッキーをつまんだ。

紅茶を飲んで続ける。

「でも、倉石がマドリードで見つけた古文書の続きが、日本の本間先生の手元にあったなんて、まさにロマンチックな話よね。こういう偶然には、かならず必然的な理由があるって、ユングかだれかが言わなかったかしら」

「ええと、シンクロニシティというやつよね、確か」

「そうそう、それよ。とにかく、ホフマンの日常行動に関する報告書を、ミーシャがヨハネスから受け取ったとして、彼女は夫の死後それをどう処分したのか。かりに、自分が死ぬまで手元に置いていたとしたら、そのあとだれの手に渡ったのか。夫婦のあいだにいた娘は、幼いうちに死んでしまったから、結局自然に散逸したとしか考えられないわよね」

「前にも話が出たけど、ミーシャが、死ぬまで報告書を持っていたとすれば、本間先生の先祖の道斎の手には、渡らなかったはずよ。先生の話によると、道斎は一八四〇年に五十六歳で、亡くなっているから」

麻里奈は、また腕を組んでソファにもたれ直し、眉根を寄せて言った。

「今さら、本間道斎の入手経路をたどっても、調べがつくとは思えないわ。本間先生が、そんなものを偽造するとは思えないし、沙帆が見て本物だというのなら、間違いないでしょう。先生はそれを、どうしようというつもりなのかしら」

いよいよ、話が核心にはいってきた。

沙帆は、できるだけ静かな口調で、麻里奈に尋ねた。

「この、最終回の解読原稿を読んだ感想を、聞かせてほしいわ」

麻里奈は、急に話題が変わったことに、とまどいの色を浮かべた。

「グレーペルの事件で、ホフマンとユリアの関係に終止符が打たれて、ちょうど区切りがついた感じね。この事件については、あちこちの資料に書き尽くされているし、わたしも卒論で詳しく触れたわ。ヨハネスの報告に、特別新しい情報は含まれていなかった、と思うけど」

「そのようね。ただし、ここで報告書が中断してしまうと、そのあとホフマンが作家として、本領を発揮した最後の十年のことが、分からないわよね。それを知りたい、と思うのが人情でしょう」

麻里奈の目が、貪欲な光を帯びる。

「それはそうよ。そのあとのことは、本間先生が持ってらっしゃる、後半部の報告書に書かれてるのよね、きっと」

「だと思うわ。それを、読んでみたいでしょう、当然」

探りを入れると、麻里奈はもの問いたげな視線を、向けてきた。

「何が言いたいのよ」

沙帆は、思い切って言った。

「お望みなら、後半部を解読翻訳した原稿を、引き続き提供してもいいと、そうおっしゃるのよ、本間先生が」

麻里奈の眉が、ぴくりと動く。

忙しく、考えを巡らしている様子が、目の色の変化で分かった。

麻里奈は背を起こし、口元にあざけるような笑みを、ちらりと浮かべた。

「そのかわりに、この前半部の報告書を引き渡せ、とでもいうの」

さすがに、勘がいい。

沙帆は、深く息をついてから、うなずいた。

「そのとおりよ。最後の切り札、という口ぶりだったわ」

麻里奈は、少しのあいだ沙帆を見返していたが、やがてまたソファに背をもどした。

右手を顎に当て、その肘を左手で支える。

「あざとい手を使うわね、本間先生も。こちらの足元を、読んでいる感じだわ」

「そうね。わたしも、そう思うわ。正直に言うと、わたしも続きを読んでみたいの。

それに、報告書が前後に分かれたままでは、収まりがつかないでしょう。さらに、この報告書にもところどころ欠けがあるし、後半部も最後までそろっておらずに、途切れているかもしれないわ」

「本間先生は、ホフマンが死ぬところまで書いてある、とおっしゃってるの」

「それについては、ノーコメントだった。量的には、この前半部と似たような厚さだったから、終わっていないような気がするわ」

麻里奈は姿勢を変えず、しばらく考えていた。

それから、両手を膝(ひざ)におろして、おもむろに言った。

「ちょっと、考えさせてちょうだい」

そのとき、インタフォンのチャイムが鳴った。

麻里奈が、反射的に立ち上がる。

「由梨亜が、帰って来たみたい」

ほとんど同時に、リビングのドアがあいて、レッスンを終えた帆太郎が、倉石学(まなぶ)と一緒にはいって来た。

49

古閑沙帆は、京王線柴崎駅の駅舎を出ようとして、大きく息をついた。

いよいよ、日差しが真夏のものになり、日陰にいても体が汗ばむ。さすがに、ストローハットでは間に合わず、日傘を用意して来た。

勤務先の修盟大学は、すでに夏休みにはいっており、授業はない。特定の文化団体や、課外活動の担当もしていないので、時間だけは十分にあった。

少しのあいだ、照りつける日なたに足を踏み出しかねて、青い空を見上げる。

まさか、あの出来事からわずか一週間後に、一人で〈響生園〉を訪れることになろうとは、予想もしなかった。

前夜、帆太郎と一緒に倉石学の一家と、本郷通りの東大赤門の近くにある、古いレストランで食事をした。

前回と違って、倉石夫婦も子供たちも屈託がなく、終始楽しく会話がはずんだ。

本間鋭太が、例の古文書の後半部を持っていた、という驚くべき話は麻里奈も沙帆も、持ち出さなかった。

その続きを読みたければ、古文書の前半部を引き渡してほしい、という本間の申し出についても、口をつぐんでいた。

どう対応するかは、倉石夫婦がゆっくり話し合って、結論を出せばいいことだ。

帰宅したあと。

事態は、沙帆がまったく予期せぬ方向に、急転した。

午後十一時過ぎ、自室で後期授業の準備を進めているとき、携帯電話が鳴った。

液晶画面には、発信者の名前が表示されておらず、数字だけが並んでいた。登録されていない番号だ。

未登録の相手からの着信は、基本的に無視することにしているので、当面出るのを控えた。

あるいは、だれかが登録ずみの知人に番号を聞き、かけてきたのかもしれないが、事前にその旨(むね)了解を求める連絡は、はいらなかった。

こんな遅い時間に、へたに出て何かの売り込みだったりしたら、腹が立つどころではない。

無視しよう、と思った。

しかし、未知の相手から電話がかかることは、めったにない。さらにまた、しつこく鳴り続けるので、ほうっておけない気分になった。

衝動的に、通話ボタンを押してしまう。

「夜分遅く、申し訳ございません。古閑沙帆さまの、携帯電話でしょうか」

相手は、聞き覚えがあるようなないような、女の声だった。

さま、などというばかていねいな呼びかけに、やはりセールスか何かだと悔やみつつ、そっけなく応じる。

「はい、そうですが」

「突然のお電話、お許しくださいませ。わたくしは、調布市柴崎の老人ホーム〈響生園〉で、介護士をしておりますミナミカワ・ミドリ、と申します。ご入居中の、倉石玉絵さまのご介護を、担当させていただいております。古閑さまとは先の日曜日、ご子息さまご夫妻とともにご来園いただいたおりに、お目にかかりました。その節は、失礼いたしました」

ていねいではあるが、流れるような切り口上の物言いを聞いて、沙帆はすぐに相手のことを思い出した。

あわてて、挨拶（あいさつ）を返す。

「こちらこそ、そのおりはお仕事中におじゃましまして、申し訳ないことをいたしました」

介護士の面前で、倉石玉絵に罵倒（ばとう）されたことを思い出し、冷や汗が出そうになった。

名前は聞かなかったが、見たところ五十歳前後と思われる、体格のいい介護士だった。園内の温室で、玉絵の車椅子（くるまいす）を押しているところへ、倉石夫婦と一緒に押しかけたのだ。

ミナミカワ・ミドリ、と名乗った介護士は口調を変えず、落ち着き払って続けた。

「どういたしまして。あのおりの、玉絵さまのお振る舞いにつきましては、古閑さまもさぞ驚かれたこと、と思います。ですが、こうした施設ではさほど、珍しいことではございません。それから、古閑さまのお電話番号は、先日お見えになったおりに、訪問者名簿に記入されていたものを、閲覧させていただきました」

沙帆は少し、憮然とした。

番号を知っている倉石学が、勝手に名簿に書き込んだにちがいない。

むろん、訪問者全員の連絡先を記入するように、決められているのかもしれないが、それならそうとあとからでも、言ってほしかった。

気持ちを切り替え、考えながら言う。

「介護士のみなさんも、たいへんですね。わたしも、そちらのような施設は初めてでしたので、いい勉強になりました」

「実は、そのことでご相談があるのですが、一、二分よろしいでしょうか」

そう切り出されて、反射的に身構えた。

「相談、とおっしゃいますと」

「少々、申し上げにくいのですが、倉石玉絵さまが古閑さまに、もう一度お目にかかりたいと、そうおっしゃっておられまして」

沙帆は驚き、絶句した。

ミナミカワ介護士が続ける。

「玉絵さまは、このあいだのご自分の振る舞いを、よく覚えておられます。ご自分が、古閑さまを見て冷静さを失い、心にもないことを口にしてしまったことを、悔やんでおられるのです」

それを聞いて、ますますとまどった。

「倉石さんのご主人によりますと、お母さまはいわゆる認知症が進んで、記憶障害がひどい、とのことでした。つまり、よく知っているはずの人を、まるで思い出せなかったり、知らない人をだれかと取り違えたりする、とうかがっていますが」

「はい、おっしゃるとおりです。ただ、ときどきその障害が寛解して、記憶力や判断力がもどる、ということもございます。ただ、いつどういうきっかけで、そうした寛解状態になるかは、予測がつかないのです」

「そのお話も倉石さんから、うかがったことがあります」

「率直に申し上げますと、今夜十時過ぎにその寛解のサイクルが、巡ってきたのです。急に、古閑さまにもう一度お目にかかって、先日のご無礼をおわびしたいと、そう言い出されました。あのおり、古閑さまが外国語で名乗られたのを、覚えておられたのです。ご迷惑とは思いますが、あした〈響生園〉の方まで、ご足労いただくわけには、まいりませんでしょうか」

急な申し出に、沙帆は携帯電話を持ち直した。

「ですが、あしたになればまたいつもの状態に、もどられるかもしれませんね。わたしに会いたい、とおっしゃったことなど、すっかりお忘れになって」

「はい、その可能性もございます。それで、たいへん恐縮なお願いですが、あしたの朝八時に、もう一度お電話させていただきたいのです。玉絵さまの症状が、もとの状態にもどっておられれば、お越しいただく必要はなくなります。ただ朝になっても、今の寛解状態が続いているようでしたら、ぜひともお越しいただきたいのです。今後の治療計画にも、大いにプラスになると思います。常駐しております、当園の担当医からもぜひお願いしてほしい、と言われておりますので」

その熱心な口調に、少々気おされてしまう。

沙帆は、素朴な疑問を、口にした。

「ちょっとお尋ねしますが、認知症のかたが一時的に寛解した場合、正常な状態でないときのご自分の言動を、記憶しておられるものなのでしょうか。お母さまの場合、わたしに当たり散らしたことも、覚えていらっしゃるようですが」

ミナミカワ介護士は、すぐには答えなかった。

少し構えた口調で言う。

「それは、正常時と非正常時で記憶の相互断絶はないのか、というお尋ねでしょうか」

専門的な意味合いの、堅苦しい問い返しに、いささか頭が混乱した。

「ええと、そういうことになる、と思います」

「それはケース・バイ・ケース、としか申し上げられません。いずれにせよ、明朝もう一度お電話を差し上げても、よろしいでしょうか」

押しつけがましく迫られて、逃げ道を探す自分を意識する。

「念のためお尋ねしますが、このことは倉石さんご夫妻にも、ご相談なさったのですか」

わずかに、間があいた。

「いいえ、お話ししておりません。玉絵さまから、ご子息にも奥さまにも知られずに、古閑さまお一人にお会いしたいのだ、と釘を刺されております」

沙帆はますます、困惑した。

「なぜ、そのようなことを、おっしゃるのでしょうね。まして、認知症の人が」

「わたくしにも、分かりません。あしたになれば、はっきりするのではないでしょうか」

最後の抵抗をする。

「前に、倉石さんからうかがったお話では、お母さまが正常な状態にもどるのは、せいぜい十五分か長くても三十分程度だ、ということでしたけれど」

「これまでは、そうだったと思います。だからといって、今度もそうだとは言い切れません。現に、玉絵さまは先ほどお休みになる前も、古閑さまに来ていただきたいと、同じことを繰り返しておられました。つまり、これでおよそ一時間、ほぼ正常な状態が、続いております。この分でしたら、あすもご心配いただく必要はない、と存じます」

そこまで言われると、もう断わる理由がなかった。

電話を切ったあと、ミナミカワ介護士が終始変わらず、名前に〈さま〉をつけて呼んだことを、思い起こした。

それが、ミナミカワ介護士個人の決めごとなのか、それとも〈響生園〉のしきたりなのか、分からなかった。

少し間をおいて、沙帆は義父母の信之輔とさつきの部屋に行き、明日柴崎へ行くことになるかもしれない事情を、ひととおり説明しておいた。

そしてこの朝、ふたたびミナミカワ介護士から、電話があった。

一夜明けても、玉絵は正常な意識を保ち続け、しきりに沙帆に会いたがっている、ということだった。

それでやむなく、柴崎に足を運ぶ次第になったのだ。

沙帆は思い切って、じりじりと日の照りつける街路に、足を踏み出した。午前中だというのに、すでに真夏日の暑さになっている。

約束した、十一時よりも十分ほど早く、〈響生園〉に着いた。

受付に来意を告げると、ミナミカワ介護士から聞いている、との返事だった。三〇一号の、倉石玉絵の部屋に直接行くように、と指示された。

ついでに、ミナミカワ・ミドリの字を尋ねると、〈南川みどり〉だと教えられた。

予想と違って、なんの変哲もない組み合わせに、拍子抜けがする。南川はともかく、ミドリは〈碧〉あるいは〈翠〉のような、凝った字を想像していたのだ。

樹木に囲まれた、五階建の赤レンガの建物にはいる。

天井の高いロビーを抜け、エレベーターで三階に上がった。三〇一号室は、廊下の東側の端にあった。館内は、外よりは涼しく感じられたが、あまり冷房をきかせていない。

ドアの前で、南川介護士がピンクのチュニック、ストレッチパンツの制服に身を固め、待機していた。

そばに行って、低く声をかける。

「おはようございます」

「おはようございます。けさほどはどうも、失礼いたしました」

例の、いかにも切り口上の挨拶に、ちょっとたじろいだ。

手土産に買ってきた、クッキーの箱を差し出す。

「控室のみなさんでどうぞ」

南川介護士は、遠慮せずに受け取った。

「玉絵さんのお加減は、いかがですか」

沙帆の問いに、介護士はいかつい顎を引き締め、力強くうなずいた。

「ゆうべと同じ、安定した状態でいらっしゃいます。ここ一年では、いちばんしっかりしておられます。どうぞ、玉絵さまとお二人だけで、お話しなさってください。それが玉絵さまの、ご希望ですので」

沙帆は、ほっとしたような困ったような、複雑な気持ちになった。

ためらいながら言う。

「お話ししている最中に、またこのあいだのような発作が起きたら、どうすればいいのですか」

「ベッドの枕元（まくらもと）に、赤い色の呼び出しボタンがありますから、それを押してください。すぐにわたくしが、駆けつけます。介護士の控室は、ここから十メートルも離れておりませんので」

そう言い残すと、南川介護士は返事を待たずに、くるりときびすを返した。

介護士が、少し先の控室に姿を消すのを待ち、沙帆はドアを控えめにノックした。

部屋の中から、小さく返事があったような気がして、ドアを押す。

50

中にはいると、廊下よりもいくらか涼しい空気が、身を包んで来た。

正面の窓際（ぎわ）に、白髪の婦人がこちらに背を向け、車椅子にすわる姿があった。

窓に目を向けると、薄手のレース越しにかすかに揺れる、外の木立が見える。

すぐ右手に洗面台と、バスルームらしきドアがあった。

窓の手前の、部屋の中ほどにベッドが据えられ、壁際に赤い押しボタンのついた、コードが下がっている。

沙帆は緊張しながら、倉石玉絵の背に声をかけた。

「先日は、失礼いたしました。古閑沙帆です」

そっけない挨拶になったが、ほかにどう言えばいいのか、分からなかった。

玉絵が車椅子を操作して、ゆっくりとこちらを向く。眼鏡はかけておらず、化粧気はない。顔立ちの整った、七十代半ばの上品な老婦人だ。

考えてみると、一週間前に会ったばかりなのに、ほとんど顔を覚えていなかったことに、思い当たる。記憶にあるのは、ガラス玉のように無機質に光る、目だけだった。

倉石学とは、やはりどこか面立ちが似ている、という気がする。

じっと見つめられて、沙帆は落ち着かない気分になった。

突然、玉絵が口を開く。

「ゼーア・エアフロイト（お目にかかれて、わたしもうれしいわ）。イッヒ・ハイセ・タマエ・クライシ（倉石玉絵といいます）」

そのドイツ語は、前回沙帆が玉絵に挨拶したのと、似たパターンだった。Rの発音が少し弱いが、ちゃんとしたドイツ語だ。

沙帆は、同じくドイツ語で応じようとして、思いとどまった。それをきっかけに、また玉絵が発作を起こしたりしたら、出向いて来たかいがなくなる。

「こちらこそ、お声をかけていただいて、ありがとうございます」

そう返事をすると、玉絵は不安げに眉をひそめた。

「とんでもない。かえって、ご迷惑だったでしょう。こんなところまで、おみ足を運んでいただいて」

「いいえ、どうかお気になさらずに。わたしも、きちんとお話ししたいと、そう思っておりましたので」

すらすらと、口をついて言葉が出てきたが、それはかならずしも嘘ではなかった。

玉絵の眉根が、さらに寄る。

「それに、あんなふうにあなたをののしったりして、申し訳なかったわ。いいえ、あなたをののしったわけじゃないんですよ。それに、ののしっている自分を意識していたし、それが見当はずれの相手だということも、分かっていました。でも、止まらなかったの。それをおわびしようと思って、介護士の南川みどりさんからあなたに、電話をかけていただいたわけ。許してくださいね」

その話し方を聞くかぎり、玉絵が認知症をわずらっているとは、とても思えなかった。

「おわびしていただく必要は、ありません。血のつながりもなく、面識もいただいていないのに、突然おじゃましたわたしが悪いのです」

「でも、それは学がどうしてもと言って、お誘いしたからでしょう」

「いえ、そんなわけでは」

そこで、言いよどむ。

実のところ、倉石にそう持ちかけられたのは、確かだった。

とはいえ、最終的には麻里奈に懇請されて、と言った方が正しいだろう。

ただしそれは、黙っていることにする。

玉絵は、接客用のテーブルに車椅子を寄せ、向かいの椅子を示した。

「どうぞ、おすわりになって。何も、おかまいできないけれど」

沙帆は、ベッドの裾(すそ)をすり抜けて、腰掛けにすわった。

あらためて言う。

「どちらにしても、ゆうべからお加減がよくなったご様子で、わたしもほっとしました。倉石さんにも、お知らせしなければ」

沙帆が言うと、玉絵は指を立てた。

「それはまだ、やめてちょうだい。きょう、あなたにここへ来てもらったことも、息子夫婦には言わないでいただきたいの。わたしが、認知症をわずらっていることは、間違いないわ。ドイツ語だって、ほとんど忘れてしまったし。ただ、ぼけていると思わせておく方が、楽な場合もあるのよ」

答えあぐねていると、玉絵は唐突に続けた。

「学は、あなたが好きなようね」

予想外の言葉に、沙帆はうろたえて上体を引いた。

「まさか。そんなことは、ありえません。お母さまの、考えすぎです。倉石さんには、麻里奈さんがいらっしゃいますし、彼女はわたしの親友でもありますから」

そう言いながらも、玉絵の勘の鋭さに驚く。

前まえから、倉石が自分に好意を抱いていることは、なんとなく感じていた。

ただ、それは悪い気がしないどころではなく、かえって迷惑なことでしかなかった。

玉絵は、花柄のブラウスの襟元に触れ、それから膝掛けの具合を直した。

「このあいだ、あなたをののしったことには、理由があります。あなたを見たとたん、昔知っていたある女を、思い出したからなの」

玉絵が、いきなり本題にはいったので、沙帆は身構えた。

ある女、という言葉に込められた敵意が、もろに伝わってくる。

「わたしが、そのかたによく似ていた、ということですか」

「そう。悔しいけれど、あなたと同じくらいか、さらに上をいくほどの、美女だった
わ」

あけすけな賛辞に、どう対応していいか分からず、居心地が悪くなった。

これまで、同性からも男性からも、そうしたうれしがらせを、言われた覚えがない。

死んだ夫でさえ、そんなことは一度も口にしなかった。

玉絵が、じっと見てくる。

「あなたをハト、と呼んだことを覚えていらっしゃる」

「はい。鳥のハトかと思いましたが、そうじゃありませんよね」

玉絵は笑ったが、すぐに真顔にもどった。

「ハトは、その女の名前よ。波を止める、と書いてハト」

波止という字を、思い浮かべる。

波止場の波止だろうが、あまり聞かない名前だ。

「お母さまは、その波止さんという女性と、仲たがいをされたのですか」

「仲たがい。そうね。ちょっと穏当すぎるけれど、そんな言い方もあるわね。波止は、
若いころわたしが愛していた男を、横取りした女なの。それも、わたしが妊娠してい
るあいだに、どろぼう猫のようにね」

玉絵の目を、憎しみを帯びた冷たい光が、ちらりとよぎる。

沙帆は、とまどった。

妊娠しているあいだ、とは倉石を身ごもっていたあいだ、という意味だろうか。

愛していた男とは、癌のために三十四歳で死んだ、と倉石から聞かされた父親の、久光創のことだろうか。

倉石によれば、玉絵と久光は正式に結婚したわけではなく、妊娠をきっかけに同棲したにすぎない、ということだった。しかも驚いたことに、玉絵が身ごもっていたのは別の男の子供、という可能性もあるとまで言った。

倉石が、何を根拠にそのように考えるのか、しかも妻の親しい友人である自分に、なぜそんなことを言ったのか、いまだに理解に苦しむものがある。

どちらにせよ、どれほど時間が過ぎようと、玉絵の憎しみは消えていないらしい。

そうした経験を持たない沙帆は、なんとなく背筋に寒気を覚えた。

自分を抑えて、率直に聞き返す。

「ののしっていらっしゃるあいだ、ずっとわたしをその波止という女性だ、と認識していらしたのですか」

玉絵は深くため息をつき、車椅子の背にもたれかかった。

「うまく説明できないけれど、あのときわたしは二人の自分に、分裂していたみたいだった。あなたをののしっているあいだ、それを温室の上の方から冷静に眺める、もう一人の自分がいたの。つまり、ドッペルゲンガー（分身）ね。あなたが、波止ではないことを知りながら、あなたをののしっている自分を、意識したわ。これも、認知症の症状の一つかしら」

答えようがなく、沙帆は口をつぐんだ。

玉絵が、口調を変えて言う。

「ともかく、なんの関わりもないあなたを、別の名前で呼んで口汚くののしったことが、気になってしまってね。確かに、あのときわたしの半分は、正常ではなかったわ。でも、あとの半分は自分が何をしているか、意識できる程度には正常だったの。ですから、きょうはその正常な方のわたしが、異常な方のわたしに代わって、あなたにおわびすることにしたわけ。許してくださるわね」

混乱しながらも、沙帆はうなずいた。

「もちろんです。わたしは少しも、気にしていません。むしろ、きょうは考えていたよりも、ずっとしっかりしておられて、安心しました。倉石さんに、報告したいくらいです」

それを聞くと、玉絵は頰を引き締めた。

「さっきも言ったけれど、きょうここでのことは学に、話さないでいただきたいわ。わたし、ときどきお芝居はするけれど、自分でも手がつけられないほど、おかしくなることもあるの。学に、よけいな期待を抱かせたり、逆に妙なお芝居はやめろとか言われるのは、つらいから。だって、いつまたあんな発作が起きるか、予測できないんですもの。分かるでしょう」

「はい」

短く返事をしたものの、沙帆はまた困惑した。

倉石家の、お互いに知られたくない家族同士の秘密を、自分一人に背負わされたようなかたちで、気分が重くなった。どうして、こんなめんどうな役回りに、なってしまったのだろう。

それを察したのか、玉絵がまた口を開く。

「わたし一人で、勝手におしゃべりしちゃって、ごめんなさいね。あなたの方で、何か聞きたいことがおありなら、聞いてくださっていいのよ。せっかくの機会だし」

「いえ、別にありません」

あわてて答えながら、沙帆はふと頭に浮かんだことがあった。

恐るおそる尋ねる。

「そういえば、このあいだもそうでしたけれど、お母さまはときどき倉石さんのことを、亡くなったご主人と間違われる、と倉石さんからお聞きしました。そのことはご自分で、認識していらっしゃるのですか」

それを聞くと、冷静だった玉絵の頰にぽっと、朱が差した。

「いいえ。そんな話は、聞いたことがありません。というか、わたしがそんな間違いを、するはずがないわ」

うろたえた、というほどではないにせよ、いくらか動揺したようだ。

とっさに、まずい質問をしてしまったか、と冷や汗をかく。しかし、中途でやめるわけにはいかない。

「そういうとき、お母さまは倉石さんに対して、マナブは元気でやっているから、心配しないでというようなことを、口にされたと聞きました。マナブは、倉石さんのお名前ですよね」

玉絵は、一瞬唇を引き結んだものの、やがて肩を落とした。

「ええ、そうね。そうだとすれば、やっぱり間違えたのかも、しれないわね」

すなおに認めたので、どうせならもう一歩踏み込もう、という大胆な気持ちになる。

「その際、お母さまは倉石さんのことを〈しゃあちゃん〉と、そうお呼びになるそうですね」

言い終わったとたん、玉絵はぎくりとしたように、背筋を伸ばした。

同時に、瞳(ひとみ)の色合いが急激に変化し、頰がこわばる。

立ち入りすぎた、と思ったがすでに遅かった。

「そんな覚えはないわ。たとえ、だれかの名前を呼んだとしても、死んだ主人の名前以外に、ないわよ。そんなこと、決まってるじゃないの」

にわかに、声が半オクターブほども高まって、口調がぞんざいになる。

危険を察知しながら、沙帆はもはやあとに引けない崖(がけ)っぷちに、立たされた気分になっていた。

思い切って続ける。

「倉石さんから、亡くなったご主人は久光創、というお名前だった、とうかがいました。愛称でしたら、ふつうは〈そうちゃん〉じゃないでしょうか」

「どう呼ぼうと、わたしの勝手でしょ。しゃあちゃんは、しゃあちゃんなの」

強い口調で、そう言い切った。

口ぶりにも目の色にも、悪い兆候が表れている。

沙帆は、急いで椅子を立ち、頭を下げた。

「どうも、おじゃましました。きょうのことは、倉石さんと麻里奈さんには、黙っていることにします。お母さまとわたしの、二人だけの秘密ということで、よろしいですか」

玉絵は、少しのあいだ沙帆をにらんでいたが、やおら肩の力を抜いた。

目の色が徐々に落ち着き、張っていた背中が少しずつ、柔らかくなる。

緩んだ唇から、かすれた声が漏れる。

「分かったわ。あなたとわたしだけの秘密、ということにしましょうね」

あっけないほど、弱よわしい口調になった。

「はい。それでは、失礼します」

沙帆は、ハンドバッグをしっかり握り締め、走り出したくなるのをこらえながら、戸口に向かった。

ドアの前で向き直り、もう一度挨拶する。

「おじゃまいたしました」

後ろ手にノブを探ったとき、玉絵が独り言のようにつぶやいた。

「しゃあちゃん。しゃるふ。しゃあちゃん。しゃるふ。しゃあちゃん、しゃるふ」

何を意味するか、沙帆は聞き返すこともできず、逃げるように部屋を出た。

最後の質問が、玉絵の心に強い刺激を与えたことは、確かだった。気持ちを落ち着けようと、足を止めて深呼吸をする。

そのとき、南川介護士が控室から、顔をのぞかせた。沙帆を見て、廊下を足ばやにやって来る。

「いかがでしたか」

「はい、ずっとしっかりしておられて、取り乱すご様子もありませんでした」

平静を装って応じると、南川介護士は感心したように腕を組み、顎を引いた。

「珍しいですね。このことは、やはり担当医と倉石さまに、お知らせしないと」

沙帆はためらったが、黙っているわけにいかない。

「その件で、お願いがあります。お母さまは、きょうわたしをここに呼び寄せたことも、正常な状態でお話しできたことも、倉石ご夫妻には報告しないでほしい、とおっしゃっています。わたしもそうする、とお約束しました。あとで、お母さまにも確認していただければ、お分かりいただけると思いますが」

南川介護士は、片方の眉をぴくりと動かしただけで、膝の裏をくすぐられたほどにも、表情を変えなかった。

「分かりました。どのようなお話をされたにせよ、わたくしもお尋ねしないことにいたします」

そう言い残すと、例のベテランの軍曹のような足取りで、控室へもどって行った。

＊

八月最初の金曜日。

本間鋭太は、顎を動かしながら言った。

「きょうは例のものを、持って来なかったようだな」

古閑沙帆は、膝に載せたトートバッグを、両手で押さえた。ふくらみ方からして、中に古文書の束がはいっていないことは、一目で分かったはずだ。

「持って来ていません。麻里奈さんは、先生がお持ちの古文書の解読原稿を、全部頂戴（ちょうだい）した上でお引き渡しする、と言っています」

倉石夫婦が、というより倉石麻里奈が、本間の申し出を受け入れたことは、三日前に電話で知らせてあった。

ただ、続きの原稿が全部手元に届くまでは、引き渡せないという条件については、言っていなかった。

本間が、派手な模様のアロハシャツの襟を引っ張り、皮肉な笑みを浮かべる。

「相変わらず、父親譲りのしっかり者だな。まあ、そう言うだろうと、予想はしていたがね」

名前は出さなかったが、また麻里奈の父親の寺本風鶏(てらもとふうけい)を、当てこすっている。

「先生は、ヨハネスの手記の後半部を、すでに解読翻訳しておられる、とおっしゃいましたね。それを、そっくりコピーしていただければ、麻里奈さんも引き換えに前半部を、先生にお渡しすると思います。これまでのように、週に一度いただくペースでは、だいぶ先の話になるでしょう」

本間は唇を引き結び、ソファの肘掛けをぽん、と叩(たた)いた。

「そうしたいところだが、このあいだも言ったように、翻訳はまだ草稿の段階でな。ひとさまに見せるには、もう一度初めからチェックして、手を入れ直さねばならん。したがって、当面はこれまでと同じペースで、きみにかよって来てもらいたい」

別に、もったいぶっているわけではなく、本間らしい完璧(かんぺき)主義のなせるわざ、と理解する。

「分かりました。ただ原稿料の方は、これまでのものも含めて無料、ということでよろしいのでしょうか。以前、そのようにおっしゃったのを、覚えておられますか」

念を押すと、本間はきざなしぐさで、肩をすくめた。

「ああ、覚えとるよ。そんなものを、受け取るつもりはない」

「それと、例のパヘスのギターを、倉石さんに譲ってもいい、とおっしゃった件ですが」

みなまで言わせず、本間が割ってはいる。

「それも、忘れてはおらんよ。ほしければ、いつでも取りに来るように、言ってくれ」

「いえ、そうじゃないんです。ギターに関しては、古文書引き渡しの条件に、はいっていません。三日前、麻里奈さんから連絡があった際、その話は出ませんでした。そもそも、倉石さんがここへパヘスを見にいらしたことは、麻里奈さんには内緒になっていますし」

本間は、少し考えて続けた。

「それなら、きみが自分の一存でわしと交渉して、倉石君に譲るように話をつけた、ということにすればいい。倉石君が持っている方が、ギターのためにもなるだろう」

思わぬ展開に、沙帆はむしろ困惑した。

「でも、それではあまり」

「むろん、ただでというわけにはいかんがね。代金は、ちゃんと頂戴する」

そうだろう、と思った。

「おいくらくらいですか」

「前にも言ったとおり、買値と同じでいい」

面食らってしまう。

「とおっしゃいますと、ハバナで買われたときのお値段、ということですか」

「そうだ」

冗談を言っているようには見えない。

「確か日本円で、一万円のものを五千円に値切った、とおっしゃいましたね」

「さよう。高すぎるかね」

思わず、笑ってしまう。

「まさか。でも、あのギターが本物のパヘスだとしたら、何百万もするんじゃありませんか」

「かもしれんが、それでもうけを出そうなどという考えは、性に合わん。くどいようだが、わしなどが持つより、倉石君の手元にある方が、ギターもしあわせじゃろうが」

じゃろうが、ときた。

頑固な本間にも、いいところがあるのだと見直して、沙帆は頭を下げた。

「分かりました。その件は、倉石さんにお伝えしておきます」

本間はぴょん、とソファから飛びおりた。

「ちょっと待っていてくれ」

洋室を出て行き、一分としないうちに、もどって来る。

手にした原稿の束を、テーブルに置いた。

「これが、ヨハネスの報告書の後半部分の、最初の原稿だ。ほかにも仕事があるので、目を通しておいてくれたまえ。三十分もしたら、もどって来るからな」

そう言い残して、またあたふたと部屋を出て行った。

51

【E・T・A・ホフマンに関する報告書・九】

――さぞかしあなたも、疲れたことだろう。

どこを走っても、起伏の多いでこぼこの道ばかりで、ひどく乗り心地が悪い。馬車での旅は、ＥＴＡやわたしのような男にとっても、難行苦行の連続だった。まして女性には、ほとんど耐えがたかったはずだ。

それだけではない。

行く先ざきで、ナポレオン軍と戦うプロイセンや、ロシアの軍隊と遭遇した。ご承知のように、戦争はもともと軍隊同士が戦うもので、われわれ一般市民が関わることは、めったにない。とはいえ、敵軍に妙な好意を示したり、まして内通したりなどすれば、無事ではすまぬこともある。

ＥＴＡは、政治問題にまったく関心がなかったが、ワルシャワ時代にフランス軍に追い出されて以来、すっかりナポレオン嫌いになっていた。

今回も旅の途中、プロイセンとロシアの連合軍に出会うと、ＥＴＡとわたしはあなたを宿に残して、しばしば司令部に足を運んだ。そのたびに、ＥＴＡはナポレオン嫌いを述べ立てて、司令部の好感を得るように心がけたものだ。

もっとも、そんな苦労など馬車旅行の苦しさに比べれば、どうということはなかった。

ドレスデンに着いたときは、あなたもさぞほっとしたことだろう。――（続く）

［本間・訳注］
前回の訳注で触れたとおり、ユリア・マルクがハンブルクの商人、ゲアハルト・グレーペルと結婚したあと、ホフマンはオペラ一座の座長、ヨゼフ・ゼコンダの招聘に応じて、ドレスデンに向かった。ホフマンにとって、ユリアのいないバンベルクになど、なんの未練もないようだった。

ただその前に、ホフマンは親しい友人のフリードリヒ・クンツと、出版契約を交わした。一八一三年の、三月十八日のことだ。

クンツは、ワインの販売を本業としていたが、同時に貸本業を営んでおり、さらに出版業にも乗り出そうとしていた。その契約は、ホフマンがこれまでに書いたものと、これから書くものを一冊にまとめて、『カロ風幻想作品集』なるタイトルのもとに、出版するという内容だった。

このタイトルは、ホフマンが十七世紀のフランスの銅版画家、ジャック・カロの作品に触発されて、つけたものだといわれる。ホフマンはその銅版画を、バンベルクの元行政長官、シュテンゲル男爵邸で目にして、感銘を受けたらしい。

それに先立つ二月、ホフマンはクンツ一家の肖像画を完成させ、バンベルク劇場の隣の〈薔薇(ばら)亭〉に、飾らせた。この絵は現在、バンベルクに残るホフマンの、かつての住居だった記念館に、保存されている。

その直後、著者デ・ラ・モット・フケーがみずから書いた、『ウンディーネ』のオペラ台本をもとに、作曲を開始する。これは、遺(のこ)されたホフマンの音楽作品の中でも、もっともよく知られたものの一つだ。ユリアの結婚で、ホフマンもようやく踏ん切りがつき、仕事に本腰を入れる決心を固めた、と思われる。

同じく二月の下旬、母親の実兄で伯父にあたる、オットー・デルファの遺産から、四百八十五ターラーが相続分として、ホフマンのもとに転がり込んだ。これは、古上着を売るなどして、糊口(ここう)をしのいでいたホフマンにすれば、天佑(てんゆう)といってもよい出来事だった。翌月、ゼコンダの要請を受け入れ、バンベルクを引き払って、ドレスデンへ行く決心をしたのも、この臨時収入があったからこそ、と推察される。

一八一三年四月二十日の夜、バンベルクを去るホフマン夫妻の送別会が、クンツ宅で開かれた。そのおり、ホフマンはクンツ夫人からこっそり、髪の毛を一束プレゼントされた、といわれる。ミーシャは、ヨハネスから受け取る報告書によって、夫ホフマンのクンツ夫人に対するひそかな関心を、よく承知していた。

しかし、ユリアへの異常な偏愛に比べれば、まだしもと考えていたふしがある。

ユリアへの執着が、クンツ夫人によって少しでも薄まるならば、それでよしとしたのかもしれない。

クンツが自慢するとおり、夫人は確かに美貌の持ち主だった。しかしミーシャには、それを上回る自信があった、とみられる。

ちなみに、ホフマン夫妻は翌四月二十一日に馬車を雇い、早朝ドレスデンへ向けて出発した。バンベルクからは、北東へおよそ二百七十キロの距離にあり、ヨハネスの報告にもあるように、戦線に近い地域を通過する危険も、少なくなかった。しかし、さいわい二十五日には無事に、ドレスデンに到着している。

――ETAが、ドレスデンに来て何よりがっかりしたのは、エルベ川にかかるエルベ橋が、なくなっていたことだった。

エルベ橋は、十三世紀に作られた歴史的建造物で、ETAはそこを訪れるのを、楽しみにしていた。

ところが前月、ナポレオン軍はドレスデンを撤退するにあたって、プロイセンとロシアの連合軍の追撃を防ぐため、橋を破壊してしまったのだった。

ETAが、どれほどその橋を見たがっていたかは、馬車の中でさんざん話を聞かされたから、あなたもよくご存じのはずだ。

橋が破壊されたことで、ETAのナポレオンに対する怒りは、ますます強まった。町は、ナポレオン軍を追い出した、プロイセン兵とロシア兵で、いっぱいだった。それまで、ドレスデンはフランスと同盟していた、ザクセン王国の首都だった。

しかし、今や市内にはプロイセンの国王、フリードリヒ・ヴィルヘルム三世と、ロシア皇帝アレクサンドル一世が、入城していた。

とはいいながら、いつまたナポレオン軍が攻めもどって来るか、予断を許さぬ状況にあった。

ETAにとって最大の誤算は、あてにしていたゼコンダの一座が、その時点でドレスデンの町に、いなかったことだ。

実のところ、一座はドレスデン、ライプツィヒの二つの町を拠点として、交互に公演を行なっていた。ETAが着いたとき、たまたま一座はライプツィヒで公演中で、ドレスデンにいなかったのだ。

ご承知のとおり、わたしたちはヴィルスドゥルファ街の、安ホテルに宿を取った。

ETAによれば、二月にはいってきた伯父の遺産のおすそ分けは、そこそこの額だったという。しかし、バンベルクで酒場などの借金を返済したあと、ドレスデンへの長旅に金がかかったため、ほとんど無一文だということだった。そのあたりは、あなたの方が詳しいだろう。

到着後ほどなく、わたしはかの文豪ゲーテがたまたま、ドレスデンに滞在しているとの噂(うわさ)を、耳にした。そこで、さっそくETAにそれを知らせ、会いに行ってみないかと声をかけた。千載一遇の機会でもあり、この際文豪の面識を得ておくことも、これからのETAの文学活動に、役立つだろうと考えたのだ。

しかしETAは、言下にそれを拒絶した。

以前クライストと、ゲーテに対する批判的な意見を交わしたこと、さらにゲーテが浪漫派作家の作品群を、不健全だと決めつけたことを持ち出して、わたしの提案をはねつけたのだった。

「そもそも、ドイツ人の血が流れているくせに、ナポレオンにすり寄る姿勢が、ぼくには気に入らないんだ。書くものは読むとしても、お近づきになりたいとは思わんね」

そう、うそぶくのだ。

わたしはあきらめきれず、せめてETAの刺(し)だけでも通じておこうと、滞在しているという城の司令部へ、一人で出向いた。

ところが、幸か不幸か文豪ゲーテは、わたしたちの到着と入れ違いに、ドレスデンを出て行ったことが分かった。

確かに、ゲーテは大のナポレオンびいきだったから、プロイセンとロシアの王が入城したドレスデンに、長居は無用と判断したに違いあるまい。

そういう次第なので、あなたもわたしがゲーテに会いに行ったことを、ETAには内緒にしておいてほしい。

着いた翌日、あなたもETAから聞いたと思うが、わたしたちは郊外のリンケ温泉に行き、そこでETAの幼なじみテオドル・ヒペルに、ばったり遭遇した。

ヒペルは政府の要職に就いており、プロイセン国王の随員の一人として、ドレスデンにやって来たという。首相のカール・フォン・ハルデンベルクの、秘書官を務めているとのことで、たいした出世ぶりだった。

バンベルクにいるあいだ、ETAはこのヒペルにほとんど手紙を書かず、不義理をしていたらしい。九年ぶりの再会だそうだ。それにもかかわらず、親しく旧交を温めることができて、とてもうれしそうだった。

さて、ETAもわたしも頼りのゼコンダが、ライプツィヒのどこにいるのか、知らなかった。

そこで、同じライプツィヒで楽譜会社を経営する、旧知のゴトフリート・ヘルテルに、ゼコンダへの中継ぎを頼むことにした。

ETAは、ヘルテルを通じてゼコンダに手紙を書き、ドレスデンでの窮状を率直に訴えて、ライプツィヒへ行く旅費を送ってほしい、と懇願した。

ETAもわたしも、そしておそらくあなた自身も、ゼコンダからの返信をじりじりしながら、待つことになった。

五月にはいっても、ゼコンダからはなんの便りもなかった。

一方、ナポレオン軍がふたたび勢いを盛り返し、ドレスデンに攻め寄せて来た。あちこちで、激しい市街戦が始まり、出歩くのさえ危険になった。

ETAはしかし、そうした砲煙弾雨をものともせず、戦場を歩き回った。

つい先日、ETAはわたしの腕をつかんで離さず、城門まで引っ張って行った。

城壁に当たった砲弾、銃弾が雨のように降り注ぐ中を、全速力で駆け抜けた経験のある者なら、その恐ろしさを十分に分かってもらえるだろう。

このときETAは、あなたになんと弁解したか知らないが、砲弾の破片を向こう脛(ずね)に受けて、負傷したくらいだ。

五月十二日には、フランス軍がみずから仮修復したエルベ橋のたもとで、騎兵隊や砲兵隊を観閲するナポレオンを、見かける機会に恵まれた。

ナポレオンは噂どおりの小男で、ETAは自分とさして変わらぬその体軀(たいく)を見て、感慨深げにこう言った。

「あの男が軍服を脱いだら、その辺の酒場の給仕と、変わるまいね。ぼくでさえ、この汚い服を脱げば、酒場の亭主くらいには、見えるだろうに」

十九日になって、ようやくゼコンダから返書と旅費が、送られてきた。ライプツィヒに来られたし、という待ちに待った朗報だった。

わたしたちは、一日も宿泊費をむだにしたくないので、翌二十日の朝乗り合い馬車に乗って、ライプツィヒを目指した。

その途上、思わぬ事故に遭遇した。

あなたは、負傷した上に気も動転したはずだから、事故の詳細を覚えてはおられまい。さいわい、ETAとわたしは軽傷ですんだので、事故の顚末(てんまつ)を詳しくお伝えしよう。

乗客は全部で、十二名だったと思う。

最初の宿駅は、ドレスデンの北西にあるマイセンの少し手前で、距離は三マイルと三分の一（プロイセン・マイル、約二十五キロメートル）ほどだった。

あとで馭者(ぎょしゃ)に聞いた話によると、目の前をよぎったふくろうの鳴き声に驚き、先頭の馬が突然走るのをやめて、竿立(さおだ)ちになった。さして、速い速度で走っていたわけではないが、そのためにほかの馬たちが足元を乱し、あっという間に馬車が転覆したのだった。

ＥＴＡもわたしも、ひどい衝撃を受けて一瞬意識を失ったが、すぐに正気を取りもどした。

あなたは、ＥＴＡの隣にすわっていたのだが、革の重たい鞄(かばん)が頭の上に落ちたらしく、額のあたりが血だらけだった。

ＥＴＡは、まっさおになって叫んだ。

「おい。ミーシャの頭が、割れてしまったぞ。どうしよう」

これほど、うろたえたＥＴＡを目にするのは、初めてだった。

わたしはＥＴＡに手を貸し、あなたを馬車の扉から外へ引き出して、道端の草の上に横たえた。白い布を裂いて顔をぬぐうと、額に人差し指ほどの長さの裂傷があり、そこから血が噴き出していた。

しかし、調べてみるとＥＴＡが言ったのと裏腹に、頭が割れた様子はない。気を失ってはいるが、それ以外に異状はないようだ。

「手を貸してくれ、お客さん」

駆者の声に振り向くと、下敷きになったらしい女の手足が、馬車の車輪のあいだからのぞいていた。

その洋服の模様を見て、出発前に自己紹介した、さる控訴院判事の夫人、と分かった。

それ以外の乗客は、なんとか馬車からはい出したらしく、みんな草むらの上にすわり込んでいる。血を流す者も、何人かいた。

判事は、妻を押さえつけている車輪を持ち上げようと、気が狂ったように馬車と格闘していた。

駆者が、ETAに言った。

「この先に、宿場があります。奥さんをそこまで、運んであげてください。宿場の者が、医者を呼んでくれるでしょう」

わたしが手を貸そうとすると、ETAは首を振ってあなたのそばに、ひざまずいた。

「ミーシャは、わたし一人で運べる。きみは、判事の奥さんを助ける手伝いを、してあげたまえ」

そう言うと、まるでヘラクレスが地球を持ち上げるように、意識不明のあなたを軽がると、両腕に抱き上げた。

わたしはしばらくのあいだ、その姿をぼんやりと見送っていた。

それからふとわれに返り、馭者や他の無事な乗客たちに手を貸して、車輪の下になった判事夫人を、引き出した。

夫人の状態は、見るも無残なものだった。

馬車が転覆した拍子に、重い荷物のはいった木箱が頭上に落ち、顔を直撃したと思われた。顔の半分がつぶれ、上半身は血まみれだった。

馭者は夫人のそばに膝をつき、かたちばかり怪我の状態を調べた。それから、わたしをむずかしい顔で見上げ、小さく首を振った。

わたしは、馭者の後ろからのぞき込もうとする判事を、道端へ引っ張って行った。

「お気の毒ですが、奥さんはもう息がないようです」

判事は憤然として、禿げた頭に青筋を立てた。

「そんなことは、ありえん。家内はわたしより、二十歳も若いのだぞ。わたしが無事で、家内が死ぬなどということは、ありえんのだ」

わたしは言葉を失い、その場に立ち尽くすしかなかった。

判事は、わたしの胸ぐらをつかまんばかりに詰め寄ったが、突然その場にしゃがみこんで、嗚咽を漏らし始めた。

わたしは判事の肩に手を置き、慰めようもなくその場に立ち尽くした。

突然頭に浮かんだのは、馬車の下敷きになったのが判事夫人ではなく、あなただった可能性もあるのだ、ということだった。

52

古閑沙帆は途中で読む手を止め、ワープロ原稿をテーブルに置いた。

この日はおそらく、三十五度近くまで気温が上がっており、アパートまで歩いて来るあいだに、汗びっしょりになった。

その汗が、ほとんど引いていない。

応接用の洋室は、本間鋭太がエアコンを入れてくれたものの、あまり効いているようには思えない。見るからに、時代遅れになった旧型のエアコンで、この猛暑には焼け石に水、という感じだ。

トートバッグから、途中で買ったスポーツ飲料を取り出し、三口ほど飲む。

窓の外から、喉を鳴らす鳩の声が、聞こえてきた。

餌でも探しに来たのだろうか。鳴き声が妙にものほしげで、ことさら暑苦しく感じられる。

あるいは、本間が何か鳩の好きそうなものを、まいたのかもしれない。野良猫に、わざわざミルクをやるくらいだから、鳩に餌を与えても不思議はない。

一息ついて、テーブルの原稿に目を向ける。

途中まで読んだかぎりでは、ホフマンはバンベルクを去ったあと、ドレスデンやライプツィヒで、しばらく仕事をするらしい。最終的にベルリンに居を定め、腰を据えて作家活動を開始するまでには、まだしばらく時間がかかりそうだ。

ドレスデンから、ライプツィヒへ向かう途中で事故に遭遇したことは、ざっと目を通したホフマン関係の資料で、一応承知している。しかし、これほど大きな事故とは、知らなかった。

ホフマンも妻のミーシャも、あまり運に恵まれた夫婦とはいえないが、惨死した若い判事夫人に比べれば、命に別状がなかっただけ救いがある。

バンベルクでデビューしたとき、ホフマンは指揮のやり方で不評を買い、音楽監督の座を棒に振った。

ところが、その後友人のホルバインが、支配人に就任する巡り合わせになると、少し運が向いてきた。道具係や衣装係、舞台装置制作係など、おもに裏方の仕事ではあるが、てきぱきと仕切って劇場を支えた。

もっとも、それだけでは生計を維持できない。

ホフマンは、ライプツィヒの〈ＡＭＺ（一般音楽新聞）〉に、ときどき音楽評論を寄稿したり、バンベルクの良家の子女にピアノを教えたりと、いずれにしてもさして金にならぬ仕事で、なんとかしのいでいたのだ。

稼ぎが悪い上に、二十歳も年下の少女にお熱を上げる、奇矯な性格の夫を持ったミーシャが、沙帆はつくづくかわいそうになった。報告者のヨハネスが、ミーシャに過剰なほどの同情を寄せるのも、もっともという気がする。

そんなとき、母方の伯父オットー・デルファが、ホフマンに遺産を分与してくれたのは、夫妻にとってめったにない幸運だったに違いない。二人の喜ぶ顔が、目に浮かぶようだ。

その割り前について、ヨハネスはそこそこの額だったとしているが、本間の訳注には四百八十五ターラーと、はっきり書いてある。

それでも、酒場の借金の清算とドレスデンへの旅費で、ほとんど使い果たしてしまったとすれば、たいした金額ではなかったように思われる。四百八十五ターラーが、今の貨幣価値にしてどれほどか知らないが、たぶん焼け石に水だっただろう。

それはさておき、同じく訳注に出発の前夜、フリードリヒ・クンツの家でホフマンが、クンツ夫人から髪の毛を一束もらった、とあったのには驚いた。

ヨハネスは報告書の中で、そのことにまったく触れていない。

これまでのいきさつからしても、ホフマンにとってバンベルク最後の夜に、ヨハネスが同席しなかったとは、考えられない。

たまたま、夫人がホフマンに髪の毛を手渡す場に、居合わせなかっただけなのか。

それとも、ミーシャの胸の内を忖度(そんたく)して、そのまま報告するのに忍びなく、書くのを控えたのか。

考えてみれば、どれほどクンツ夫人がさばけた女だったにせよ、夫やミーシャをはじめ人目のあるところで、そのような行為には及ばないだろう。当然、だれもいないときを見計らって、手渡したに違いない。

どちらにしても、そんなものを渡す方も渡す方なら、受け取る方も受け取る方だ。

沙帆の感覚では、とても理解しがたい振る舞いとしか、言いようがない。

とはいえ、その場面を想像するとひどく滑稽(こっけい)な気もして、なんとなく笑いたくなる。

分からないのは、本間がそうした二人の秘密のやりとりを、どこの資料から引いてきたのか、ということだ。たとえ孫引きにしても、出典が明らかにされていないため、嘘(うそ)かまことかも判然としなかった。

原稿を読むのを中断したのは、それが気になったからでもある。

ともかく、一連の報告書を読み続けてきた結果、ミーシャに対する同情の念は、深まるばかりだった。

沙帆は、もう一口スポーツ飲料を飲んで、ペットボトルをしまった。

原稿を取り上げ、先を読み始める。

＊

【E・T・A・ホフマンに関する報告書・九】続き

——あなたの怪我は、心配したほどひどいものではなかったし、ETAとわたしも軽い打撲傷ですんだ。

死人まで出るという、重大な馬車の転覆事故だったにもかかわらず、その程度の負傷ですんだのは、不幸中のさいわいというべきだろう。

現場は磁器の名産地、マイセンのすぐ手前だった。

顔中血だらけで、意識を失ったままのあなたを見て、宿場の人びとが親切に手を貸してくれたのは、ありがたいかぎりだった。

わたしたちは、マイセンから箱馬車を呼び寄せ、意識を取りもどしたあなたともども、宿場のはずれにある旅籠（はたご）屋に向かった。

医者が呼ばれて、あなたに応急手当をしてくれた。

そのあと、医者はETAとわたしを呼び寄せ、命に関わるほどひどい怪我ではないが、一日様子をみなければ正しい判断はくだせない、と言った。

翌日の再診で、一日まるまる休養してからにするなら、旅を続けてもよいとの許可が出た。

さらにその翌日、あなたもだいぶ元気を取りもどしたので、わたしたちはまた新たな箱馬車に乗って、ライプツィヒへ向かった。

到着したのは、五月二十三日（一八一三年）の夕方のことだった。

取り急ぎ、手近のホテル・フランスに宿を取ったのは、負傷したあなたを一刻も早く、休ませたかったからだ。

そこで、あらためて別の医師の往診を受け、あなたの怪我は回復に向かい始めた。

正直に申し上げるが、顔の一部にいくらか傷跡が残るのは、しかたのないことらしい。それに、天候の変わり目に頭痛が出る可能性も、避けられないという。

残念ではあるが、あの事故で若くして亡くなった、控訴院判事夫人のことを思えば、あなたもその後遺症に耐えられるもの、と信じている。

ホテル・フランスは、あなたにとってもETAにとっても、あまり居心地がよくなかった。ことに怪我人には、少々音がうるさすぎた。

それもあって、二日目からホテル〈ゴルデネス・ヘルツ（金の心臓）〉に、宿を移した次第だ。

このホテルは、芸術家のあいだに人気があることで、知られていた。あるじは、親しみを込めて〈役者たちのおやじ〉と呼ばれるほど、俳優のめんどうみがいいそうだ。

あなたが、そこでゆっくり養生しているあいだに、ETAにどんなことがあったかを、ざっとお伝えしよう。

ETAとわたしは、さっそく歌劇団の団長ヨゼフ・ゼコンダに、会いに行った。

ゼコンダは五十代前半の年ごろで、頭でっかちの小柄な男だった。あまり、芸術とは縁がなさそうに見えたが、上機嫌でETAを迎えてくれた。親切で愚直な男、という印象だった。

さらに、当地で楽譜出版社を営むゴトフリート・ヘルテルや、〈AMZ〉の編集長フリードリヒ・ロホリッツも、ETAの到着を心から歓迎してくれた。

この二人にとって、ETAは貴重な顧客でもあり、寄稿家でもある。二人がETAの到着を、ゼコンダ以上に喜んでくれたのは、当然だろう。

またライプツィヒでは、〈AMZ〉紙上にしばしば掲載される、卓抜な音楽評論の書き手として、ホフマンはかなりの知名度を得ていた。

バンベルクでの、あのよそよそしい扱い（もちろん、ユリアを巡るETAの振る舞いにも、責任の一端はある）に比べると、雲泥の差があった。

また、当地のゲヴァントハウス管弦楽団は、充実した編成を誇る歴史ある楽団として、よく知られていた。もちろん、技術的にもレベルの高い楽団だったから、ETAは音楽監督の仕事に、大いに意欲を燃やした。

ご存じのように、ナポレオン軍に占領されたこのライプツィヒも、ロシア軍がしだいに迫って来たため、不穏な空気が漂い始めていた。

市内には、占領軍による戦闘警報が頻繁に出され、その結果市民は危険と隣り合わせの生活を、余儀なくされた。あなたも身をもって、それを感じておられるはずだ。

したがって、毎日劇場に客が押しかけるという状況は、ほとんどなかった。その結果劇場は、不入りが続くことになった。

これは一座にとって、大きな痛手だった。

ついに、ゼコンダは六月五日になって、一座全員に契約解除を申し渡し、どこでも好きなところへ行ってくれ、と言い放った。

この解団宣言は、ETAや俳優たちはもちろん、道具係から切符売りにいたるまで、座員すべてにとって青天の霹靂(へきれき)だった。

このことをETAは、あなたに話さなかったかもしれない。

なぜなら、家計を預かるあなたが自分以上に、大きなショックを受けることが、分かっていたからだ。

ところがその直後、皮肉にも最悪の事態がいい方向に、転換することになった。

なぜならETAが、ゼコンダの最後通告を無視して上演した、モーツァルトの『フィガロの結婚』が、初日から大当たりを取ったからだ。

座員がみんな、必死になって舞台を盛り上げたことは、言うまでもない。

しかし、なんといっても、モーツァルトの解釈と指揮にかけては、右に出る者のないETAの存在が、大きかったのだ。そのことを、わたしは喜んであなたに、報告したい。

モーツァルトに関して、ETAが胸に抱いている強い自負は、ただならぬものがある。

先夜も、楽団員に舞台の構成と進行を説明するとき、ETAはこう言った。

「諸君。モーツァルトの音楽を、しんそこから理解している者は、この世に二人しかいないのです」

たまたまその場に、モーツァルトを〈AMZ〉で取り上げ続け、彼の天才ぶりを世に広めるのに功のあった、ロホリッツがいた。

ロホリッツは、興味深そうに聞き返した。

「それはいったい、だれとだれかね、ヘル・ホフマン」

ETAは言下に、こう答えた。

「言うまでもありませんよ。その一人は、モーツァルトです」

それを聞いて、だれもがきょとんとした。

わたしは、笑いをかみ殺した。

ETAは、モーツァルトその人を差し置いて、自分こそモーツァルトを理解する、第一人者だと言いたかったのだ!

そのとき、ロホリッツだけが小さく首を振って、苦笑いをした。

ほかの連中の多くが、ホフマン自身のことは認めるとしても、二人のうちの一人はロホリッツだ、と思っていたに違いない。

　しかし当のロホリッツには、ＥＴＡが何を言おうとしたか、分かったのだ。

　それが、苦笑いとなって、表われたのだろう。

　ともかくＥＴＡは、窮地におちいったゼコンダ歌劇団を、一時的にせよ救ったのだ。

大当たりの結果、『フィガロ』の公演はしばらくのあいだ続き、歌劇団はようやく一息ついた。

　すでにお分かりと思うが、その好評があちこちに広まったため、またもドレスデンの劇場から、ゼコンダにお声がかかる結果になった。

　かくて一座は、戦時下にあるライプツィヒを去り、わたしたちは六月二十四日の朝、ふたたびドレスデンへ向けて、出発したわけだ。

　あなたも、同じところを行ったり来たりするのは、わずらわしかっただろう。しかし、裏にはこういう事情があったことを、ＥＴＡのためにも理解していただきたい。

　ドレスデン行きが、前にもましてひどい旅だったことは、わたしも認める。

　ＥＴＡと、怪我が治りきっていないあなたのために、ゼコンダは二人用の二輪馬車を、仕立ててくれた。

　わたしは他の劇団員と一緒に、九台の箱馬車のうちの一つに乗ったが、これはひどいものだった。

道具係や、衣装係、雑用係の男女はまだしも、団員の子供や乳離れしていない赤ん坊、それに犬や猫や鶏、鸚鵡(おうむ)、リスなど、さまざまな動物が荷台に詰め込まれ、さながらノアの箱舟状態になったのだ。

ETAも言っていたが、ユーモア小説を書くつもりなら、この旅は話題に事欠かなかっただろう。

そこへいくと、二輪馬車はよほどましだった、と思う。それでも、あなたは怪我が完治しておらず、さぞ疲れたことと拝察する。

ともかく、ドレスデンにはあのユリア一家もおらず、クンツ夫妻もいない。ETAについて、あなたが心を悩ますようなことは、ここしばらくはないもの、と思われる。

とはいえ、あなたのご要望とあれば今後も、おりに触れて外でのETAの行状を、報告することにしよう。

53

また、喉が渇いた。

エアコンが、あまり効いていないせい、というだけではない。

古閑沙帆は、読み終わった原稿をテーブルに置き、またスポーツ飲料を取り出した。

二口飲んで蓋をしたとき、廊下に足音が響いた。

ペットボトルをしまい、引き戸が開くのに合わせて、長椅子から立ち上がる。

本間鋭太は、いつものようにソファに飛び乗り、指で沙帆にすわるように合図した。

沙帆は腰を下ろし、あらためて本間のいでたちを見た。

赤地に、白いスポット模様のついた、襟の広いアロハシャツ。

紺一色の、七分丈のズボン。ちぢみなので、色つきのステテコかもしれない。

本間は珍しく、まじめな口調で言った。

「ヨハネスの報告書も、バンベルクでのエピソードが長かったが、前回でようやくホフマンはユリアの呪縛から、逃れることができたわけだ。どうかね、今回の感想は」

沙帆は、少し考えた。

「ホフマンは、完全にユリアの呪縛から逃れられた、といえるでしょうか。本格的に、作家の道を歩み始めてからも、ほとんどの作品にユリア体験が、深い影を落とし続けている気がしますが」

全部を読んだわけではないが、ユリア体験を抜きにしては書けなかった、と思われる作品がいくつもある。極端にいえば、作家活動を開始する前に書いた、数少ない小品や断片をのぞいて、ユリア体験が影を落とさぬ作品はない、といってもいいほどだ。

本間が、眉根(まゆね)を寄せる。

「厳密にいえば、ホフマンは生涯ユリア体験から、逃れることができなかった。しかし、多かれ少なかれ、ホフマンの作品は曲がりなりにも、その体験を昇華して仕上げられたもの、とみていいだろう」

いつも明快な本間にしては、妙に奥歯にものの挟まったような、あいまいな口ぶりだった。

正直に言う。

「わたしは、ホフマンの専門家ではありませんし、忠実な読者というわけでもないのですが、それでもホフマンの相当数の作品に、ユリア体験が生なましく表出されている、という気がします」

「たとえば、何かね」

「たとえば、『犬のベルガンサの運命にまつわる最新情報』なんかは、もろにユリアとグレーペルの結婚を、皮肉った作品でしょう」

この作品は、主人公の〈わたし〉と人間の言葉を話す犬、〈ベルガンサ〉との対話小説だ。

かの、セルバンテスの〈模範小説集〉の一つ、『犬の対話』の形式にならったもので、ベルガンサの名もそのまま、借用している。

ベルガンサは、ユリアをモデルにした美少女、ツェツィリアの愛犬だ。母親の意向で、ツェツィリアは金持ちの飲んだくれ、ジョルジュと結婚することになる。

ジョルジュは、ドイツ人ならゲオルゲに当たるが、頭に〈ムシュウ〉がついているからには、フランス人という想定だろう。

この男が、グレーペルをモデルにしていることは、一目瞭然（りょうぜん）に分かる。

新婚の夜、ジョルジュはツェツィリアに挑みかかったあげく、ベルガンサにあちこち噛（か）みつかれ、さんざんな目にあわされる。明らかに、ポンマースフェルデン事件を想起させる、あわれな役を振り当てられている。

本間は、さもおかしそうに、くくっと笑った。

「あれは、皮肉ったというよりも当てこすった、あるいはののしり倒した、といった方がいい作品だ。ただ設定が露骨すぎて、いささかおとなげない感じが、しないでもない。それにツェツィリアのせりふ、〈ああ、だれもわたしのことを、分かってくれない。母親でさえも〉というくだりは、一八一二年四月二十五日にホフマンが、ユリアの言葉として日記に書き込んだ文句と、そっくり同じではないか。まさに、露骨極まりないしわざだ。研究者はだれも、そこまで指摘しとらんがね」

記憶をたどったが、その文言をヨハネスの報告書や、本間の訳注で目にしたかどうか、思い出せない。

「ほかにも、ホフマンの作品でそういう例が、あるのですか」

「断定はできんが、わたしの知るかぎりではなかった、と思う」

珍しく、本間が〈わたし〉と言ったので、沙帆はつい身構えた。

「自分の作品に、過去の恨みつらみをぶつけるなんて、よく考えると子供じみていますよね」

本間が苦笑する。

「あの作品を書いたのは、まさに児戯に類する振る舞い、というべきだろう。しかし、それでどうにかガス抜きを果たしたあげく、その後作家として後世に残る作品を、書いたわけだ。ドイツ文学にとっては、それでよかったんじゃないかね」

沙帆は、またスポーツ飲料を飲みたくなったが、本間の手前がまんした。

「要するに、ベルガンサを書いた時点では、まだユリアを巡るもろもろの出来事が、昇華しきれていなかった、ということですね」

「その後の作品を見渡しても、ホフマンがユリア問題を完全に昇華した、という形跡はないな」

本間が、さっきとは逆のことを言ってのけたので、沙帆はつい笑ってしまった。

本間の中でも、ホフマンに対するアンビバレントな感情が、交錯しているらしい。

「ずいぶん、手厳しいですね。ホフマニアンの、本間先生にしては、ですが」

そう指摘すると、本間は唇をへの字に曲げた。

「わしは、ホフマンとホフマンの作品を、ドイツ文学史のどこか適当な場所に、押し込もうというばかげた努力を、するつもりはない」

今度は〈わし〉になった。

もったいぶった言い回しだが、何を言いたいかは分かる気がする。

「そうしますと、ホフマンと対峙(たいじ)する本間先生のスタンスは、どういうことになるのですか」

ためしに聞き返すと、本間は露骨にいやな顔をした。

「対峙だのスタンスだのと、むずかしいことを言いたもうな、きみ。わたしは、ホフマンの作品を作品として読むのではなく、ホフマンという人間の本性を知るための、道しるべとして読んどるんだ。もっと言えば、わしはホフマンその人になりきろうとして、読んどるといってもよい」

沙帆は、めんくらった。

いつの間にか、〈わし〉と〈わたし〉が、ごっちゃになった。めったにないことだが、だいぶ頭の中が混乱している様子だ。

本間はホフマンを理解するために、ホフマンその人になりきろうとして、ホフマンらしく振る舞うようになった、ということかもしれない。

ややこしいが、そうとしか考えられない。

口を開こうとしたとき、閉じきってなかった入り口の引き戸の隙間（すきま）から、猫の鳴き声が聞こえた。

とたんに、本間はぴょんとソファから飛びおり、戸口へ行った。

猫を抱き上げてもどり、またソファに飛び乗る。

本間の膝の上で、黒と濃灰色の縞（しま）模様の、しっぽの長い大きな猫が、沙帆を見てふうとばかり、鼻息を荒くした。

牡猫（おすねこ）ムル。

飼い猫ではなく、時間がくるといつも本間にミルクをねだる、ただの宿なしだ。

本間から、『牡猫ムルの人生観』の主人公と、同じ名前を与えられたこの猫は、小説のムルと同じように、こざかしげで、ふてぶてしい顔つきをしている。

以前、奥の部屋の窓の外でばったり出会ってから、ムルは沙帆に敵意を抱いているようだ。

本間は、ムルの首筋をなで回しながら、おもむろに言った。

「ホフマン夫妻が、ライプツィヒへの途上で事故にあった話は、知っていたかね」

話が進んで、沙帆はすわり直した。

「はい。どこかで、読んだ記憶があります。ただ、そんなにひどい事故だとは、知りませんでした」

「ヨハネスも書いているが、死んだのが控訴院判事の夫人ではなく、ミーシャだった可能性もあったんだ。もし、そんなことになっていたら、それ以後のホフマンがどうなっていたか、分からんぞ」

「とおっしゃいますと」

「音楽家としてはもちろん、作家としても後世に名を残すほどの存在には、なっていなかっただろう、ということさ」

「逆にいえば、それだけミーシャの存在が大きかった、ということですか」

「さよう。ホフマンの存命中も死後も、ミーシャが表舞台に出ることは、ほとんどなかった。ユリアの一件で頭にきて、しばらく日記帳を取り上げることくらいしか、目立ったエピソードを残さなかった」

「それでも、ヨハネスなる人物に頼って、一緒にいないときの夫の行動や振る舞いを、報告させていたわけですね」

「ホフマンにとって、ミーシャが辛抱強い妻であり続けたのは、その報告書のおかげかもしれんよ」

そういう見方も、成り立つのか。

沙帆はそれで一つ、思い出すことがあった。

「今回の報告書の中に、ちょっと首をかしげたくなるようなことが、一つありました」

「どんなことかね」

「ドレスデンへ発つ前夜、クンツの家でホフマン夫妻の送別会が、開かれましたね。そのおり、クンツ夫人はホフマンに、自分の髪を一束プレゼントした、とありました。ただこのエピソードは、先生の訳注にそう書かれていただけで、ヨハネスの報告書の中にはいっさい、記載がありませんでした。もちろん、二人がこのようなひそやかな行為を、人前でするはずはない、と思います。したがって、ヨハネスが知らなかったのは当然ですし、そのために報告書から漏れたのでしょう。かりに目撃していれば、ヨハネスはたとえおためごかしにせよ、ミーシャに報告せずにはいなかった、と思います。機会さえあれば、ミーシャの歓心を買おうとする、油断のならない人物ですから」

一息に言ってのけると、本間はムルをなで回す手を止めて、つくづくと沙帆を見た。

めったにない長ぜりふに、あっけにとられたようだ。

顎(あご)を引いて言う。

「それが、どうかしたかね」

沙帆は、息を吸い込んだ。

「だれも見たはずがない、髪の毛の受け渡しのエピソードを、先生はどこからお引きになったのですか。原典となった研究書なり、資料なりを教えていただければ、と思います」

それを聞くなり、本間は笑い出した。

その笑い方は尋常ではなく、もう少しでムルを膝の上から投げ出しそうな、ただならぬ笑い方だった。腹を抱える、という表現がぴったりかもしれない。

ムルは、いやな鳴き声を上げて身をもがき、本間の膝から床に飛びおりた。

そのまま、引き戸の隙間をすり抜けて、廊下へ逃げ出す。

本間は、それにも気づかぬげに手を叩き、笑い続けた。

あまりのことに、沙帆は憮然とした。

「何か、おかしいことを申し上げましたか」

本間が、ほんの思いつきで書いたでまかせに、まんまと乗せられたような気分になり、ついむっとしてしまう。

すると、そんな沙帆の顔つきに気がついたらしく、本間はようやく笑うのをやめた。

にじんだ涙を、小指でこそげ落とすようにしながら、すなおに謝る。

「いや、失敬、失敬。きみが、不審をいだくのも、もっともだ。常人の感覚からすれば、確かにその疑問が残るだろう。このエピソードの出典は、おそらくもっとも信頼できる資料から、出たものさ」

沙帆は何も言わずに、本間をじっと見返した。

本間は姿勢をあらため、顔を引き締めて言った。

「当のホフマンが、バンベルクを発つ前日に書いた日記に、クンツ夫人から〈Haarlocke〈ハアルロッケ=巻き毛〉〉を一房もらった、と書いとるんだよ」

まさか、ホフマン自身が日記に書き込んだとは、思いもしなかった。

呆然とする。

言葉を失った沙帆に、本間は淡々と続けた。

「実のところ、正式の送別晩餐会はクンツの家で、四月十九日に開かれていた。翌二十日は、最後にもう一度クンツ夫妻を訪れ、あらためて涙ながらに別れを告げた、ということらしい。そのときに、ホフマンはクンツ夫人から、髪の毛をもらったわけだ」

沙帆は考えがまとまらず、口をきくこともできない。

気を落ち着けて、頭の中を整理する。

ホフマンは、一八一一年五月十八日にユリアを巡って、ミーシャと初めて喧嘩した。そのあげく、ミーシャに日記帳を取り上げられて、その年いっぱい中断したままになる。

翌一八一二年、一月一日からふたたび日記をつけ始めるが、ミーシャが盗み読みしているのを承知で、相変わらずユリアへの思いを書き綴っていく。

しかも、ばれているのを知りながら、〈Ktch〉の記号を使い続ける。

さらに、相変わらず外国語で不都合な箇所を韜晦するなどして、母国語以外の言語に暗いミーシャの目を、くらまそうとする。

それでもミーシャは、ホフマンのユリアへの強い恋慕の念が、途切れていないことを承知していた。

ただ、そうこうするうちにユリアに婚約話が持ち上がり、ハンブルクの商人グレーペルとの結婚が、実現してしまう。

そのために状況が大きく変わり、ミーシャはさすがに夫のユリア熱も、冷めるに違いないと思ったはずだ。

それで日記の継続を、放任したのだろう。

沙帆は、一つ深呼吸をした。

「確かに、ユリアが結婚してバンベルクを去ったあと、ホフマンは気心の知れたクンツ夫人に、関心を移したかもしれません。でも、町を去るに当たって髪の毛をもらう、とはどういうことでしょうか。しかも、ミーシャが盗み読みしている日記に、わざわざそれを書きつけるなんて、とうてい信じられませんね。ミーシャが読めば、気を悪くするどころではなく、頭にきて怒り狂うでしょう。ホフマンにしたって、わざわざ自分から波風を立てることはない、と思われませんか」

本間は、唇をぐいと引き結んだ。

「いかにも、きみの言うとおりだ。しかし、何か理由があるかもしれん。あるとすれば、二つ考えられる。一つは、ついにホフマンが居直って、いいことも悪いことも区別せず、すべてミーシャに知らせるようにする、と決めたからではないか。やぶれかぶれというよりも、ミーシャならなんでも許してくれるだろう、という一種の甘えみたいなものだ」

とむねをつかれ、うなずいてしまう。

それは確かに、ありうるかもしれない。

「もう一つの理由は、なんですか」

「当時のプロイセンや、その周辺諸国の人びとのあいだに、親しい者が旅立つのを送り出すとき、記念に自分の髪の毛の一部を切り取って、相手に渡す風習があったのではないか、という見方だ。確証はないが、可能性としてはゼロではない、と思う。どうかね」

沙帆は、返事に詰まった。

そのころのヨーロッパに、そうした風習があったという話は、耳にしたことがない。まず、ありそうもない気がするが、絶対にないともいえないだろう。

やむをえず、あるかもしれないという前提で、返事をする。

「それが、当時の風習だったとするならば、ホフマンが日記にその事実を書き込んでも、ミーシャの気分を害することはなかった、という解釈ですね」

「そうだ。ただ、わしも当時のドイツの風俗習慣に、それほど明るいわけではないから、なんともいえんな」

「ただ、もしそのとおりだとすれば、クンツ夫人はみんなのいる前で、髪の毛を渡したはずです。ヨハネスが、そのことを書き留めていないのは、なぜでしょうか」

「それは、当然その場にミーシャも同席して、すでに承知していたからだろう」

本間のたくみな解釈に、沙帆は反論できなかった。

あきらめて言う。

「いずれにせよ、ミーシャがホフマンの日記の、その日の書き込みを読んだかどうか、分からないわけですね。そして、読んだとしてもそれにどう反応したか、なんの記載もないのでしょう」

本間は、いかにもしぶしぶという感じで、うなずいた。

「それはまあ、そのとおりじゃな」

そう言ってから、ふと思いついたように、付け加える。

「そうだ。冷蔵庫に、麦茶が冷えとるはずだ。すまんが、きみの分と一緒に二つ、持って来てくれんかね」

54

本間鋭太は、麦茶を一息に半分飲んだ。

古閑沙帆も、少しだけ口に含む。

グラスを置いて、本間は言った。

「きみが、全面的に納得しておらぬことは、わしにも分かる。しかし、限られた少数のデータから、できるだけ正確な事実を導き出すには、それなりの大胆な推論が必要になる。ことに、二百年も昔の出来事となれば、なおさらだ」

「このあいだの、J・J・ホフマンとビュルガー、それにご先祖の本間道斎の関係も、そういうスタンスでとらえるのが、妥当かもしれませんね」

先日本間から聞かされた、ヨハネスの報告書の後半部分に関する伝承を、ひとまず念頭に置いて、そう言った。

すると、本間はいかにも居心地が悪そうに、ソファの上でもぞもぞと動いた。

「ともかく、この貴重な報告書の後半部分が、先祖の本間道斎から伝わったことは、間違いない。道斎と高橋作左衛門、あるいはジーボルトとビュルガー、Ｊ・Ｊ・ホフマンの関係を考えると、その筋から巡り巡ってきたもの、と考えても無理はないだろう。むろん、ＪＪとＥＴＡの家系のあいだに、血縁なりそれに近い関係があった、としての話だがね」

前回の、口角泡を飛ばさぬばかりの弁舌に比べて、だいぶボルテージが落ちたようだ。

しかし、偶然の積み重ねとはいいながら、沙帆はその推理の組み立てに、興味を抱いていた。突飛には違いないが、まったくの無理筋とまでは、いえない気がする。

思い切って言う。

「実はあのあと、先週先生のお話に出てきた、本間道偉という医者の家系を、調べてみたのです。そうしたら、医学関係のある専門雑誌に掲載された、医家としての本間家に関する論文が、見つかりました。それによると、最初に医者として一家を興したのは、元和年間に大垣藩士の息子として生まれた、本間道悦という人物だそうです。道偉は、道悦から数えて七代目に当たり、その息子の玄調は八代目になります。玄調は水戸藩に仕えて、名医と称えられたそうです」

黙って聞いていた本間が、初めてうなずいた。

「なるほど。それで、道偉に宛てた玄調や玄俊の手紙類が、静嘉堂文庫の小宮山楓軒叢書に、残されたわけだ。楓軒は水戸藩士で、よく知られた碩学だったからな」

その口調から、沙帆がもったいぶって披露した逸聞を、すでに承知しているらしいことが、察せられた。

おそらく静嘉堂文庫にも、とうに足を運んだに違いない。

沙帆の顔色を見て、本間が慰めるように言う。

「ともかくきみが、いくらかでも追跡調査をする気になったのは、まことにもってけっこうなことだ」

沙帆は少し、気を取り直した。

「先生のご先祖の道斎と、医家の本間一族とのあいだに、なんらかの血縁関係があるとすれば、問題の小宮山楓軒叢書の中に、それを証拠立てる系図や手紙の類が、残っているかもしれませんね」

本間は、つるりと鼻の下に指をすべらせ、眉を八の字に寄せた。

「残念ながら、それを示唆する証拠らしきものは、何も残っていなかった。結局、本間道斎と本間道偉の関係は、J・J・ホフマンとE・T・A・ホフマンの関係と同じく、きわめて近いようでいて遠いもの、とみた方がいいだろうな」

悟りきったような口調に、沙帆はむしろ本間をけしかけたい、という気持ちになった。

「でも、現にヨハネスの報告書の半分が、本間家に代々伝わってきたわけですから、その由来を追求する価値は十分にある、と思います」

本間は、珍しくたじたじとなった様子で、残りの麦茶を飲み干した。

そのとたん、窓の外からあわただしい物音と、何かの鳴き声が起こった。

次いで、喉の奥から絞り出すようなうなり声と、鳥が飛び回る激しい羽音がする。

沙帆は驚いて、思わず腰を浮かした。

本間が、ハチドリのようなすばやい動きで、ソファから飛びおりる。

一直線に窓際に突進して、ガラス窓をがらりとあけた。

「こら、ムル。鳩に手を出してはならんと、あれほど言ったではないか」

そうわめきながら、出窓の鉄格子を拳でどんどん、と叩く。

また激しい羽ばたきが聞こえ、庭のあちこちに鳥の羽根が飛び散るのが、鉄格子のあいだから見えた。

続いて、鳥がばたばたと飛び去る羽音がして、同時にびっくりするほど高く跳躍する、ムルの姿が目に飛び込む。

「こら、やめんか、ムル」

どうやらムルは、鳩を襲おうとして取り逃がしたらしく、不満げに一声長ながと鳴いたあと、静かになった。

窓のすぐ向かいに、隣家の板塀が迫っていることを思い出し、沙帆はあわてて本間のそばに行った。

「先生。あまり、大きな声でおどなりになると、お隣に聞こえますよ」

しゃれを言ったつもりはないが、なぜか舌がもつれそうになる。

本間は、乱暴にガラス窓を閉じて、沙帆の方に向き直った。

「もう、とっくに聞こえとるよ。ムルが何かしでかすと、いつも隣の家のばあさんがわしより先に、どなるんじゃよ。きょうは、わしが先手を取ったがな」

自慢げに言ってから、沙帆に指を振り立てる。

「それと、〈おどなりになる〉なんぞという日本語は、聞きたくもない。〈おどなり〉と〈おとなり〉の語呂あわせも、願い下げだ」

「あの、それはたまたま、なんですけど」

本間は取り合おうとせず、ソファにもどって飛び乗った。

沙帆も、長椅子にすわり直し、息を整えて聞く。

「こちらの庭には、鳩が来るのですか」

「来る。どうも、隣のばあさんが塀越しに、トウモロコシだか麦だかを、ばらまいとるらしい。それで、ムルが鳩にちょっかいを出すのを待って、どなりつけるという寸法だ。まったく、根性の曲がったばあさんよ」

そのとたん、沙帆はほとんど何も考えずに、言ってしまった。

「鳩といえば、このあいだ波止という名前の女性がいる、という話を聞きました」

本間の目が、ちらりと動く。

「ハトという名前の女、と言ったかね」

聞き返され、逆にとまどいを覚えたが、すでに遅かった。

「はい。波を止める、波止場の波止、と書くそうです。珍しい名前ですよね」

そう応じたものの、よけいなことを口にしてしまった、という後悔の念がわいた。

二週間ほど前、〈響生園〉で初めて倉石玉絵に、ハトの名でののしられたとき、〈鳩〉という字が頭をよぎったことを、思い出す。

そのあと、出口へ向かいながら麻里奈と、〈ハト〉はまさか鳥の鳩じゃないわよね、などと話した記憶もよみがえった。

たった今鳩の話になって、ついその連想が働いたのだ。

「どこで、その名前を聞いたのかね」

本間の声がして、われに返る。

「ええと、どこだったかしら」

つい、しどろもどろになった。

倉石の名前を出さずに、うまく話を取りつくろえないだろうか。

本間が、ほとんど無意識のような動きで、グラスに手を伸ばす。

口をつけて飲もうとしたが、グラスがからだということに気づいて、唇をへの字に曲げる。

ばつが悪そうな本間の様子に、沙帆はトレーを取って立ち上がった。

「お代わりを、お持ちしましょうか」

本間は顎を引き、沙帆を見上げた。

「ああ。ああ、そうしてくれ」

いかにも、ほっとしたように頰を緩め、グラスをトレーに載せる。

沙帆は、自分が飲み残したグラスも載せて、廊下に出た。本間と同じように、なんとなく救われた気分だった。

キッチンで麦茶を入れ替えながら、どう話を持っていこうかと考える。

どのみち、倉石のプライバシーに触れないためには、作り話をするしかあるまい。

洋室にもどると、本間はどことなくわざとらしいしぐさで、自分の打ち出したワープロ原稿を、めくり直していた。

沙帆が席に着くなり、待ってましたと言わぬばかりの勢いで、グラスを取り上げる。

また、一息に半分ほど飲んでから、ゆっくりとソファの背にもたれた。

沙帆を見て、前置きもなく言う。

「二週間ほど前の日曜だかに、倉石夫妻と一緒に彼の母親を見舞いに、どこかの施設へ行ったそうだな」

沙帆は、その不意打ちにしんそこ驚いて、背筋を伸ばした。

「そのこと、どうしてご存じなんですか」

たとえ雑談にせよ、本間にそんな話をした覚えはない。

それどころか、玉絵のことはこれまでに一度も、話題にした記憶がなかった。

いや、もしかして何かの拍子に、話したことがあっただろうか。

頭の混乱が収まらないうちに、本間は肘掛け(ひじ)に肘を突っ張って、話を続けた。

「由梨亜くんが、先週の金曜日にレッスンを休む、と言って電話してきたときに、教えてくれたのさ。両親ときみが、老人ホームにいる祖母を訪ねた、とね。子供たちは、行かなかったそうだが」

体から、力が抜ける。

聞いてみれば、別になんの不思議もない話だ。

しかし、倉石由梨亜が断わりの電話を入れたとき、なぜそんな話題を持ち出したのか、分からなかった。

むろん、由梨亜は倉石家の一員だから、話そうと話すまいと自由だ。

とはいえ、由梨亜の側に本間に話すべき、なんらかの理由があったのだろうか、と考えてしまう。

沙帆は、肚(はら)を決めて言った。

「倉石さんのお母さまは、認知症が進んでいらっしゃるのです。ときどき、正常に近い状態にもどられるので、まだそれほどひどいレベルではない、と思いますが」

本間は、今度はゆっくりとグラスを取り上げ、一口だけ飲んだ。

じっと沙帆を見つめる。

「ところで、きみが結婚して古閑姓になる前は、確か朝岡(あさおか)沙帆だったな」

話が変わり、口調まで変わったので、また先が見えなくなった。

「はい。旧姓は朝岡です」

「お母さんの旧姓は」

わけが分からず、ちょっととまどう。

「池内ですけど。なぜ、今ごろそんなことを、お尋ねになるのですか」

「今ごろ、か」

本間は、独り言のように言い、耳の下を掻いた。

それから、おもむろに続ける。

「きみは大学を卒業したあと、ここへ個人レッスンを受けに来たじゃろう」

どんどん、話が変わる。

「はい。ずいぶん、しごかれました」

辛抱強く応じると、本間は人差し指を立てた。

「あんなのは、しごいたうちにはいらんよ。実は、あのときときみがうちへやって来て、そこに腰を下ろしたとたん、聞こうかと思ったことがある。きみの親戚縁者に、トウラという名字の人が、いるかどうかをな」

「トウラ、ですか」

「さよう。雨戸の戸に、浦和の浦と書く。あらためて聞くが、父方母方どちらでもいいから、戸浦という名字の親戚はおらんかね」

沙帆は、戸浦という字を思い浮かべたが、心当たりはなかった。

「わたしも、全部の親戚を把握してはいませんが、知っている範囲では戸浦姓はいなかった、と思います」

それを聞くと、本間の目に軽い失望の色が浮かび、肩から力が抜けたようだった。

両手の指を突き合わせ、上目遣いに沙帆を見る。

「施設へ見舞いに行ったそのときに、倉石玉絵はきみのことを戸浦波止と間違えて、波止と名前を呼んだんじゃないかね」

沙帆は、ぎくりとした。

なぜ本間は、それを知っているのか。

ただ、一つだけ違ったことがある。

玉絵は、沙帆を口を極めてののしったときも、一週間後に施設に呼んで理由を明かしたときも、波止とだけしか言わなかった。名字については、いっさい口にしなかった。

したがって、戸浦という名字は今初めて、聞いたのだ。

いずれにしても、波止という珍しい名前からして、玉絵が口にした女性と、本間が言った女性が、同一人物であることは、間違いあるまい。

沙帆は焦る気持ちを抑え、順を追って話を進めることにした。

「先生がおっしゃったとおり、倉石さんのお母さまはわたしのことを、波止という女性と取り違えました。でも、先生はそのことをどうして、ご存じなのですか。先週、由梨亜ちゃんがレッスンを休む、と言って先生に電話してきたとき、そのことを話題に出した、とでも」

まずそれを聞いたのは、麻里奈が〈響生園〉で起きた一騒動を、由梨亜に話したのではないか、と思ったからだ。

「いや。そんな話は、出なかった」

本間のきっぱりした答えに、沙帆はほっとした。

いくら麻里奈でも、由梨亜にあのような気まずい話を、するはずがない。

もう一つ気になるのは、本間がたった今、倉石学の母親の名前を、〈倉石玉絵〉と正確に呼んだことだ。

本間はなぜ倉石の母親の名を、知っているのだろうか。

沙帆が記憶するかぎり、本間の前でその名を口にしたことは、一度もない。

由梨亜が、これまでのレッスンのあいだに、本間に玉絵の話をしたとも考えられるが、その可能性は低そうだ。

黙っていると、本間は続けた。

「きみは、さっきムルと鳩の騒ぎがあったとき、唐突に波止の名前が頭に浮かんで、つい口に出してしまったんだろう。脳内刺激、というやつじゃないかな」

図星を指されて、沙帆はすなおにうなずいた。

「おっしゃるとおりです」

そう返事をしてから、思い切って続ける。

「先生も、その戸浦波止という女性が、わたしとよく似ていると、そう思われたわけですね。それで、血縁関係があるのではないかと、お尋ねになったのでしょう」

本間は、あまり気が進まない様子で、うなずいた。

「まあ、そんなところだ」

「つまり、戸浦波止さんは先生と倉石さんのお母さまの、共通のお知り合いということになりますね」

「まあ、そんなところだ」

同じ返事が、繰り返された。

「さらに、先生は倉石さんのお母さまのことも、ご存じなわけですよね。玉絵さんというお名前まで、知っていらっしゃるわけですから」

念を押しながら、しだいに動悸(どうき)が高まるのを意識する。

本間は、大きく息をついた。

「そういうことになるな。だいぶ、昔の話だが」

沙帆は、頭の中で大きな渦が巻くような、感情の高ぶりを覚えた。

そのとき、玄関のガラス戸ががらがら、と開く音がした。

明るい声が響く。

「こんにちは。由梨亜です」

沙帆はあわてて、壁の時計を見上げた。

午後四時。

いつの間にか、由梨亜のギターのレッスン時間に、なっていた。

55

「失礼します」

玄関で、倉石由梨亜がそう声をかけながら、上がって来る気配がする。

本間鋭太は、古閑沙帆にしばらく待つように言いおいて、洋室を出た。

廊下を通り過ぎるとき、由梨亜が開いた引き戸の隙間から、沙帆に手を振る。毎週、金曜日のレッスンの前に、沙帆が原稿を取りに来ることを、承知しているのだ。

沙帆が手を振り返すと、由梨亜はそのまま本間のあとについて、廊下の奥に消えた。

ほどなく、ギターの音が聞こえ始める。

もしかして、レッスンが続くほぼ六十分のあいだ、フルに待たされるのではないか、と少し不安になった。

ともかく、しばらくは待ってみようと肚を決め、先刻本間とのあいだで交わされた、話の内容を思い出してみた。

すぐに、戸浦波止という例の女性のことが、頭によみがえる。

本間は、若いころ問題の戸浦波止なる女性と、面識があったらしい。そして、その女性は沙帆とよく似ていた、とのことだった。

さらに、倉石学の母玉絵も、波止を知っていた。そのため、見舞いに行った沙帆のことを、波止だと思い込んだのだろう。

沙帆が知るかぎり、身近に戸浦姓を名乗る親類縁者はいないし、波止と血縁関係があるなどとは、とうてい考えられない。何代か前までさかのぼれば、あるいはどこかでつながりがあるかもしれないが、それをいえばきりがなくなる。

もう一つ、本間は話の中で倉石の母親の名を、確かに〈玉絵〉と呼んだ。

本間の前で、沙帆はその名前を口にしたことがなく、由梨亜が教えたとも思えない。

ともかく本間は、沙帆の執拗な追及にしぶしぶながら、波止が自分と玉絵の共通の知り合いであり、自分もまた玉絵のことをよく知っていた、と認めた。

つまりは、三人が三人とも互いに知り合いだった、ということなのだ。

奥の方では、なおもギターの音が続いている。

沙帆は肩の力を緩め、一つ深呼吸をした。

近ごろは、本間が弾いているのか由梨亜が弾いているのか、区別がつかなくなってしまった。本間の教え方がうまいのか、それとも由梨亜に才能があるのか知らないが、上達の速度が驚くほど早い。

自宅で、息子の帆太郎が練習するのを聞いても、少しずつ上達しているのだろうが、さして感心するほどではない。

レッスン歴は、帆太郎の方がずっと長いはずだが、今や由梨亜の指の動きはそれと比べても、ほとんど遜色がないように思える。

一方、倉石学はギター教室の主宰者として、長いキャリアを持つ。その倉石が、本間より教え方で劣るなど、ありえないことだ。

やはり、教えられる側の才能や器用さ、集中力の問題だろう。帆太郎も、そこそこにがんばってはいるが、努力だけではどうにもならないものが、あるとみえる。

そのとき廊下から、どしどしというかいつもの足音が、響いてきた。

ギターの音が続いているので、すっかり油断していた沙帆はあわてて、腰を上げた。間をおかず引き戸があき、本間がはいって来た。

「すまなかったな、待たせて」

そう言って、ソファに飛び乗る。

「いいえ、お気遣いなく。それより由梨亜ちゃん、ほうっておいていいのですか」

沙帆も、長椅子にすわり直しながら、一応確かめた。

「気にせんでいい。フェルナンド・ソルの、〈初心者のための二十五の練習曲〉を、一番から五番まで十回ずつさらうように、言っておいた。しばらくは、だいじょうぶだ」

本間は片目をつぶり、麦茶をうまそうに飲み干した。

指を振り立て、力強く宣言する。

「今さら言うのもなんだが、E・T・A・ホフマンとJ・J・ホフマンの関係は、単なるわしの推論にすぎぬことだから、忘れてくれてよい。たまたま、いくつか偶然の符合が重なったために、視野が欠けてしまったようだ。決定的な証拠がない以上、両者を結びつけるには無理がある。二人のホフマンの、血縁関係説はいさぎよく、撤回するよ」

予期せぬ展開に、沙帆はあっけにとられた。

なぜか本間は、先日堂々たる論陣を張った驚くべき仮説を、あっさり引っ込めてしまったのだ。

正面からそう言われると、かえってそれを簡単に捨て去るのが、惜しくなる。

「ええと、たとえ偶然にしても、二人のホフマンに共通点があることは、確かだと思います。二人とも、音楽の才能があって文章にもたけ、デッサンの腕も確かとなれば、ただの偶然とは言い切れないでしょう。血のつながりがあっても、不思議はないような気がします」

本間自身より、自分の方がその説に固執するかたちになり、沙帆はなんだかおかしくなった。

本間も苦笑する。

沙帆はなおも続けた。

「ハイネは、ジーボルトの助手を務めたビュルガーと、面識がありましたよね。そしてビュルガーは、J・J・ホフマンとともに、ジーボルトの著作に、多大の貢献をしました。ハイネはハイネで、ベルリンのカフェでE・T・A・ホフマンと、遭遇していたと推察されます。つまりこうした人たちが、すべて鎖の輪になった状態で、つながっているわけでしょう」

本間はきざなしぐさで、ひょいと肩をすくめた。

口の隅に、唾がたまってきたのに気づき、あわててハンカチで押さえる。

「まあ、きみの言うことも、もっともだ。それに、ホフマンに関する報告書の続きが、わしの祖先の本間道斎の手元にあったのも、厳然たる事実ではある。ヨハン・ヨゼフこと、J・J・ホフマンがその報告書を、日本にいるビュルガーに送り、さらにビュルガーがそれを道斎に託した、とする推論もあながち荒唐無稽、とまではいえぬ。ただ、問題の手稿がホフマン夫人ミーシャから、どうやってJ・J・ホフマンの手に渡ったかが、分からんのだ。前半部分が、マドリードの古書店から出て来たのは、なんとでも説明がつく。まあ、経路をたどるのはむずかしいだろうが、同じヨーロッパ大陸のことだから、どこへ流れても不思議はない。しかし、遺稿の後半部分については、ジーボルトとJJ、JJとビュルガー、ビュルガーと道斎の連環はあるにせよ、肝腎のETAとJJ、あるいはミーシャとJJをつなぐ、決定的な証拠が見つからんのだ。

つまりそこが、いわばミッシング・リンクになっとる、というわけさ」

長広舌を振るい、ぐいと唇を引き結ぶ。

沙帆は、口をつぐんだ。

本間が言うとおり、情況証拠はいろいろとそろいながら、肝腎の部分の輪が欠けているのだ。

あらためて、口を開く。

「先生が、そこまでおっしゃるのでしたら、わたしもこれ以上は申し上げません。ただし先生には、今後もめげずにそのミッシング・リンクを、探し続けていただきたいと思います」

「わしも、そのつもりじゃよ」

本間は、お得意の〈じゃ〉を遣って、勢いよく応じた。とはいえ、から元気の印象は、免れなかった。

沙帆も麦茶を飲み、背筋を伸ばして一息入れた。

さりげなく、話を変える。

「先生が、お若いころに所属しておられた、ゼラピオン同人会というドイツ文学の研究団体、あるいは同好会のような組織について、お尋ねしてもよろしいですか」

本間は頰を引き締め、あまり気の進まない口調で応じた。

「ゼラピオン同人会は、団体でもなければ組織でもない。単なるドイツ文学の、愛好家のサロンにすぎんよ。あちこちの大学で、独文学研究会に籍を置いていた会員のうちで、落ちこぼれた連中が集まって作った、寄り合い所帯だったんじゃ」

「ただ、先生が大学を卒業されたあとも、同人会は続いたのですね」

「そう、わしが卒業してから十数年は続いた、と思う。そのあと、しだいに櫛(くし)の歯が欠けるように、メンバーが減っていった。わしも途中から、顔を出さなくなった。結局は、自然消滅してしまったようじゃ」

「事務局のようなものは、なかったのですか」

「なかった。便宜上、神田神保町の〈サボリオ〉という古い喫茶店を、たまり場にしていた。毎週、月曜日と木曜日に顔をそろえて、無駄話をするだけのグルッペ（集まり）さ」

「そのころ、先生と一緒に名を連ねた同人の中に、寺本風鶏さんがいらしたのですね。倉石麻里奈さんの、亡(な)くなったお父さまの」

沙帆が、以前聞かされた話を確認し直すと、本間はなんとなく落ち着かない様子で、もぞもぞと尻(しり)を動かした。

「そのほかに、どのような同人が在籍しておられたか、教えていただけませんか。お差し支えなければ、ですが」

「差し支えなぞ、あるわけがないわい」

そう言い返しながら、本間はソファの中にもぐらが隠れている、とでもいうように何度も、すわり直した。

沙帆は、かまわず続けた。

「たとえば、どのようなかたですか」

「たとえば、だな」

本間は珍しく、ためらいの色を見せた。

それから、別にたいしたことではない、という口調で続けた。

「そう。ヒサミツ・ソウという、商社マンがいたな。わしと同い年だったが、三十半ばで若死にした」

ヒサミツ・ソウ。

沙帆は、にわかに手のひらにじっとりと、汗が浮いたような気がした。

久光創の名は、倉石の口から聞いたことがある。

「もしかして、その久光創というかたは、倉石学さんのお父さまではありませんか」

本間の目が、一瞬大きくなる。

「なぜそれを、知っとるのかね」

そう聞き返したものの、すぐにあとを続けた。

「倉石くんから、聞いたのかね」

「はい。久光さんは、倉石さんが二つのときに癌でなくなった、ということでした。ご存じありませんでしたか」

沙帆の問いに、本間はあいまいに手を動かして、シャツの襟に触れるようなしぐさをした。

「いや。ええと、そうだな。つまり、その話は人の噂で、聞いたような気がするが」

めったにないことだが、いささかしどろもどろな口調に、聞こえた。

「そのころの久光さんは、倉石さんのお母さまの玉絵さんと一緒に、暮らしていらしたのですよね。いわゆる同棲、ということになりますが」

本間の眉が、きゅっと寄る。

「同棲だと。それは違うじゃろう。二人は結婚していた、とわしは理解しておったが」

沙帆は、それを聞きとがめた。

「倉石さんが、たまたまお母さまの具合がよいときに、介護施設でお聞きになった話によると、入籍はされていなかったということでした。しかも、久光さんは倉石さんを認知されなかった、と」

それを聞くと、本間は目をむいた。

「ばかな。もしそれがほんとうなら、倉石くんが結婚するときに、自分の戸籍をチェックすれば、分かったはずだぞ」

「はい。ただ倉石さんによると、あまり細かく確かめなかったそうなんです。つまり、結婚すると自分たちの、新しい戸籍を作ることになりますから、親の戸籍には関心がなかった、と。世間知らず、と言われればそのとおりだ、とおっしゃいましたけれど」

本間は、あきれたというように、首を振った。

「世間知らずというのは、もう少し世間を知っとる人間のことを、いうんじゃよ」

さも、自分が世故にたけた人間だ、と言わぬばかりの口ぶりに、沙帆は笑いをかみ殺した。

本間が続ける。

「いくらなんでも、自分や家族の戸籍にそれほど無知というか、無関心ということはあるまい。死別したからといって、戸籍の記録が、少なくとも自動的に、結婚前の白紙にもどるなど、ありえぬことだろう」

言われてみれば、確かにそのとおりだ。

「ということは、やはりお二人は同棲していただけで、入籍はしなかったということですか」

本間は、芝居がかったしぐさで、肩をすくめた。

「まあ、倉石くんの勘違いか、あるいは嘘を言ったか」

そこで言いさし、口をつぐんでしまう。

少し待ったが、口を開く様子がないので、しかたなく沙帆は話を進めた。

「先生が、倉石玉絵さんをご存じだったのは、久光さんのパートナーだったから、ということですよね」

本間は、気を取り直したように少し乗り出し、人差し指を立てた。

「まあ、そんなところじゃ。倉石玉絵は、わしらよりも五つ、年上だった。久光は、そのころで言う面食いだったから、年の差なんぞ気にしなかったのさ」

なるほど、倉石玉絵が若いころ、かなりの美人だったことは、容易に想像できる。

今でも十分、その面影を残しているからだ。

さらに沙帆は、話の流れで気になっていたことを、ぶつけてみた。

「ちなみに、倉石玉絵さんも先生と同じゼラピオンの、同人だったんじゃありませんか」

56

本間鋭太が、じろりという感じの視線を、向けてくる。

少し間をおいてから、あまり気の乗らない顔つきで、うなずいた。

「そのとおりじゃが、どうしてそう思ったのかね」

「倉石さんから、お母さまも大学でドイツ語を専攻していた、とお聞きしたからです。ただ、卒業してからドイツ語とは縁が切れた、とかいうお話でした」

古閑沙帆の答えに、本間は軽く首を振った。

「いや、まったく縁が切れた、というわけではない。彼女が、ゼラピオンの同人になったのは、卒業したあとのことだから、ドイツ語との縁はその後もしばらく、続いていたわけだ」

それが事実なら、確かに卒業してまったく縁が切れた、というのは誤りだろう。

五日前、〈響生園〉で二人きりで面談したとき、倉石玉絵は確かに〈ゼーア・エアフロイト〉うんぬんと、ドイツ語であいさつしたのだ。

縁が切れた、とは倉石学がそう言っただけの話で、思い違いだったとしても不思議はない。

沙帆は一呼吸おき、質問を続けた。

「久光さんが、貿易商社でドイツ語の翻訳の仕事をしていらした、というお話もお母さまから聞かされた、と倉石さんはおっしゃっていましたが」

今度は本間も、すぐにうなずいた。

「ああ、そうだったかもしれん。久光が、商社に勤めていたことは、わしも覚えとる」

少しためらったものの、さらに含みのある質問をする。

「もしかして、例の戸浦波止さんも、同人のお一人ではなかったのですか」

本間はその問いを、予期していたらしい。

たじろぐふうもなく、あっさりうなずく。

「そのとおりじゃよ。倉石玉絵と同じ、神泉女学院大学の独文科を出たあと、彼女の紹介で同人に加わった。年は彼女より十二、三歳も離れていたがね」

なんとなく、胸がうずいた。

玉絵と波止は、大学の先輩後輩のあいだ柄だと分かり、複雑な思いにとらわれる。

「そうすると、波止さんは現在還暦をいくつか過ぎたころ、というお年になりますね」

「生きていれば、そうなるだろうな」

本間の返事に、意表をつかれる。

「お亡くなりになったのですか、波止さんは」

本間は、両手を広げた。

「病気か事故か知らんが、ずいぶん前に死んだ、と聞いた」

ずいぶんとは、十年前か二十年前か。

どちらにせよ、沙帆は玉絵からとうに亡くなった女性と、間違われたことになる。

しかも、玉絵が沙帆に向かって痛罵(つうば)を浴びせたのは、波止に対して激しい怒りや、憎しみを抱いていたからに、違いあるまい。

玉絵によれば、若いころ波止は玉絵が愛する男を、どろぼう猫のように横取りした。

それも、玉絵が妊娠しているあいだに、だという。

それが事実なら、玉絵が波止を憎悪するのは当然だ。どれだけ時間がたっても、そう簡単に忘れられるものではないだろう。

とはいえ、沙帆は玉絵を責める気など少しもないし、波止に苦情を申し立てる立場にもない。当の二人が、認知症で正常な判断力を失ったり、すでに死亡したりしているとなれば、なおさらだ。

そうと分かった以上、〈響生園〉でのことを本間に話す必要もない、と思う。

沙帆は、話を進めた。

「そのほかに、どなたかご記憶の女性の同人は、いらっしゃいませんでしたか」

「いたことはいたが、女性の同人は出入りが激しかったから、いちいち覚えておらん。まあ、ある程度長続きしたのは、わしの妹くらいかな」

その返事に沙帆は、またまた意表をつかれた。

本間に妹がいた、という話は初耳だ。

そもそも、先祖の本間道斎の一件は別として、本間が身内について何か明かしたのは、これが初めてだった。

「妹さんが、いらしたのですか」

聞き返すと、本間は苦笑いをした。

「そんなに、驚きたもうな。わしにも、妹くらいはいるさ。二人兄妹だがな」

「やはり神泉女学院で、ドイツ語をやっていらした、とか」

「いや、神泉ではない。別の大学だ。ただ、妹はドイツ語と並行して、オランダ語もやっておった」

「オランダ語」

沙帆はおうむ返しに言い、一瞬ぽかんとした。

「さよう。道斎以来の伝統で、わしのおやじがオランダ語をやっていたから、妹もそれを継いだわけだ」

「ドイツ語ではなくて、オランダ語だったのですか、お父さまは」

「そうじゃ。わしはそれがいやで、ドイツ語を選んだのさ」

「それで、妹さんもドイツ語を勉強しながら、お父さまの薫陶（くんとう）を受けて、オランダ語もなさった、と」

「薫陶というより、無理やりじゃな。ちなみに、おやじのオランダ語学会の仲間に、アキノ・スグルという男がいた。おやじの、学生時代からの親友だった」

突然、話がまたとんでもない方向に、進んでしまった。

「アキノ、スグルさんですか」

「うむ。秋の野に、スグルは怪傑黒頭巾の傑、と書く」

「はい、はい。その秋野傑さんが、お父さまの親友でいらした、ということですね」

辛抱強く、話をなぞる。

「そうだ。その秋野だが、生まれつき生殖器官に何か障害があって、子供ができない体だった」

ほとんど話に、ついていけなくなる。

本間は、かまわず続けた。

「それで秋野が、わしのおやじに妹を養女にくれないか、と申し入れてきたんじゃ。おまえには、鋭太という男の跡継ぎがいるから、女の子を手放しても問題ないだろう、と言ったそうだ。親友の娘なら、自分の娘と同じだ。妹を養女にした上で、婿をとれば秋野の家系を、絶やさずにすむ。そう言われて、おやじも断わりきれなかったらしい。結局、その親友の懇願にほだされて、妹を秋野の家に養女に出した、という次第さ」

話が、どんどん拡散していくので、沙帆は困惑する一方だった。

こうなると、ひたすら話に追随していくほかに、方策がない。

「妹さんは、秋野家の養女になることをこころよく、承知されたのですか。つまり、喜んで家を出られたのか、という意味ですけど」

「大喜び、というわけじゃなかっただろうな。ただ、実のところ妹はおやじともおふくろとも、折り合いが悪かった。それに、秋野家は江戸以来の大庄屋の家柄で、資産家だったのさ。そんなこともあって、妹は進んで家を出た、といってよかろう」

むろん、沙帆はこれまでそうした本間の家族の話を、聞いたことがない。興味を引かれるよりも、ただただ途方に暮れるばかりだった。

本間が、さらに続ける。

「ところが、皮肉なことに秋野傑とそのかみさんは、高速道路で大型トラックに追突されて、二人とも死んでしまったのさ。養女にはいった二年後、つまり妹が二十七のときのことだがな」

話がますます広がり、頭が混乱してきた。

「それで妹さんは、ご実家にもどられたわけですか」

沙帆の問いに、本間は首を振った。

「なかなかどうして、妹もそのあたりは抜け目がなかった。養父母の死後、遺産目当てにどっと群がってきた、秋野一族の親類縁者を相手に一歩も引かず、やり合ったのさ。その結果、たいして価値のない不動産のたぐいを、養父母の兄弟たちに譲り渡した。そのかわり、銀行預金や株券その他動産のほとんどを、手に入れたわけだ。しかも、それを手土産がわりに、秋野家との縁をさっさと切って、前から付き合っていた別の男と、結婚したんじゃよ」

そう言って、まるで自分の手柄でもあるかのように、誇らしげにうなずく。

あまりの話の急展開に、沙帆は困惑するどころか呆然(ぼうぜん)として、言葉を失った。

本間に、そのようなドラマチックな経歴を持つ妹がいたとは、想像もしなかった。

世渡りのうまさ、という意味からすればその妹は兄の本間よりも、数段上と見てよかろう。

本間が、どうだまいったかとでもいうように、にっと笑う。

「わしに、そんな妹がいたとは信じられぬ、という顔をしとるな」

沙帆はため息をつき、張っていた肩を落とした。

「正直なところ、信じられません。先生の妹さんでなくても、そこまでしっかりした女性は少ない、と思います。ましてそれを手土産に、お好きな男性と結婚されるなんて、まるで一昔前のメロドラマですね」

本間は、腕を組んでソファに背を預け、いたずらっぽい目で沙帆を見た。

「妹の結婚相手がだれだか、想像がつくかね」

沙帆は、一応考えるふりをしてみせたが、分かるわけがなかった。

「わたしが知っている男性ですか」

「まあ、直接には、知らんだろうな。世代も違うし」

気を持たせた言い方に、じりじりする。

「どなたですか。早く、教えてください」

本間はにやりと笑い、おもむろに言った。

「ゼラピオンの同人だった、寺本風鵜じゃよ」

愕然（がくぜん）とする。

頭がパニックを起こして、すぐには考えがまとまらなかった。

ようやく、乱れていたジグソーパズルの一片が、ぴたりと空白の場所に収まる。

そのとたん、よりいっそう愕然とした。

「あの、寺本風鵜といいますと、もしかして、麻里奈さんのお父さまの、あの、寺本風鵜さんですか」

口の中が乾いて、言葉がつかえる。

「そうじゃ。風鵜、などという妙な号の男は、寺本以外にあるまいて」

「はあ」

沙帆は、間の抜けた返事をして、呆然と本間を見返した。

それに頓着もせず、本間は続けた。

「妹は、ゼラピオンの同人になって間なしに、寺本とできちゃったらしい」

できちゃった、などという本間らしくない俗な表現に、つい場違いな笑いを漏らしてしまう。

しかし、本間の妹が倉石麻里奈の母親だったとは、にわかに信じられなかった。

「あの、妹さんのお名前は、なんとおっしゃるのですか」

「イリナじゃ。依存の依に山里の里、奈良の奈と書く」

それを聞いて、肩から力が抜けた。

逆に、握り締めた膝の上の拳に、ぎゅっと力がはいる。

間違いない。

麻里奈の母親の名は、確かに依里奈だった、と承知している。

学生時代からこの方、一度も麻里奈の実家に行ったことがないので、沙帆は風鶏とも依里奈とも、まったく面識がない。

ただ麻里奈、依里奈という、よく似た読みと字遣いのため、名前だけははっきりと覚えている。

そして、その依里奈が何年か前に病死したことも、麻里奈から聞かされた。

ただ、それを告げられたのは依里奈の死後、ずいぶんたってからのことだった。葬儀にも呼ばれなかったし、遅ればせながら麻里奈に差し出した香典も、受け取ってもらえなかった。

そのときのとまどいを、何かにつけて思い出す。

麻里奈は以前、今住んでいるマンションの購入資金は、父親の遺産から出たと言っていた。

さして売れた形跡もない詩人に、よくそんな遺産があったものだと、いぶかった覚えがある。

その遺産は、正確には母親の依里奈のもの、ということなのだろう。

それにしても、しばしば麻里奈と風鶏の性格の相似を指摘しながら、本間は自分の妹が風鶏の妻であり、麻里奈の母親であることを一度として、口に出さなかった。

それはいったい、なぜなのか。

沙帆が黙り込んでいると、本間は片目をつぶって言った。

「依里奈は、わしらの世代としてはなかなかしゃれた、今ふうの名前じゃろう」

そういう問題ではない、と沙帆はさすがにむっとした。

「要するに、先生の妹さんは麻里奈さんの母親だった、ということですよね」

遠慮なく突っ込むと、本間はひょいと肩をすくめた。

「そういうことになるな」

そのしれっとした態度に、ますます腹が立つ。

「なぜ最初から、そうおっしゃってくださらなかったのですか」

本間は、沙帆の見幕に驚いたように、眉を上げた。

「それとこれとは、なんの関わりもないだろうが」

「でも、ホフマンの報告書の解読の依頼主が、ご自分の姪御(めいご)さんということであれば、ひとこと言っていただいても」

終わらぬうちに、本間がさえぎる。

「ばちは当たらぬ、というのかね」

気勢をそがれて、沙帆は顎を引いた。

「というか、ええと、まあ、そういうことです」

あいまいな返事に、本間がくっくっと笑う。

「確かに、血筋の上では兄妹かもしれぬが、法律上妹は別の家の人間だ。仕事を請け負うのに、いちいち断わる必要があるかね」

沙帆は、ぐっと詰まった。

理屈からいえば、本間の言うとおりだ。

沙帆が答えあぐねるのを見て、本間はさらに続けた。

「麻里奈くんにしても、きみがわしに解読翻訳を頼むと言い出したとき、わしが自分の母親の兄だということを、打ち明けたかね」

ますます、言葉に詰まる。

考えるまでもなく、麻里奈はそうしたことに関して、何も言いはしなかった。

「おっしゃるとおり、麻里奈さんは何も言いませんでした。もしかすると、麻里奈さんは自分の母親と先生との関係を、知らないのではないでしょうか」

本間はまた、肩をすくめた。

「それは、わしの口からは、なんとも言えんな。麻里奈くんに直接、聞いてみるしかあるまい」

沙帆は、長椅子(ながいす)の背にもたれた。

本間に、解読翻訳を頼もうと提案したときの、麻里奈の反応を思い出そうとする。

ほんの二、三カ月前のことなのに、はっきりした記憶がない。

覚えているのは、麻里奈が本間鋭太という名前を聞いたときに、ふっと視線を宙に泳がせたことくらいだ。

それも、その名前に何か特別な反応を示した、というほどではない。

ただ、麻里奈は本間のドイツ語の能力よりも、人がらや人となりを知りたがった。

もっとも、そのことが本間を母親の兄、と認識していた証拠とまでは、言いきれない。

結局、麻里奈がその事実を知らなかったのか、知っていながら口に出さなかったのか、今の段階では分からなかった。

よく考えると、倉石夫婦の娘由梨亜にも、本間と同じ血が流れていることになる。

本間が、あれほど由梨亜と会いたがったのは、そのためだったのだろうか。

また麻里奈も、本間が由梨亜を家に連れて来てくれれば、解読翻訳料をただにすると言い出したとき、少なからず難色を示した。

あれは、麻里奈が本間と自分とのあいだに、ひいては本間と自分の娘とのあいだに、濃い血縁関係があることを、承知していたからだろうか。

考えれば考えるほど、収拾がつかなくなってくる。

沙帆は、ため息をついて言った。

「機会があったら、麻里奈さんに聞いてみることにします」

本間はまた、両手を広げた。

「念のために、言っておこう。麻里奈くんが、知っているにしろ知らずにいるにしろ、われわれのこれまでの交渉や取引に、影響が出ることはないぞ」

それはつまり、ホフマンに関する報告書の前半部分を、後半部分の解読翻訳原稿と交換に、本間に引き渡すという約束のことを、言っているのだろう。

「それは、だいじょうぶでしょう。知っていればなおのこと、たとえ知らなかったとしても、麻里奈さんが先生とのお約束を、反故にすることはないと思います」

「そうあってほしいものじゃて」

本間は、いつもの口調でそう言いながら、満足げに二度、三度とうなずいた。

そのとき、沙帆は奥で鳴っていたギターの音が、いつの間にかやんでいるのに、気がついた。

「先生。由梨亜ちゃんの自習が、終わったみたいですけど」

本間は壁の時計を見上げて、ぴょんとソファから飛びおりた。

「なかなか、上達が早いぞ、由梨亜くんは。わしが与えた課題を、これだけの時間で弾き終える、とはな」

57

翌日、土曜日の午後。

古閑沙帆は、本駒込の倉石学のマンションへ行くため、一人で早めに家を出た。

息子の帆太郎は、この日学校で夏休みの行事があり、ギターのレッスンを休みにしていた。

朝から、猛暑日を予想させるほど暑い日で、日傘を持つ手までが汗ですべる。

マンションに着いてみると、麻里奈はマスキングテープを取り散らかし、古いブックスタンドの再生に励んでいた。

倉石は、帆太郎のレッスンがなくなったので、近くに住むギター仲間の家へ、合奏の練習に行ったという。

麻里奈は、テーブルの上を手早く片付けて、いつものように紅茶とクッキーを、運んで来た。

沙帆は、前の日に本間鋭太から受け取った、九回目の解読翻訳原稿を取り出し、麻里奈に渡した。

麻里奈が、それに目を通しているあいだ、紅茶とクッキーに手をつけながら、本間から聞いた複雑な話を、どう切り出そうかと考える。

とはいえ、そんなことを麻里奈に確かめるのは、プライバシーの侵害ではないか、という気もした。

所詮（しょせん）、ひとさまには関係のないことだ、と言われれば返す言葉がない。

麻里奈との長年の付き合いに、ひびがはいりかねないようなおせっかいは、控えるべきかもしれない。

あれこれと頭を悩ますうちに、速読にたけた麻里奈は早くも顔を上げて、口を開いた。

「ホフマン夫妻が、ドレスデンからライプツィヒへの旅の途上で、馬車の事故にあったときのことが、ずいぶん詳しく書かれているわね。驚いたわ」

「そうよね。その場にいた人でないと、書けないわよね」

半分うわの空で、沙帆は調子を合わせた。

麻里奈は男っぽいしぐさで、グリーンの七分袖（そで）のニットに包まれた両肘（りょうひじ）を、ジーンズの膝に乗せた。

上体をかがめ、原稿をのぞき込みながら言う。

「バンベルクを出る前日かしら、ホフマンがクンツの奥さんから髪を一房もらった、というエピソードもおもしろいわね。それも、ヨハネスの報告書には記載がなくて、本間先生の訳注に書いてあるところが」

やはり、麻里奈も沙帆と同じ箇所に、目を留めたのだ。

「わたしも、その点を確かめてみたの。だって、切り取った髪をプレゼントするなんて、かなりきわどい行為でしょう。ふつう、当事者同士以外は、知らないはずよね」

「そうよね。先生はどこから、この情報を手に入れたのかしら」

「それをお尋ねしたら、なんとホフマンの日記そのものに、クンツ夫人から髪をもらったと、そう書いてあるんですって」

麻里奈が、驚いた顔で上体を起こす。

「ほんとに。だって、その日記はミーシャが盗み読みしてるって、ホフマン自身が承知してるんじゃなかったの」

「でしょう。だからわたしも、先生に確認したのよ。そうしたら、ホフマンもやぶれかぶれになったとか、ミーシャなら許すと思ったんじゃないかとか、要するに開き直ったんだろう、という説が一つ」

麻里奈は、むずかしい顔をして、少し考えた。

それから、沙帆を見直す。

「一つというと、ほかにもあるの」

「ええ。当時のヨーロッパに、ごくふつうに旅立つ人への記念として、自分の髪の一部をプレゼントする、そういう風習があったんじゃないか、とおっしゃるの。確信はないが、という注釈つきだけれど」

「だからホフマンは、ミーシャに知られてもだいじょうぶ、と思ったわけ」

「そうじゃないか、というただの推測ね」

麻里奈は、ソファの背にもたれて、脚を組んだ。

「そんな風習があったなんて、聞いたことがないな。それならまだ、開き直って書いたという方が、説得力があるわよ」

「そうね」

短く応じて、沙帆はまたなんとなく麻里奈と本間の妹、依里奈の関係を思い浮かべた。

そんなことも知らぬげに、麻里奈は話を先へ進める。

「そのほかに、今回の報告書の中には二つ、重要な情報があるわね。一つは、ホフマンがドレスデンに着いたとき、一日前までゲーテが町に滞在していたこと」

「わたしも、初めてそのことを知ったわ。二人は、一度も会ったことがなかったけれど、ホフマンがもう一日早く着いていたら、どこかですれ違っていたかもね」

「どっちにしても、ホフマンははなからゲーテと会う気が、なかったんでしょう」

「報告書には、そう書いてあるわね」

「それと関連して、だいぶ前にこの報告書に出てきた、ゲーテを批判するだれかとだれかの対話が、やはりホフマンとクライストのものだった、と分かったことがもう一つの、重要な情報ね」

「というか、少なくとも今回の報告書からは、そう読み取れるわね」

沙帆が応じると、麻里奈は眉を寄せた。

「それは、どういう意味。ヨハネスは、二人が会ってもいないのに嘘を書いた、つまり架空の対話を創作した、とでもいうの」

「その可能性も、なくはないと思うわ」

麻里奈は、ややとげのある笑いを漏らした。

「それを言ったら、この報告書自体が嘘のかたまり、という話になりかねないわ。ほかの部分は、ほぼ記録に残った事実に沿っているのに、そこだけ嘘かもしれない、と見るのはどうかしら」

沙帆も別に、ヨハネスの報告を疑っている、というわけではない。ただ、なんとなく麻里奈の意見に異を唱え、依里奈問題を先延ばしにしよう、という意識が働いたのだった。

沙帆は先が続かず、あいまいにうなずいた。

「そうね、そのとおりね」

麻里奈が、探るような目でじっと見てくる。

「何かあったの、沙帆。きょうはなんだか、いつもと違うみたいよ」

やはり内心の葛藤が、外に出てしまったらしい。勘のいい麻里奈が、それを見逃すはずはなかった。

沙帆は迷った。

しかし、胸につかえていたものが喉へせり上がり、とうとう口をついて出てしまう。

「きのう、本間先生のお宅におじゃましたときに、庭で野良猫のムルが鳩を襲うか何かして、一騒動あったのよ。先生によると、隣に住むおばあさんが餌をまいて、鳩を呼び寄せるんですって。その鳩をムルが狙って、いつも大騒ぎになるらしいの」

いかにも唐突な話題に、麻里奈が何のことか分からない、というように唇をすぼめる。

沙帆は続けた。

「それを聞いてわたし、なぜか自分でも意識しないうちに、最近ハトという珍しい女性の名前を耳にしたって、そう口走ってしまったの。〈響生園〉に行った帰りに、まさか鳥の鳩じゃないわよね、とか麻里奈と話したことが頭に残っていて、つい口に出ちゃったのよね、きっと」

途中で、口を挟んでくるすきを与えず、一息に言ってのける。

麻里奈は、無言のまましだいに頰をこわばらせ、沙帆を見返していた。

やおら、ふっと肩の力を緩めるようにして、ソファから体を起こす。

「もしかして、倉石の母親を見舞いに施設に行ったことを、本間先生に話したわけ」

口調は穏やかだったが、目にとがめるような色が浮かんだ。

内心たじろいだが、ここまできて引くことはできない。

「ええと、そうなのよ。話の行きがかり上、しかたなくね」

実をいえば、本間にそのことを告げたのは、由梨亜だ。

しかし、由梨亜が本間にレッスンを受けていることは、麻里奈にはまだ内緒にしたままだから、それを言うわけにはいかなかった。

「でも、先生に話したのはお母さまがわたしを、ハトさんという人と間違えたこと、それだけよ。ちょっとした騒ぎがあったことは、もちろん話題にしていないわ」

沙帆の弁明に、麻里奈は目を伏せただけで、何も言わなかった。

しかたなく続ける。

「でも、先生にその話をした結果として、偶然というか巡り合わせというか、いろいろつながりのあることが、分かってきたの」

目を上げた、麻里奈の視線がかすかに揺れた。

「そんな、持って回った言い方は、やめてほしいわ。遠慮なく、言いなさいよ」

沙帆は肚を決め、できるだけ明るい口調で言った。

「なんと、本間先生はお若いころ、倉石さんのお母さまを、ご存じだったんですって」

麻里奈は、頬をぴくりとさせたものの、固い表情を崩さなかった。

一口紅茶を飲んでから、抑揚のない声で言う。

「つまり先生は、倉石の母親が玉絵さんだと知っていながら、そのことをずっと言わずにいたわけ」

「そういうことに、なるわね」

麻里奈の眉が、少し険しくなった。

「どうして今ごろになって、そんなことを打ち明けるのかしら。知っていたのなら、最初からそう言えばいいのに」

「わたしも、それを指摘してやったわ。でも、それとこれとは別だとか言って、はぐらかされてしまったの」

本間が、別の質問のときに口にした発言を、そのまま流用する。

ただ、沙帆は麻里奈がその事実を聞かされても、あまり驚いたように見えなかったことに、むしろ意外の念を覚えた。

もしかすると、麻里奈自身もそれを承知していたのではないか、という気がする。

しかし、あえてそのことに触れずに、沙帆は続けた。

「ずいぶん昔のことだけれど、本間先生はゼラピオン同人会という、ドイツ文学の愛好家のサロンに、所属していらしたんですって。倉石さんのお母さまも、そのサロンの同人だったそうよ」

「ふうん」

麻里奈は、あまり興味のなさそうな返事をしたが、目だけは沙帆を見据えていた。

沙帆は、さらに続けた。

「そして、麻里奈のお父さまの寺本風鶏氏もやはり、同人だったと言っていらしたわ。

そのあたりのことを、麻里奈は知らなかったの」

その問いに、麻里奈は少しも表情を変えず、またゆっくりとソファに背を預けて、腕を組んだ。

「生前、父からそうした話を聞かされた覚えは、残念ながらないわ」

そっけない口調だった。

沙帆は少し、意地になった。

「ほかにも久光創とか、戸浦波止とかいう人も、所属していたんですって。倉石さんのお母さまが、わたしと間違えてハトと呼んだ人は、その戸浦波止のことだと分かったわ。本間先生に言わせると、確かにわたしはその波止さんという人に、よく似ているらしいの」

麻里奈はあいまいに、肩をすくめるしぐさをした。

「それはまた、偶然ね」

相変わらず、興味がなさそうに見える。トウラ・ハトと聞いても、どのような字を書くのかさえ、聞こうとしない。

しかたなく、自分の方から説明する。

「トウラはドアの戸に浦和の浦、ハトは波を止めると書くのよ」

「戸浦波止、か。珍しい名前ね」

そう応じたものの、麻里奈はさして驚いた様子もなく、拍子抜けするほどだった。

沙帆は少し、体を乗り出した。

「本間先生と玉絵さん、波止さんが同時に、ゼラピオン同人会に所属していたとしたら、三人がお互いに知り合いだったとしても、不思議はないでしょう」

「まあ、そうでしょうね」

いかにも、おざなりな反応だ。

しかも頬の筋一つ動かさず、仮面のように無表情だった。

沙帆が黙っていると、麻里奈はゆっくりと口を開いた。

「ちなみに、久光創は、倉石の父親よ。三十代前半で、若死にしたけどね」

世間話のような口調だった。

沙帆は、ちくりと胸を刺されたが、わざとらしく首をかしげてみせた。

「そうだったの。でも、倉石さんは倉石姓であって、久光姓ではないわよね」

「それは、久光創が玉絵さんの倉石家に婿養子ではいって、倉石創になったからよ」

麻里奈の説明を聞いて、一瞬頭の中が真っ白になり、そのまま絶句する。

倉石から聞かされた話では、久光創と玉絵は同棲しただけにとどまり、入籍はしなかったということだった。もっとも、それは倉石が玉絵から聞いた話だというから、真偽のほどは分からない。

ただ本間は前日、二人が正式に結婚し、入籍したはずだ、という意味のことを口にしていた。久光創が、倉石家に婿養子ではいったとすれば、それに間違いはないだろう。

ポルトガル料理店で食事をしながら、倉石と二度目に二人きりで話をしたときも、あいまいで不明瞭(ふめいりょう)な点がいくつかあり、当惑した覚えがある。

意識的にしろ無意識にしろ、倉石の話にはいつわりや脚色が混入している、という疑いがわいてきた。
いや、もしかすると倉石に嘘を言うつもりはなく、そもそも玉絵の話自体にいつわりがあった、という解釈も成り立つ。

本間の話にしても、すべてが真実かどうか疑おうとすれば、いくらでも疑える。
だれを信用したらいいのか、分からなくなってしまった。
黙りこくった沙帆の顔を見て、麻里奈がやれやれというしぐさで、付け加える。
「そんなに驚くこと、ないじゃないの。言っておくけど、嘘じゃないわよ。結婚するときに、倉石に戸籍謄本(とうほん)を見せてもらったから、間違いないわ。まさか、偽造したんじゃないの、なんて言わないでね」

沙帆は、あわてて首を振った。

「まさか、そんなこと言わないわよ。あまり意外な話だったので、ちょっとびっくりしただけ」

そう言いながら、動悸を抑えるのに苦労した。

万事、冷静で慎重な麻里奈がそうした重要なことを、おろそかにするはずがない。

倉石の戸籍謄本を、きちんとチェックしたことは、間違いあるまい。

だとすれば、両親は同棲しただけで籍を入れず、自分は久光の認知も受けなかった、という倉石の説明はくつがえされる。

それも、実際に玉絵が倉石にそう言った、としての話だ。

真っ赤な嘘をついたのは、いったいだれなのだろうか。

そしてそのだれかは、なぜそんな嘘をついたのだろうか。

58

【E・T・A・ホフマンに関する報告書・十】

——ドレスデンにもどり着いたのは、およそ一カ月ぶりの六月二十五日（一八一三年）のことだった。

ライプツィヒへの途上、馬車の転覆事故で受けたあなたの頭の傷も、だいぶよくなったもの、と拝察する。

あなたがたが借りた、リンケ温泉につながる並木通りの家は、高台に位置することもあって、周囲の眺めがよかった。

しかし、ナポレオン軍が占拠するこの町に、プロイセンとロシアの連合軍が迫って来たため、八月二十一日には市内への転居を、余儀なくされたわけだ。たとえ不本意にせよ、命あっての物種だから、これはばかりはしかたがない。

ETAは、バンベルクにいるクンツとシュパイア博士に、せっせと手紙を書いているようだ。

ETAにとって、クンツはごく親しい友人でもあるし、初めて出版契約をした版元でもある。

またシュパイア博士は、あのユリア・マルクのいとこではあるが、ETAにとってかけがえのない友人になったから、付き合いが続くのも当然だろう。

博士は、ETAのユリアに対する恋情を見抜き、それを喜んではいなかった。

しかし、ETAの音楽や文学の才能には、一目置いていた。そのため、医学を含む自分の知識、経験を提供することを、少しも惜しまなかった。

ETAもまた、博士をある時期まで邪魔者とみなしたが、結局はその教養と人柄を評価して、バンベルクを去ったあとも何かと、手紙をやりとりした形跡がある。

あなたも自宅で、ETAがこの二人に手紙を書くところを、よく目にすると思う。ただ、何を書いたかまでは、知らないはずだ。

わたしはETAから、それらの手紙が郵便馬車に託される前に、何度か見せられる機会があった。

その内容は、あなたが心配されるようなものでは、まったくない。ユリアのことなど、すっかり忘れ去ったかのように、何も触れていない。安心してよろしい。

ご存じのように、一時は休戦状態だったこのナポレオン戦争も、八月にはいってふたたび不穏な様相を、呈してきた。

わたしはいつも、劇場で仕事をするETAと一緒にいるが、しばしば市外の連合軍が放つ砲弾に、おびやかされる。

おそらく、八月十日に行なわれたナポレオンの誕生祭が、きっかけだったと思う。

浮かれ騒ぐ、市内の歌舞音曲や喧噪を聞きつけて、連合軍が砲撃を始めたのだ。十二日には、オーストリアが連合軍側に加わって、ナポレオンに宣戦布告した、との噂が流れてきた。

市民はみんな、戦々恐々としたものだった。

砲撃が始まると、当然劇場のリハーサルは中断されるわけだが、そのたびにETAは前線を見物しに行こうと、しきりにわたしを誘った。

二十二日の午後、あなたがたが転居した翌日のことだが、ETAは鳴り響く砲声に囲まれつつ、オペラ『タウリスのイフィゲニア』のリハーサルを、首尾よく仕上げた。さいわい、夕方にはいくらか砲声も収まったため、オペラはその夜無事に上演されて、喝采を博した。

二十三日、二十四日と砲火が激しくなり、しだいに危険が近づくのが分かった。全面対決の機運が、みなぎってきた。

裏方を含めて、劇団員はみんな仕事を中止し、家に帰りたがった。

しかし、異常に好奇心の強いETAには、家に帰るという発想がなかった。

リハーサル中に、その日の公演が中止と決まると、すぐさまわたしの腕を引っ張って、前線の視察に出かけた。

そういうとき、ＥＴＡの動きや足取りはいつも以上に、きびきびとしてすばやい。

城外で砲声がすると、あるときはまるで聞こえなかったように、どんどん歩き続ける。すると確かに、その砲弾はどこか離れたところで、爆発するのだった。

逆に砲声が聞こえるが早いか、すばやく道端のくぼみに身を横たえたり、建物の陰に飛び込んだりすることもある。

そうした場合、かならずすぐ近くで、砲弾が炸裂する。そのたびに、わたしたちは砂煙や土くれなどを、かぶったりするのだった。

つまりＥＴＡは、砲声の方角や遠近をただちに聞き分けて、どのあたりに着弾するかを判断する、不思議な才能を持っているのだ。

ともかく、帰宅が遅くなるのは戦場を視察したあと、なじみの居酒屋に立ち寄って、戦況を事細かに分析し合うため、と思っていただきたい。間違っても、あやしげな場所に繰り出すなど、決してないことを保証する。

そもそも、戦闘中そういう慰安所は開いていないし、休戦中は兵士たちであふれているから、どのみち中にはいれないのだ。

二十四日には、ナポレオン軍が応戦のための大砲や砲弾、火薬類を次つぎと市外へ運び出した。

ETAとわたしは、最初の住まいだったリンケ温泉の、並木通りの高台へ行ってみた。そこからだと、ナポレオン軍と連合軍の砲撃戦が、砲弾を浴びる危険を冒すことなく、克明に観察できるのだ。

二十五日になって、ナポレオンは市の城門から目と鼻の先に、長い塹壕(ざんごう)線を掘った。兵士を広く散開させて、敵の砲撃の効果を分散させる作戦に、出たらしい――(一部欠落)

――午後、ゼコンダ一座とリハーサルのため、ETAと一座の喜劇役者、アウグスト・ケラーとわたしは、劇場へ向かっていた。

そのとき、わたしたちは突然ばったりと、供まわりに囲まれたナポレオン皇帝に、行き合った。

遭遇したのは二度目だが、皇帝は聞きしに勝る小男だった!

ETAは、また独り言をつぶやいた。

「やつめ、おれといい勝負だな」

ナポレオンは険しい目つきで、一緒にいた副官をじっと見据え、〈Voyons!〉とどなった。落ち着け、という意味のフランス語だが、自分自身に言い聞かせるようにも、受け取れた。

どちらにせよ、わたしたちには目もくれなかった。

戦場の光景は、酸鼻を極めた。中には、人間の姿をとどめていない死体も、少なくなかった。

居酒屋の二階の窓から、戦う兵士たちを見下ろしたこともある。

平時ならば、そんな状態におかれることなど、想像もできないだろう。

わたしはもちろん、そしておそらくはETAもケラーも、自分は傍観者にすぎないという気分から、逃れられなかった。

もっとも、窓際で砲撃戦を見物していたケラーは、フランス兵が砲弾に吹き飛ばされ、体がばらばらになるのを見て動転し、手にしたグラスを外に落としてしまった。

いずれにしても、あなたを含めてご婦人がたには、こんな心境になるわたしたちを、理解できないに違いない。

こうした、非日常的な日々を過ごしながら、ETAは毎晩音楽評論や小説の執筆、あるいは懸案のオペラ『ウンディーネ』の作曲に、精を出していたようだ。それは、あなたの方がよくご存じだろう――(一部欠落)

――十一月にはいっても、戦闘は続いた。

ナポレオン軍はプロイセン、ロシア、オーストリアの連合軍を、迎え撃った。市の内外で、激戦が繰り広げられた。

ETAは、ゼコンダ一座の劇団員を叱咤激励して、モーツァルトの『魔笛』のリハーサル、本番公演を続行した。

そのため、毎日死屍累々たる街路を通り抜けて、劇場にかようことになった。

ETAもわたしも、積み上げられた死体を目にしながら、まるで瓦礫の山でも見ているように、冷静だった。

そのくせ、リハーサルでクライマックスに差しかかると、感動のあまり涙を流してしまうのだ。おそらく、戦争による死というものが日常化し、感覚が麻痺してしまったに違いない。

とうとうナポレオン軍は、十一月十日にドレスデンから撤退し──（以下欠落）

［本間・訳注］

ここで、ヨハネスの報告書は中断しており、それ以降だいぶ長い欠落がある。

そのため、次の報告書にいたるまでのホフマンの消息を、ざっとたどっておくことにする。

報告書にもあるように、戦場のさなかにあったドレスデンにおいて、ホフマンはゼコンダ一座の仕事をこなしながら、クンツとの出版契約を果たすために、精力的に執筆活動を行なった。

　ナポレオンが、ドレスデンから撤退したあと、一八一三年十二月にホフマンは、ふたたび一座とともに、ライプツィヒにもどる。

　この、ドレスデンとライプツィヒの行ったり来たりは、当時の劣悪な交通事情、道路事情を考えると、ホフマン夫妻にとって心身ともに、大きな負担になったに違いない。

　ライプツィヒでも、ゼコンダ一座の仕事を続けるかたわら、〈ＡＭＺ〉のために音楽評論も書き、こまめにベートーヴェンの作品を、取り上げた。

　一八一四年から一五年にかけ、三回に分けて出版された『カロ風幻想作品集』のうち、第一巻と第二巻についてはバンベルク時代に、ほぼ完成していた。第三巻と第四巻はおおむね、このドレスデンとライプツィヒ時代に、書かれたものだ。

　これも報告書にあるとおり、ホフマンが滞在中のドレスデン、ライプツィヒは、フランス軍とこれを攻撃するロシア、プロイセン、オーストリア連合軍との、激戦の舞台になっていた。

　ケーニヒスベルク（東プロイセン）出身のホフマンは、法律家としての公的な仕事も、芸術家としての私的な仕事も、あちこちでフランス軍に妨げられたため、ナポレオンに対する反感をますます強めていた。

そのせいか、あるいはそれにもかかわらずか、ホフマンはしばしば一人で、ときには劇団員とともに、ときには報告者たるヨハネスを帯同して、戦場を視察（見物？）に行ったようだ。

その模様は、ある程度日記に書かれもし、短い実見記としても残された。

ホフマンの音楽論の集合体、ともいうべき『クライスレリアーナ』も、この時期に書き上げられた。よく知られるように、ロベルト・シューマンの同名のピアノ幻想曲集は、ホフマンのこれらの小品に触発されて、作曲されたものだ。

シューマンは、当初法律家を目指していたこと、生来文筆の才に恵まれたこと、酒が好きだったことなど、ホフマンと共通する点がいくつかあった。しかし、晩年精神を病んだところからして、ホフマンその人よりも分身の、クライスラーの方に似ていた、というべきかもしれない。

それはともかく、ホフマンはそうした環境の中で、懸案のオペラ『ウンディーネ』（デ・ラ・モット・フケー原作、脚本）の、第一幕を仕上げている。これは、現在でもしばしば上演され、もっとも知られたホフマンの音楽作品、といってよかろう。

十一月、ドレスデンからナポレオン軍が撤退する前後から、ホフマンは『黄金宝壺』の執筆に取りかかった。

ライプツィヒでは、前回も滞在した安宿〈金の心臓〉に、腰を落ち着けた。

ただ、この町はドレスデンに輪をかけて、寒さの厳しい土地柄だ。むろん、劇場には暖房設備など、あるはずがない。ホフマンは、零下十数度という酷寒の中、毎日リハーサルと上演に明け暮れ、体調を崩してしまう。

このころの、体への大きな負担と過度の飲酒癖が、ホフマンの寿命を縮めたといっても、過言ではあるまい。

家で仕事をする際、ホフマンは着ぶくれするほど服を身にまとい、背中や下半身にクッションをあてがう、縫いぐるみのような格好でデスクに向かった。それを戯画に描いて、クンツに宛(あ)てた手紙の中に、添えたりもしている。

明けて一八一四年、二月半ばに『黄金宝壺』を脱稿するが、しだいに座長のゼコンダと、意見が対立し始める。そしてついに二月下旬、ゼコンダは自分の考えを曲げず、ホフマンを解雇する挙に出た。

たつきを失ったホフマンは、やむなくナポレオンを揶揄(やゆ)する戯画を描いたり、

〈AMZ〉に寄稿したりして、食いつなぐはめになる。

それにもめげず、ホフマンは三月から『悪魔の霊液』の執筆に、取りかかった。

さらにイースター、いわゆる復活祭（春分のあとの満月直後の日曜日。キリスト復活を祝う祭日）の前後に、念願の作品集『カロ風幻想作品集』の第一巻、第二巻がクンツの手で、刊行される。

その冒頭には、クンツの根回しによってジャン・パウルが、序文を寄せている。

ただ、ジャン・パウルの妻カロリーネは、かつてホフマンが婚約破棄した、年上のいとこヴィルヘルミネの、親友だった。そのためカロリーネは、自分の親友を裏切ったホフマンに、好意を抱いていなかった。

当然、ジャン・パウルも妻からその話を聞き、クンツの依頼に困惑したに違いない。

その結果、ホフマンの著作のために書いた序文は、ほめているのかいないのか分からない、持って回った筆致に終始した。

この序文は、出版からほぼ十年後（！）の一八二三年十二月に、〈フリップ〉なる無名氏が某新聞に書いた書評を再録し、それをジャン・パウルが紹介するという、ややこしい形式をとる。

まさに、苦慮の一策という感は否(いな)めず、ホフマンも内心複雑なものがあった、と推測できる。

さて四月初旬には、早くも『悪魔の霊液』の第一部が、脱稿する。

もっとも、第二部の執筆が大幅に遅れたため、全編完成は翌一五年の後半に、ずれ込んだ。第一部と第二部が出そろい、刊行されたのはさらに翌年、一六年のことだった。

話はもどるが、ゼコンダはホフマンと一度決裂したものの、一カ月半後に解雇通知を撤回し、ふたたびドレスデンで仕事をしてほしい、と要請してきた。

しかし、創作意欲に取りつかれたホフマンは、その要請を拒否した。

そして六月には、『ウンディーネ』の第二幕を仕上げ、さらに八月初旬には早くも全曲を、完成してしまう。

それに先立つ七月六日、旧友テオドル・ヒペルがホフマンに会うため、ベルリンからライプツィヒに、やって来た。

ヒペルによれば、ナポレオンのせいで職を奪われた官吏たちを、プロイセン政府が再雇用する用意がある、という。

有能な役人だったヒペルは、ホフマンさえ望めばプロイセンの法務省に、判事として復帰させる手立てがある、と言った。

ヒペル自身は、みずからの希望でマリエンヴェルダーの、地方裁判所へ転出する予定だった。ホフマンは、ともにベルリンで働くことを望んだが、所領地ライステナウに近い、西プロイセンでの落ち着いた勤務を望む、ヒペルの気持ちは変わらなかった。

ただし、そのあたりの二人の心情の葛藤は、つまびらかにしない。

ともかく、ヒペルの奔走によりホフマンは、プロイセン政府の法務省に採用され、ベルリンの大審院で働くことになった。

ただし、しばらくのあいだは無給の事務職として勤務し、そのあと正規の判事として登用する、という条件だった。

とりあえずホフマンは、九月二十四日に妻ミーシャを伴い、ライプツィヒをあとにして、ベルリンへ向かう。

二日後、ベルリンに着いたホフマン夫妻は、一八〇七年の第二次ベルリン時代に利用した、デーンホフ広場のホテル〈金鷲亭〉に、居を定めた。全財産の、六フリードリヒスドールを盗み取られた、あのホテルだ。

当時のベルリンは、街なかを辻馬車が縦横に走り回り、蒸気機関の導入などによって工業、商業とも活況を呈していた。

もっとも、人口は二十万人に達しておらず、戸数も八千戸に満たないという、現代に比べれば小さな都市にすぎなかった。

そのベルリンの大審院で、ホフマンは旧知のエドゥアルト・ヒツィヒと、再会することになる。

59

原稿をテーブルに置いて、長椅子の背にもたれる。

古閑沙帆は、奥から聞こえてくるギターの音に、なんとなく耳をすました。

題名は思い出せないが、それはバッハのバイオリンかチェロの独奏曲を、ギター用にアレンジしたもののようだ。

その、手慣れた巧みな指使いからして、さすがに倉石由梨亜が弾いている、とは思えなかった。いくら上達が早いとはいえ、まだバッハの曲を弾けるまでには、いたっていないはずだ。

だとすれば、本間鋭太が弾いているのに、違いない。おそらく、由梨亜に何かを教えるために、手本を示しているのだろう。
それが終わると、今度は由梨亜らしい軽いタッチで、簡単なメロディが流れ始める。
簡単とはいっても、やはりどこかで耳にしたことのある、バッハの小品と分かった。
たとえ小品にせよ、初心者にバッハはいかがなものか、という気もする。しかし、本間には本間の教え方が、あるのだろう。

テーブルの解読原稿に、目をもどす。

今回の原稿は、いつもより量が少ないかわりに、本間の訳注が長い。

むろん、その訳注で沙帆が知っていることは、ほとんどない。卒論のテーマに、ホフマンを取り上げた倉石麻里奈でも、ここまでは知るまいと思われる事実が、いろいろと書き連ねてある。

本間に依頼したのは、報告書の解読と翻訳それ自体であって、本間自身の訳注や蘊蓄の披露は、付随的なものにすぎない。

とはいえ、正直なところ沙帆にとっては、本間のそうした訳注や蘊蓄が、今や解読原稿そのものと並ぶ、楽しみになってしまった。

ただ、麻里奈の立場になってみれば、いちばん重要なのは一日も早く、解読作業を終わらせることに、尽きるだろう。その解読文書を足場に、麻里奈は自分なりにホフマンの研究を、再開するつもりでいるはずだ。

最初に言明したその目標を、今でも持ち続けているのなら、の話だが。

それにつけても、解読翻訳の仕事とは直接関係がないにせよ、沙帆には麻里奈に確かめたいことが、一つだけある。

それは麻里奈自身が、本間と血のつながった実の姪(めい)であることを、承知しているのかどうか、という問題だ。

思えば、麻里奈との付き合いはかなり長く、それなりに気心の知れた親友同士、といってよい。

ただ、ここへきて麻里奈の亡(な)き母親が、若いころ他家へ養女に出された、本間の実の妹と分かってから、なんとなくすなおに接することが、むずかしくなった気がする。

同時に、本間がそれを知りながら隠していた、と言って言いすぎならば、少なくとも黙っていたことに、沙帆はすっきりしないものを感じた。

一方、麻里奈もそのことを承知しつつ、沙帆に打ち明けなかったとするなら、いかにも水臭いと言わざるをえない。

もっとも沙帆にしたところで、ひとを責められる立場にないことは、十分に自覚している。麻里奈に、まだ打ち明けていない事実が、いくつもあるのだ。

倉石学と自分と、二人だけで内密の話をする機会を、二度持ったこと。

由梨亜が本間から、ギターのレッスンを受けるという秘密を、倉石と共有していること。

さらに、ひそかに倉石玉絵に呼ばれて、一人で〈響生園〉へ面会に行ったこと。

そうした状況を考えると、どんどん気が重くなってくる。

いつの間にか、弦の音がやんでいた。

少しのあいだ静寂が流れたあと、ふたたびギターが鳴り始める。

その曲には、聞き覚えがあった。

確か先週、本間が由梨亜にさらうように命じた、フェルナンド・ソルの〈初心者のための二十五の練習曲〉の、最初の曲ではなかったか。

洋室へもどるために、また独習を言いつけたらしい。

案の定、廊下にどかどかと足音が響き、本間がもどって来た。

秋風が吹くには、まだいくらか間があるというのに、本間はニットの長袖のシャツを、身につけていた。赤、黄、緑のだんだら模様の、派手なボーダーのシャツだ。下はゆったりした、デニムのパンツ。

「独習ばかりでいいんですか、由梨亜ちゃんは」

沙帆が聞くと、本間はソファにぴょんと飛び乗り、指を振り立てた。

「教えるべきことは、もうすべて教えたよ」

思わず、顎（あご）を引く。

「すべて教えたとおっしゃっても、レッスンを始めてまだ日が浅いのに、いくらなんでも無理じゃありませんか」

「無理ではない。プロになるならともかく、素人（しろうと）がマスターすべきことは、テクニックも含めて全部、教えたつもりだ。あとは自分で、修業を積めばよい」

いかにも本間らしい、古風なことを言う。

耳をすますと、確かに由梨亜の指の動きは先週に比べて、さらにぎこちなさが取れた気がする。

麻里奈の手前、由梨亜は家で練習できないはずだから、どうやってそこまで腕を上げたのか、分からない。

もしかすると、麻里奈が不在のときに父親のレッスン室で、練習しているのかもしれない。

それにしても、生徒が来ていないときにしかできないから、時間は限られるはずだ。

「麻里奈くんに、母親の出自を聞いてみたかね」

突然聞かれて、沙帆はわれに返った。

「ええと、いいえ、まだ聞いていません。なんとなく、気が引けてしまって」

沙帆の返事に、本間はいかにも落胆した様子で、ため息をついた。

「別に、遠慮することもなかろう。二人とも、きのうきょうの付き合いじゃあるまいし、隠し立てするようなことは何もないはずだ」

「とはいっても、お互いプライベートなことについては、口を出さない方ですし」

本間は、先刻沙帆に用意させた冷たい麦茶を、一口飲んだ。

口調を変えて言う。

「どうかね、今回の原稿は」

沙帆はかたちばかり、原稿をめくり直した。

「そうですね。ええと、後半部の解読原稿は、けっこう欠落が目立ちますね。ご先祖の、本間道斎先生の手に渡ったときから、そうだったのでしょうか」

「かもしれんし、道斎のあと何代か引き継いできたあいだに、抜け落ちたのかもしれん。その報告書のあとも、何カ所か欠落がある。それはおいおい訳注で、おぎなっていくつもりだ」

「今回は、解読部分があまり多くない分、訳注を詳しくお書きになっていますね」

「欠落した空白の部分が、かなり長くなっているのでな。それをおぎなおう、と思っただけさ」

「それにしては、ちょっと中途半端な終わり方のような、そんな気がしますが」

「麻里奈くんが、興味深く読んでくれるかどうか、心配になってな。そのために、筆が止まってしまったのさ」

「ワープロですから、止まったのは筆というより、指ですね」

軽口を挟んだつもりだが、本間はにこりともせずに続けた。

「きみに興味があるなら、口頭であとを続けてもいいがね。おもしろいエピソードも、なくはないんじゃ」

じゃ、が出たときは話したくて、うずうずしている証拠だ。

沙帆は、麻里奈の目に届かない情報を聞くことに、大いに興味をそそられた。

「お差し支えなければ、聞かせていただけませんか。このプロジェクトが始まってから、わたしもホフマンの生活や作品について、いろいろと関心がわいてきましたので」

本間は、なぜか照れ臭そうに鼻をうごめかし、すわり直した。

「そうか。それなら、聞かせてやってもいい。どこまで、書いたかな」

原稿をチェックする。

「ええと、ベルリンの大審院で、ホフマンが旧知のエドゥアルト・ヒツィヒと、再会することになった、というところまでです」

「おお、そうだった。ヒツィヒのことは、覚えておるかね。前にどこかの訳注で、書いたことがあるはずだが」

「はい。ホフマンのワルシャワ時代に、上級裁判所で同僚だった人物ですね」

「さよう。ヒツィヒは、その後判事をやめて出版業に、転身していた。ただ、かみさんを亡くしたあと、その出版業の権利を他人に譲って、ベルリンの大審院の判事に、返り咲いたわけだ」

「判事の職って、そう簡単にやめたり返り咲いたり、できるものなのですか」

「当時、法律家というのはエリートだったから、数も少なかった。優秀な判事は引っ張りだこで、復職もむずかしくはなかっただろう」

本間は麦茶を飲み、話を続けた。

「ヒツィヒは、ホフマンと同様文筆をよくしたし、浪漫派を中心とする作家たちに、広く顔がきく存在だった。たぶん、そのヒツィヒが前宣伝をしておいたおかげで、すでに出版されていたホフマンの、『カロ風幻想作品集』の第一巻と第二巻は、ベルリンの文壇でも話題になっていた。ことに、『クライスレリアーナ』でホフマンが描いた、楽長クライスラーの奇矯な人間像は、評価が高かったのさ」

「するとホフマンは、すんなりとベルリンの文壇に受け入れられた、ということですか」

沙帆の問いに、本間はいたずらっぽい顔つきになって、ウインクした。

「それについては、いささかのエピソードがある。ベルリンに到着した翌日、一八一四年九月二十七日のことだが、ヒツィヒはホフマンを引き合わせるため、市内の有名レストランに、当時の著名人を七人呼んで、歓迎会を開いた」

「著名人というと、どんな人たちですか」

「作家でいうなら、例の『ウンディーネ』の原作者の、デ・ラ・モット・フケー。『影を売った男』で売り出した、アデルベルト・フォン・シャミッソー。『長靴をはいた牡猫(おすねこ)』で、一躍浪漫派の旗手の一人になった、ルートヴィヒ・ティーク。そんなところだな」

「三人だけですか、著名人は」

「ほかにも、いたことはいた。当時はそれなりに名士だったが、今では研究者のあいだでも、ほとんど忘れ去られた連中だ。たとえば、ティークの妹ゾフィの元亭主の、ベルンハルディ。それに、フリードリヒ・シュレーゲルの妻、ドロテアの連れ子で画家の、フィリップ・ファイト。ほかにもフケーの友人の、なんとかいう作家などもいたらしいが、もう名前が思い出せん」

「すると、ホフマンと面識があるのは、ヒツィヒを除けばフケーとシャミッソーくらい、というわけですね」

沙帆が確認すると、本間は重おもしく首を振った。

「いや。ホフマンとフケーも、『ウンディーネ』のオペラ化の仕事を通じて、手紙のやりとりがあったのは確かだが、顔を合わせたことは一度もなかったんじゃ」

「要するに、ホフマンの顔を知っている人は、だいぶ前にベルリンで会ったことのある、シャミッソーだけ、ということですか」

「まあ、そういうことになるな」

そう言って、あいまいな笑みを浮かべる。

ためしに、水を向けてみた。

「その集まりには、何か仕掛けがありそうですね」

すると本間は、またも話の先を越されると思ったのか、たちまち表情を引き締めた。

「待て待て。先走りしてはいかん。ヒツィヒの苦労が、水の泡になるからな」

本間はまたすわり直し、おもむろに口を開いた。

「ヒツィヒは、初めにホフマンの正体を伏せて、出席者に紹介したのさ。つまり、ラーテナウから来たドクトル・シュルツ、という名前でな」

「ドクトル、シュルツですか」

「そうだ。集まった連中は、見知らぬ小男をヒツィヒに引き合わされて、とまどったに違いない。まあ、食事は一流のレストランの料理だったから、不満はなかっただろうがね。食事のあと、お茶の時間になったところで、余興があった。双子の歌手のマルクーゼ姉妹が、完成したばかりのオペラ『ウンディーネ』から、アリアをいくつか歌ったのさ。それが終わるが早いか」

本間は一拍おいて、話を続けた。

「ヒツィヒは、おもむろにフケーを物陰に呼んで、最初に紹介したドクトル・シュルツこそ、実は楽長クライスラーことホフマンだ、と耳打ちした。さすがのフケーも、この不意打ちには驚いたに違いない。しかし喜び勇んで、シュルツの正体を満座に伝えた。面識のあるシャミッソー以外は、楽長クライスラーの生みの親の劇的な登場に、驚きと感嘆の声を抑えきれなかった。とくにティークは、さぞびっくりしただろうな」

そう言って、どうだまいったかというように、大きくうなずく。

沙帆も、ある程度そのような展開を予想していたが、すなおに驚いてみせた。

「それはいかにも、ホフマンらしいサプライズですね。もしかするとヒツィヒではなく、ホフマン自身のアイディアだったかも」

本間は、くすぐったそうな顔で、鼻の下をこすった。

「どちらにしても、ホフマンらしいデビュー、と言っていいだろうな」

「ヨハネスの報告書の、欠落した部分にそのときのいきさつが、もっと詳しく書かれていたんじゃないでしょうか」

ためしに聞くと、本間はたちまちむずかしい顔になった。

「ヨハネスが、ホフマンと一緒にその会食に加わっていたら、当然書いただろうな。しかし、報告書が欠けている以上、それを言っても始まるまいよ」

「すると、先生が今お話しになったエピソードは、どこからお引きになったのですか」

「ホフマンの研究書なら、たいがいは出ておるよ。もともとは、当人が歓迎会の翌日クンツに宛てて書いた、手紙の報告が原典になっとるんだ」

「だとしても、ヨハネスの報告書が欠落しているのは、返すがえすも残念ですね」

「ただ、その歓迎会にミーシャも出席していたとすれば、ヨハネスは詳しく報告する必要がないから、書かなかったかもしれんよ」

本間はそう言って、口を閉じた。

それから、一息に麦茶を飲み干して、お代わりを所望する。

60

古閑沙帆はキッチンへ行き、新しい麦茶をいれ直した。

洋室へもどり、テーブルにグラスを置いて、長椅子(ながいす)に腰を落ち着ける。

本間鋭太が、麦茶に口をつけるのを待ってから、あらためて口を開いた。

「ヒツィヒで思い出しましたが、ホフマンはヒツィヒの子供たちを、すごくかわいがっていたようですね。どこで読んだか、忘れましたが」

話をがらりと変えると、本間は肘掛(ひじか)けをばたばたと叩(たた)いて、うれしそうに笑った。

「そのとおりじゃ。ホフマンが、ベルリンへ来てから刊行した童話、『くるみ割り人形とねずみの王様』は、母を失ったヒツィヒの子供たちのために、書いたものだ。ヒツィヒにはルイーズ、フリッツ、マリーという、三人の子供がいてな。三人とも、ホフマンが大好きだったのさ。遊びに行くたびに、その場で子供の喜びそうなおもちゃを、作ったりしてやったからな」

口から、泡を吹きそうな勢いだ。

「確かホフマン夫妻にも、ツェツィリアという女の子が一人いたのに、幼いころ病気で亡くしたのでしたね」

沙帆が言うと、本間はたちまち悲しげな顔になった。

「さよう。そのために、ホフマンはヒツィヒの子供たち、中でも一番下のマリーを、かわいがっていたそうじゃ」

突然、人差し指をぴんと立てて、話を続ける。

「それを裏付ける、証言もある。ヘルミナ・フォン・ヘツィ、という同時代の女性ジャーナリストが、こんなことを書いとるんだよ」

例によって、話が突然飛んでいく。

本間によると、次のような内容だ。

ホフマンは、小ぶりのきゃしゃな手をしており、光る目は見つめるばかりで、動きが少ない。薄い唇は、いつも固く引き結ばれて、めったに笑うことがない。

その体には、人間に最低限必要な肉と骨しか、ついていない。しかし、常にきびきびと目まぐるしく、情熱的に動き回る男だ。

また、子供を楽しませる、名人でもある。

それも、甘やかしたりご機嫌をとるのではなく、ごく自然にそれができるのが、すばらしい。

ヘルミナなにがしは、沙帆が初めて耳にする名前だが、女性のジャーナリストらしい、細かい観察力の持ち主だ。

もっとも、ホフマンは文筆家としてのヘルミナを、あまり高く買っていなかったし、さして好意も抱いていなかった、という。

そのことは、ヘルミナも承知していたようだ。

それでもヘルミナは、後年ある名誉毀損事件の法廷で、厳格な判事ホフマンと対峙したとき、自分を法に従って正当に扱ってくれた、と感謝している。総じて、裁判官としてのホフマンの仕事ぶりに、賛辞を惜しまなかったという。

沙帆は言った。

「その、ヘルミナという女性は、ホフマンをよく観察していますね。子供との付き合い方とか、好き嫌いで法を曲げたりしない性分を」

本間はまた、うれしそうに相好を崩した。

「そのとおり。ホフマンに、あまり好かれていないのを知りながら、相手の長所をすなおに認めておるのが、ヘルミナのすばらしいところだ」

沙帆は麦茶を飲み、話をもどした。

「ところで、大審院にはいった当初の、ホフマンの仕事ぶりは、どうだったのですか」

本間はすわり直し、原稿にうなずきかけた。

「そこにも書いたが、初めからホフマンが希望するとおりには、ならなかった。訳注にあるように、当面は給与なしの事務職、いわば閑職に回されたわけだからな」

「閑職、といいますと」

「フェアザント（Versand）、つまり裁判の資料や書類を関係者に発送する、発送担当事務官だな」

これには驚く。

「かりにも、かつて判事の職にあったホフマンが、ただの発送係ですか」

「少なくとも最初の半年間は、がまんせよという内命だ。しかたあるまいが」

「でも、いずれは正式の判事に採用される、という含みだったんですよね」

「うむ」

「ホフマンは本気で、がまんするつもりだったのですか」

本間は、肩を揺り動かした。

「そのことについて、ホフマンはヒペルに宛てた手紙の中で、それなりの心境を明かしておる」

「ヒペルというと、ホフマンに判事の職を世話した、あのテオドル・ヒペルですよね」

「さよう。ホフマンはヒペルに、こう書いておる。自分は、判事の仕事から長期間離れていたので、どのみちすぐには実務にもどる自信がない。それに、本格的に開始した文筆や作曲の仕事を、今さらやめるわけにもいかない。大審院で、正規の判事の仕事をしようとすれば、著述や作曲活動を並行して続けることは、不可能だ。両立させるためには、むしろ時間に余裕のある事務職の方が、やりやすいだろう。とまあ、そんな具合に説明したわけさ」

なるほど、もっともらしい説明だ。

ホフマンにとって、それはある面で事実だったかもしれない。

しかし、ただちに判事に復職できなかったことへの、自分を納得させるための言い訳だった、という見方もできるだろう。

本間が、苦笑を浮かべる。

「きみが何を考えているか、わしにはよく分かるぞ。ホフマンの負け惜しみ、と思っておるんだろう」

「まあ、それに近いですが」

本間は、ふと真顔になって、あとを続けた。

「ちなみに、今回訳注で書こうと思いながら、つい書き漏らしてしまったことを、話しておこうか。麻里奈くんも、たぶん知らんことだと思うから、必要とあればあとで話してやってくれ」

「分かりました」

本間は、二杯目の麦茶を飲み干し、息をついた。

「ホフマンは死んだあと、フランスやロシアでは人気が出たが、ドイツ語圏ではめったに評価されなかった。そこで、ホフマンを称揚した数少ないドイツ人を、何人か紹介しておきたい。ハイネのことは、いくらか話した覚えがあるが」

「はい。確か、ハイネがジーボルトの助手の、ビュルガーと知り合ったことを記録した、『告白・回想』という本の話でしたよね」

「そうじゃ。ハイネにはもう一つ、『浪漫派』という著作がある。その中で、ハイネはノヴァーリスをただ一人の、混じりけなしの浪漫派詩人、と褒めたたえている。しかも、そのあとでホフマンのことを、ノヴァーリスよりはるかに重要な作家だ、と言いきった」

「ほんとうですか」

あのハイネが、そんなことを書き残したとは、知らなかった。

本間が続ける。

「ほんとうだ。ただ、そう書いておきながらハイネは、ホフマンを浪漫派に属さない作家だ、と断定する。なぜならホフマンは、浪漫派の領袖(りょうしゅう)シュレーゲル兄弟と交渉がなく、したがって影響も受けていないから、というのさ」

「わたしが知るかぎりでも、ホフマンはいわゆる浪漫派の作家たちと、ほとんど没交渉だったと聞いています」

沙帆が言うと、本間はうなずいた。

「そのとおりだ。ティークやフケーと出会ったのも、さっき話したベルリンでの一夜が初めてだし、ティークとはその後一度も顔を合わせていない。あのノヴァーリスとも、結局会う機会がなかった。ハイネの言うことも、分かるような気がするじゃないか」

沙帆も、うなずき返す。

「ヨハネスの報告書を信じれば、ホフマンはクライストと一度対話したことがあり、しかも意気投合した様子でしたね」

「それは当然だろう。ホフマンはバンベルク時代に、クライストの『ハイルブロンのケートヒェン』を、率先して上演した。さらに、短編恐怖小説の『ロカルノの女乞食』を、大いに気に入っていた、ともいうからな」

「前に先生もおっしゃいましたが、ホフマンとクライストは浪漫派というより、そのあとにくる写実主義の先駆け、とみなす研究者が少なくありませんね。二人を、浪漫主義と写実主義をつなぐ懸け橋、とする見方はなかなか興味深いものがある、と思います」

本間は、さも沙帆の指摘が気に入ったというように、くっくっと笑った。

「きみもいよいよ、ホフマンに対する興味が、増してきたようだな」

「ええ、まあ」

しぶしぶ認める。

本間はすぐに真顔になり、話を前にもどした。

「ほかにもまだ、ホフマンを高く買った人物がいるんだが、聞きたいかね」

「はい、ぜひ」

「オスヴァルト・シュペングラー、という名前に心当たりがあるかね」

本間の問いに、沙帆は視線を宙に浮かせた。

「ええと、名前を聞いた覚えはあります。二十世紀前半の、哲学者だか歴史学者だか、ですよね」

「そうだ。『西洋の没落』を書いた哲学者、と言えば分かるだろう」

それなら、聞き覚えがある。

「はい。本のタイトルは、知っています。読んだことは、ありませんが」

「その本の中で、シュペングラーはホフマンが創造した楽長クライスラーを、ドイツが生んだもっとも深遠な、音楽芸術家の文学的造型である、と書いているんだ。その構想の豊かさは、ゲーテが生んだファウストにも匹敵する、としているほどさ」

沙帆も、さすがにびっくりして、背筋を伸ばした。

「ほんとうですか。それは少し、ほめすぎではないか、という気もしますが」

「シュペングラーにとっては、ほめすぎでもなんでもなかっただろう」

本間はにべもなく、言い捨てた。

おそらく本間も、ホフマンを認めなかったゲーテに、不満を抱いているに違いない。

「ほかにもまだ、ホフマンのファンがいるのですか」

ためしに聞くと、本間は大きくうなずいた。

「いるとも。明治時代に来日した、お雇い外国人というのを、知っているかね」

「はい。西洋の知識を導入するため、明治政府が日本へ呼び寄せた外国人の学者や、技術者のことですよね」

「さよう。その中の一人に、ラファエル・ケーベルという、ドイツ人の哲学者がいる。名前くらい、聞いたことがあるだろう」

「はい、あります。東京帝国大学で、二十年以上哲学だか美学だかを、教えた人ですね」

「そのとおりだ。そのケーベルの随筆集を、読んだことがあるかね」

「ええと、はい。学生時代に、『ケーベル博士随筆集』という本を、岩波文庫で読みました。内容はもう、忘れましたが」

「そうか。実は、同じ岩波書店から大正年間に、『ケーベル博士小品集』という題の、ハードカバーの随筆集が出た。評判がよかったのか、『続小品集』『続々小品集』と立て続けに、全部で三冊出版されている。きみが読んだ文庫本は、そこから取捨選択したいくつかと、それ以外に書かれた随想を中心に、まとめられたものだろう」

「その三冊の中に、ホフマンに言及したくだりが、あるのですか」

「ある。もちろん、文庫本の中にもホフマンに触れた箇所が、いくつか見られる。あいにくきみは、忘れてしまったようだが」

沙帆はばつが悪くなり、麦茶で喉（のど）をうるおした。

「すみません。高校の、読書の時間に無理やり読まされたので、ほとんど記憶にないんです。改行なしの、べたっとした古臭い文章だったことしか、覚えていません」

「ただ文庫本では、〈ロマン主義とは何か〉という章の中で、ホフマンに断片的に触れているだけだ。しかし、小品集の三冊目の『続々小品集』には、〈ホフマン雑感〉というタイトルで、歴としたホフマン論が収録されている。もっとも、この小品集自体がめったに、市場に出回らんのだ。ことに、『続々』はかなりの希覯（きこう）本で、へたをすると万単位の値がつく」

万単位か。それは確かに、希覯本のあかしだろう。

「先生はもちろん、お持ちなのですね」

念を押すと、本間は軽く肩をすくめた。

「ああ、背表紙がゆがんだ、汚い本だがな。〈ホフマン雑感〉は、原題を〈ホフマニアーナ（Hoffmann-iana)〉という。ホフマニアーナはホフマニアン、つまりホフマンの信奉者とか、研究者を指すものではない。ホフマンの語録とか逸事録、逸話集といった意味だ。ここでは、〈雑感〉としているが、まことに適切な訳語、といってよい」

ホフマンの、『クライスレリアーナ』と同じだろう。

少しじれったくなり、ついせっついてしまう。

「それで、その内容は」

本間は、わざとのようにやおらすわり直し、指を立てた。

「ケーベルによれば、まずひそかにホフマンの作品に傾倒して、その影響を受けた作家はトルストイだ、と指摘した」

沙帆は、顎を引いた。

「トルストイというと、あの『戦争と平和』の、トルストイですか」

「いや、それはレフ・トルストイだ。ケーベルが言ったのは、アレクセイ・トルストイの方さ。なんでも、レフのまたいとこに当たるらしいが、十歳かそこら年上のはずだ」

「ポーとか、ボードレールの名前が挙がったのは、どこかで見た覚えがありますが、ほかにも影響を受けた作家がいたとは、知りませんでした」

「ケーベルはほかに、ジョルジュ・サンドやアレクサンドル・デュマ・ペール、それにあのドストエフスキーの名前まで、挙げているくらいだ」

「ほんとうですか」

にわかには信じられず、沙帆は聞き返した。

「ほんとうさ。確かに、ドストエフスキーとホフマンは、ある種の似た精神構造を、持っているように思える。二人とも、賭博者の話を書いておるしな」

「はあ」

沙帆は、あいまいにうなずいた。

それがケーベルの意見なのか、あるいは本間自身の意見なのか、分からなかった。

本間が続ける。

「アレクセイ・トルストイの小説『肖像』と、戯曲『ドン・ジュアン』は明らかに、ホフマンに触発されて書いた作品、といってよかろう」

沙帆は、両方とも読んだことがないし、作品の存在自体を知らない。

話を変える。

「ドイツの作家では、ハイネのほかにホフマンを評価した人が、だれかいるのですか」

「ケーベル博士によれば、ヘッベルやルートヴィヒも、ホフマンの賛美者だった」

それも初耳だった。

フリードリヒ・ヘッベルもオットー・ルートヴィヒも、一般にはあまり知られていないが、まともなドイツ文学の研究者なら、だれでも知る作家だ。

ことにヘッベルに関しては、沙帆も学生時代に『ユーディット』や、『ヘローデスとマリアムネ』を、愛読したものだった。

ただ、沙帆の印象に残るヘッベルは、ホフマンよりもクライストに近い、と感じた覚えがある。

本間は続けた。

「ケーベル博士は、ホフマンを批判する作家たちを、容赦なくやっつけている。文豪ゲーテも、同じ後期浪漫派のアイヒェンドルフも、その鋭い筆鋒（ひっぽう）から逃れられなかった」

「ゲーテやアイヒェンドルフも、博士の槍玉（やりだま）に挙げられているのですか」

「そのとおり。しかも、容赦なくだ」

「ゲーテのホフマン嫌いは分かりますが、同時代の、しかも同じ浪漫派のアイヒェンドルフまで、ホフマンを批判しているとは、意外ですね」

「ゲーテについては、たぶんホフマン作品をほとんど読まずに、耳に届いた噂だけで判断したに違いない、と博士は書いておる。読んでいれば、あそこまで批判をしないだろう、というわけさ」

かりに読んでいたとしても、ホフマンがゲーテの好みに合わないことは、なんとなく分かる。

「アイヒェンドルフは、どうなんでしょう。博士は、ちゃんと読んだ上で批判している、と書いていますか」

「アイヒェンドルフは、読んでいただろう。『ドイツ文学史』という著書の中で、わざわざホフマンに一章を割いて、意見を開陳しとるくらいだからな」

「それがきわめて、批判的な内容なわけですね」

「うむ。ケーベル博士によれば、アイヒェンドルフの指摘はすべてが間違いであり、不公正であり、誇張であり、一面的であり、さらに才気も温情もなく、弾劾に徹している、というんだ」

沙帆は笑った。

「つまり、同じ後期浪漫派の作家のくせに、徹底的に批判している、と」

「うむ。ホフマンに傾倒する博士の目には、そのように映ったということだろう。確かにホフマンは、若いころ酒と女にうつつを抜かし、放蕩を尽くした。しかも、政治や社会問題より芸術、なかんずく音楽に傾倒した。とはいえ、そんなことはホフマンを評価するのに、なんの関係もない。博士はそのように、反論しているわけだ」

本間が、口角に唾をためて力説するのを見ると、まるでケーベル博士がそこで熱弁を振るっている、というふうにさえ思われてくる。

「ゲーテはともかく、アイヒェンドルフのホフマン批判は、ちょっとショックですね」

「しかもアイヒェンドルフは、博士が愛好する作家の一人でもあったのだ。そのあたりの葛藤を、クボ・マサル（久保勉）の訳で紹介しよう」

本間は、そう言ってすわり直し、背をぴんと伸ばした。

「人として詩人として、かくもわたしが敬愛し、尊重するアイヒェンドルフが、ホフマンをかように論ずる一文をものしたことは、わたしの深く遺憾とするところである。わたしは、一人の真の詩人が一人の真の詩人に対して、これ以上にこせこせした意地悪い、狭量なる判断をくだした例を、ほかに知らない」

そのよどみない口調を聞くと、おそらくもとの翻訳文をそっくり暗誦した、としか思えなかった。

それに気づいたかのように、本間はまたウインクして言った。

「まあ、もとの硬い翻訳文を多少分かりやすく、読みくだしたがね」

61

倉石麻里奈は、解読文書をテーブルの上でとんとん、とそろえ直した。

「今回の報告書は、いつもより分量が少ない気がするわ。その分、本間先生の訳注が多いけどね」

古閑沙帆は、紅茶に口をつけて言った。

「先生がお持ちの、報告書の後半部分にはけっこう、欠落が多いらしいのよ。今回はとくに、そのあとの空白が長いんですって。それを訳注で、補うことにしたみたい」

麻里奈は、文書をテーブルに置き直して、おもむろに上からのぞき込んだ。

「それにしても、さすがに本間先生はホフマン研究の、第一人者ね。わたしが書いた卒論なんて、これから見ればせいぜい小学生の、夏休みの自由研究レベルだわ」

そう言って、深いため息をつく。

沙帆は、急いでとりなした。

「そんなことないわよ。あのころ、ちゃんとしたホフマンの研究書といえば、吉田六郎のホフマン伝と、ザフランスキーのホフマン伝の翻訳書くらいしか、なかったもの。麻里奈はよくやった、と思うわ」

麻里奈は腕を組み、ソファの背に体を預けた。

「ほかに、ベルゲングリューンのホフマン伝も、出ていたと思う。断片的だけど、探せばいろいろと役に立つものが、けっこうあったわ。ただ、肝腎のホフマンの日記とか書簡集、それに同時代人によるホフマンの回想録、証言録のたぐいが、まったくといっていいほど、翻訳されてなかったのよね。原書も、今ほど簡単には、手にはいらなかったし」

「ほんとよね。あとはせいぜい、世界文学全集に収録された、ホフマンの略伝と作品解説くらいしか、なかったでしょう」

「深田甫の、個人訳によるホフマン全集にも、だいぶ助けられたわ。解説が、充実していたから」

沙帆は、創土社から刊行されたその全集を、麻里奈の書棚で見たことがある。

全十巻として刊行が始まったが、結果的に一巻が二分冊になったものもあり、最終的に十二冊になる勘定だったようだ。

しかし、刊行の間隔がしだいに間遠になって、さらに最終配本になるはずの最終巻、つまり第十巻がなんらかの事情で、刊行されなかった。

結局、全集は最後の一巻が未完のまま、終わってしまったのだ。

「あの個人訳全集は、確かに労作だったわ。でも、最終巻が出なかったのが、なんとも心残りよね」

沙帆が言うと、麻里奈は感慨深げな顔で、小さく首を振った。

「そう。あれは、返すがえすも残念だった。その最終巻には、ホフマンの日記や書簡、音楽評論などが、収録される予定になっていたの。なのに、初回配本から二十年以上もかかって、第十一回配本の第六巻が出たあと、ついに中断してしまったのよね。第六巻は、例の『悪魔の霊液』なんだけど、その奥付が確か一九九三年の夏だった。古本屋で、全巻買い集めるのに、苦労したものだわ」

「第十巻だけでも、先に出してほしかったわね。研究者の立場からすれば、日記と書簡集は、真っ先に翻訳されてしかるべき、貴重な資料ですもの」

沙帆がフォローすると、麻里奈も二度、三度とうなずいた。

「まったくだわ。考えてみると、わたしもあんなに恵まれない状況で、よく卒論にホフマンを選んだものよね」

「だからこそ、やりがいがあったんでしょう」

「それはそうよ。でも、ずっとやり残したことがたくさんある、という不満を引きずっていたのも、確かだわ」

「それがあったから、もう一度やり直してみたい、という気持ちになったのよね」

麻里奈は、少したじろいだように、顎を動かした。

「まあ、そんなところね。でも、本間先生のこういう綿密な訳注を目にすると、わたしの出る幕じゃないような、そんな気がしてくるのよ」

沙帆はわざと、明るく笑ってみせた。

「あら。麻里奈らしくもないわね。最初は、本間先生何するものぞという感じで、意気軒昂(けんこう)だったのに」

麻里奈の目を、かすかな苦渋の色がよぎる。

「あの古文書を見て、ふつふつとやる気が出てきたことは、わたしも認めるわ。でも、本間先生の解読文書を読んでいるうちに、やはりわたしには荷が重すぎるって、分かったのよ。卒業以来、ドイツ語とは距離をおいてしまったし、正直言って本間先生のように、一次資料を読みこなす力は、もうないわ。日本語の資料しか使えないなら、あのころとちっとも変わらない。卒論以上のものを、書けるはずがないでしょう」

沙帆は口をつぐんだ。

いつも勝ち気で、弱音を吐いたことのない麻里奈にしては、珍しく意気の上がらない口ぶりだ。

麻里奈の、そういう姿を見るのは沙帆にとっても、愉快なことではなかった。

「本間先生の、この解読文書を使えばいいんだわ。まだ出版されたわけじゃないし、少なくとも報告書の前半部分の所有権は、倉石家にあるわけでしょう。資料の出所と、解読者が本間先生であることを付記すれば、なんの問題もないと思うけれど、どうかしら」

麻里奈は、両手で髪を後ろへはねのけ、背筋を伸ばした。

「確かに、沙帆の言うとおりね。もう少し、考えてみるわ」

それから、気分を切り替えるように、あらためて解読文書をめくり直す。

「ところで、先生の訳注によると、報告書が欠落しているあいだの時期に、ホフマンの最初の作品集が出版された、ということね」

確認するような口調に、沙帆もすなおに応じた。

「ええ。『カロ風幻想作品集』の第一巻から第四巻まで、計四冊よ。先生が、一八一四年から一五年にかけて出た、その初版本を持っていらっしゃる話は、前にしたわよね」

麻里奈は、小さく肩をすくめた。

「ええ。見せてもらったんでしょう」

「そうよ。白い手袋をはめろ、と言わぬばかりだったわ」

「初版本といっても、いわゆる復刻版じゃないのって、念を押した覚えがあるけど」

それは沙帆も、よく覚えている。

「わたしが見たかぎりでは、モロッコ革でりっぱに装丁された、新刊みたいにきれいな本だった。でも、本文の紙はずいぶん古かったし、フラクトゥール（亀甲文字(かめのこ)）の活字も、それなりに時代がかっていたわ。外側の、装丁は取り替えられたとしても、中身は初版本に間違いない、と思うわ」

あらためて繰り返すと、麻里奈の目にちらりと、ねたましげな色が浮かんだ。

「ゲーテのヴェルテルならともかく、ホフマン程度の作家の初版本じゃ、それほど高くはなかったでしょうね」

ホフマン程度というその言葉に、なんとなく傷つけられた気になる。

「でも、生きているあいだはホフマンも、売れっ子の作家だったはずだわ。値段はともかく、ホフマンの愛好家なら十分に、持つ価値がある本よ。わたしも、見るだけで目が洗われるようだった」

つい口調に、力がはいった。

「いわゆる、眼福を得た、というやつね」

からかうような口ぶりに、またいくらかむっとしたものの、なんとかそれを押し隠す。

隣接するレッスン室から、息子の帆太郎が弾く練習曲の音が、かすかに聞こえてきた。

毎週土曜日、沙帆がここへ報告書を届けに来るとき、帆太郎もほかに特段の用事がはいらないかぎり、倉石のレッスンを受けるために、一緒について来るのだ。

その指のタッチが、由梨亜と比べてどこかぎこちなく感じられ、もどかしくなる。

麻里奈が、にわかにまじめな顔つきになり、あとを続けた。

「訳注によると、報告書が中断したあとナポレオン軍が敗れて、ホフマンの執筆活動が活発化したみたいね」

沙帆は雑念を振り払い、麻里奈の問いに応じた。

「ええ。ただ、訳注にもあるけれど、戦火を避けながらドレスデンとライプツィヒを、何度も往復するのはたいへんだった、と思うわ」

「でも、そのあいだにもホフマンの筆は、だいぶ進んだんでしょう。『黄金宝壺』を書き上げたし、長編の『悪魔の霊液』にも取りかかったようだし」

「そうね。ようやく、作家として本格的に活動を始めた、といっていいわね」

「しかも幼なじみの、ヒペルが奔走してくれたおかげで、判事の仕事に復帰できたのよね」

「ええ、そうなの。ゼコンダに解雇されたのが、むしろよかったのかもね。ベルリンは、生活環境がずっと整備されていたし、文学的環境も整っていたから」

沙帆が言うと、麻里奈は報告書の最後のページを、見直した。

「訳注によると、そのベルリンでエドゥアルト・ヒツィヒと、再会したようね。ヒツィヒは、かつてワルシャワの上級裁判所で、ホフマンの同僚だった人でしょう」

「そう、その人よ」

「確かこの人が、ホフマンをベルリンの文壇に、紹介したんじゃなかったかしら」

「そうなのよ。出版業をやったりしたこともあって、文壇には顔がきいたのよね」

「確か、ヒツィヒは最初ホフマンの正体を隠して、フケーやティークに引き合わせた、という話だったわよね」

「そう、そう。先生ったら、そのシーンを身振り手振りもよろしく、劇的に再現してみせたのよ」

そのやりとりで、どこかぎこちなかった、二人のあいだの雰囲気が、なんとなくほぐれたような気がした。

続いて、沙帆は明治時代に来日したお雇い外国人、ラファエル・ケーベルのホフマンびいきの一件など、本間鋭太から聞かされた話を細大漏らさず、麻里奈に報告した。

麻里奈も、そうした話は初めて耳にするものとみえ、熱心に耳を傾けていた。

聞き終わると、麻里奈はソファを立って、紅茶をいれ直した。

一息つくなり、麻里奈が言う。

「そういえば、きのうびっくりすることがあったの。わたし、高校時代の友だちと飲むことになって、夕方から四谷まで出かけたのよ。ゆうべは倉石も、知り合いのギタリストのコンサートで、遅くなると言ってたしね。由梨亜は由梨亜で、英語の特訓クラスのあとクラスメートと、映画に行くことになっていたの」

毎週金曜日の夕方、由梨亜は英語の夏期講習を受ける、という名目で相変わらず本間のもとにかよい、ギターのレッスンを続けている。

前日も、沙帆は原稿を受け取りに行ったあと、由梨亜を待って途中まで一緒に、帰って来たのだ。

そのとき由梨亜は、これから友だちと映画に行くと、確かにそう言っていた。

沙帆は、何食わぬ顔で聞き返した。

「びっくりしたことって」

「一緒に飲んだ友だちは、かなりいける口でね。わたしも嫌いじゃないし、会うといつも帰りが遅くなるの。へたをすると、午前さまになるくらい」

そこまで飲むとは、知らなかった。

沙帆自身は、ほんの付き合い程度にしか、飲まない。一緒に飲むとき、麻里奈は酒の量を沙帆に、合わせていたらしい。

「でも、そのことは倉石さんも由梨亜ちゃんも、承知の上なんでしょう」

「ええ。ところが、ゆうべは九時にもならないうちに、その友だちのケータイにお父さまから、電話がかかってきたのよ。お母さまが、実家の階段で足を踏みはずして、救急車で運ばれたって」

話がよく見えず、沙帆は少しいらだった。

「それで、早めに切り上げたわけ」

「そう。彼女、すぐにかつぎ込まれた病院に行く、と言って店を飛び出したわ。それでわたし、そのまままっすぐ帰宅したの。そうしたら」

麻里奈は、そこでわざと気を持たせるように、紅茶を一口飲んだ。

沙帆は、じりじりしながら、先を促した。

「そうしたら」

「玄関にはいったとたん、倉石のレッスン室からギターの音が、聞こえてきたのよ」

わけもなく、ぎくりとする。

しかし、別に驚くほどのことでもない、と考え直した。

「倉石さんが、早めに帰っていらっしゃった、というわけ」

「わたしもそう思って、レッスン室へ直行したわけ。そうしたら、弾いていたのは倉石じゃないのよ」

62

さすがに、冷や汗が出る。

古閑沙帆は、いかにも不審げな表情をこしらえて、聞き返した。

「まさか、生徒さんが勝手に上がり込んで、練習するわけはないわよね」

「もちろんよ。弾いていたのは、なんと由梨亜だったの」

そう言いながら、倉石麻里奈は右手をひょいと上げ、ひとを叩くしぐさをした。

やはりと思いつつも、沙帆はどんな顔をしていいか、とまどった。

ことさら、平静な様子を装いながら、口を開く。

「別に、びっくりすることなんか、ないじゃないの。由梨亜ちゃんは、ギタリストの血を引いているのよ。それに、小さいころ倉石さんの手ほどきを、受けたんでしょう。たまには、ギターをいじりたくなって、弾くこともあるんじゃないの」

「倉石に教わったのは、ほんの短い期間だけよ。そのとき、あまり興味を示さなかったものだから、一カ月かそこらでやめてしまったわ。ところが、きのうはなんとあのバッハの曲を、すらすらと弾いていたのよ。小品とはいえ、バッハのメヌエットをよ」

熱のこもった口調だ。

沙帆は、狼狽を隠すために、すわり直した。

確かに前の日、由梨亜は本間鋭太のアパートで、バッハの初歩の曲を弾いていた。

それも、かなりじょうずに、だ。

ことさら、軽い口調で応じる。

「由梨亜ちゃんはきっと、倉石さんや麻里奈がいないときに、レッスン室で練習してるんじゃないの。いつか、驚かせようと思って」

「そんな暇があるとは、思えないわ。部活や特訓クラス、それに塾だってあるし」

紅茶を飲み、少し時間を稼ぐ。

「でも、今は夏休みで、ふだんより余裕があるでしょう」

「毎日ならともかく、思いついたときに練習するだけで、あんなには弾けないわよ」

また紅茶を飲んで、気を落ち着けなければならなかった。

思い切って聞く。

「それで由梨亜ちゃんは、何か言っていたの」

「わたしも、びっくりしてね。いつの間に、そんなに弾けるようになったのって、聞いてみたの。そうしたら平然として、練習なしでもこれくらいはいつでも弾けるわって、生意気を言うのよ」

そのときの、由梨亜と麻里奈の顔を思い浮かべて、沙帆はつい笑ってしまった。

「由梨亜ちゃんらしいわ。やはり、血筋は争えない、ということね」

麻里奈は、複雑な表情になった。

「もしかすると、倉石がわたしに内緒で由梨亜に、教えてるのかもね」

少しほっとする。

「そうかもしれないわね。ええ、きっとそうよ」

「でも、もしそうだとしたら、わたしに黙っていることはない、と思うのよね。わたしは別に、由梨亜がギターを弾くこと自体に、反対はしてないから。プロのギタリストには、なってほしくないけど」

沙帆は、紅茶を飲み干した。

「そのこと、倉石さんに話したの」

「ええ。ゆうべ遅く、帰って来たあとでね」

きゅっと胸を締めつけられる。

「何か、おっしゃった」

「別に、驚きもしなかったわ。ただ、ときどきレッスン室にもぐり込んで、一人で弾いていることがあるようだ、とは言っていたけど」

ほっとした。

「それじゃ、何も不思議がることなんか、ないじゃない。由梨亜ちゃんは、きっと才能があるのよ」

そう紛らすと、麻里奈はまんざらでもなさそうに、頬を緩めた。

「ありすぎても、困るわよね。間違って、倉石のあとを継ごうなんて気になられたら、どうすればいいのよ」

沙帆は笑って、なんとなくごまかした。

ひところ、よく口の端にのぼった教育ママ、とまではいかないが、麻里奈も由梨亜の教育に関しては、かなり熱心だった。

その証拠に、結婚と同時にさっさと家庭に収まるような、古いタイプの女性には育てたくないと、ふだんから気勢を上げている。

確かに、由梨亜のように聡明利発な娘を持てば、そう考えたくなるのも無理はない、と思う。

そのとき、廊下に通じるドアがあいて、倉石学がはいって来た。

そういえば、ギターの音が聞こえなくなっている。レッスンが終わったらしい。

沙帆は、あわてて長椅子を立ち、頭を下げた。

「お疲れさまでした。いつもお世話になっています」

「こちらこそ」

挨拶を返した倉石の後ろから、帆太郎が顔をのぞかせる。

「これから、先生がお茶の水の楽器店へ、連れて行ってくれるって。いいでしょ」

沙帆は帆太郎を、横目でにらんだ。

「連れて行ってくださる、でしょう。中学生にもなって、敬語の遣い方を知らないのは、恥ずかしいわよ」

「連れて行ってくださるって」

すなおに言い直して、帆太郎はぺろりと舌を出した。

倉石が、笑ってあとを引き取る。

「帆太郎くんもだいぶ、腕を上げてきましたからね。そろそろ、ギター弦のワインダーやギタースタンド、それにギターサポートといった小物が、必要になってきます。ソルやカルカッシの練習曲集も、自分で持っていた方がいいしね」

それから、麻里奈を見て続ける。

「帰りにどこかで落ち合って、ご飯でも食べないか」

麻里奈は、人差し指を頬に当てて、軽く眉(まゆ)をひそめた。

「それもいいけど、きょうはちょっと疲れてるの。もうすぐ由梨亜も帰って来るし、こちらは女同士三人で、適当にすませることにするわ」

沙帆は、反対するわけにもいかず、帆太郎にげたを預けた。

「あなたは、どうなの。一緒でなくていいの」

水を向けると、帆太郎はちょっと迷うように、首をかしげた。

しかし、どうやら麻里奈の口調に何か感じたらしく、すぐに答える。

「このあいだも食べたし、またにしようよ。もっと、時間があるときにさ。こちらも、男同士適当にやるから、別々でいいよ」

倉石も麻里奈も笑い、さほど気まずくならないうちに、話がついた。

沙帆は、出て行こうとする帆太郎を呼び止めて、折り畳んだ一万円札を二枚渡した。

「楽器屋さんに行ったら、自分でちゃんとお支払いするのよ」

帆太郎は、無造作にそれをポケットに突っ込み、あっけらかんと言った。

「ご飯は、ごちそうになってもいいよね」

また、笑いがはじける。

倉石は、帆太郎の背中を押しながら、出て行った。

二人きりになると、麻里奈は大きくため息をついて、ソファの背にもたれ直した。

「正直言って、きょうはほんとに疲れたわ。うちと同じ階に、このマンションの管理組合の理事をしている、一人暮らしの女性がいてね。その人が、昼過ぎからうちにやって来て、ずっとマンション管理のことで、愚痴をこぼすの。ごみの分別が厳しすぎるとか、雪掻き（か）と落ち葉掻きは管理費に含まれるはずだとか、外廊下の自室の窓下に物を置くのがなぜ悪い、とかね。そんなことは、理事会で議論すればいいのに」

「でも、百近い世帯が一緒に暮らしていると、意見を統一するのはむずかしいわ。うちのマンションも同じよ」

沙帆が応じると、麻里奈は唐突に口調を変えて、切り出した。

「そういえば、先週ゼラピオン同人会の話が、出たわね。本間先生と同じように、わたしの死んだ父も、そこに所属していたとか」

前置きもなく、話が核心に触れてきたので、沙帆はにわかに緊張した。

「ええ。本間先生は、寺本風鶏さんも同人の一人だった、とおっしゃったわ」

「それに、早逝(そうせい)した久光創、つまり倉石の父親と母親の玉絵さんも、やはり同人だった、と」

「そういうことでしょう」

麻里奈は、守りを固めようとするしぐさで、腕を組んだ。

「要するに倉石の両親、わたしの父の寺本風鶏、それに玉絵さんがあなたと取り違えた、戸浦波止。その人たちは全員、同じサークルに所属していたわけね」

「そのとおりよ」

沙帆はそう応じてから、もう一人いたことを告げようかどうか、躊躇(ちゅうちょ)した。

しかし、ここまできたら、明かさずにはいられない。

「でも、本間先生のお話によるともう一人、身近にいて同人だった人がいるの」

麻里奈の目が、きらりと光る。

「だれなの」

「先生の妹さんよ」

沙帆の返事に、麻里奈はしんから驚いた様子で、瞬(まばた)きした。

初めて聞く、という顔つきに、嘘(うそ)はないようだ。

「先生に、妹さんがいらっしゃったの」

「ええ。わたしも、つい先週本間先生から聞かされるまで、知らなかったの。先生によると、妹さんはお父さまの親友だったある人の強い希望で、そのかたの養女に出されたんですって」

「養女」

麻里奈はおうむ返しに言って、そのまま絶句した。

「そう。そのとき、妹さんはすでに二十五歳だったそうだから、いい年になっていたわけだけれど」

「二十五歳」

また繰り返して、麻里奈は口をつぐんだ。

沙帆は、しかたなく続けた。

「そのかたは、本間先生のお父さまが所属していらっしゃった、オランダ語学会のお仲間だったそうよ」

麻里奈は、いささかあきれたという風情で、首を振った。

「相手が、いくらお仲間だろうと親友だろうと、かわいい娘を養女に出すなんて、信じられないわ。何か深い事情が、あったのかしら」

「そのかたは、生まれつき子種がない体質か何かで、跡継ぎを生んでくれる養女が、ほしかったらしいの。江戸以来の旧家で、資産家だったそうだから」

「だったら、最初から男の子の養子をもらえば、すむことじゃないの」

言われてみれば、そのとおりかもしれない。

「先生の話では、先方は養女にした妹さんに婿を取って、子供が生まれれば家系を保つことができる。お父さまには、本間先生という跡継ぎがいるから、妹を外へ出してもかまわないだろう。そんなふうな論法で、先方に説得されたんですって」

麻里奈は、小さく肩をすくめた。

「まあ、好きずきだけど、回りくどいやり方ね。それで首尾よく、跡継ぎができたの」

すぐには答えられず、クッキーをつまんで一拍おく。

「それが実は、そうならなかったの。養女にはいって二年後に、ご両親が二人そろって高速道路を走行中、大型トラックに追突されて亡くなった、というのよ」

さすがに驚いたとみえて、麻里奈は組んでいた腕を解いた。

「資産家の家に養女にはいって、そのあげくご両親が急死したとなると、あとがたいへんだったでしょうね」

いきなりそうくるか、と思って沙帆は苦笑した。

いかにも、麻里奈らしい反応ではあるが、少し先走りしすぎる。

「遺産を巡って、いろいろと苦労があったようだけれど、よけいなことだから省くわ。それで妹さんは、すべてをきれいに整理したあとで、かねてお付き合いのあった男性と、結婚したんですって」

麻里奈は、芝居がかったしぐさで、のけぞった。

「へえ。ちゃっかりしてるわね、先生の妹さんて。ちなみに名前は、なんていうの」

それまでの様子で、麻里奈が生前の母親のことを、まったく知らないことが分かり、沙帆はしだいに気が重くなってきた。

あらためて、よけいなことに首を突っ込みすぎてしまった、と後悔の念にとらわれる。

しかし、今さらやめるわけにもいかない。

覚悟を決めて言った。

「その前に、妹さんが結婚したお相手がだれかを、聞いてほしいの。その男性は、実は本間先生や妹さん、そして倉石さんのご両親と同じく、ゼラピオン同人会の会員だった人なのよ」

63

倉石麻里奈は、きょとんとした。

しかし、それは一瞬のことだった。

白い顔が、たちまちこわばり始める。

古閑沙帆は、汗ばんだ手を膝(ひざ)の上で握り締め、麻里奈をじっと見つめた。

麻里奈の、口元から鼻の両脇(りょうわき)にかけて、それまで目にしたことのない、奇妙なしわが浮き出る。

一度、唇をきゅっと引き結び、低い声で言った。

「まさか、わたしの父じゃないわよね」

「それが、まさしく麻里奈のお父さまの、寺本風鶏さんなの」

沙帆が答えると、麻里奈はまるで剣を飲んだように背筋を伸ばし、体をこわばらせた。

かすれた声で言う。

「先生の妹さんは、依里奈という名前なの」

「ええ。麻里奈の、亡くなったお母さまよ。養女に出されたので、姓は秋野と変わっていたけれど」

自分の声が、われながら勝ち誇ったように聞こえて、沙帆はうろたえた。

麻里奈が、呆然(ぼうぜん)とする。

「秋野、依里奈。確かに、母の旧姓だわ」

強いショックを、受けたようだった。

沙帆も、好んで麻里奈にショックを与えよう、と考えたわけではない。

それでも、これまでの付き合いを主導してきた麻里奈に、一矢(いっし)を報いたような気がしたのは、思いすごしではなかった。

麻里奈は、のろのろと両手を握り合わせると、それを口元に押し当てた。

にらむように、沙帆を見て言う。

「本間先生は、最初からそのことを承知していて、解読翻訳の仕事を引き受けたの」

「最初からかどうかは、分からないわ。でも、途中からはっきり認識していらしたのは、確かだと思う。ついこのあいだまで、そんなことはおくびにも、出さなかったけれど」

沙帆が応じると、麻里奈は握り締めた両手に額を押し当て、祈るような格好をした。

「わたしの母が、本間先生の妹だったとすれば、わたしは先生の姪になるわけね」

「ええ」

沙帆は短く答えただけで、それ以上は何も言えなかった。

少し間をおき、麻里奈は白い喉をごくりと、音が聞こえそうなほど動かして、切れぎれに続けた。

「それはつまり、わたしにも、当然由梨亜にも、先生と同じ血が流れている、ということね」

「そうなるわね」

答えたものの、息苦しくなって、生唾をのむ。

麻里奈は顔を起こし、手を下ろして背筋を伸ばした。

「どうして先週、言ってくれなかったの。先生から、それを聞いた直後に」

その、とがめるような強い口調に気おされて、沙帆は上体を引いた。

「麻里奈が、そのことを承知しているかどうか、分からなかったからよ。承知の上で、先生にお仕事を頼むことに同意したのなら、わたしがとやかく言う筋合いはないし」

麻里奈の目が、まっすぐに見返してくる。

「そんなこと、承知していたはずがないでしょう」

強い口調に、沙帆は言葉を失った。

麻里奈が深呼吸をして、おもむろに言う。

「本間先生と、血がつながっていると分かって、ショックだったのは事実よ。でも、びっくりしただけで、いやだと思ったわけじゃないの。実感が、全然ないし。人の巡り合わせって、ほんとに、不思議よね」

声が、心なしか途切れがちに、揺れている。

それが、本音かどうかは疑わしかったが、沙帆はすなおに言葉を返した。

「そうね。わたしに言わせれば、そのことを承知していながら、今までほのめかしもしなかった、本間先生にも責任があると思うわ。ただ、先生に言わせれば、妹さんは本間の家を出て行った人だから、いちいち断わる必要はないと判断した、ということらしいの。血筋はつながっていても、法的には別の家の人間だって」

麻里奈は、よく分かるとでも言いたげに、うなずいた。

ふと、その頬に赤みが差してくるとともに、いくらか表情も穏やかになったことに、気がつく。

そこで初めて、麻里奈の顔から血の気が引いていたのだ、と思い当たった。沙帆が考える以上に、ショックが大きかったようだ。

麻里奈がしみじみと、独り言のように言う。

「父にしても母にしても、わたしに若いころの話をしてくれた、という記憶がほとんどないのよ。ただ、二人ともドイツ語の勉強をしていた、ということだけは聞いた覚えがあるの。でもそれ以外は、どこでどうやって知り合ったのかとか、二人の祖父母がそれぞれどんな人で、どこでどうしているのかとかについては、何も話してくれなかった。ほんとうなら、わたしが倉石と知り合って結婚するとき、両親同士がみんなゼラピオン同人会の会員で、若いころお互いに親しい仲だったことを、教えてくれてもよかったでしょう。倉石のお父さまは、とうに病気で亡くなっていたけど、少なくとも玉絵さんはその事実を、わたしに告げることが、できたはずよ。でも、何も言ってくれなかった」

そこで一度言葉を切ったが、沙帆が口を開くいとまも与えず、話を続けた。

「父の寺本風鶏は、ゲーテやハイネほどには知られていない、ドイツ浪漫派の詩人たちの詩を翻訳したり、自分で詩を書いたりしていたわ。でも、その仕事で生活が成り立つほどには、売れていなかったと思う。それなのに、母親は、わたしが倉石と結婚したとき、このマンションの購入資金の全額を、出してくれたわ。何年か前、母親が死んで初めて、驚くほど多額の預貯金や株券を、遺していたことが分かったの。父親が、そんな大金を遺したはずもないのに、いつ、どこでそんな財産を築いたのかって、不思議に思ったものだわ。でも、たった今沙帆から母親の出自を聞いて、納得がいったわ。その財産は、母親が養女にはいった秋野家から、引き継いだものだったのね」

沙帆は、何か言わなければと思ったが、舌がこわばって動かなかった。

さらに、麻里奈が続ける。

「わたし、沙帆と知り合った学生時代からずっと、ひとを自分の家に連れて来るのを、避けていたわよね。それには、わけがあったの。わたしの両親には、人に言えない秘密があるような気がしたし、それが原因でわたしとの折り合いが、悪かったからよ。だから、沙帆にずいぶん暗い雰囲気の家庭だとか、妙にぎくしゃくした関係の親娘だとか、そんなふうに思われたくなかったの。沙帆のおうちが、とてもうらやましかった」

　そこで言葉を切り、目尻（めじり）を指先でぬぐう。

　麻里奈が、人前で涙を流すのを見るのは、初めてだった。

　いつの間にか、沙帆も泣いていた。

「ごめんなさい。よけいなことを、言ってしまって。わたし、麻里奈のプライベートな問題を、つつき回すつもりはなかったの。ただ、麻里奈と本間先生が、不思議な糸で結ばれていることに、何か運命的なものを感じたんだわ。わたし、その糸を手繰り寄せずには、いられなかったのよ」

　ハンカチを出し、涙を押さえる。

　麻里奈が、泣き笑いして言った。

「いいのよ。だれが悪いんでもないわ。沙帆が言うとおり、これもきっと運命なのよ」

　奇妙なことだが、沙帆はそこで初めて真に麻里奈と、心がかよい合った気がした。

　麻里奈は涙をふき、今度は屈託のない笑顔を見せた。

「悪いけど、きょうは一人になりたいの。もうすぐ、由梨亜が帰って来るけど、三人で食事をするには、コンディションが悪すぎるわ」

その気持ちは、分かりすぎるほどよく分かった。

「了解。今度は、倉石さんと帆太郎も一緒に、みんなで食事会をしましょうよ」

そう言って、思い切りよく腰を上げる。

麻里奈も、ソファを立った。

「ごめんね、沙帆。わがまま言って。ただ、この報告書の解読翻訳のプロジェクトは、最後まで続けてほしいの。来週も、ちゃんと本間先生のところへ行って、原稿をもらって来てね」

64

翌週の木曜日の夜。

古閑沙帆が、大学の後期授業の準備をしていると、携帯電話が鳴った。

倉石麻里奈からだった。

「あしたの午後、本間先生のところへ、お原稿を受け取りに、行くんでしょう」

「ええ、予定どおりよ」

最初のころに決めた、毎週金曜日の午後に受け渡しという約束は、忠実に守られている。

「急で申し訳ないんだけど、わたしも一緒に、連れて行ってもらえないかしら」

予想外の申し入れに、沙帆はちょっと構えた。

先週の土曜日、前回の報告書を麻里奈に届けたとき、本間鋭太の妹依里奈の話をした。

本間家から、秋野家へ養女に出された依里奈が、のちに恋人の寺本風鶏と結婚して、麻里奈の母親になったという、意外な巡り合わせの一件だ。

それによって、麻里奈は血筋の上からいえば、本間の実の姪に当たることが、明らかになったのだった。

その話を聞いて、麻里奈がいろいろな意味で衝撃を受けたことは、沙帆にも十分理解できる。

それにしても、本間の家に同行したいという唐突な申し入れには、とまどわざるをえなかった。

沙帆は、少し考えて言った。

「わたしはかまわないけれど、本間先生には事前にお断わりしておいた方が、いいんじゃないかしら」

麻里奈も、少し間をおく。

「もしかして先生に、門前払いを食わされる恐れがある、とでも」

「ううん、そんなことはない、と思うわ。でも、それなりに心の準備をしておいてもらわないと、先生に申し訳ないでしょう」

「わたしも、先週沙帆からその話を聞かされたとき、心の準備なんかできていなかったわよ」

にべもなく言い返されて、沙帆は口をつぐんだ。

すぐには、返す言葉がない。

麻里奈が続ける。

「別に、わたしとの血縁関係を黙っていたことで、先生に苦情を申し立てる気はないの。例の報告書の、解読翻訳をお願いしている件で、自分の口からお礼も言いたいし、とにかく一度ご挨拶しておきたいだけよ」

そう言われると、反論する余地はなかった。

「分かったわ。一緒にいきましょう」

翌日金曜日の午後二時、地下鉄南北線の本駒込駅で待ち合わせることにして、電話を切った。

しかし、そのあとすぐに沙帆は、めんどうなことを思い出した。

おおむね、報告書の解読原稿を受け取った一時間後、午後四時に麻里奈の娘の由梨亜が、本間にギターのレッスンを受けに、やって来るのだ。

そのことを、夫の倉石学は承知しているが、麻里奈には沙帆も由梨亜も、報告していない。

沙帆にすれば、なんとなく麻里奈が本間のことを、うさん臭い存在に見ているようで、つい言いそびれてしまったのだ。

沙帆もときに、受け取った原稿を読みながら、由梨亜のレッスンが終わるのを待ち、途中まで一緒に帰ることがある。

麻里奈を連れて行って、本間との話がへたに長引いたりすると、由梨亜と鉢合わせしないとも限らない。

あるいは帰りに、駅まで歩く途上でばったり出会う、ということもありうる。

沙帆は、握り締めた手のひらが、汗に濡れるのを感じた。

八月も、すでに半ばを過ぎたというのに、秋の気配はまったくない。

手のひらの汗は、暑さだけのせいではなかった。麻里奈を、本間の家へ連れて行くことで、事態が悪い方へ進みはしないか、という不安がある。

とにかく、麻里奈が本間の家やその周辺で、由梨亜と顔を合わせることだけは、避けなければならない。

由梨亜に、携帯電話をかけようとしたが、思い直した。

もし由梨亜が、リビングルームに麻里奈と一緒にいたりしたら、かえってややこしいことになる。

考えたあげく、メールを打つことにした。まさか麻里奈も、由梨亜のメールをチェックするようなことは、しないだろう。

〈あしたは麻里奈ママがわたしと一緒に、本間先生のおうちに行くことになりました。念のためレッスンはお休みにして、先生にもそのむねお電話しておいてください。よろしく〉

翌日。

沙帆と麻里奈は、午後二時五十分過ぎに本間の住む、新宿区弁天町の〈ディオサ弁天〉に着いた。

この日、麻里奈はいつもに似ずおとなしい、無地の紺麻のワンピース、という装い(よそお)

だ。

　肩から、白いバッグを斜めがけにし、帆布のトートバッグをさげている。

　三時になるまで、門の内側の木陰で汗が引くのを待ち、それから玄関のガラス戸を開いた。

　一人のときは勝手に上がるが、断わりもなく麻里奈を連れて来たからには、いちおう声をかけるのが礼儀だろう。

「ごめんください。古閑ですけれど、先生はご在宅ですか」

　沙帆が、形式張って奥に呼びかけると、少し間をおいてしわがれ声が、返ってくる。

「別に、断わらんでもいいぞ。上がって、待っていてくれ」

「あの、ちょっと、連れがいるものですから」

　途中で、言葉を切る。

　由梨亜が電話したとすれば、本間は沙帆が麻里奈を連れて来ることを、聞いているかもしれない。

　だとすれば、微妙な対応になる。

　しばらく間があいたあと、廊下の突き当たりの暗がりに、白っぽい人影が現れた。

　それが、足音とともにしだいに形を整えながら、玄関にやって来る。

本間は、クリーム色に近い白の甚兵衛に、ちぢみの浅葱色のステテコ、といういでたちだった。

麻里奈を見て、驚いたように足を止める。

麻里奈が、いち早く頭を下げて、挨拶した。

「はじめまして。倉石麻里奈です。古閑さんにお願いして、無理やりご一緒させていただきました。直接お目にかかって、めんどうなお仕事をお引き受けいただいたお礼を、申し上げたかったものですから」

まるで練習してきたように、よどみなく言ってのける。

「ああ、麻里奈くんね。あなたの噂は、かねがね古閑くんから、聞かされていますよ。とにかく、上がりたまえ」

本間はそう言って、みずから横手の洋室の引き戸を、引きあけた。

なぜか、いつもがたぴし音のする引き戸が、この日はすっと軽く開いた。たまたまなのか、それともわざわざ蠟でも引いたのか。

その場面を想像すると、なんとなくおかしかった。

洋室にはいり、麻里奈と並んですわろうとする沙帆に、本間が声をかけた。

「すまんが、古閑くん。お茶をいれるのを、手伝ってくれんかね」

「はい」

沙帆は、あわてて長椅子から体を起こし、本間のあとについて廊下に出た。

キッチンにはいるなり、本間が声をひそめて言う。

「いったい、どういう風の吹き回しかね」

冷えた麦茶を用意しながら、沙帆は早口で聞き返した。

「由梨亜ちゃんから、ゆうべ連絡がありませんでしたか」

「ああ、電話をもらった。きみから、母親を連れて行くと連絡があったので、きょうのレッスンは休む、と言ってきた」

ほっとする。

「実は、ゆうべ麻里奈さんから突然、先生の家へ一緒に連れて行ってほしい、と電話があったんです。わたしはかまわない、と返事をしましたけれど、ご迷惑でしたでしょうか」

低い声で説明すると、本間は肩をすくめた。

「別に、迷惑ではないさ。そんなことより、ゆうべの電話で由梨亜くんに、もうレッスンには来なくていい、と言っておいたよ」

沙帆は虚をつかれて、本間の顔を見直した。

「なぜですか。気を悪くされたのでしたら、わたしからおわびします」

「そうじゃない。先週も言ったが、ギターの初歩に関するかぎり、由梨亜くんに教えるべきことは、ひととおり教えてしまった。あとは、自分で練習すればいい。それで腕が上がったら、今度こそ父親に習うのが、ベストだろう。わしの役目は、終わったんじゃよ」

その〈じゃよ〉が、いつもと違って妙に老人臭く聞こえたのは、気のせいだろうか。

「それで、由梨亜ちゃんは」

「分かりましたと言って、あっさり引き下がった。先週のレッスンで、わしが何を考えているか、うすうす感じたらしい。勘のいい娘だからな」

もう一度、ほっとする。

先週、由梨亜と途中まで一緒に帰ったが、いつもに比べて口数が少なかった。本間が言ったように、レッスンがそろそろ終わることを、感じていたのかもしれない。

本間が、奥へ原稿を取りに行っているあいだに、沙帆は麦茶を運んで洋室にもどった。

麻里奈が、探るように目を向けてくる。

由梨亜の勘のよさは、母親譲りといってもいい。

麻里奈も、沙帆がキッチンで本間と何か、密談を交わしたのではないかと、疑っているような気がした。

麦茶をテーブルに並べたとき、本間が原稿を手にもどって来た。

いつものように、向かいのソファにぴょんと飛び乗り、原稿を沙帆に手渡す。

沙帆はそれを、麻里奈に回した。

「話は、あとでゆっくりするとして、先に原稿を読んでもらおうか」

本間はそう言って、麦茶をがぶりと飲んだ。

本間と麻里奈が、伯父と姪の関係にあることを意識させるものは、これまでのところ何もなかった。

65

【E・T・A・ホフマンに関する報告書・十一】

——(働きかけが) 功を奏して、王立劇場におけるオペラ『ウンディーネ』の上演が、内定したらしい。ただし、来年(一八一六年)夏の予定で、一年以上も先の話だから、まだしばらくは公表されないだろう。

この種の話は、状況しだいでしばしば、白紙にもどされることがある。

したがって、あなたも正式な発表があるまで、他言しないようにお願いする。わたし自身、固く口止めされているので、くれぐれも注意していただきたい。

ETAが働きかけた相手は、王立劇場の支配人兼舞台監督を務める、カール・フォン・ブリュール伯爵(はくしゃく)だ。

ETAは、大審院での仕事が終わったあと、いつもカフェ〈マンデルレエ〉に立ち寄って、作家仲間と遅くまで議論を交わす。

やはり最近の話題は、どうしたら『ウンディーネ』を、原作と脚本を書いたフケーと、作曲したETAの思いどおりに、上演させられるかということだ。

ブリュール伯爵は、『ウンディーネ』を非常に高く、評価している。そのため、ぜひ王立劇場で上演したい、という気持ちが強い。ETAにもフケーにも、異存のあろうはずがない。

ただ、ETAによると伯爵は、このオペラに序幕がついていないことに、多少不満を感じているらしい。

しかし、フケーもETAも序幕の必要性を感じておらず、オリジナルのままで上演したい意向だ。〈マンデルレエ〉に集まる連中も、ETAとフケーの考えに同調している。

そのあたりの、ブリュール伯爵との調整に、多少の不安が残って――（一部欠落）

――（ベルリンの文壇）では、最近ETAに関わる奇妙な噂が一つ二つ、ひそかな話題を呼んでいる。

一つは十年ほど前、一八〇四年に出版された〝Nachtwachen（夜警）〟という、奇妙な小説（らしきもの）の作者がETAだ、との噂が流れたことだ。

これは、空中を自由自在に移動でき、どこの家にでもはいり込める夜警が、さまざまな現実的、あるいは空想的な場面に遭遇して、人とやりとりしたり思索したりする、独白体の物語だ。

作者は、ただボナヴェントゥラ（Bonaventura）としてあるだけで、どこのだれとも知られていない。発表されたときも、さほど世間の注目を引くことはなかった。

しかし出版の翌年、かのジャン・パウルが友人に書いた手紙の中で、この作品が自作の『気球乗りジャノッツォ』の、巧みな焼き直しだと指摘したことから、いちやく読書界の話題になり、作者探しが始まった。

ジャン・パウルは、その作者を哲学者のヴィルヘルム・シェリングに擬したが、シェリング本人は沈黙を保ったままだ。

また、シェリングの妻カロリーネも、候補の一人に挙げられはしたが、やがてその説も立ち消えになった。

しまいには、当のジャン・パウルが書いたのではないか、という説まで出てくる始末だった。これはどう考えても、ありえないことだ。

結局、その後もだれ一人原作者として、名乗りを上げる者はいなかった。

ただ、思い出したようにときどき、それらしい人物が単なる噂として、原作者に擬せられる状況が続いた。

ところが、ここへきてなぜか分からないが、ふたたび原作者探しの気運が、盛り上がってきた。

そこで、真っ先に候補に挙げられたのが、ＥＴＡの名前という次第だ。

それには、理由がある。

ＥＴＡの文名が上がり、名前と作品が世間に広まるにつれて、型破りなその作風と文体の類似から、『夜警』と同じ作者なのではないか、との臆測が飛んだのだ。

ＥＴＡは、もちろんそれを一笑に付しているし、わたしも同じように否定する。

ただわたしは、だれがあの作品を書いたのか興味があり、ＥＴＡに心当たりがあるかどうか、聞いてみた。

するとETAは、にやにや笑いを浮かべながら、こう答えた。

「もちろんぼくは、だれが書いたか知っているつもりだ。しかしその名前は、まだ言いたくないね」

「なぜだい。だれにも言わないから、ぜひ教えてもらいたいな。たとえば、ぼくの知っている人物かね」

「もちろん、名前くらいは、知っているだろう。ただ、彼は今や小説以外の世界で名をなし、確固たる地位を築いているんだ。今さら、昔書いた奇妙な小説の著者でございと、名乗り出るほどのお調子者ではないよ。それを考えると、そっとしておいてやるのが、いちばんなのさ」

というわけで、わたしもETAではないことだけしか、知らないのだ。

もう一つの話題も、それとよく似ている。

この春匿名で出版された、〝Schwester Monika（尼僧モニカ）〟という好色小説の作者が、これまたETAではないかとの噂が、ひそかに流れているのだ。

この小説は、昨年フランスのどこかの病院で死んだ、ドナティアン・アルフォンス・フランソワ・ド・サドという、侯爵を自称する作家の背徳的な小説、『悪徳の栄え』などから影響を受けた、とみられる作品だ。

誤解を受けないように言っておくが、わたしはふだんこうした小説を読む習慣がない。ただ、ETAが書いたという噂がささやかれたため、やむなく目を通したのだ。

一読して、ETAの手になるものでないことは、明らかだった。

しかし、ETAが書いたのではないか、と思わせる要素がまったくない、というわけでもない。ラテン語やフランス語、イタリア語などを適度にちりばめ、小説はもちろん哲学や法律、自然科学の書籍などを、広く渉猟したあとのみられる作品ではある。

ただ、それは形式的なことだけであって、登場人物に血のかよった者は一人もおらず、筋にも前後の脈絡がない。単に、肉欲をそそる場面を適当に、つなげただけにすぎない。ETAのような、奔放な創造力はかけらもない、といってよい。

わたしは、たとえ根も葉もない噂にせよ、ETAがこうした小説の作者に擬せられるのを、ほうっておくのは好ましくない、と考える口だ。

そこでETAに、噂を否定する声明を出したらどうか、と進言した。

ETAは、首を振った。

「いや、やめておくよ。ぼくが、むきになって弁明すればするほど、かえって原作者ではないか、という疑惑を深めるだけだ。心ある読者は、ぼくが書いたものだなんて、夢にも思わないさ」

ボナヴェントゥラのときは、半分おもしろがりながら否定したくせに、今度は妙にまじめな顔で、そう言った。

わたしは、念のために聞いた。

「この小説の作者についても、心当たりがあるのかね」

「いや、ないね。あったとしても、ぼくは臆測でものを言うつもりはない」

「しかし、このまま口を閉ざしていたのでは、後世の研究者がこの噂を信じて、ホフマン作と断定するおそれが、あるんじゃないか」

するとETAは、にやりと笑った。

「後世に名が残るのは、たとえそれが悪名にしたところで、悪いことじゃなかろうよ」

読む人が読めば、ETAの書いたものでないことぐらい、一目で分かるはずだという自信が、そこに見てとれた。

その様子から、わたしはそれ以上言うのを、やめたわけだ。

さて、五月に移った新居の住み心地は、いかがだろうか。

タウベン街と、シャルロッテン街が交差する十字路の角で、しかもジャンダルマン広場に面する、ベルリンでも有数の繁華街だから、これ以上は望めない立地ではある。

さらに、三階建ての建物の最上階で、部屋数も広さも申し分ない。ことに、二つの通りを見下ろす角部屋を、あなたの専用にしたのはETAの、せめてもの心遣いだと思う。

また、料理人を兼ねるメイドのルイーゼ・ベルクマン（Louise Bergmann）も、自分だけの部屋ができて、うれしいだろう。

そしてETA自身は、仕事部屋の窓から目の前の広場に建つ、壮大な王立劇場（裏側とはいえ）を、間近に見ることができる。バンベルクでの狭い貸し部屋、あちこちでの仮住まいや、ホテル暮らしに比べれば、天国と地獄といってよかろう。

ことに、バンベルクではあまりの狭さに、家にいることがほとんどなく、クンツの家や〈薔薇亭〉、郊外のブークにあるレストランなどに、入りびたっていたものだ。

あなたもようやく、腰を落ち着ける場所ができた、という感慨にふけっておられよう。

ここにはユリアもいないし、クンツ夫人ヴィルヘルミネもいない。わたしも、このベルリンでETAがはめをはずさないよう、よく——（一部欠落）

——（いや、読んだことが）ないね、とわたしは答えた。

するとETAは首を振って、手にした古い革装の本を掲げ、熱心な口調で言った。

「この、〝Descriptio Regni Japoniae（日本伝聞記）〟は、ベルンハルドゥス・ヴァレニウス（Bernhardus Varenius）なる地理学者が、百六十六年前にアムステルダムで出した、日本の案内書なんだ。著者は、ラテン語の名前をつけているが、実際はベルンハルト・ヴァレン（Bernhard Varen）という、ドイツ人でね。しかも実際には、一度も日本へ行ったことがないのさ」

「行ったことがない、とね。すると、その本はヴァレニウスとやらの、想像の産物というわけかね」

「いや、そうとも限らない。それまで、イエズス会の宣教師やポルトガル、オランダの商人など、大勢の人間が日本へ行っている。その中で、日本から得た知識や体験を、書簡で本国へ報告したり、帰国後本を書いて出したりした者も、少なくない。ルイス・フロイスや、アレサンドロ・ヴァリニャーニなどは、その代表的な者だろう。二百年以上も、前の話だがね」

「つまりは、そういう先人たちが残した、貴重な資料や記録を読み散らして、つぎはぎしただけの本じゃないのかね」

皮肉を言うと、ETAは苦笑した。

「だとするなら、今の作家はその昔のホメロスやアイソポス、あるいはソクラテスやアリストファネス、プラトンなどを読みあさって、つぎはぎしただけと言われても、しかたがないね」

これにはわたしも、苦笑を返すしかなかった。

真顔にもどって、ETAは続けた。

「まあ、ぼくも日本へ行ったことがないし、フロイスも含めて日本に関する本は、ほとんど読んでいない。したがって、この本に書いてあることが真実かどうか、ぼくには判断できない。とはいえ、これはいささか信じがたい、と思われる記述がいくつか見られる。それはしかたがないだろうね」

ETAが、そのような遠い異国に関する本まで、読んでいようとは――(以下欠落)

[本間・訳注]
この前後、短い欠落がいくつか目につくが、ここでまた報告書が中断して、しばらく長めの空白がある。
そこで、その空白期間を埋めるとともに、若干の補足を加えようと思う。
ホフマン夫妻は、ヨハネスの報告書にもあるとおり、ライプツィヒからベルリンに移った翌年、一八一五年五月にジャンダルマン広場を見下ろす、広いアパートメントに居を移した。

生活環境は、ヨハネスの言うように劇的なまでに、改善された。しかも、大審院での仕事は発送担当事務官という単純な仕事で、時間的にもさほど縛られることがない。執筆、作曲の仕事がはかどるのは、当然のことといえる。

ジャンダルマン広場に居を定める前、夫妻はベルリン入りした直後の宿、ホテル〈金鷲亭〉を一週間ほどで引き払い、フランス街二十八番のアパートメントに、仮住まいを移した。

その通りの二本北側が、いわゆるウンター・デン・リンデンの大通りで、そこに〈マンデルレエ〉という有名なカフェがある。そこがホフマンの、お気に入りの店だった。

フランス街にいるあいだ、ホフマンは大審院（王立劇場の東側を南北に走るマルクグラフェン街と、南西へ斜行するリンデン街との交差点の、向かい側にあった）での仕事を終えたあと、〈マンデルレエ〉の個室に足を運んで、作家仲間と交歓するのが習慣になった。

常連はおなじみのヒツィヒ、シャミッソーなどで、ときにはフケーも加わった。

アイヒェンドルフも一、二度顔を出したようだ。

ここでは、互いに自作を朗読し合うことも、行なわれた。そうした、創作者同士による丁々発止の議論が、ホフマンに刺激を与えたことは、間違いない。

しかし、夫妻にとってアパートメントはやはり、住むには狭すぎたのだろう。

そのため、数カ月で現在のジャンダルマン広場に面した、広い住居に転居したものと思われる。この建物は、広場に立つ王立劇場の裏側と、向き合っていた。

ちなみに『ウンディーネ』は、結局翌一八一六年の八月初旬、序幕の追加なしに原作のまま、その王立劇場で初演の運びとなった。

これは、予想どおり大ヒットして、翌年夏まで繰り返し上演された。

閑話休題。

今回の報告書に出てきた、『夜警』と『尼僧モニカ』について、補足する。

この二つの作品の、原作者探しが本格的に始まったのは、おおむね二十世紀になってから、といってよかろう。

報告書によると、当時すでに種々の噂が流れていたとのことだが、そうした状況が実際にあったかどうかは、確認されていない。

ただ、『夜警』については刊行後ほどない時期に、ジャン・パウルが言及したらしいので、比較的早くから原作者探しが行なわれていた、と考えられる。

本間の知るかぎりでは、報告書に挙げられたジャン・パウルや、シェリング夫妻のほかに、ドイツ浪漫派のクレメンス・ブレンターノも、原作者の一人に擬された。しかしその後の研究で、作者ボナヴェントゥラの正体は、ホフマンより三年遅く生まれ、三年早く死んだ同時代の作家、F・G・ヴェツェル（Friedrich G. Wetzel／一七七九〜一八一九年）だ、との見解が有力になった。決定的な証拠はないものの、これは長いあいだ通説として受け入れられ、そのように記述する資料も多かった。

同書の邦訳は、一九六七年に現代思潮社から、古典文庫シリーズの一冊として、出版された。

訳者の平井正（ただし）はあとがきで、フリードリヒ・シュルツ（Friedrich Schultz）なる人物が一九〇九年、〈ヴェツェル＝原作者〉説を主唱したことを、紹介している。シュルツの研究と分析によれば、ボナヴェントゥラとヴェツェルの作品には、モチーフや文体の上で、かなりの相似が認められる、という。しかし、決め手になるほどのものがなく、ただ積極的に否定する根拠がないため、これまで消極的に支持されてきた、というだけにすぎない。

しかるに、近年その説を頭からくつがえす、きわめて貴重な史料が見つかり、新たな候補者が提示された。

ルート・ハアグという研究者が、やはりホフマンと同時代の作家であり、劇作家でもあるE・A・F・クリンゲマン（Ernst August Friedrich Klingemann／一七七七〜一八三一年）こそ、『夜警』の真の原作者だとの見解を、発表した。

ハアグは一九八七年、アムステルダム大学の図書館で、クリンゲマン自筆の著作リストを発見し、その中に『夜警』が含まれているのを確認した、という。

これは、従来のさまざまな説に欠けていた、有力な具体的証拠と考えられた。

そのため、現在は〈クリンゲマン＝原作者〉説で、いちおう落ち着いているようだ。

ホフマンは、ヨハネスの報告書の記述を信じるならば、真の作者がクリンゲマンだということを、知っていたかにみえる。

その真否は、いずれ明らかになるだろう。

ちなみに、クリンゲマンは一八一〇年に、舞台女優のエリーゼ・アンシュッツと結婚し、演劇評論家兼演出家として、大いに腕を振るい始めた。一八一八年には、ブラウンシュヴァイク劇場の支配人になり、これを一流の劇場に育て上げる。この劇場は、ゲーテの『ファウスト』を初演したことで、よく知られている。

だとすれば、功なり名を遂げたクリンゲマンが、『夜警』の原作者たる事実を隠さねばならぬ理由は、何一つない。『夜警』は、当初からそれなりに、高い評価を受けていた。したがって、原作者として名乗りを上げても、さらなる勲章にこそなれ、キャリアを汚すことには、ならないからだ。

それが、〈クリンゲマン＝原作者〉説に対する、大きな疑問の一つといえよう。

残念ながら、ヴェツェルにせよクリンゲマンにせよ、専門のドイツ文学者以外の人びとには、まずなじみのない作家だ。

ジャン・パウル説かホフマン説ならば、今少し世間の注目を引くこともできようが、このレベルでは単なる専門家の茶飲み話で、終わってしまうだろう。

ヴェツェルもクリンゲマンも、生前のホフマンとそれなりの交渉があった。

ヴェツェルは、一時期ホフマンと同じバンベルクに、居を定めていた。ホフマンの日記にも、二度ほど名前が出てくるので、少なくとも面識はあった、と考えられる。

またクリンゲマンは、晩年のホフマンをベルリンの自宅に訪ねており、のちにヨハネスの報告書にも出てくるので、これ以上は触れずにおく。

＊

次に『尼僧モニカ』だが、この好色本の匿名の原作者をホフマン、と断定したのはグスタフ・グーギッツなる人物だ。

グーギッツは一九一〇年、同書に綿密な校訂と長い解説をつけ、ホフマンの作品として、復刻再刊した。

この〈ホフマン＝原作者〉説は、ハンス・フォン・ミュラーなど、当時の歴としたホフマンの研究家から、徹底的に批判され、否定された。

さらに時代がくだって、一九六五年にホフマニアンを自称する、ルドルフ・フランク（一八八六～一九七九年）という人物が、グーギッツの校訂本を凝った装丁で限定出版し、〈ホフマン＝原作者〉説をよみがえらせた。フランクはそのあとがきで、ホフマンのオリジナル原稿にまつわる、いささか信じがたいエピソードを、付け加えている。

フランクは俳優であり、舞台監督であり、作家でもあるので、まったくの素人というわけではない。

一九二四年には、ホフマン全集全十一巻を監修出版し、そこへ『尼僧モニカ』も入れようとしたが、さすがに出版社はうんと言わなかった。

それをフランクは、戦後二十年たって特装版に仕立て、刊行したというわけらしい。

この作品は一九六九年に、二見（ふたみ）書房から『悪女モニカ』という邦題で、翻訳出版された。しかも、堂々と作者をE・T・A・ホフマン、とうたっている。

ただし、これはフランス語版からの重訳で、仏訳の訳者も〈E・L〉とあるだけで、明らかにされていない。また、日本語版の訳者（峯信一）について、本間は知るところがない。

仏訳者〈E・L〉の名前で、冒頭に〈「モニカ」について〉と題する、短い解説がつけられている。これはおおむね、フランクが書いたドイツ語版のあとがきに、依拠するものと考えられる。

ちなみに、前川道介（みちすけ）著『愉（たの）しいビーダーマイヤー』（国書刊行会／一九九三年）に、『尼僧モニカ』に触れた一章がある。

そこでは前述の、グーギッツによる復刻のいきさつが、手際（てぎわ）よく紹介されている。

もちろん、前川もホフマン原作者説を、まっこうから否定する。

同書を読んだ本間は、ルドルフ・フランクが原書のあとがきの中で述べた、いささか眉に唾をつけたくなるエピソードが、意外なところで紹介されていることを、教えられた。

第二次大戦中、イギリス秘密情報部（MI6）のスパイを務めたドイツ人、パウル・ロスバウトの伝記、『暗号名グリフィン』（アーノルド・クラミッシュ著／新潮文庫／一九九二年）に、フランクの名前が出てくるのだ。

その内容を、ざっと紹介しよう。

スパイになる前、ロスバウトはフランクフルトの、メタルゲゼルシャフト社という、金属関係の会社に勤務していた。

ロスバウトの妻ヒルデガルトは、ルドルフ・フランクの妹だった。

ある晩（一九二〇年代後半か）、ロスバウト夫妻とフランクは、メタルゲゼルシャフト社の社長、エルンスト・A・ハウザー博士なる人物と、夕食をともにする機会があった。

たまたまヒルデガルトは、兄のフランクが『尼僧モニカ』の作者を、E・T・A・ホフマンだと考えていることを、話題に出した。

すると、ハウザー博士はまるで当然のように、フランクにこう言った。

「それはまったく、お説のとおりですよ、ヘル・フランク。現にわたしは、ホフマン自筆の『尼僧モニカ』のオリジナル原稿を、ミュンヘンの自宅に保管しているのです」

フランクは、その驚くべき発言にあっけにとられながら、博士に詳しい事情を問いただした。

ハウザー博士の説明は、次のようなものだった。

博士は、俳優のマックス・デフリントの娘、ズザンナと結婚していた。

マックスは、ドイツ浪漫派時代の舞台の名優、ルートヴィヒ・デフリントの甥の、カール・デフリントの息子だった。

ルートヴィヒ・デフリントは、ベルリン時代のホフマンの親友として、よく知られる人物だ。ヨハネスの報告書にも、このあとしばしば登場するので、覚えておいてもらいたい。

そういう関係もあって、ホフマンが親友のルートヴィヒに未発表原稿や、オリジナルの原稿を託した可能性は、まったくゼロとは言いきれない。

ただし、ルートヴィヒは、ホフマンの没後十年の一八三二年に、亡くなった。

それならば、生涯独身だったのでその遺産と遺品は、甥のカールに贈られた。遺品がカールからさらに息子のマックス、マックスから娘のズザンナに引き継がれた、という流れは十分に考えられる。

しかるに、当のズザンナは毒物による不審死を遂げ、すでに亡くなってしまった。

その結果、遺品は夫のハウザー博士の手元に、残されることになったわけだ。

ズザンナの死については、夫の博士に濃い嫌疑がかかったものの、証拠不十分で無罪になった、という経緯がある。

博士は、ズザンナと結婚する前の先妻の死にも、関わっているといわれた。しかし、それはまた別席の閑談になるので、ここでは触れないことにする。

さて、ホフマンの原稿の話を聞いたフランクは、ただちに親しくしている出版社の経営者で、同じくホフマニアンのヴィルヘルム・ヤスパートに、連絡をとった。

そして、ミュンヘンのハウザー博士の自宅に急行し、自分のかわりにその原稿を見てきてほしい、と頼んだ。

ヤスパートは時をおかず、博士にホフマンの遺品を見せてほしいと申し入れ、ミュンヘンの博士の自宅へ飛んで行った。

その結果ハウザー博士は、確かに『尼僧モニカ』の原稿のほか、未発表の楽譜や絵などを含む、相当数のホフマンの遺品を保管していることが、明らかになった。

ヤスパートは、それらをフランクの監修のもとに、出版しようともくろむ。

しかし、実現しないうちにヤスパートは、ユダヤ人でもあったのか、ナチスの手で殺害された。

一方、ハウザー博士はその後アメリカに渡り、結局ホフマンの遺品なるものは、所在が分からなくなった。

フランクは戦後の一九五七年に、フランクフルトのブックフェアに行ったおり、その昔住んでいた自宅の周辺を、訪ねてみた。

すると、ハウザー博士がかつて社長を務めていた、メタルゲゼルシャフト社の名を掲げる、新しいビルを見つけた。

フランクは、さっそく中にはいって事情を話し、博士のことを調べてもらった。

すると、一八九七年生まれのハウザー博士は、つい前年の一九五六年に、アメリカで亡くなっていたことが、判明した。

以上は、フランクの手記によるもので、真偽のほどは検証されていない。

むろん、『暗号名グリフィン』を書いたクラミッシュも、その本をたまたま読んで取り上げた前川道介も、フランクの証言を全面的に信じている、とは思えない。

いずれにしても、『尼僧モニカ』の原稿を含むホフマンの遺品は、かりにそういうものが存在したにせよ、無窮の闇(やみ)に消えてしまった。

それらが今後、どこからか姿を現す可能性があるかどうかは、神のみぞ知るとしか言いようがない。

＊

最後に、ベルンハルドゥス・ヴァレニウスの著作について、簡単に触れておこう。

この本は、『日本伝聞記』というタイトルで、一九七五年に邦訳が出た。

そのもととなったドイツ語版は、前年の七四年に出版されたばかりで、それまで三百二十五年のあいだ、他の言語に翻訳されたことは一度もない、という。

ちなみにヴァレニウスは、一六五〇年に二十八歳の若さで、死んだらしい。アムステルダムで、ラテン語版の『日本伝聞記』を出版した、翌年のことだった。

＊

この解読翻訳原稿の、原文となる報告書の後半部分が、本間家の先祖に伝わったことは、すでに述べきたったとおりである。

それと関連して、本間はＥＴＡと日本とのあいだに、何かつながりがあったのではないか、と推測した。ＥＴＡが、『日本伝聞記』を読んでいたとの記述は、それを裏づける証拠の一つ、と考えられる。ＥＴＡは、ラテン語に通暁していたから、同書を原文で読むことができたはずだ。

ついでながら、ＥＴＡは『牡猫ムルの人生観』の中で、唐突に〈日本の天皇〉という呼称を、出したりもしている。

だとすれば、少なくともＥＴＡが日本について、なにがしかの知識、関心を持っていた可能性は、いかにもありそうなことに思える。

＊

そうした状況から敷衍して、本間はフランツ・フォン・ジーボルトと交渉のあった、日本語学者のヨハン・ヨゼフ・ホフマンを、ＥＴＡの甥ではないかとの仮説を、立てるにいたった。

少なくとも、二人のあいだに音楽や文筆、絵画に関する知識と才能という点で、共通するものがあったことは、間違いない。

とはいえ、そうした情況証拠はいくつか提示できるものの、決定的な証拠を見つけることは、かなわなかった。

結局のところ、仮説の域を出ずに終わってしまったのは、まことにもって残念、といわざるをえない。

66

倉石麻里奈は、原稿の最後の一枚を読み終えて、古閑沙帆に回した。

沙帆も、それにざっと目を通してから、原稿の束をとんとんとそろえ、テーブルに置き直す。

本間鋭太が、麦茶のはいったグラスを片手に、好奇心のこもった目で沙帆と麻里奈を、交互に見比べた。

「どうだね、今回の報告書は」

沙帆は麻里奈に目を向け、お先にどうぞという意味を込めて、軽くうなずいた。

麻里奈は背筋を伸ばし、やや事務的な口調で言った。

「今回というより、全体的なことになりますけど、わたしが最初にお願いした、前半部分に関しては、とても興味深く読ませていただきました。ただ、先生がお手元にお持ちの、後半部分にはいってからは、欠落による空白が目立つような、そんな気がしますが」

本間は、顎を引いた。

「それは、きみの言うとおりだ。そこにも書いたとおり、一連の報告書の後半部分は、理由不明のまま本間家の先祖に、伝わってきたものでね。なぜ本間家に伝わったか、今のところ分かっておらん。むろん、いくつかの情況証拠を組み合わせて、それなりの仮説を立てることも、不可能ではない。しかし、そうしたやり方は、あまり学問的な態度、とはいえんだろう」

麻里奈がうなずく。

「そのあたりの事情は、沙帆さんからざっと聞かせてもらいました。ご先祖は、江戸時代の本間道斎という蘭学者だ、とうかがいましたが」

「そのとおりだ。ただ、報告書に欠落がいつごろ、なぜ生じたのかは、定かでない。道斎からあと、何代か伝わるうちに、失われたのか。日本へ持ち込まれた時点で、すでに失われていたのか。いまだに不明のままだし、今後も明らかにはならんだろう」

「書かれてから、ざっと二百年ほどたっているわけですから、それはしかたがないと思います」

麻里奈が、そう言ったあとを引き取って、沙帆は口を開いた。

「ただ、その分先生の訳注が増えたせいで、分かりにくい部分が適切に補足されている、という感じがします」

少しほめすぎかと思ったが、麻里奈も同感だというように、うなずく。

「わたしも、そう思います。今回の報告書でも、『夜警』と『悪女モニカ』の補足説明が詳しくて、よく理解できました」

本間は、くすぐったげに鼻の下をこすり、聞き返してきた。

「きみたちは、これまでその二つの原作者論争について、聞いたり読んだりしたことがあるかね」

本間の問いに、麻里奈は少し考えるそぶりを見せた。

「『夜警』のボナヴェントゥラが、ホフマンの変名ではないかという説は、承知しています。でも、『悪女モニカ』については、そうした本が存在することすら、知りませんでした」

まったく同じだ、という意味で沙帆もうなずく。

本間は、指を立てて振った。

「それは、無理もあるまいて。『悪女モニカ』は、きみたちが生まれる前に翻訳が出た、いわば希覯本だからな。もちろん、重版がかかるような本でもない。確認はしておらんがね」

　麻里奈は背筋を伸ばし、両手を膝の上で組んだ。

「そうした本についての、先生のご意見はいかがですか」

　沙帆は、麻里奈の顔をちらり、と見た。

　麻里奈は相変わらず、本間を実の伯父として容認する姿勢を、見せようとしない。あくまで、解読翻訳を依頼したドイツ文学者、とみなす態度だ。

　一方の本間も、まるでそれに合わせるかのように、きまじめな表情を崩さない。

「最初の『夜警』については、ホフマン以外ならばだれでもいい、という感じだな。今では、『夜警』の原書はクリンゲマン著として、刊行されておる。もっとも、いつまた別の説が現れるか、知れたものではないが」

　本間の返事に、麻里奈が応じる。

「わたしは、『夜警』を読んでいます。もっとも、原語ではなく翻訳でしたから、厳密にホフマンの文体かどうかは、分かりません。ただ、全体の雰囲気から、やはりホフマンが書いたものではない、という印象を受けました」

　本間は、麻里奈を興味深げに、見返した。

「きみもホフマンを、よく読んでいるようだな」

「はい。沙帆さんと同じ大学で、ドイツ文学を専攻しました」

そう応じたあと、麻里奈は少しためらいながら、付け加えた。

「卒論にも、ホフマンを選んでいます」

沙帆は驚いて、体を固くした。

そのことは、これまであえて本間に話さずに、すませてきたのだった。おそらく麻里奈は、それを知られるのをいやがるだろう、と思ったからだ。

本間が、あっさりうなずく。

「承知しているよ。きみの卒論には、目を通した覚えがあるからな」

ますます驚き、沙帆は麻里奈の様子をうかがった。

麻里奈は、軽く唇を引き締めたものの、何も言わない。

沙帆は、冷や汗をかいた。

最初に、解読翻訳の仕事を頼むため、このアパートを訪ねたとき、本間は沙帆の卒論を読んだ、と言った。

聖独大学時代のゼミ担当は、牧村謹吾(まきむらきんご)という独文の教授で、本間の後輩だった。

本間は、その牧村から沙帆の卒論のコピーを、借りて読んだらしい。しかし、麻里奈の卒論まで読んでいたとは、思いもよらなかった。

沙帆は、麻里奈を見て言った。

「先生は、わたしが書いたシャミッソーの卒論も、昔読んだとおっしゃったの。でも、麻里奈の卒論まで読んでいらしたとは、考えもしなかったわ」

口とは裏腹に、そういうことも十分にありうる、という気がしていた。

本間が、割り込んでくる。

「きみたちの卒論だけではない。あのころ、牧村くんが担当していたゼミの卒論には、あらかた目を通していたのさ」

沙帆はあきれて、首を振った。

「先生も、物好きでいらっしゃいますね。学生が書いた論文まで、まめにお読みになるなんて」

「物好きで読んだわけではない。その時どきの、ドイツ文学にたずさわる若者たちの、レベルを承知しておきたかっただけだ」

麻里奈が、口を開く。

「先生からごらんになれば、わたしのような小娘のホフマン論などは、児戯に類するものだったでしょうね」

いかにも、自虐(じぎゃく)的な口ぶりだった。

しかし本間は、まじめな顔で首を振った。

「いや、そうでもなかった。あの当時、インターネットが今ほど普及していないころ、限られた資料でよくあそこまで書けた、と感心するくらいだ。あの卒論には、当時日本で手にはいるホフマンの資料を、手当たりしだい渉猟したあとがあった。牧村くんにも、そう言った覚えがある」

沙帆は、ちらりと麻里奈を見た。

麻里奈も、ほめられることなど予想していなかったとみえ、とまどったように顎を引いた。

頬を赤らめながら言う。

「先生に、そう言っていただけるなんて、考えてもみませんでした。ありがとうございます」

沙帆は、麻里奈の膝を軽く叩いた。

「よかったじゃないの。わたしのシャミッソー論なんか、なかなかよく書けていた、とかいうひとことだけで、片付けられたのよ」

「それでもわしにすれば、最大限のほめ言葉だぞ」

本間は、臆面もなくそう言いながら、一人でうなずいた。

麻里奈が背筋を伸ばし、さりげない口調で言う。

「わたしのホフマン論の評価には、先生とわたしのあいだに血縁関係があることも、影響しているかもしれませんね」

あまりに唐突な発言に、沙帆は全身の血がさっと冷えるような、緊張感を覚えた。

しかし、驚いたことに本間はその不意打ちにも、まったく動じなかった。

「そんなことで、わしが点数を水増しするような、甘い男に見えるかね」

口調は穏やかだったが、目の光はいつにも増して、厳しかった。

そのころすでに、麻里奈との血縁関係を知っていたのか、と思わせる発言に驚く。

さすがに、麻里奈も気おされた面持ちで、目を伏せた。

凍りついたその場を、なんとか取りつくろおうとして、沙帆は口を挟んだ。

「そうしますと、わたしのシャミッソー論を、なかなかよく書けていた、とほめてくださったのは、額面どおりに受け取ってよい、ということですね」

本間は顎を引き、その指摘をどう解釈すればいいのか、考えるようにまばたきした。

それから、さもおかしそうに、くっくっと笑う。

「きみは、気をそらすのが、なかなか巧みだな」

それにつられたように、麻里奈もふっと肩の力を緩めて、くすりと笑いを漏らす。

沙帆は続けた。

「そもそも、先生が由梨亜ちゃんに興味を示されたのは、ユリア・マルクからの連想というより、血のつながった姪(めい)の麻里奈さんの、娘さんと会ってみたいという、そんなお気持ちだったのでしょう」

本間は、ソファの上でもぞもぞとすわり直し、また鼻の下をこすった。

「まあ、そんなとこじゃな」

今度は麻里奈も、遠慮なく笑った。

沙帆は、さらに続けた。

「でも、先生と麻里奈さんに伯父、姪のつながりがあることを、なぜ黙っていらしたのですか。前にも、お尋ねしましたけれど」

「そのときに、答えたとおりさ。仕事を引き受けることと、血のつながりがあることのあいだには、なんの関わりもないからな」

「でも」

そう言ったきり、沙帆は言葉が続かず、口を閉じた。

麻里奈が逆に、助け舟を出してくる。

「そうよ、沙帆。先生のおっしゃるとおりだわ。わたしも、沙帆から初めてそのことを聞いたときは、確かにショックを受けた。でも、別にショックを受けるほどの、たいした秘密じゃないと、そう思い直したの。たまたま、そういう巡り合わせだっただけ、ということでしょう」

そう言われてみると、確かにそのとおりだ。

それは、あくまで本間と麻里奈の個人的な問題で、沙帆が気に病むことではない。

麻里奈は、あらためて本間に目を向けた。

「これまで、解読翻訳料とかオリジナルの手稿の扱いとか、いろいろとやりとりがありましたけど、わたしの方から結論を申し上げます」

何を言い出すのかと、沙帆は麻里奈の顔を見た。

本間が表情も変えず、麻里奈に聞き返す。

「ほう。なんだね、その結論というのは」

「まず、解読翻訳料については、これまでの繰り返しになりますが、ただということにしていただきます」

本間が苦笑して、ひょいと肩をすくめる。

「それは、伯父と姪という関係にかんがみて、ということかね」

麻里奈も、笑みを浮かべた。

「そういうことです。わたしも、最初は解読作業が終わるのを待って、お引き渡しするつもりでしたけど、それもなんだかビジネスライクなので、やめることにしました。このまま、解読作業を続けていただくということで、先にお渡ししておきます」

そう言って、足元のトートバッグに腕を差し入れ、例の手稿の束を取り出すと、無造作にテーブルに置いた。

「先日返却していただいた、前半部分のオリジナルの古文書です」

あっけにとられて、沙帆は麻里奈を見つめた。

つい先日、手稿の引き渡しは解読作業が終わってから、と決めたはずだ。それを、作業終了を待たずに引き渡すとは、どういう風の吹き回しか。

やはり伯父と姪のあいだ柄で、そこまで杓子(しゃくし)定規な取引をするのは避けたい、と考え直したのか。

本間も、そう簡単に麻里奈が手稿を引き渡すとは、考えていなかったらしい。

また、もぞもぞと体を動かして、テーブルに置かれた手稿を、ちらちらと見る。

咳払(せきばら)いをして、おもむろに言った。

「それはまた、ありがたい話ではあるが、倉石くんは承知しているのかね。確かスペインで、大枚を払って手に入れた、と聞いたが」

「倉石は、古文書の裏に書かれた楽譜さえあれば、満足なんです。それも、オリジナルじゃなくて、コピーで十分だと言っています」

麻里奈のそっけない返事に、本間は相変わらず居心地が悪そうに、ソファの上で何度もすわり直した。

それから、ふといい考えが浮かんだという顔つきで、麻里奈に指を振り立てる。

「倉石くんが、それでいいと言うのなら、わしの方からも礼をせねばならん。例のパヘスを、かわりに進呈しようじゃないか」

67

倉石麻里奈が、きょとんとして聞き返す。

「例のパヘスって、なんのことですか」

古閑沙帆は、あわてて取りつくろった。

「前にちょっと、話したでしょう。先生がお持ちの、古いギターの製作者の名前よ」

麻里奈が、眉根を寄せる。

「ああ、そう言えば、聞いたことがあるかも」

気配を察したのか、本間鋭太がそれとなく補足する。

「倉石くんがギタリストで、十九世紀ギターの研究家でもあることは、古閑くんから聞いておる」

麻里奈は、あいまいにうなずいた。

「ええ。といっても、ギター教室のかたわら研究しているだけで、コレクターでもなんでもないんです。その時代の古いギターを、何本か持っているくらいで」

「そうか。それはたぶん、パノルモかラコートあたりだろう。そのラベルのギターは、けっこう市場に出回っておるからな」

沙帆はまた、はらはらした。

たぶんどころか、倉石がここへパヘスを見に来たとき、自分でそう言ったのだ。

麻里奈が、いささか腑に落ちないという様子で、聞き返す。

「進呈するとおっしゃっても、そのパヘスという製作家のギターは、貴重な楽器じゃないんですか」

本間は、小さく肩をすくめた。

「実を言えば、底板に製作者のラベルが貼ってないので、パヘスの作品と断定することはできぬ。ヘッドの形や装飾のデザイン、それに音や響きから判断して、パヘス作と推定される、というだけの話だ」

「もし本物のパヘスだとしたら、どれくらいの価値があるんですか」

麻里奈の率直な問いに、本間は耳の後ろを掻いた。

「現在までのところ、パヘス作と認定されているギターは、世界でもわずか五本にとどまる。わしのギターが六本目だとすれば、状態からしても三百万はくだるまいな」

沙帆がちらりと目を送ると、麻里奈は眉一つ動かさずに応じた。

「それが高いのか安いのか、わたしには分かりませんが」

本間は笑った。

「わしにも分からん。高いといえば高いし、安いといえば安いだろうな」

麻里奈が、言葉に詰まったという面持ちで、顎を引く。

「わしがそいつを、ハバナの蚤の市で見つけたときは、一万円の値がついとった。それと比べれば、めちゃめちゃ高いことになる」

そのことは、すでに麻里奈にも話してあったが、念のため沙帆は続けた。

「先生は、それを五千円に値切って、お買いになったんですって。本物のパヘスだとしたら、とんでもない掘り出し物よね」

麻里奈がうなずくのを見て、本間は言った。

「専門家の倉石くんが見れば、本物か偽物か見当がつくだろう。たとえ偽物だとしても、持っていて損のない、れっきとした十九世紀ギターだ」

　本間が保証すると、麻里奈はやおらすわり直し、背筋を伸ばした。

「このかび臭い古文書の束が、そんな価値のあるギターに化けたと知ったら、倉石はきっと大喜びするでしょうね。少なくとも、紙の裏側に書かれた楽譜ほしさに、大枚をはたいただけの甲斐があったと、納得するに違いないわ」

　沙帆は、ほっと息をついた。

　いってみれば倉石は、日本円にしてわずか十万円ほどで、貴重な〈伝パヘス〉を手に入れることになるのだ。

　ただ、倉石自身はそんなことよりも、古文書とパヘスのギターを交換する、という取引に応じた、麻里奈の翻意を喜ぶに違いない。

　そう思う気持ちとは裏腹に、沙帆はちょっと意地悪な質問をした。

「古文書を手放すとなると、ホフマンの卒論を新たに書き直す、という麻里奈の目標はどうなるの」

　すると、麻里奈は珍しく屈託のない笑みを浮かべ、沙帆と本間を交互に見た。

「その仕事は、本間先生にお任せするわ。先生には、ぜひこのヨハネスの報告書を、綿密な考証と解説をつけて、発表していただきたいと思います。そして沙帆も、そのプロジェクトにアシスタントとして、加わってほしいの」

あざやかな切り返しに、沙帆はそんな皮肉めいたことを口にした自分を、ひそかに恥じた。

同時に、本間が自分の母親の兄だと分かったことで、麻里奈がそれまで身にまとっていた何かを、脱ぎ捨てたような印象を受けもしたのだ。

本間が言う。

「すまんが、古閑くん。麦茶を、入れ替えてきてくれんかね。それと、食器棚のカウンターに、〈もち吉〉の煎餅がはいった缶が、載っておる。適当に見つくろって、何枚か一緒に持ってきてくれたまえ」

沙帆は、トレーにからのグラスを三つ載せて、キッチンへ行った。

麦茶をいれ直し、一枚ずつ袋にはいった煎餅を何枚か取って、洋室にもどる。

「〈もち吉〉も、今でこそ有名ブランドになって、いろんな煎餅を作るようになったが、その昔はサラダ味としょうゆ味の、二種類しかなかったんだ。わしは今でも、その二種類しか食べん。まあ、試してみたまえ」

沙帆は、あまり期待せずに袋を破り、煎餅を口に入れた。

ちょっと驚く。めったに、煎餅なるものを食べない沙帆だが、本間の言うとおり〈もち吉〉は確かに、ふつうの煎餅とは違った。

麻里奈も、声を上げる。

「ほんとだ。こんなにおいしいお煎餅、食べたことありません」

同じように煎餅をかじりながら、本間は満足げに相好を崩した。

それから、唐突に話をもどす。

「ちなみに、ホフマンの作品を初めて日本に紹介したのは、だれだか知っとるだろうな」

麻里奈は、すぐにうなずいた。

「森鷗外ですよね。確か、ドイツ留学から帰国してほどなく、一八九二年だったと思いますが、初めて手がけた翻訳小説集の中に、『スキュデリー嬢』を加えたのが、最初だったはずです。『玉を懐いて罪あり』という、こむずかしいタイトルでしたけど」

本間はそれこそ、こむずかしい顔をした。

「うむ。間違いではないが、正確に言えば『玉を懐いて罪あり』は、一八八九年から同年鷗外が読売新聞で始めた、続きものの翻訳短編小説の一つだった。この作品は、の春から十三回に分けて、掲載された。それが一八九二年になって、『舞姫』などを含む『みなわ集』なる単行本が出たとき、合わせて収載されたというわけさ。そのとき、タイトルの〈みなわ〉は、美しいに奈良の奈、平和の和、となっていた。水沫（すいまつ）と書く〈みなわ〉になったのは、約十四年後の一九〇六年になって、改訂二版が出たときのことさ」

沙帆は、口を挟んだ。

「ずいぶん、間があいたのですね」

「さよう。しかも改訂二版は、序文つきだった。このとき鷗外は、アラン・ポーを読む者は、ホフマンまでさかのぼらざるべからず、と書いた。『玉を懐いて罪あり』は、自分の好みとはいささか遠いものの、探偵小説の好きな読者に知らしめたい、と思って収録したなどと、もっともらしく述べておる。どうやら鷗外は、ホフマンをさして評価していなかったのに、おもしろく読まされてしまったものだから、つい入れてしまった。そうした自分への、言い訳めいた述懐とみてもよかろう。そもそも、初版が出た一八九二年は明治二十五年で、そのころは探偵小説などというジャンルも概念も、十分に成熟していなかったはずだ」

熱がはいった証拠に、口の端に唾（つば）がたまるのが見えた。

「鷗外は、留学中にドイツ文学だけではなく、フランスやスペイン、ロシアの文学についても、ドイツ語訳で読んでいたんですよね」

麻里奈が言うと、本間は軽く眉根を寄せた。

『うむ。『水沫集』には、西部劇にいくつか原作を提供した、ブレット・ハートという米国作家の作品まで、はいっておる」

西部劇の原作というと、つまりは西部小説の書き手か。

森鷗外との、いかにも珍妙な取り合わせに、沙帆は麻里奈と顔を見合わせた。

「ともかく、鷗外は幅広く外国文学を日本に紹介したい、という意欲を持っていたに違いない。それにしても、その中で初めて訳したドイツ文学が、ゲーテでもシラーでもなく、ましてレッシングでもなく、ホフマンの作品だったということに、何か意味があると思わんかね」

麻里奈はまた、沙帆とちらりと視線を交わしてから、口を開いた。

「大衆受けする、というか、親しみを感じさせる、という意味でホフマンが最適、と思ったんじゃないでしょうか。少なくとも、ドイツ文学を代表する作家とまでは、考えていなかったと思います」

「さよう。日本文学には、上田秋成の『雨月物語』に代表される、もっと言えば『今昔物語』や『古今著聞集』以来の、怪談奇談への嗜好の伝統がある。ホフマンの小説は、そうした好みに合致する作品、と考えたのかもしれぬ。『スキュデリー嬢』などは、『古今著聞集』に出てきてもおかしくない、奇談中の奇談だ。ミステリーとしては、あまりフェアではないがな」

確かに、〈秘密の抜け道〉という密室の設定は、今どきの推理小説の観点からすれば、フェアなトリックではない。

「怪談奇談への嗜好は、日本人に限らないようにも、思いますけど」

麻里奈が口を出すと、本間は人差し指をぴんと立てた。

「そのとおりだ。しかし、日本人のそれは西洋人のそれと違って、少しばかり精神性が強い。石川淳が、こう書いておる」

突然出た名前に、沙帆は面食らった。

「石川淳、ですか」

名前は知っているが、作品を読んだことはない。

「さよう。石川淳は、森鷗外の信奉者だった。短いものだが、鷗外論も書いておる。その石川淳の、ごく初期の〈カジン〉という短編に、こういう一節がある。ちなみに、〈カジン〉は明治時代の政治小説、『佳人之奇遇』の佳人だ」

沙帆は、〈佳人〉という漢字を思い浮かべた。

読んではいないが、たまたま『佳人之奇遇』という題には、聞き覚えがある。しかし、『佳人』の方はむろん読んでいないし、題を聞いたこともない。

本間が続ける。

「石川淳は、こう書いておる。〈わたしの樽の中には、この世の醜悪に満ちた毒々しい話がだぶだぶしているのだが、もしへたな自然主義の小説まがいに、人生の醜悪の上に薄い紙を敷いて、それを絵筆でなぞって、あとは涼しい顔の昼寝でもしていよう、というだけならば、わたしはいっそペンを叩き折って、市井の無頼漢に伍して、どぶろくでも飲むほうがましであろう。わたしの努力は、この醜悪を怪奇にまで高めることだ〉」

まるで、目の前にあるその本を読み上げるかのように、とうとうと暗誦してみせた。

麻里奈はもちろん、沙帆も言葉を失ったかたちで、ぽかんと本間を見返した。

本間は、照れたように鼻の脇を掻き、あらためて言った。

「戦前の石川淳は、一つの文章が読点で延々と続いて、その分句点の少ない文体だったから、すらすら読むと分かりにくい。それで、聞き取りやすいようにところどころ、段落を入れて朗唱したわけだ。最後の〈怪奇〉という言葉は、その後の版で〈奇異〉

とあらためられたが、それはたいした問題ではない。これはつまり、石川淳の反自然主義宣言といっても、大きな間違いではない。どちらにしても、この一節はホフマンの小説にも当てはまる、名言というべきだろう」

そこで一息入れ、さらに続けた。

「石川淳は、こうも書いておる。〈わたしは、かの古代人の熱病、ニンフォレプシイにおかされ、長らくその毒気に悩んでいたのだが〉うんぬん、とな。これは、ホフマンのいわゆる〈放浪する情熱家〉、あるいは〈漂泊の熱情家〉と呼ばれる、ヨハネス・クライスラーによく似ている、とは思わんかね」

麻里奈が聞き返す。

「そうしますと、石川淳はホフマンを読んでいたのでしょうか」

「それは分からん。少なくとも、鷗外訳の『スキュデリー嬢』は、読んだと思うがね」

沙帆は、本間が暗誦した石川淳の一節を、頭の中で復唱した。

〈わたしの努力は、この醜悪を怪奇にまで高めることだ〉

〈わたしは、かの古代人の熱病、ニンフォレプシイにおかされ、長らくその毒気に悩んでいた〉

石川淳が、どのような小説を書いたか知らないが、この言葉はまさにホフマンの小説の本質を、言い当てているような気がした。

68

「ところで、と」

ふたたび、本間鋭太が口を開く。

「森鷗外や石川淳のほかにも、ホフマンの影響を受けたかもしれぬ、二、三の日本人作家がいる。だれだか、分かるかね」

古閑沙帆は、倉石麻里奈を見た。

麻里奈は沙帆を見返し、小さくうなずいてから、その問いに答えた。

「そう言われて、急に思いついただけですけど、谷崎潤一郎なんかはどうでしょうか。谷崎は若いころ、探偵小説まがいの短編をいくつか書いていた、と思いますが」

本間が、満足げにうなずく。

「当たらずといえども、遠からずだ。谷崎が、ホフマンを読んでいたかどうか知らぬが、描いていた世界には相通じるものがある。『刺青』などにも、その萌芽が認められる。刺青を、人肌に描く壁画とみなせば、だがな。しかし、谷崎が描く心象世界とその絢爛たる文体は、厳密にいえば日本人でなければ、分からぬところがある。それはあたかも、ドイツ人でなければホフマンを、真に理解することができんのと、同じことだ」

その、まわりくどい言い回しに、沙帆は頭が混乱した。

それをはねのけようと、つい口を出してしまう。

「今考えると、高校生のときに読んだ夢野久作の作品に、ホフマンを思わせるものがあったように思います。たとえば、『ドグラ・マグラ』とか、『瓶詰地獄』とか」

本間が、もっともらしく、指を立てる。

「そう、夢野久作の方がよりホフマンに近い、といえるだろうな。久作には、近親婚をにおわせる作品が、いくつかある。今、きみが言った『瓶詰地獄』もそうだし、有名な『押絵の奇蹟』もそうだ。資質的には、いちばん近いかもしれん」

「そういう発想って、洋の東西を問わないのですね」

「そのとおり。ホフマンと似たタイプの作家が、ほかにも何人かいる。たとえば、ヒカゲ・ジョウキチとかオオツボ・スナオ、オオイズミ・コクセキなどだ」

沙帆は、麻里奈を横目で見た。

麻里奈は、眉根を寄せたまま、何も言わない。

夢野久作まではともかく、ヒカゲなにがし以下の三人については、まったく聞き覚えがない。

麻里奈が、あっさりと兜を脱ぐ。

「恥ずかしながら、三人とも聞いたことがありません」

沙帆も、ただちにうなずくことで、同意を示した。

本間がそうだろう、そうだろうという面持ちで、うなずき返す。

「ま、無理もなかろうな。ちなみにその三人は、こういう字を書く」

テーブルの上の、メモ用紙とボールペンを引き寄せ、奔放な字で三つの名前を書いた。

それをくるりと回して、二人の方へ向ける。

日影丈吉。

大坪砂男。

大泉黒石。

いずれも、見覚えのない名前だ。

麻里奈が腕を組み、首をかしげながら言う。

「字面を見ると、日影丈吉と大坪砂男の二人はなんとなく、目にした覚えがあるような気がします。でも、大泉黒石は見たことも、聞いたこともありません」

「三人の中で、日影丈吉は比較的知られた方だからな。大坪砂男も、知る人ぞ知るカルトな作家だ」

沙帆は、すかさず言った。

「大坪砂男のスナオは、ホフマンの『砂男』から取ったのでは」

「もちろんじゃ。都筑道夫は知っとるかね」

また、新しい名前が出てくる。

「はい、名前は知っています。読んだことはありませんが、多彩な小説を書くミステリー作家ですよね」

沙帆の指摘に、一緒にうなずく麻里奈の顔が、目の隅に映る。

本間は満足げに、頬を緩めた。

「さよう。都筑道夫は、生前の大坪砂男と親しい付き合いがあって、大坪の弟子筋と呼んでも、差し支えあるまい」

「はい」

沙帆と麻里奈は、同時に返事をした。

「都筑によると、大坪はホフマンに傾倒していて、まさに『砂男』から下の名前を頂戴した、と自分で言ったそうだ。ついでに、砂とくれば馬場、馬場とくれば馬術、馬術とくれば大坪流で、名字もそこから得たという」

なるほど。

大坪砂男は、折り紙つきのホフマニアンだったらしい。

本間が続ける。

「もう一人の大泉黒石は、大正の中期に彗星のごとく現れて、星屑のように消え去った、ロシア人との混血作家じゃ。昭和半ばの珍優、オオイズミ・アキラ（大泉滉）の父親でもある。これがまた、親子そっくりの顔でな」

沙帆も麻里奈も、一緒に笑ってしまう。

「全然、お話についていけないんですけど」

麻里奈が、遠慮のない口調で言うと、本間は苦笑した。

「ま、きみたちの年では、無理もあるまいな」

「ともかく、その大泉黒石が、ホフマンと似ている、と」

念を押す沙帆に、本間はうなずいた。

「まあ、そういうことだ。ご当人は、ホフマンの短編のどれだかを、みずから翻訳したことがある、と称しているらしいしな」

「ほんとうですか」

「どの書誌にも載っておらんから、真偽のほどは分からん」

麻里奈が、突っ込みを入れる。

「先生は黒石の作品を、お読みになったんですか」

本間は、耳の後ろを掻いた。

「全部ではないが、中短編をいくつか読んだ。黒石は、ロシア文学と支那文学に明るい男で、戯作体のそうとう凝った文章を書く。まあ、自己流のそしりは免れぬが」

「どちらにしても、忘れられた作家の一人でしょう」

麻里奈が切り捨てると、本間はソファの背にもたれた。

「まあ、そう言ってしまえば、身も蓋もないがね。ただ、英文学者の由良君美は黒石を、日本のゴーゴリになれたかもしれぬ作家、と評価しとるようだ」

きりがなさそうな雲行きに、沙帆は思い切って口調を変えた。

「黒石もけっこうですが、もう少し名の知れた作家はいないのですか」

本間も、ソファから体を起こして、ほっとしたように応じた。

「そうそう、うっかりした。もっと直接的に、ホフマンと似た嗜好の持ち主がいるのを、忘れておったわ。江戸川乱歩じゃよ」

足をすくわれたかたちで、沙帆はまた麻里奈と顔を見合わせた。

確かに、江戸川乱歩がいた。なぜそこに、気がつかなかったのだろう。

本間が続ける。

「乱歩が、ホフマンを読んでいたのは、間違いない。『郷愁としてのグロテスク』と題するエッセイに、〈ドイツ浪漫派の巨匠、ホフマンの『砂男』その他の怪奇作品は、もっともグロテスク文学の名にふさわしい〉などと、書いているからな。それどころか、昭和四年に改造社から出た、袖珍（しゅうちん）文庫判の世界大衆文学全集の、〈ポー、ホフマン集〉の訳者にもなった。そこにはホフマンの、『砂男』と『スキュデリ嬢の秘密』が、収載されとるんだ」

沙帆は、首をひねった。

「乱歩は、ドイツ語もできたのでしょうか」

「それは、わしにも分からぬ。英訳が出ていれば、そこから重訳することができたはずだし、だれかドイツ語のできる者に下訳をさせた、という可能性もある。あるいは、当時すでに出ていた訳書を参考に、乱歩が書き直したのかもしれぬ」

「訳書って、まさか鷗外の」

そう言いかけて、さすがに沙帆は口を閉じた。

本間は苦笑した。

「まあ、それはないだろう。大正十四年に、郁文堂（いくぶんどう）という語学本の出版社から、『スキュデリー嬢』の独和対訳本が出ている。用語、言い回しなどからして、それを参考にした形跡もみられる。ともかく、乱歩の訳は逐語訳ではない。いわば、ルパンを訳した保篠龍緒（ほしのたつお）ばりの、自由訳に近い」

麻里奈が、体を乗り出す。

「確かに乱歩は、ホフマンが興味を示した機械や道具に、同じように関心を抱いていますね。人形とか鏡とか、レンズとか遠眼鏡とか」

本間が、にっと笑う。

「さすがに詳しいな。乱歩が書いた、『人形』や『レンズ嗜好症』と題するエッセイなどは、小説よりよほどぞくぞくさせられる。ホフマンに読ませたいくらいじゃ」

「わたしには、乱歩の方が分かりやすいですけど、共通点があることは確かですね」

「そのとおり。ホフマンの『廃屋』や『自動人形』、『砂男』、『不気味な客』、『磁気催眠術師』などは、乱歩が書いてもおかしくない作品だ。逆にホフマンが、『鏡地獄』や『押絵と旅する男』、『屋根裏の散歩者』、あるいは『人間椅子(いす)』を書いても、これまたおかしくあるまい。両者を対照すると、二人が取り上げるテーマに、共通点を見いだすのは、さほどむずかしいことではない」

沙帆は、身を乗り出した。

「乱歩の『鏡地獄』は、内側を全部鏡にした、ガラスの球体の中にはいって、狂い死にする男の話ですよね」

「さよう」

「よく、そんなとっぴな話を、思いついたものですね」

「乱歩の独創、というわけでもあるまい。乱歩以前に、ゲオルク・ブランデスが『獨逸(ドイツ)浪漫派』の中で、こう書いておる。人が鏡面に包囲された部屋にはいると、自分の姿が前後上下左右六面に、何重にも映る。それを見て、人はある種のめまいを感じるだろうが、浪漫派の芸術形式がしばしば、われわれにめまいを感じさせるのも、それと同じようなものである、とな」

初めて聞く話だ。

ブランデスの名は初耳だが、なかなかうまいことを言う。

「すると、乱歩はそのブランデスとやらを読んで、『鏡地獄』を思いついたとも考えられますね」

沙帆が言うと、本間はうれしそうに指を立てた。

「ありえぬことではないな」

麻里奈が、口を出す。

「今まで、ホフマンと乱歩の類似性を論じた人は、いなかったんですか」

「いたかもしれんが、どれも断片的なものだろう。わしの知るかぎり、初めて二人を本格的に論じたのは、ヒラノ・ヨシヒコだ」

「ヒラノ・ヨシヒコ」

沙帆がおうむ返しに言うと、本間はソファから飛びおりた。

サイドボードの本立てから、薄めの白っぽい本を取って来て、テーブルに置く。

みすず書房の本で、平野嘉彦『ホフマンと乱歩　人形と光学器械のエロス』と、長いタイトルがついている。

「わしと同年配の、ドイツ文学者でな。その本はコンパクトながら、ホフマンの『砂男』と乱歩の『押絵と旅する男』を比較研究した、なかなかユニークな著作だ。副題からも分かるだろうが、両方の作品に登場する〈人形〉と〈遠眼鏡〉をキーワードに、共通点と相違点をあぶり出す、意欲的な文学論といってよい。これまで、だれも書かなかったのが不思議なくらい、おもしろい着想だと思う」

何ごとも、めったにほめない本間にしては、珍しく力のこもった口調だ。

考えてみれば、日本のドイツ文学者の手になる、単独のホフマン論ないし評伝は、吉田六郎の『ホフマン――浪曼派の芸術家』以外に、思い浮かばない。

「ホフマンの評伝や作品論を、吉田六郎以外に単行本で出した独文学者は、いないのですか」

沙帆が聞くと、本間がすぐに応じた。

「いないことはない。キノ・ミツジが、『ロマン主義の自我・幻想・都市像』という労作を、関西学院大学の出版会から出している。副題は〈E・T・A・ホフマンの文学世界〉で、作品論が中心だから評伝の部分は、相対的に少ない。吉田六郎の方は、索引がずさんなうらみがあるから、本としてはキノ・ミツジの方が、きちんとしている」

沙帆が確認すると、著者は〈木野光司〉と書くそうだ。

麻里奈が口を挟む。

「その本のことは、大学を卒業したあとしばらくして、知りました。あらためて、卒論を書き直すわけにもいかないし、わたしはざっと読んだだけです」

本間はうなずいた。

「労作ではあるが、従来のホフマン像をくつがえすような、新しい知見はなかったように思う。もちろん、吉田六郎以降に書かれた海外の著作にも、目配りを忘れていないがね」

少しのあいだ、沈黙がただよう。

麻里奈が、話をもどして言った。

「さっきの続きになりますけど、ほかにもホフマンの作風に似た、日本人の近代作家がいるでしょうか」

本間が、天井を仰ぐ。

「広い意味でいえば、泉鏡花や小栗風葉なども、はいるかもしれん。あるいは、岡本綺堂の怪談話、探偵譚にしても、ホフマンに近いものがある」

「岡本綺堂も、ホフマンを読んでいたのですか」

沙帆が聞くと、本間はうなずいた。

「もちろん、読んでいたさ。現に綺堂は、西洋の怪談を翻訳したアンソロジーに、ホフマンの『廃屋』を入れている」

「綺堂が、あきらかにホフマンの影響を受けた、という形跡はあるのですか」

少しむきになった感じで、沙帆は切り込んだ。

本間が、つるりと鼻をなで下ろして、うなずく。

「あるとも。綺堂の作品には、何人か一堂に集まった連中が、入れかわり立ちかわり自分の体験や、ひとから聞いた話を披露するという、連作形式のものがかなりある。あれは、ホフマンの『ゼラピオン同人集』のスタイルと、ほぼ同じじゃないかね」

「わたしは、国文学にはあまり明るくないですけれど、江戸時代に怪談話の百物語とかいう、そうした形式のものがあった、と聞いています。綺堂は、江戸に詳しい人だったそうですから、むしろその影響が大きかったのでは」

調子に乗って言いつのると、本間はぐいと顎を引き締めた。

上目遣いに、にらむように沙帆を見返す。

「それくらいのことは、とうに承知しとるよ、きみ。ああいう枠物語の形式は、『アラビアン・ナイト』や『カンタベリー物語』をはじめ、世界中どこにでもある。別に、ホフマンの発明でもないし、江戸の咄本(はなしぼん)作者の発明でもない」

その語勢に押され、沙帆はあわてて頭を下げた。

「はい、分かりました。すみません」

言いすぎたと思ったのか、本間は気まずそうにソファの上で、体をもぞもぞさせた。

「別に、あやまらんでもいい。綺堂が、だれの影響も受けなかった可能性も、ないではないからな」

わずかな沈黙のすきをついて、麻里奈が助け舟を出すように、口を開く。

「話は変わりますが、日本浪曼派の保田與重郎（やすだよじゅうろう）については、いかがですか。ドイツ浪漫派の影響を受けた、といわれていますけど」

本間は、わざとらしくこほんと咳をして、おもむろにすわり直す。

「わしの見るところ、保田與重郎は、少なくともホフマンとは、縁のない作家だな」

にべもなく、切り捨てた。

麻里奈は黙り込み、沙帆はそっとため息をついた。

あらためて考えると、どの作家も名前こそ耳にしたことはあるものの、まともに読んだ記憶がない。

麻里奈の場合、沙帆よりは読んでいるようだったが、それ以上何も言わなかった。

二人の様子を見て、本間がいたずらっぽい笑みを浮かべる。

口調を和らげて言う。

「まあ、わしの講義は、これくらいにしておこう。ちょっと待っていてくれ。花をつみに行ってくる」

　そう言い残し、洋室を出て行った。

　麻里奈が、くすりと笑う。

「花をつみに行くなんて、ずいぶん女っぽいことを言うわね」

　沙帆も、頬を緩めた。

「わたしも、つんでこようかしら。先生ににらまれて、冷や汗をかいたわ」

　それに、麦茶を飲みすぎたようだ。

　本間と入れ違いに、沙帆も廊下の突き当たりにある、トイレに行った。

　洋室にもどると、本間が例の『カロ風幻想作品集』の初版本、全四巻をテーブルにきちんと並べ、麻里奈に蘊蓄（うんちく）を傾けているところだった。

　現物を目にして、麻里奈もさすがに気持ちが高ぶったらしく、固まったまま身じろぎもしなかった。

　やがてため息をつき、本を重ねて本間の方に押しもどす。

「わたし、フラクトゥールはほとんど読めませんけど、目の保養になりました。これを、ホフマンと同時代の人が手に取って、読みふけっていたのかと思うと、なんとな平野嘉彦の本と一緒に、サイドボードにしまった。

く不思議な感じがします」

本間は立ち上がり、それら四冊を平野嘉彦の本と一緒に、サイドボードにしまった。

かわりに、別の本を一冊手にして、ソファにもどる。

「これなども、なかなかユニークな著作だ」

のぞき込むと、『探偵・推理小説と法文化』というタイトルで、著者は駒城鎮一。

併記されたローマ字によれば、〈コウジョウ・シンイチ〉と読むらしい。

帯には、〈刑事裁判における「謎解き」はどこまで可能か〉とある。

「これは、世界思想社という終戦後に創業した、京都の小さな出版社が出した本だ。ドイツ文学者、あるいはホフマンの研究者でも、なかなか目にしにくい著作、といってよかろう」

麻里奈が、それを手に取る。

沙帆も、横からのぞき込んだ。目次をざっと目で追う。

すると、〈三島由紀夫と刑事訴訟法〉や〈ポーと探偵・推理小説〉に交じって、〈『スキュデリー嬢』と探偵・推理小説〉〈『スキュデリー嬢』と法治国家〉〈『スキュデリー嬢』と犯罪物語〉といった見出しが、ずらりと並んでいた。

「この駒城鎮一という著者は、どういうキャリアの人なんですか」

麻里奈の問いに、本間が答える。

「詳しくは知らんが、巻末の著者紹介によると、大阪大学で法学の博士号を取得して、最後は富山大学の名誉教授で終わった学者、とある」

沙帆は、本間を見た。

「ドイツ文学者でもないのに、ホフマンに関心を持つ人がいるとは、知りませんでした。『スキュデリー嬢』を、法学書の事例として取り上げるとは、ユニークな人ですね」

正直に言うと、本間は指を立てて振った。

「ホフマンの本職が、裁判官だったことを忘れてはいかん。その著者は、法律家としてのホフマンに、興味を抱いたのさ。おそらくは、アンゼルム・フォイエルバハを調べるうちに、ホフマンと遭遇したんじゃろう。フォイエルバハを知っとるかね」

麻里奈が口を開く。

「フォイエルバハは、ええと、ドイツの法学者ですよね。十八世紀か十九世紀の」

沙帆も、負けずに言った。

「確か、〈カスパル・ハウザー〉のことを、書いた人ですよね」

カスパル・ハウザーは、ホフマンの死後数年たって、どこからともなくニュルンベルクに現われた、謎の若者だ。

ほとんど話せず、出自もはっきりしないため、いかさま師なのか詐欺師なのか、それとも精神疾患の患者なのかと、議論が沸騰した。あるいは、どこか高貴の家に生まれながら、事情があって捨てられた子供ではないか、などとさまざまな説が飛び交った。その事件に関わったのが、確かフォイエルバハだった、と記憶する。

本間がうなずく。

「さよう。ホフマンとは、一歳年長なだけの同時代人だ。フォイエルバハとホフマンは、まんざら関係がなくもないんじゃ」

「ホフマンは、フォイエルバハと面識があったんですか」

声が上ずった麻里奈の問いを、本間は手を上げて押しとどめる。

「いや、面識はない。フォイエルバハは、ユリアを失ったホフマンが去ったあと、一八一四年にバンベルクの控訴院の、第二院長として赴任しただけの縁だ。バンベルクには、三年ほどしかいなかったが、そのあいだフォイエルバハは、ホフマンの作品をしきりに愛読した、といわれている。クンツをはじめ、共通の知人が何人かできたとしても、不思議はないだろう」

「それだけの縁なんですか」

麻里奈が、肩透かしをくらったような口調で、言い放った。

本間は苦笑したが、気を悪くした様子もなく、話を続けた。

「ホフマンは、フォイエルバハの刑法理論を、よく勉強していたらしい。後年、ベルリンの大審院でいろいろな裁判を担当したとき、その理論を駆使して法の正義をつらぬいた、といわれておる」

麻里奈は、納得したようにうなずき、手にした本を置いた。

「分かりました。失礼しました」

本間も、あらためてすわり直すと、ソファに背を預けた。

麻里奈に目を向け、急にしかつめらしい口調で言う。

「きょう初めて、きみとわたしはお互いに伯父、姪の関係にあることを、認め合ったわけだ。それについて、何か言いたいことがあるかね」

にわかに、自分の呼び方が〈わし〉から〈わたし〉に、あらたまった。

とまどった顔で、麻里奈は上体を引いた。

少し考えてから、硬い声で応じる。

「なぜか分かりませんが、先生が所属されたゼラピオン同人会のことは、父からも母からもいっさい、聞かされませんでした。倉石の両親についても、同様でした。不思議にも、自分たちの若いころのことについては、何も話してくれなかったんです」

「倉石くんと結婚したとき、お互いの戸籍謄本なり抄本を、取っただろう。そのときに、自分の戸籍も見たはずだ。そうすれば、母親が本間家から秋野家へ、養女としてはいったことが、分かったんじゃないかね」

「相手の倉石の謄本は、しっかり見た覚えがあります。でもわたしの方は、よく覚えていないんです。自分でも、いいかげんだった、と思いますが」

きちんとした性格の麻里奈が、自分の出自を詳しく調べなかったのは、なんの疑いも抱いていなかったからかもしれない。

おそらく久光創が、倉石家の養子にはいって玉絵と結婚し、倉石学の父親になったいきさつに、気を取られていたのだろう。

本間が、顎をなでて言う。

「だとすると、わたしがきみの母親の兄だ、といきなり言われても、ぴんとはこなかっただろうな」

麻里奈は目を伏せ、声を落として応じた。

「正直に言うと、おっしゃるとおりです」

本間は、よく分かると言わぬばかりに、二度うなずいた。

「それが、当然だ。これからも、今までどおりでいい。きみに、おじさんなどと呼ばれたら、わたしもくすぐったいからな」

くすりと笑ったものの、すぐに麻里奈は真顔にもどった。

「くどいようですが、沙帆さんに由梨亜を連れて来るように、とおっしゃったのは、ユリア・マルクからの連想ではなかった、ということですね」

「むろんだ。妹の依里奈の孫の顔を、見ておきたかったからにすぎんよ。きみとも、いずれは会うことになる、と思っていたしな」

「由梨亜の印象は、いかがでしたか」

「きみと依里奈の、いいところをすべて兼ね備えた美少女、といってよかろうな」

「ユリア・マルクのように、ですか」

麻里奈の追及に、本間はまた苦笑した。

「一枚だけ残っている、ユリア・マルクの肖像画を見ると、ただの田舎のばあさん、という印象だ。それも当然さ。残念ながら、四十八歳のときの肖像画だからな」

麻里奈も沙帆も、黙っていた。

まずいことを言ったと思ったのか、本間はあわてて付け加えた。

「まあ、十九世紀の前半は、ヨーロッパでも平均余命が短かったし、四十八歳は十分にばあさん、というか、おばさんだったろう」

なんの言い訳にもなっていない。

沙帆は、助け舟を出した。

「ユリアは、確かホフマンよりちょうど二十歳、年下でしたよね」

本間が、ほっとしたようにうなずく。

「さよう、そのとおりだ。ユリアは、一七九六年生まれだからな」

「だいぶ前の訳注で、ユリアはずいぶん長生きした、とお書きになりませんでしたか」

「ああ、書いた覚えがある。ユリアは、一八六三年まで、長生きした。あと二日で、六十七歳になるところだった。当時としては、かなりの長命だった、といってよい」

麻里奈が言う。

「一八六三年というと、明治維新の直前ですよね」

「そうなるな。あたかも、徳富蘇峰（とくとみそほう）が生まれた年だ。ついでに言えば、新渡戸稲造（にとべいなぞう）や黒岩涙香（るいこう）、森鷗外らが生まれた翌年、ということになる」

本間は口を閉じ、あらためて切り出した。

「念のために聞くが、麻里奈くんがわたしの姪だという話を、倉石くんにはしたのかね」

突然話が変わり、麻里奈はさすがにたじろいだ様子で、ちょっと顔を伏せた。

沙帆も、そのことが気になっていたので、どう答えるか耳をすました。

麻里奈が顔を上げ、固い声で応じる。

「話していません。わたしもまだ、気持ちの整理がつかないものですから」

本間は、あっさりうなずいた。

「ああ、それならそれでいい。話すも話さぬも、きみの自由だ。倉石くんにしても、それが分かったからといって、ショックを受けたりはするまい。まあ、大喜びをすることも、ないだろうがね」

そう言って、くくくと笑う。

麻里奈も、口元をほころばせた。

「ギターのこともありますし、黙っているわけにいきませんから、近いうちに話すことにします」

69

本間鋭太は指を立て、思いついたように言った。

「さてと、また話を変えてもいいかね」

「もちろんです」

倉石麻里奈が応じて、よどんだ気分を入れ替えるように、すわり直す。

本間は、テーブルの上の報告書に、うなずいてみせた。

「今回の報告書で、いささか長い訳注をつけたが、そこに書かなかった興味深い話が、もう一つある。ホフマンに、直接関わりがあるわけではないが、まったくないともいえない仮説だ。そのことに触れた著述は、今のところ現われていない」

「とおっしゃると、それはまだ先生の中にしか存在しない、ということですか」

「そういうことになるな」

麻里奈が何か言う前に、古閑沙帆は口を挟んだ。

「先生が、あえてお書きにならなかったとすれば、やはり大胆な推測の域を出ないお話、ということですね」

本間はいやな顔をして、沙帆をじろりと見やった。

「見すかしたようなことを、言うものではない。これだとて、醜悪を怪奇にまで高めるような、浪漫的な話かもしれんぞ」

麻里奈が、沙帆に目を向ける。

「黙って、拝聴しましょうよ」

「はい、はい」

沙帆は、麻里奈にならって膝(ひざ)の上に、両手をそろえた。

背筋を伸ばし、本間の話を待つ体勢になる。

それを見ると、本間はいかにも居心地が悪そうに、尻(しり)をもぞもぞと動かした。

「話というのは、さっきの『悪女モニカ』を書いたのはだれか、という問題だ」

沙帆は、つっかい棒をはずされたような気分で、かくんとなった。

うっかり、また口を出してしまう。

「その種のポルノのお話でしたら、ホフマンが書いたのではない、という確認だけで十分だ、と思いますが」

麻里奈が、顔を向けてきた。

「いいじゃないの。かりに、行方不明になった問題の自筆原稿が、いまだにどこかに埋もれたままだとしたら、また出てくる可能性もゼロではないわよね。それを確認しないかぎり、ホフマンが書いたのではない、と断定することはできないわ」

妙に、理屈っぽいことを言う。

「それにしたって、ベルリン時代にホフマンと親しかった、ルートヴィヒ・デフリントなる俳優の子孫、それも傍系の子孫の家に伝わった、というだけの話でしょう。本物の可能性は、きわめて低いと思うわ」

本間が両手を上げ、二人をなだめる。

「まあ、待ちたまえ。議論は、話を聞いてからにしてもらいたい」

沙帆は、麻里奈と顔を見合わせ、あわてて本間に頭を下げた。

「すみません」

二人の声が重なり、思わず笑ってしまう。

本間は、もっともらしく話を始めた。

「ホフマンと同時代の女性に、ヴィルヘルミネ・シュレーダーと称する、オペラ歌手がいた。生まれは一八〇四年十二月で、死んだのは一八六〇年一月だ。享年五十五だから、当時としてはまずまずの寿命だろう。美女かどうかは分からんが、オペラ歌手は美女でないと売り出せんので、そこそこの美女だったに違いあるまい」

麻里奈が、少しじれったげに、口を出す。

「ホフマンとは、三十歳近く年が離れていますけど、交流はあったんですか」

「いや、あったという話は、聞いておらん。父親は声楽家で、母親は俳優だったそうだから、ヴィルヘルミネもそれなりの美貌と、音楽的才能の持ち主だったのだろう。少なくとも両親は、そうした娘の長所を伸ばすような教育を、施したに違いない」

本間は言葉を切り、ぐいとグラスをあけた。

沙帆は、また麦茶をいれ替えてこようか、と思った。

しかし、話の続きを聞き逃すのが惜しくて、席を立つのをやめた。

本間が続ける。

「ヴィルヘルミネは十七歳のとき、モーツァルトの『魔笛』でパミーナ役を務めて、オペラ界で将来を嘱望される、確固たる基礎を築いた。さらに、十九歳のときに、結婚している。その相手がだれか、分かるかね」

「分かりません」

また、二人の声が、重なった。分かるわけがない、という不満げな口調まで、一緒だった。

本間は、おもむろに言った。

「例の、カール・デフリントだ」

また、デフリント一族かと、少々うんざりする。

それを見すかしたように、本間が報告書を指で示した。

「その中に、出てきたじゃろう。ルートヴィヒ・デフリントの甥だ」

麻里奈がうなずく。

「ええ、そうでした。『悪女モニカ』の生原稿は、ホフマンからルートヴィヒ・デフリントの手に渡り、さらにその死後甥のカールに遺された、という流れでしたね」

沙帆も、記憶をたどった。

「その原稿は、カールから息子のマックスに託され、さらにマックスの娘のズザンナに、引き継がれました。そして、ズザンナが不審死を遂げたために、夫のハウザー博士の手元に遺された、というお話ですね」

頭の中で、もう一度整理し直すために、繰り返してみせる。

本間がうれしそうに、ソファの肘掛けを叩く。

「そう、そのとおりじゃ」

「それとヴィルヘルミネと、どういう関係があるんですか」

麻里奈が、いくらかいらだちのこもった口調で、本間に聞く。

本間は鼻の下をこすり、いたずらっぽい目をした。

いやな予感がする。

「ヴィルヘルミネは、『ある女性歌手の回想録』という独白体の自伝を、残したんじゃ」

だいぶ前から、〈だ〉と〈じゃ〉が混在し始めている。

そういうときは、警戒しなければならない。

麻里奈が、少し体を乗り出す。

「その中に、ホフマンのことが書かれてるんですか」

その真剣な口調に、本間はちょっと鼻白んだようだった。

肘掛けにつかまって体を浮かせ、また何度かすわり直す。

「いや、そういうわけではない。この本は、十九世紀にはやった典型的な、ポルノ小説の一つらしいのだ」

麻里奈は、顎を引いた。

「功なり、名を遂げたオペラ歌手が、自伝でポルノを書いたんですか」

その見幕に、本間はソファに背を張りつかせた。

「まあ、そういうことじゃ。結局、カール・デフリントはヴィルヘルミネと離婚したが、その別れ際に妻の自伝の生原稿を、持ち去ったのではないか、と思われる」

あたりが、しんとした。

にわかに、窓越しに聞こえるアブラゼミの鳴き声が、大きくなる。

麻里奈が小さく、咳払いをした。

「つまり、最終的にハウザー博士に引き継がれたのは、ホフマンではなくてヴィルヘルミネの原稿、ということですか」

本間の言いたいことを、先取りしたような発言だった。

沙帆はひやりとして、本間の顔を盗み見した。

しかし本間は、顔色も変えずに応じた。

「人間同士のつながりからいっても、ホフマンよりヴィルヘルミネの原稿と考える方が、理屈が通ると思わんかね」

そう言って、こめかみに浮いた汗を、指でぬぐう。

それもまた、珍しいことだった。

その反応を見て、なんとなくこちらも眉に汗ならぬ、唾をつけた方がよさそうだ、と沙帆は思った。

麻里奈が聞く。

「今のお話は、先生の創作ですか」

鼓膜を突き抜けそうな、鋭い口調だった。

本間は、少しのあいだ固まっていたが、やがて張っていた肩をほっと緩め、ソファに沈み込んだ。

できれば、クッションの下にもぐり込みたい、という風情だった。

しぶしぶのように、口を開く。

「いや、作り話ではない。ヴィルヘルミネは、ゲーテの対話録にも名前が出てくる、れっきとした実在の歌手だ。カール・デフリントと結婚したのも、事実じゃ」

「その自伝とやらを書いたのは、ヴィルヘルミネ自身なんですか。先生はそれを、お読みになったんですか」

麻里奈は、追及の手を緩めなかった。

「まあ、『ある女性歌手の回想録』なるタイトルからすれば、ヴィルヘルミネが書いたものと思われそうだが、実際には偽作に間違いない。現役当時、飛ぶ鳥も落とす人気を誇った、ヴィルヘルミネの名を借りれば、売れると思っただれかのしわざさ。むろん、翻訳なんかされとらんだろうし、わしも読んだことがない」

本間は、見たこともないほどしおれた様子で、しかも蚊の鳴くような声だった。

麻里奈は腕を組み、長椅子の背がきしむほど勢いよく、もたれかかった。

「いくら先生でも、そんなお話を訳注に入れるわけには、いきませんよね」

その皮肉に、本間はうつむいたまま二人に向かって、両手をかざした。

「すまん、すまん。きみたちのことだから、すぐにおかしいことに気がついて、笑い話になると思ったんじゃ。勘弁、勘弁」

沙帆は、本間があまりすなおにあやまったので、少し拍子抜けがした。

もっとしぶとく、ああだこうだと理屈をこね回して、言い抜けると思ったのだ。

二人が黙っていると、本間はちらりと様子をうかがうように、目を上げた。

「考えてもみたまえ。ヴィルヘルミネの生まれは、一八〇四年と言ったはずじゃ。ポルノ『尼僧モニカ』が出た、とされる一八一五年にはまだ、十歳かそこらだろう。ポルノなど、とても書ける年ごろではない。きみたちも、それですぐに気がつく、と思ったんじゃがね」

沙帆は、またまた麻里奈と顔を見合わせ、苦笑を交わすしかなかった。

確かにそれを、聞き過ごしてしまった。

麻里奈が頬を緩めたまま、また本間に声をかける。

「もう少し、信憑性(しんぴょうせい)のあるエピソードは、ないんですか」

本間は、両手の指先を突き合わせて、天井を見た。

「ううむ。今のところは、種切れじゃな」

麻里奈は、テーブルの報告書を取り上げ、ていねいにそろえ直した。

「話をもどしますが、この報告書はあとどれくらい、続くのでしょうか。今の報告の時点から、ホフマンが死ぬ一八二二年まで、まだ六、七年あるはずですが」

本題にもどったので、本間はほっとしたように腕を組んだ。

「欠落が多いから、そう長くはならんはずだ。解読の方は、昔あらかたすませておいたから、あとは翻訳するだけじゃ」

麻里奈は、ちらりと沙帆を見てうなずき、本間に頭を下げた。

「分かりました。きょうは、突然押しかけてしまって、失礼しました。沙帆さんから、いつも先生のお話を聞かされていましたし、ぜひお目にかかりたいと思ったものですから」

いかにも麻里奈らしい、さっぱりした切り上げ方だ。

本間は、ようやく余裕を取りもどしたように、体の力を緩めた。

「別に、気にしておらんよ。今度から、きみが直接取りに来ても、かまわんくらいじゃ」

沙帆はぎくりとして、麻里奈の顔を盗み見した。

「ありがとうございます。でもこのプロジェクトは、沙帆さんを通じてスタートしましたから、最後まで彼女にお願いするつもりです」

今度は逆にほっとして、スカートのしわを直すふりをする。

麻里奈は、自分のトートバッグに報告書をしまい、長椅子を立った。

「それでは、失礼します。麦茶とおせんべいを、ごちそうさまでした」

沙帆も腰を上げ、麻里奈のために体をどける。

麻里奈は先に立ち、廊下に出て行った。

沙帆があとに続こうとしたとき、ソファを飛びおりた本間が小さく、咳払いをした。

目を向けると、本間は沙帆に指を立てて軽くウインクし、にっと笑った。

沙帆はあいまいに頭を下げ、麻里奈に続いて洋室を出た。

〈ディオサ弁天〉から路地を抜けて、日の照りつける表通りに出る。

少し歩くと、以前倉石学や由梨亜とはいったカフェテリア、〈ゴールドスター〉に差しかかった。

「冷たいものでも、飲んでいかない」

麻里奈が言い、沙帆もそうね、と応じる。

窓際の席で、アイスコーヒーを飲みながら、その日の感想を話し合った。

「もっと気むずかしい、いわゆる学者ばかかと思っていたけど、実物は全然そうじゃないのね」

麻里奈の感想に、沙帆はうなずいた。

「変人には違いないし、浮世離れしているところもあるけれど、思った以上にまともな人よ」

「先生のところへ、由梨亜を行かせてだいじょうぶかなんて、そんなことを思ったのがおかしいくらい。先生が言ったとおり、自分の妹の孫に会いたいっていう、素朴な関心だったわけね」

「ええ。そうならそうと、最初から言えばいいのにね」

麻里奈が急に、くすりと笑う。

「でも、おもしろい人よね。最後に持ち出した、ヴィルヘルミネなんとかいうオペラ歌手の、ポルノの話なんか本筋と関係ないじゃない。ただ、デフリントの一族と結婚した、というだけで」

「ただ、そのポルノが『悪女モニカ』として、デフリントの子孫に流れたという説は、いかにもありそうじゃない。ホフマンから、ルートヴィヒ・デフリントに託された、というよりはよほど説得力がある、と思うわ」

「そのくせ、『悪女モニカ』がヴィルヘルミネの自伝だとしたら、十歳かそこらで書いたことになるという、偽作の種明かしをするなんてね。最初から、それがねらいだったのよ。きっと、伯父と姪のぎくしゃくした関係を、解きほぐそうとしたんだわ。垣根を取り払おうとか、せめて低くしようとか、そういうねらいがあったんじゃないかしら」

沙帆は、窓の外を眺めていた目を、麻里奈にもどした。

「そうかしら。どうして、そう思うの」

「だって、沙帆は気がつかなかったかもしれないけど、わたし、ずいぶん緊張していたのよ、途中まで」

「ほんとに」

沙帆はそのまま、言葉を途切らせた。

きょうの顔合わせのあいだ、麻里奈が緊張していたのはほんの最初だけで、あとはふだんと変わらないように、見えたのだ。

「わたしも、初めのうちは確かに、構えていたの。話してるうちに、だんだん先生の人柄が分かってきて、最後の方には気持ちがほぐれてきたわ。きっと、先生の方が気を遣って、最後にあんなばからしい話を、持ち出したのよ。自分に対して、別に構えることはないよという、メッセージなんだわ」

そう言われて、沙帆は洋室を出るときに本間がのぞかせた、意味ありげなウインクと笑いが、頭によみがえった。

それが、たった今麻里奈が言ったことを、裏付けているような気がした。

とはいえ、本間も隠したはずのそのねらいを、麻里奈に見抜かれていたことまでは、気づいていないだろう。

「そういえば」

ふと思い出して、沙帆は麻里奈を見た。

「よく決心したわね。あの古文書を、解読作業の終わる前に、進呈すること」

麻里奈が、ため息まじりに応じる。

「未練たらしく、手元に置いておいても、しかたないもの。宝の持ち腐れだわよ。今のうちに進呈すれば、先生も解読作業を目いっぱい急ごう、という気にもなるでしょう」

「そうね。わたしとしては、麻里奈にあの報告書を使って、ホフマンの卒論をもう一度、書き直してほしかったけれど」

麻里奈が、自嘲めいた笑みを浮かべる。

「最初のうちは、わたしもやる気満々だったのよ。でも、本間先生の解読原稿と訳注を読むうちに、とてもわたしの出る幕じゃないって、気がついたの。それより、あれだけの学識と素養がありながら、なぜ今まで本間先生はホフマンの本を、書かなかったのかしら。むしろ、その方が不思議だわ」

「それはきっと、本間先生のこれからの仕事になる、と思うわ」

そうとしか、言いようがなかった。

麻里奈は、アイスコーヒーを飲み、しばらく黙っていた。

それから、さりげない口調で言う。

「ところで、原稿はわたしがきょう受け取っちゃったから、沙帆はあしたうちに来ないわけ」

質問とも、確認ともつかぬあいまいな問いかけに、沙帆はとまどった。

「麻里奈も、本間先生のお話を一緒に聞いたことだし、行くまでもないでしょう」

「でも、帆太郎くんはいつもどおり、倉石にレッスンを受けに来るのよね」

「たぶん。夏休みだけど、学校の方で何もなければ」

麻里奈は、顔をガラス窓の方に向けたまま、早口で言った。

「それじゃその前に、沙帆だけ一人で帆太郎くんより先に、来てくれないかな」

「どうして」

「倉石に、本間先生がわたしの母の兄だと分かったこと、つまりわたしが先生の姪だということを、話したいのよ。一人だと、なんとなく不安だから、沙帆に同席してほしいの」

意外な頼みごとに、沙帆は面食らった。

「わたしが同席したって、なんの役にも立たないと思うわ」

麻里奈が、椅子ごと沙帆の方に向き直り、両手を合わせる。

「何も言わなくていいの。そばにいてくれるだけで。お願い」

当惑のあまり、言葉が出てこない。

倉石とのあいだには、麻里奈に話していない共通の内緒ごとが、いくつかある。

倉石から個人的に、〈響生園〉にいる母親の話などを、聞かされたこと。

由梨亜に、本間のレッスンを受けさせたこと。

本間の家に倉石を連れて行き、パヘスのギターを試奏させたこと。

どれも、頭の隅にこびりついて残り、忘れたことはない。

そうした負い目を考えると、倉石と麻里奈の前で自然に振る舞えるかどうか、不安になってしまう。

こうなると分かっていたら、最初からすべて隠さずに話した方がよかった、という思いにとらわれた。

なんとなく、自分にも倉石夫婦にも、腹が立ってくる。

「きょう、本間先生のお宅に行くと決めた時点で、倉石さんに話せばよかったのに」

恨みがましく言うと、麻里奈は目を伏せた。

「言おうとしたけど、言えなかったのよ。きょうのことだって、友だちの家に行くとか言って、嘘(うそ)をついたくらいだから」

つい、ため息が出る。

まったく、めんどうなことになってしまった。

70

カフェテリアを出る。

五分ほど歩いて、都営地下鉄大江戸線の牛込柳町駅に着いたとき、倉石麻里奈が突然言い出した。

「ねえ、沙帆。わたし急に、カレーが食べたくなっちゃった。神保町に行かない」

そう聞かれて、古閑沙帆はとまどった。

確かに、古書街として知られる神田神保町は、カレーライスのメッカでもある。

「いいけれど、ちょっと中途半端な時間ね。まだ四時半よ」

「お店は、午後の休憩があったとしても、五時か五時半にはあくわよ。あいてなければ、東京堂か三省堂で時間をつぶせばいいし」

夏休みになってから、神保町にはご無沙汰したままなので、少し食指が動いた。

考えてみると、しばらくカレーライスを食べていないし、時間があれば北沢書店の古書部も、のぞいてみたい。

沙帆は家に電話をして、義母のさつきにその旨を伝え、夕食を息子の帆太郎とすませてほしい、と頼んだ。

さつきは、いつものようにこころよく、承知してくれた。もともと帆太郎は、沙帆よりも祖母の作る手料理の方を、気に入っているのだ。

大江戸線で春日へ回り、三田線に乗り換えて神保町に出る。

東京堂と三省堂を一回りして、そのあと神保町の交差点を九段下の方へ渡り、北沢書店へ行った。

北沢書店は、もと老舗の洋書の専門店で、以前は一階で新刊本を販売し、二階で古書を扱っていた。

しかし、インターネットの普及で洋書の入手が簡単になり、店頭での販売に影がさしてきた。そのため、だいぶ前に新刊本のフロアをテナントに回し、児童書の専門店に衣替えした。

ただ、二階の古書部だけは今も、営業を続けている。

目につく掘り出し物もなく、たちまち六時近くになってしまった。

古書センタービルにある、カレーライスの名店〈ボンディ〉に行こうと、靖国通りを引き返した。

ビルの少し手前に、〈文耕堂〉という好事家向きの書店があり、平台を出していた。

そこは、廃刊になった古い雑誌のバックナンバーや、映画のプログラムなどを専門に扱う店で、沙帆は一度も中にはいったことがない。

麻里奈が突然足を止め、平台の奥の小棚に、目を向けた。

ケースつきの古めかしい本が、ずらりと並んでいる。

背表紙に、〈江戸秘本集成〉とある。

「大昔の、江戸の好色文学のシリーズね。ばら売りみたいだけど」

麻里奈はそう言って、平台に近づいた。

「海外ものもあるわ。ブラントームの『艶婦伝』。クリーランドの『ファニー・ヒル』。バルザックの『艶笑滑稽譚』、チョーサーの『カンタベリー物語』。どれも、一冊二百円ですって」

沙帆も、しかたなくそばに行って、一緒に平台をのぞき込む。

「ここは確か、ビジュアル系の雑誌のバックナンバーが、専門でしょう」

「そうだけど、仕入れに交じっていた専門外の本は、こうやって平台に出すの。そういう本は、いわゆる専門店よりずっと値付けが安いし、ときどき掘り出し物があるのよ」

「でも、この台はあやしい本が、ほとんどだわ」

「いいじゃないの。わたしは別に、好色文学やポルノに、偏見を持ってないわ。こうした本は、言葉や文字と同時に生まれた、といってもいいくらい、古いんだから。たとえば、アリストファネスの『女の平和』なんか、その最たるものでしょう」

「知らない。アリストファネスって、ギリシャの喜劇詩人じゃないの」

「セックスそのものが、ほとんど喜劇でしょうが」

「はい、はい。もしかすると、ここに例の『悪女モニカ』が、あるかもね」

平台に、ぎっしり詰め込まれた文庫本の、背表紙の列に目をこらす。

なんとなく視線を走らせていると、突然目の中に〈歌姫〉という文字が、飛び込んできた。

あわてて見直す。

すると、黒い背に黄色い文字で書かれたタイトルが、『ある歌姫の想い出』と読み取れた。

ぎくりとして、さらに目を寄せる。

作者名が小さい字で、〈W・S・デフリエント〉とあった。

沙帆は、急いで手を伸ばして、それを抜こうとした。しかし、文庫本は隙間なく詰まっているため、指がなかなかはいらない。

「ちょっと、これを見て」

そう言って、麻里奈の肘をつつく。

麻里奈も、何ごとかとばかり平台に目を近づけ、沙帆の指先をのぞいた。

次の瞬間、頓狂な声を上げる。

「まさか。嘘、嘘でしょ」

麻里奈は、ためらわずに沙帆の手を押しのけ、長い爪の先を隙間に差し込んで、その文庫本を無理やり抜き出した。

二人とも、あまりのことに言葉もなく、それを見つめる。

カバーは全体が黒だが、表だけ白抜きの額縁になっており、大きな帽子に赤い長手袋をした、女の絵が描かれている。

原題は、"MEMOIRES D'UNE CHANTEUSE ALLEMANDE"。フランス語のタイトルだ。その下に、カバーの絵を描いた画家の名前も、横文字で〈Kuniyoshi Kaneko〉と出ている。

上部を確かめると、日本語で確かに『ある歌姫の想い出』、W・S・デフリエントとあった。

おそらく、フランス語訳からの重訳だろうが、先刻本間鋭太のところで話題になった、ヴィルヘルミネ・シュレーダー＝デフリントの回想記に違いない。

麻里奈が、興奮した口ぶりで言う。

「本間先生が、『ある女性歌手の回想録』とか言ってた本は、作者の名前からしても、これのことよね。デフリエントと、一字違いだけど」

「そうとしか思えないわ。先生は、翻訳なんかされてないだろうし、オリジナルも読んだことがない、とおっしゃっていたけれど」

沙帆が応じると、麻里奈は本を振り立てた。

「もしこれが、ヴィルヘルミネの自伝の訳本だとしたら、まさに先生をあっと言わせる大発見だわよ」

その口調に乗せられて、沙帆もさすがに気分が高揚する。

「そうね。これぞユングの言う、〈シンクロニシティ〉かもね」

「うん。わたし、急にカレーを食べたくなることなんて、めったにないもの。あれは、この本と巡り合うための偶然、というより必然的予兆だったんだわ」

確かにこんな偶然は、めったにないだろう。

何かに導かれた必然、としか思えなかった。

麻里奈が、すばやく奥付を開く。沙帆も、横からのぞいて見た。

発売元は、富士見書房。富士見ロマン文庫、というシリーズの一冊らしい。

発行は昭和五十三年、つまり一九七八年の十一月の奥付で、沙帆も麻里奈もまだ生まれていない。

麻里奈はぱたんと本を閉じて、すばやく平台に指を走らせ始めた。

何を探しているのかと思ったら、すぐにまた別の列のあいだに指を差し込んで、新たな文庫本を引き抜く。

よく見ると、少し状態は悪いが、同じ〈歌姫〉の本だった。

「こういう平台には、よく同じ本が並んでいるのよ。とくに、文庫本はね。見逃す手はないわ」

麻里奈が言うのを聞いて、沙帆はすぐにぴんときた。

「分かった。それは、本間先生の分ね」

「そう。これで先生から、一本取ることができるわ。でも、こっちの方は沙帆に、預けておく。ちゃんと目を通して、来週また一緒に行ったときに、先生に進呈するのよ」

沙帆はなんとなく、ためらった。

「わたし、この手のものは得意じゃないから、麻里奈が持って行ってよ」

麻里奈が、横目でにらむ。

「お堅いことは、言いっこなし。これだってホフマン研究の、貴重な資料かもしれないじゃないの」

そう言ってから、急にいたずらっぽい目をして、あとを続けた。

「それとも、現在独り身の沙帆が読むには、ちょっと刺激が強すぎるかしらね」

「ばかなこと、言わないでよ」

笑って言い返しながら、内心少しどぎまぎした。

麻里奈は、二冊の『ある歌姫の想い出』を手に持ち、すたすたと店にはいって行った。

沙帆は気後れがして、その場で待つはめになった。

出て来ると、麻里奈は紙袋にはいった一冊を、沙帆に押しつけた。

腕時計を見て、高らかに宣言する。

「さてと、ユングの恵みのありがたいカレーを、食べに行こうじゃないの」

*

翌日の午後。

沙帆は、帆太郎のレッスンが始まる一時間前に、一人で本駒込のマンションに行った。

倉石学は、帆太郎の一つ前のレッスンを終え、リビングで麻里奈と紅茶を飲みながら、休憩をとっていた。

由梨亜は、学校の友だちと上野の国立博物館に行った、という。

沙帆を見て、倉石はいかにも愛想笑いと分かる、わざとらしい笑みを浮かべた。

「どうも。暑いですね」

言うことも、紋切り型のせりふだ。

麻里奈が、新しい紅茶の用意をすると言って、ソファを立つ。

沙帆は、洗面所を借りると断わりを入れ、一緒に腰を上げた。

よほどの場合を除いて、化粧直しなどめったにしないのだが、倉石と二人きりになるのが、なんとなく気詰まりだった。

かたちばかり口紅を直して、リビングにもどる。

麻里奈は、沙帆が長椅子（ながいす）にすわるのを待って、紅茶をすすめた。

それから、おもむろに言う。

「わざわざ来てもらったのに、ごめんなさいね。実はゆうべ、倉石に本間先生とわたしの血縁関係を、報告してしまったの」

沙帆は、一口飲んだ紅茶を置き、背筋を伸ばした。

「あら、そうなの」

そう言いながら、倉石に目を移す。

倉石は、なんとなく釈然としない様子で、小さくうなずいた。

「まさかと思ったけど、冗談じゃなさそうだった」

「ええ。ほんとうに、麻里奈さんは本間先生の、姪御さんなんです」

そう請け合いながら、沙帆は気持ちの張りを失った感じで、肩の力が抜けた。

一人では、なんとなく不安だから立ち会ってほしいと、確か麻里奈はそう言っていたはずだ。

麻里奈が続ける。

「ついでに、きのう沙帆と本間先生のお宅にうかがって、伯父と姪の対面を果たしたことも、話しちゃったの」

少しのあいだ、沈黙が漂った。

倉石が、その場を取りつくろうように、口を開く。

「本間先生は、最初から家内が姪だということを、ご存じだったわけでしょう。それをどうして、今まで黙っておられたのかな」

わざとらしいほど、ていねいな物言いだ。

麻里奈が、その問いに答えようとしないので、沙帆はやむをえず言った。

「本間先生によれば、そのことと今回の解読翻訳の仕事とは、直接関係がないから黙っていたと、そうおっしゃっていました」

「関係のあるなしじゃなくて、濃い血のつながりがあると分かれば、すぐにも打ち明けるのが、ふつうじゃないかな。まあ、隠さなければいけない事情があるのなら、話は別ですけどね」

「それはない、と思います。本間先生がおっしゃるには、妹の依里奈さんは秋野家の戸籍にはいって、本間家とは別の家の人に、なってしまった。自分とは、もはや関わりのない人だから、その娘の麻里奈さんについても同様である、ということらしいです」

倉石の口元に、皮肉めいた笑みが浮かぶ。

「そうかな。先生が古閑さんに、由梨亜を連れて来てもらいたがったのは、ホフマンとユリアのエピソードとは関係なくて、単に実の姪の娘に会いたかったからじゃないのかな」

沙帆は、あいまいにうなずいた。

「まあ、そんなところだ、と思います」

また、会話が途切れる。

倉石がなんとなく、おもしろくなさそうにしていることは、その口ぶりから分かった。

しかし倉石自身にも、個人的に沙帆に母親の玉絵の話をしたことや、由梨亜に本間鋭太のレッスンを受けさせたこと、さらに沙帆と由梨亜と一緒に本間宅へ行き、パヘスのギターを試奏したことなど、麻里奈に黙っている事実がいくつかある。

そうしたことに対して、倉石が少しも後ろめたい様子を見せないのが、沙帆にはむしろ腹立たしかった。

本間ばかりを責めるのは、フェアとはいえない。

沙帆は気を取り直し、思い切って麻里奈に言う。

「あのことは、倉石さんに話したの」

麻里奈は、きょとんとした。

「あのことって」

「古文書と、パヘスのことよ」

「ああ、あのこと」

二人のやりとりに、倉石が興味を抱いた様子で、割り込んでくる。

「古文書とパヘスって、なんのことだ」

麻里奈は、沙帆を見返しただけで、何も言わない。

しかたなく、沙帆は口を開いた。

「麻里奈が、解読翻訳料のかわりに、例の古文書の前半部分を、本間先生に進呈する、と正式に申し出たんです」

　倉石が、いかにも納得できるというように、うんうんと二度うなずく。

「それがいちばん、リーズナブルなお礼だろうね。翻訳原稿さえあれば、麻里奈が論文を書くのにも、十分だろうし」

　麻里奈は目を伏せ、紅茶を一口飲んだだけで、何も言わなかった。

　倉石が、付け加える。

「それに、伯父と姪の名乗りを上げた、記念にもなるしね」

　相変わらず、麻里奈が黙ったままなのを見て、沙帆は続けた。

「そのかわり、本間先生は手持ちのパヘスのギターを、古文書と引き換えに倉石さんに進呈する、とおっしゃいました」

　それを聞くと、倉石は目を大きく見開いて、上体を起こした。

「ほんとですか。嘘でしょう」

　声がほとんど、ひっくり返っている。

　やっと麻里奈が、口を開いた。

「ほんとよ。そのギターは、あなたが持っている方がいい、とわたしも思うわ。あの古文書が、あちらの手元にあるべきだというのと、同じようにね」

倉石が、めったにないほど真剣な目で、麻里奈を見る。

「しかし、きみはそれでいいのか。あの古文書には、最初からずいぶん固執していた、と思ったけど」

「いいのよ。それなりの価値があるものは、収まるべきところに収まるのが、ベストでしょう」

倉石は、少しのあいだ麻里奈を見つめ、軽く頭を下げた。

「きみには、礼を言わなければならないな。あの古い手記が、きみにとってどんなに貴重なものかは、分かっているつもりだ。それをぼくのために、パヘスのギターと交換してくれるとは、考えてもいなかった」

麻里奈は、困ったような顔をして、ちらりと沙帆を見た。

「あなたのためにといっても、もともとあの古文書はあなたが見つけて、買ったものじゃないの。そんなに感謝されたら、くすぐったいわよ」

沙帆も、口を出す。

「そうよ。十万円の投資が、十倍だか二十倍だか知らないけれど、大きくなって返ってきたんだから、すなおに喜ばなくては」

倉石は、首を振った。

「いやいや。あの古文書の価値は、そんなものじゃないような気がする。少なくとも、パヘスの市場価格よりは上だ、と思うな」

だいぶ興奮したらしく、唇の脇に唾が浮いている。

そのとき、チャイムが鳴った。

時計を見ると、すでに帆太郎のレッスンの時間になっていた。

71

倉石麻里奈が、紅茶をいれ替える。

古閑沙帆は、新しいクッキーに、手を出した。

レッスン室から、ギターの音が小さく、流れてくる。帆太郎のレッスンが、始まったのだ。

「わざわざ来てもらって、悪かったわね。けさ、よっぽど沙帆に電話して、きょうは来てくれなくていいって、そう言おうかと思ったのよ」

麻里奈の言葉に、沙帆は首を振った。

「いいのよ。でも倉石さん、あまり納得した様子ではなかったわよね。本間先生が、麻里奈との血縁関係を、ずっと黙っていたことに対して」

　麻里奈が、含み笑いをする。

「それも、先生があの古文書と引き換えに、パヘスとやらを差し出すと聞いて、機嫌が直ったはずよ。男って、単純だからね」

　笑いを噛(か)み殺す。

「あの古文書は、もともと倉石さんがマドリードで、掘り出したものよね。そしてパヘスは、本間先生が確かハバナの蚤(のみ)の市で、発掘したものでしょう。麻里奈の言うとおり、その二つがそれぞれ、収まるべきところへ収まったわけだから、めでたし、めでたしじゃないの」

　麻里奈は、大きく息をついて、ソファに背を預けた。

「そうよね。これで、卒論を書き直そうなんていう、だいそれた妄想もけし飛んだし、ほんとにめでたし、めでたしだわ」

　沙帆は、それについて何も言わずに、紅茶に口をつけた。

　最初の勢いはどこへやら、麻里奈は本気で卒論の書き直しを、あきらめたようだ。

　そもそも、新たに手を入れ直したからといって、すぐに発表できるというものではない。

ただ、何かしら熱中できるものを持つのは、悪いことではないと思う。もし、ほんとうに麻里奈があきらめたのなら、かわりに自分がやってもいいという、新たな意欲さえわくほどだ。

麻里奈が、体を乗り出して急に声をひそめ、聞いてくる。

「ところで、きのうの文庫本、読んでみた」

沙帆はわれに返り、さりげなくまた一口、紅茶を飲んだ。

「〈あとがき〉だけ、ざっとね」

そっけなく答えたものの、実のところ本文の方も、最初の三十ページほどは、読んでみたのだ。

しかし、あまりの過激さに体がしだいに熱くなり、途中でやめてしまった。

もともと、こうした本を読む習慣がなかったため、免疫ができていなかったせいもあるだろう。読み続けることに、妙な罪悪感のようなものを感じ、本を閉じてしまった。

正直にいえば、家事を終えてベッドにはいったあと、久しぶりにいたずらをしてみようか、という気にもなったほどだ。

とはいえ、それもまたさらに強い罪悪感に襲われて、がまんしたのだった。

つくづく、損な性格だと思う。

麻里奈が疑わしげに、横目でにらんでくる。

「わたしはね、ゆうべ九時ごろまでテレビで、くだらないバラエティを見ていたのよ。それから、このソファで読み始めたわけ。そうしたら、やめられなくなっちゃってね。読み終わったら、夜中の二時。久しぶりに、興奮したわ」

それを聞いただけで、沙帆は顔がほてった。

麻里奈の率直さが、うらやましくなる。

「そんなに、過激な内容なの」

さりげなく聞き返すと、麻里奈はきゅっと眉根(まゆね)を寄せた。

「というか、今のポルノ小説って露骨で、そのシーンばかりでしょう。ことさら、卑猥(ひわい)な造語を駆使したりしてね」

さすがに、苦笑してしまう。

麻里奈が、そんなものを読んでいるとは、知らなかった。

麻里奈は続けた。

「そういうのと比べると、ヴィルヘルミネの回想記はおとなしいし、女心がよく書けているのよね。文学的、と言っていいかどうか分からないけど、ただの好色本じゃないと思うわ」

「ほんとうに、ヴィルヘルミネが書いたのかしら」

「それはどうかな。なんともいえないわね。第一部は、ほとんど自分の性体験の羅列だけど、第二部になると音楽とか仕事のことが、ちらちら出てくるの。ただ、第一部はヴィルヘルミネが死んだ二年後、第二部は十年後に出版されたとかで、なんとなく印象が異なるのよね。訳文からは分からないけど、書き手が違うんじゃないか、という気がするわ。少なくとも、連続して書かれたものじゃない、と思う。第二部は、マルキ・ド・サドのことに触れたり、ジョルジュ・サンドとミュッセの色模様に言及したり、どうもタッチが変わるの。一部と二部は、時代的に話が連続しているのに、出版がなぜ八年もあいたのか、意味が分からないわ。別人が、続きを書いた可能性が、高いと思う」

それを聞くかぎり、麻里奈はかなり気を入れて読んだようだ。

麻里奈が続ける。

「それに、第二部にはヴィルヘルミネが、ポルノ写真を見るくだりがあるのよ。ヴィルヘルミネの若いころ、つまり一八三〇年前後には写真はまだ、発明されていなかったと思うわ。かりに、プロトタイプは作られていたとしても、それが一般に出回るほど普及していた、とは考えられない。第二部が出版された、一八七〇年ごろなら分かるけどね」

「そのころにはもう、ヴィルヘルミネは死んでしまっているわね」

「そう。だから、少なくとも第二部は、ヴィルヘルミネの作ではない、といっていいんじゃないかしら。訳者はそのあたりに、まったく触れてないけどね」

麻里奈が、ただ漫然と読んでいたわけではない、と分かって沙帆は感心した。

「〈解説〉によると、この自伝はヴィルヘルミネの性病を治療した、主治医だか恋人だかに宛てた手記、という体裁をとっているようね」

沙帆が確認すると、麻里奈は体を引いた。

「どちらにしても、ヴィルヘルミネが書いたのだとすれば、ただ音楽や歌の才能があっただけじゃなくて、文才にも恵まれていたと思うわ。ただし、第一部に関するかぎり、という条件つきだけど」

「ほんとうに、楽才と文才を兼備しているのなら、ホフマンも顔負けね」

「そう。でも文才については、訳者の筆力に負うところがあるかも。須賀なんとかさん、なんて人は聞いたこともないけど」

「訳者の筆力が高いとしたら、伊藤整と『チャタレイ夫人』の関係と、同じかしら」

麻里奈は笑った。

「チャタレイまではいかないにしても、この本だって今の時代に残るだけのものはある、という気がするわ。沙帆も、読んでみなさいよ。せめて、第一部だけでも」

沙帆はおおげさに、肩をすくめてみせた。

「やめておくわ。体に悪そうだから」

麻里奈は奔放に笑い、それからもう一度上体を乗り出して、声をひそめた。

「読んでから、もてあましちゃってね。ぐっすり寝ている、倉石のベッドにもぐり込んだの。本間先生の話をしたのは、そのついでというわけ」

沙帆は、めったに聞かない麻里奈ののろけ話に、顔が赤くなるのを感じた。

「いいかげんにしてよ、麻里奈ったら。わたしの身にも、なってほしいわ」

半分本音で言うと、麻里奈は真顔にもどった。

「ごめんね、調子に乗って。それより、〈解説〉を読んだって、言ったわよね。来週また、本間先生のところへ行くのに、要点を整理しておきましょうよ。ただ単に、訳本を見つけましたというだけじゃ、おもしろくないわ。先生をぎゃふん、と言わせなきゃ」

そう言ってソファを立ち、サイドボードの中からブックカバーをした、文庫本を取って来た。

沙帆も、トートバッグの中から、同じ本を取り出す。

麻里奈は、本を開いて言った。

「タイトルや内容からして、この本は明らかに『悪女モニカ』と、別物よね。それ一つをとっても、本間先生の悪い冗談だと分かるわ。偽作かどうかはともかく、オペラ歌手かそれに近い人が書いたことは、間違いなさそうだから」

それにならって、沙帆も冒頭の部分を開く。

「〈解説〉も、きちんとしているわよね。訳者の名前は須賀、なんと読むのかな。習慣の慣、慣れるという一字だけど。スガ・カン、かしら」

「聞いたことない人だけど、訳文や解説の文章を見るかぎり、ちゃんとした仏文学者、という気もするわね」

麻里奈に言われ、沙帆はあらためて〈解説〉を、開いてみた。

冒頭の記述によると、ギヨーム・アポリネールがみずから編纂（へんさん）した、〈愛の巨匠〉シリーズにこの作品を入れ、初めてフランスに紹介した、とある。

その解説で、アポリネールは次のように書いている、という。

ドイツでこれほど有名な『ある歌姫の想い出』と名付けられた書物が、いままでフランス語に翻訳されなかったことはふしぎに思える。(原文のまま)

そして訳者の須賀慣もまた、これほどの作品が今日まで邦訳されなかったのは、はなはだ奇妙だと付け加えている。

ふと気づいて、沙帆は言った。

「アポリネールが、フランスに初めて紹介したときの解説を、ここに入れてほしかったわね。そうしたら、この本ももう少し知られただろうし、話題になったかもしれないのに」

麻里奈もうなずく。

「そうね。単なるきわもの、と見なされるには惜しい作品だわ。この本はヴィルヘルミネの、と言って言いすぎなら、ある若いオペラ歌手の、〈ウイタ・セクスアリス〉だもの。だから、沙帆も来週先生のところへ行くまでに、ちゃんと読んでらっしゃいよ」

「はいはい、分かりました」

おどけた返事をしながら、沙帆はまじめに読んでみよう、という気になっていた。

【E・T・A・ホフマンに関する報告書・十二】

――しばしば、〈Auf Freude folgt Leid.（楽あれば苦あり）〉といわれるように、いいことばかりは続かない。

あなたたち夫妻が、ベルリンに居を移してほぼ二年後の八月三日（一八一六年）、王立劇場で初演された『ウンディーネ』は、大当たりを取った。何度も再演されて、そのたびに好評を博したことは、あなたもご存じのとおりだ。

むろんETAの音楽と、フケーの台本がよかったことが、いちばんの理由だった。そのほかに、ETAが強力に推して起用した建築家、カール・F・シンケルの舞台装置が、圧倒的な評価を得たことも、特筆に値する。

それと併せて、わずか十八歳のヨハンナ・オイニケを、プリマ・ドンナに抜擢したことも、成功の要因の一つといえよう。

つまり、こうした条件がすべてうまく組み合わさって、『ウンディーネ』は大成功を収めたわけだ。

カール・マリア・フォン・ヴェーバーは、七カ月ほどたった翌一八一七年三月、〈AMZ〉に『ウンディーネ』について好意的な、というより絶賛に近い評論を寄せた。

このことは、ETAにとって大きな励みになった。同時に、いわゆる浪漫派の音楽を、世に知らしめる原動力にもなった、といってよい。

ともかくこの作品で、ETAの作曲家としての力量が、はっきりと認められた。

ただ、今後音楽家としてETAが、これほどの成功を収める機会が、ふたたびあるかどうか。

近ごろ、厳しさを増す一方の時間的制約を考えると、正直なところかなりむずかしい、という気がする。

お分かりのように昨年、『ウンディーネ』が初演される四カ月前の四月、あなたにとってもETAにとっても、社会的立場が大きく変わる出来事があった。

ETAが、大審院のただの発送担当事務官（Versand）から、正式の判事に昇進したことが、それだ。

そう、『ウンディーネ』の初演のおり、超満員の聴衆から大歓声で舞台に呼び上げられ、拍手喝采を受けたとき、ETAはまぎれもない大審院の、新任判事だったのだ！

この異動によって、従来不安定だった家計が安定したわけだから、あなたにとっては歓迎すべき出来事だった、といってよかろう。

しかしながら、ETAにとって判事への昇進は、痛しかゆしだったと思う。

当然仕事は、従来よりはるかに忙しくなり、執筆時間を大幅に食われるから、作家活動に支障をきたしたはずだ。『ウンディーネ』は、早くから準備ができていたからいいが、新たに何か作曲しようとすれば、これまた時間が足りなくなる。

その配分をどうするかが、今後の大きな課題といえよう——（以下欠落）

——（喜びのあとに）悲しみがくる、ということわざの典型が、七月二十九日（一八一七年）に発生した、例の王立劇場の大火事だ。

劇場はそのつい二日前、七月二十七日に『ウンディーネ』の、十四回目の公演を終えたばかりだった。

出火の原因は、今のところ不明のままだ。

一部には放火説もあるが、いずれにせよ舞台装置や背景、小道具、役者の衣装から膨大な数のかつらまで、何もかも丸焼けになってしまった。

ＥＴＡが、書斎でわたしと話しているとき、急に外が騒がしくなった。間なしに、あなたが駆け込んで来て、劇場が燃えていると知らせたのだった。

わたしたちは、すぐに窓をあけて、外を見た。まさしく、劇場から火の手が上がっていた。

わたしは、へたをするとこちらの建物にも、飛び火するのではないかと焦った。ところが、ＥＴＡもあなたもまったく取り乱さず、メイドのルイーゼと一緒に、窓側に置いてあったベッドや家具類を、火から離れた奥の部屋に移し始めたのだ。むろん、わたしも手を貸した。

しかし手伝いながらも、どうせなら今のうちに外へ運び出して、早く避難した方がよかろう、と進言した。

しかるに、ＥＴＡだけでなくあなたまでが、いざとなるまで何も運び出さないし、避難するつもりもない、と言うではないか。

正直なところ、わたしは火事が大の苦手だったから、内心大いに焦った。

外をのぞくと、現にほかの部屋の人びとが家具や荷物を、懸命に運び出しているのが見えた。しかも危惧したとおり、ほどなく劇場の火がこちらの建物にも飛び火して、屋根が燃え始めたのには肝をつぶした。

それでも、あなたたちは避難しなかった。

ETAにいたっては、枠のペンキが熱で溶け落ちる窓から、はらはらするほど身を乗り出して、火事を見物する始末だった。髪がほとんど、ちりちりしていたと思う。あれほど焦ったのは、これまでの人生で始めてだ。

しかし、ほどなく駆けつけて来た蒸気ポンプ車が、必死になって周囲の建物に放水したので、なんとか類焼はまぬがれた。

窓ガラスは全部割れ、書斎はみずびたし、すすだらけになってしまったが、貴重品は奥に移してあったので、さしたる被害はなかった。

隣人たちが、あわてて外へ運び出した家財道具は、火が移ったり放水を浴びたりして、みんな使い物にならなくなった。

無事だったのは、皮肉なことにあなたたちのものだけで、カップ一つなくならなかったと、ETAは自慢げに言った。

まずは不幸中のさいわい、といわなければなるまい。

さて、肝腎の王立劇場が煙となって消え去った今、『ウンディーネ』の舞台はどうなるのだろう。

オペラそのものは、台本と楽譜と劇場さえあれば、どこでも再演が可能だ。

王立劇場も、そうとうの時間と手間とお金がかかるにせよ、よりりっぱなものが再建されるだろう。

ただ、取り返しがつかないのは、例の建築家シンケルが考案し、制作した衣装とか舞台装置、舞台装飾がすべて、灰燼に帰してしまい――（一部欠落）

――（王立劇場が焼けたあと）ＥＴＡは、『ウンディーネ』をほかの劇場で公演することを、かたくなに許さなかった。

この判断は、いかがなものであったか。

確かに、王立劇場に匹敵するほどのオペラハウスは、ほかになかった。

また、シンケル自慢の衣装や舞台装置などが、すべて灰になった今となっては、それなしで舞台にかけることなどできない、とＥＴＡは言う。

シンケルもまた、そっくり同じものを作ることに、難色を示しているらしい。

かりに、デザイン画や設計図も一緒に失われた、というのがほんとうだとしても、それらはきちんとシンケルの頭の中に、残されているはずだ。

シンケルの本音は、真の芸術家たる者は一度作ったものを、みずからまねて再現するのを、いさぎよしとしないという――（一部欠落）

――（これをきっかけに）ＥＴＡは、文筆にすべての力をそそぎ始めた、といってよかろう。いくら多才とはいえ、大審院の判事をしながら小説を書き、作曲し、絵を描くことを続けるのは、どだい無理な話だった。

それより前、作家としてのETAは、大作『悪魔の霊液』の第一部と第二部、あるいは『砂男』を含む『夜景作品集』を、出版した。

また、カフェ〈マンデルレエ〉で始まった、作家の集まりが〈ゼラピオン同人会〉として、正式に発足する運びにもなった。

その日はたまたま、あなたが持っていた故国ポーランドの暦を見て、〈聖ゼラピオンの日〉と分かったことから、それを同人の名称にしたのだった。あとで、実は日を間違えていたことが、判明したのだが。

ETAが、史上最高といわれる偉大なシェークスピア役者、ルートヴィヒ・デフリントと親しくなったのは、つい最近のことだ。むろんあなたもETAも、シャルロッテン街の今のアパートの三階に転居したとき、隣の部屋に当のデフリントが住んでいたとは、知らなかっただろう。

もともと、デフリントは商人の息子だったが、今ではシェークスピア劇を得意とする、当代一の名優として広く知られる存在だ。

むろんデフリントの舞台は、あなたもETAと何度か見たことが、おありだろう。

しかし、役者としてのデフリントの真骨頂は、舞台の上だけのことではない。最近、ＥＴＡが入りびたっている近くの居酒屋、〈ルター・ウント・ヴェグナー〉における、デフリントの即興演技を見る機会が、あなたにもあればと思う。

デフリントは、その場にある小説や台本をなんでも取り上げ、さっと流し読みをする。そしてそこに、気に入った登場人物を見つけるや、たちまちその当人になりきって、演技を始める。

するとあたかも、デフリントという俳優がかき消え、演じられている当の作中人物が、その場に姿を現したかのような、強い存在感を呼び起こすのだ。

こういう天才を、ＥＴＡがほうっておくはずがない。

二人はたちまち意気投合して、その居酒屋の隅の指定席で酒を飲みながら、一晩中芸術論を戦わせるようになった。

しかも間なしに、お互いにドゥツェン（duzen＝きみ付き合い）を許す、きわめて親しい関係に発展した。

それを見聞きするだけのために、客たちが〈ルター・ウント・ヴェグナー〉に押しかけるので、店はいつも大繁盛するのだった。もちろんわたしも、その中の一人なのだが。

そうしたとき、店のあちこちにたむろする女たちには、二人とも見向きもしない。それはわたしが、保証する。

ともかく二人は、お互いに相手のほかにそこにだれもいない、といわぬばかりの熱中ぶりなのだ。

たいていの場合、ETAは大審院での仕事を片付けたあと、デフリントの主演する舞台を、見に行く。そして、先に〈ルター・ウント・ヴェグナー〉に足を運び、相方が来るのを待ち構える。

舞台を終え、デフリントがやって来て向かいにすわると、ホフマンは何も言わずに相手の手を、ぎゅっと握る。

握る力が強ければ強いほど、その日のデフリントの舞台がよかった、という賛辞になるらしい。

一方、握手の力が弱ければそれだけ、その日の出来がよくないことを、意味するのだそうだ。むろんそんな日は、めったにないのだが。

火事の前、わたしはETAと一緒に王立劇場へ行き、シェークスピアの『ヘンリー四世』の第一部、第二部をとおして見た。

そのときデフリントは、よく知られた大兵肥満のおどけ者、フォルスタフをみごとに演じてのけ、拍手喝采を浴びた。わたしも、すばらしい出来だと思った。

デフリントは一方で、同じシェークスピアの代表的な悲劇的人物、ハムレットをも完璧に演じることができる。

これこそ、まさに希有の俳優というべく、天才以外の何ものでもない。

ともかく、その夜のデフリントのフォルスタフは、すばらしい出来だった！

わたしたちが、〈ルター・ウント・ヴェグナー〉の定席で待っていると、平服に着替えたデフリントが、得意満面でやって来た。

ETAの向かいにすわるなり、デフリントは自信満々でテーブル越しに、手を差し出した。おそらくは、手がしびれるほど強い握手を返してもらえる、と期待していたに違いない。

ところが、ETAはむすっとした顔で腕を組んだきり、手を出そうとしない。

デフリントは、どうかしたのかとばかり不審げな顔で、差し出した手の指をせっつくように、ぴくぴくと動かした。

それでもETAは、指一本出そうとしない。

さすがのデフリントも、これには堪忍袋の緒を切らしたらしい。

いきなりその手を伸ばして、固く組まれたETAの肘をむずとつかみ、揺さぶりながら言った。

「おい、テオドル。今夜のおれの演技に、何か文句があるのか。あるなら、さっさと言ってみたまえ」

その見幕に、店中の者がおしゃべりをやめて静まり返り、どうなることかとかたずをのんで、二人を見守った。

ETAが、おもむろに口を開く。

「今夜のきみの演技は、百点満点のせいぜい五十点が、いいところだな」

それを聞くなり、デフリントは満面に朱をそそいで、言い返した。

「言ったな、テオドル。それなら、今夜のおれの演技の、どこが五十点も足りないのか、聞かせてもらおうじゃないか」

ETAの酷評に驚いたわたしも、ぜひそのわけを知りたかった。

ETAは腕を解き、デフリントに指を突きつけた。

「きみが演じた、第一部のフォルスタフは、完璧だった。そこだけ見れば、百点満点といってよい」

「それなら、文句はあるまい。おれは第二部でも同じように完璧に、フォルスタフを演じたつもりだ」

「そのとおりだ。しかし、それがいかん」

「完璧がいかん、とはどういうわけだ」

デフリントが、気色ばんで問い詰めると、ETAは肩をすくめて応じた。

「きみは、第一部でも第二部でも同じように、完璧なフォルスタフを演じてしまった。しかし、第一部と第二部のフォルスタフは、同じではないのだ。第一部では、フォルスタフは周囲の人間にからかわれ、ばかにされる道化者にすぎなかった。しかし第二部では、同じ道化者でも逆に周囲の人間をからかう、別の性格に変わっているのだ。したがって、きみは第一部と第二部で同じ人物を、別人のように演じなければならない。今夜のように、第一部と第二部を同じように完璧に演じては、せっかくの『ヘンリー四世』が台なしになる。そうは思わんかね」

それを聞くなり、デフリントは雷にでも打たれたように、体をこわばらせてETAを見返した。

しばらくのあいだ、無言のまま考え込む。

それから、デフリントはいきなり椅子を鳴らして、立ち上がった。両手で髪を掻きむしり、床の上を忙しく行ったり来たりしながら、うめくように言った。

「そうだ、そうだった。きみの言うとおりだよ、テオドル。おれはどうして今まで、そのことに気づかなかったんだろう」

それから、テーブルに載ったポンチを一息であけ、ＥＴＡを見た。

「テオドル。あしたも、おれのフォルスタフを見に来てくれ。舞台が終わったら、またここで会おう。返事はそのときに、聞こうじゃないか」

そう言い残して、デフリントは一直線に〈ルター・ウント・ヴェグナー〉を、飛び出して行った。

次の夜デフリントが、ＥＴＡから指の骨が砕けぬばかりの、強い握手の返礼を受けたことは、あなたにも容易に想像がつくはずだ。

［本間・訳注］
ホフマンが、『ウンディーネ』を王立劇場以外の場所で、上演するのを許さなかったという話は、いくつかの資料が伝えている。確かに、しばらくのあいだは、そうだったかもしれない。
しかし、王立劇場がかの建築家シンケルの設計で、装い（よそお）も新たに再建されたのは、一八二一年のことだった。その間、『ウンディーネ』がどこかの劇場で、一度も上演されなかったとは、考えられない。

現に、音楽評論家の武川寛海が翻訳した、『ホフマン音楽小説集』の訳者後記によれば、一八二一年に一度だけプラークの市立劇場で、上演されたらしい。この当時、市立劇場の舞台監督ないし支配人を務めていた、旧知のホルバインが行なった興行だった、と思われる。ただ、たいした成功は収められなかった、という。

こうして、『ウンディーネ』が足踏みしているあいだに、ほかの新しいオペラが次つぎに生まれ、競争相手が増えたことは間違いあるまい。

決定的な打撃となったのは、王立劇場が新たにオープンした直後、一八二一年六月十八日に、かのヴェーバーの『魔弾の射手』が初演され、大好評を博したことだった。

これは余談になるが、ヴェーバーはホフマンに劣らず、あるいはホフマンの上を行くほど、悲惨な晩年を送った。

以前の【報告書・五】にもあったとおり、ヴェーバーは生まれつき右大腿関節が、脱臼していた。そのため、ちゃんとした歩行ができなかった。身長は百六十センチに満たず、その点もいとこのコンスタンツェの夫、モーツァルトと共通点があった。ホフマンが、ヴェーバーに親しみを抱いたのも、そうした背景を考えるならば、よく理解できるだろう。

ヴェーバーは若いころから、おそらく遺伝性の結核に侵されて、生涯それに悩まされた。最後には菌が全身に回り、ホフマンの死からわずか四年後、三十九歳の若さでロンドンに客死する。まさに、『魔弾の射手』を作るだけのために、生まれてきた音楽家といえよう。

遺体はロンドンに埋葬されたが、一八四四年にリヒァルト・ヴァグナーの尽力で、いささか縁のあるドレスデンにもどされ、そこに新たな墓が作られた。

ヴェーバーの生涯もまた、一編の物語となるだろう。

話を進める。

スウェーデンの浪漫派の作家、ペル・ダニエル・アマデウス・アッテルボムも、最後になった『ウンディーネ』の、王立劇場での公演を観劇した。

その二日後、敬愛するホフマンの面識を得たいものと、シャルロッテン街を訪れたまさにそのとき、アッテルボムは王立劇場の火事に、遭遇したのだ。

アッテルボムが、向かいの建物の三階を見上げると、住居の窓から首を出して火事を見物する、ホフマンの姿があった。

ホフマンは、その瘦(や)せこけた体を窓から乗り出し、紅蓮(ぐれん)の炎に包まれた劇場を、身じろぎもせずに眺めていた、という。

ところで、今回はホフマンとデフリントの、交友についての報告が含まれている。

ホフマンは、相手がたとえどんなに親しい仲であっても、めったに二人称の親称〈du（きみ）〉で、呼ぶことをしなかった。ほとんど例外なく、敬称の〈Sie（あなた）〉で通した。例の、自分の最初の作品集を出版してくれた、バンベルクでの親しい友クンツに対しても、それをつらぬいた。

ちなみに〈du〉を許したのは、わずかに幼なじみのヒペルほか数えるほどで、デフリントもその中に加えられたのだった。ホフマンにとって、デフリントがどれほど気を許す相手だったか、それだけでも分かるだろう。

ここで注目したいのは、ホフマンがデフリントの舞台を見たあと、かの〈ルター・ウント・ヴェグナー〉で当人を待ち構え、握手の強さでその日の出来を評価した、というくだりだ。

ほかの資料によると、握手ではなくホフマンがデフリントの太もも、あるいはすねを指でつねって、その痛みが強いほど出来がよかったことを示す、としている。

どちらが真実かは分からないが、つねることで評価する方法というのは、いささか作り話めいており、不自然な感じだ。握手の強さで示す方が、ほんとうらしいように思える。

さて、デフリントと親しくなってから、明け方にまで及ぶ深酒がたたったか、ホフマンはしばしば体調を崩すようになった。

一八一八年の初夏から、下痢を繰り返したり腫瘍(しゅよう)に悩まされたり、神経熱をわずらったりし始めた、と伝えられる。

そんな中で、一八一八年の夏に牡猫(おすねこ)を手に入れ、ムルと名付けてかわいがるようになったのが、いくらか救いとなったようだ。この猫が、のちに『牡猫ムルの人生観』の、主人公を務めることになる。

翌一八一九年の夏ごろから、判事の仕事が何かと複雑な様相を、呈してきた。

ホフマン夫妻は七月に、二人でベルリンの二百キロほど東にある、シレジアの温泉地ヴァルムブルンへ、保養旅行に出かけた。

それが、二人にとってほとんど最後の、息抜きになったことだろう。

73

倉石麻里奈が、報告書・十二の最後の一枚を、読み終わる。

それを、隣にいる古閑沙帆に、手渡した。

その日、いつもどおり午後三時少し前に、二人で〈ディオサ弁天〉を訪れた。

三時ちょうどに、本間鋭太が奥から現われるのを待とうと、勝手に洋室に上がった。

すると、テーブルの上にすでに原稿が置かれ、手書きのメモが添えてあった。

急ぎの原稿を書き上げねばならぬので、
とりあえず報告書に、目を通しておいてほしい。
三、四十分で片付けるからよろしく!
お茶は適当に用意すること。


読み終わった原稿をそろえ、壁の時計を見上げると、三時半過ぎだった。そろそろ、書き上がるころだろう。

沙帆がいれた茶を飲んで、麻里奈が不満げに言う。

「今回も、けっこう欠落があるわね」

「ええ。今回のハイライトは、『ウンディーネ』がヒットしたことと、王立劇場が火事で焼けたこと。それくらいかしら」

沙帆が応じると、麻里奈は腕を組んだ。

「それと、例のルートヴィヒ・デフリントとの、交流が始まったことね」

「そうね。ホフマンとデフリントの、〈ルター・ウント・ヴェグナー〉でのやりとりも、おもしろかったわ」

麻里奈は、長椅子の背にもたれた。

「ホフマンが、デフリントの演技の善し悪しを、足のつねり方で伝えたという話は、あちこちで読んだわ。そのとき、なんでそんなとこをつねるのかって、違和感を覚えた記憶があるの。ヨハネスの報告の、握手の強さで表わしたという方が、まだ自然だと思う。ずっと、ほんとうらしいわよ」

「わたしも、そう思うわ。本間先生も、同じ意見のようね」

麻里奈は息をつき、話を変えた。

「ヴェーバーの、『魔弾の射手』が大ヒットしたあおりで、『ウンディーネ』が忘れ去られたのは、ちょっと残念な気がするけど。あのとき、王立劇場が火事で焼失しなければ、状況が変わっていたかもね」

「でも、忘れ去られたというのは、言いすぎよ。今でもたまに、上演されているらしいじゃないの」

「だけど、ホフマンで知られているのは、『くるみ割り人形』と『ホフマン物語』くらいよね」

麻里奈が言い捨てたので、沙帆は苦笑した。

「どちらも、物語の原作はホフマンだけれど、作曲したのはホフマンじゃないでしょう」

作曲者はそれぞれ、チャイコフスキーとオッフェンバックだ。

「それはそうだけど」

麻里奈は言って、すぐに付け加えた。

「ネットで調べてみたら、ドイツではここ何年も前から、ホフマン作曲の交響曲とか、ピアノ・ソナタがＣＤになって、市販されてるのよね」

以前本間も、そんなことを言っていたのを、思い出した。

「そうらしいわね」

「ええ。それに、『ウンディーネ』以外の、オペラ作品なんかも」

「ふうん。聞いてみたいような、みたくないような」

沙帆があいまいに応じると、麻里奈は組んだ腕を解いた。

「よくも悪くも、モーツァルトの亜流じゃないかな。そうじゃなかったら、もっと早くから録音されていた、と思うわ」

「厳しいわね。モーツァルトの、未発見の作品とでも勘違いされたら、少しは話題になるかも」

「結局、その域には達していなかった、ということでしょう」

麻里奈は容赦なく、そう決めつけた。

そのとき、廊下に足音が響いて、引き戸があく。

本間は、なんと浅葱色の麻らしいゆかたに、鶯色の帯を巻いていた。

すでに、八月下旬になっており、もはやゆかたで夕涼みという時節ではない。やはり、どこかピントがずれている。

「待たせてすまんね」

そう言って、本間はソファにどかりと、あぐらをかいた。ふところから扇子を出し、ぱたぱたと襟元へ風を送る。

洋室は、いつもに似ずクーラーが効いており、むしろ涼しすぎるほどだった。

気にするふうもなく、麻里奈が口を開く。

「急ぎのお原稿は、書き上げられたんですか」

「ああ、ちゃんと書き上げた。ファクスで送ったから、もう心配せんでいい。それより、報告書を読んだかね」

「はい、読ませていただきました。大好評だった『ウンディーネ』が、『魔弾の射手』の陰に隠れてしまうくだりは、なんだかせつなくなりますね」

麻里奈の言葉に、本間は扇子をあおぐ手を止めて、眉根を寄せた。

「まあ、しかたがないだろう。大衆の耳は、旋律のなじみやすい方に傾くもの、と相場が決まっとるからな。音楽には、やはりすぐに耳にぴんとくる、さわりが必要だ」

単純明快な切り捨て方だ。

沙帆は話題を変えた。

「今回始まった、ルートヴィヒ・デフリントとの交友は、このあともずっと続くわけですね」

「もちろん、続くとも。幼なじみのヒペル、判事仲間のヒツィヒ、それにバンベルクのクンツも、親しいことに変わりはないし、いろいろとホフマンを助けてくれる、だいじな友人ではある。しかし、芸術に対する理解度や感性の点では、デフリントがいちばんホフマンに、近かった。ともかく、その連中のうちのだれが欠けても、ホフマンには大きな痛手になっただろうな」

本間の口ぶりは、妙にしみじみとしていた。

麻里奈が、小さく咳払いをして、さりげなく切り出す。

「今回の報告も、ところどころに欠落がありますね」

「何度も言うとおり、後半部分は特に欠落が多い。日本へたどり着くまで、長い旅をして来たわけだから、やむをえんだろうが」

沙帆は口を挟んだ。

「日本へきてからは、先生のご一族がだいじにだいじに、受け継いでこられたわけですから、欠落はないはずでは」

「それは、なんとも言えんな。おやじから、初めて現物を見せられたときは、油紙に包まれた状態だった。それ以後の欠落はない、と思うがね」

わずかな沈黙。

その隙をついて、麻里奈が待ち兼ねたように口を開く。

「ところで、先週先生からうかがった、ヴィルヘルミネ・シュレーダー＝デフリントの、ポルノ小説の件ですけど」

本間は、おもしろくなさそうな顔で、じろりと麻里奈を見た。

「あれは、ただの座興にすぎんよ。そう言ったはずだぞ」

「座興にしても、なかなかおもしろいお話でした。それにあのあと、驚くべき発見があったんです」

麻里奈の、気を持たせるような言い方に、本間は扇子を動かす手を止め、ちらりと沙帆に目を向けた。

その気配を察して、沙帆はすばやく目を伏せ、バッグの中をのぞくふりをした。

本間が言う。

「驚くべき発見をした、とね。どんな発見じゃ」

いかにも、わざとらしい〈じゃ〉だ。

麻里奈が、おもむろに言う。

「翻訳は出ていない、と先生はおっしゃいましたけど、帰り道にわたしたちは、その翻訳本らしきものを、神保町で発見しました」

わたしたち、という一言に少したじろいで、沙帆は目を上げた。

本間も、いつものじろりという感じで、また沙帆を見る。

それから、麻里奈に言い返した。

「そうかね。まあ、神保町なら、見つかるかもしれんな」

麻里奈は顎(あご)を引き、ちらりと沙帆を見てから、本間に目をもどした。

「それはつまり、翻訳が出ていたことをご存じの上で、出ていないとおっしゃったわけですか」

本間は所在なげに、耳の後ろを掻いた。

「まあ、そんなとこじゃな。『ある歌姫の想い出』は『悪女モニカ』より、いささか刺激が強いからな」

先週言った、『ある女性歌手の回想録』ではなく、訳本の日本語タイトルを正しく、口にした。

麻里奈が、うれしそうに続ける。

「ということは、先生も読んでいないとおっしゃったのに、読んでいらっしゃったわけですね」

「もちろん読んださ。学生のころ、原書でな。辞書を引きながらだが、けっこう刺激が強かった」

「わたしたちは、もう学生じゃなくて、おとななんですけど」

「それは、分かっとるよ。しかし、間違って由梨亜くんが読んだりしたら、教育上よろしくないではないか」

本間が、道学者のようなせりふを吐いたので、沙帆は危うく吹き出すところだった。

麻里奈は、遠慮なく笑った。

「心配していただいて、ありがとうございます。でもわたしは、こうした教育上問題のある本を、そのあたりにほうり出しておくような、不注意な母親じゃありませんから」

本間はそれを無視して、単刀直入に聞き返した。

「その、教育上問題のある本とやらを読んだ感想を、聞かせてもらいたいな」

麻里奈が、たじろぐ様子もなく、応じる。

「今の尺度で見れば、たいしたことはないと思います。ただ、実際に、ヴィルヘルミネが書いたとしても、第一部だけですね。第二部は、あきらかに偽作でしょう」

本間は一度、唇を引き結んだ。

「そうかね。第二部は、ドイツの音楽事情とかにも触れているし、ほかの三文文士の偽作とは、言い切れぬだろう。ミュッセとジョルジュ・サンドの関係、それにサド侯爵(こうしゃく)についても、詳しい言及がある」

よく覚えているものだ。

「でもヴィルヘルミネが、ジョルジュ・サンドのいかがわしい写真を、六枚も見たなんていうくだりは、とても信用できませんね。ゴリラや、種馬と交わっている写真なんて、ばかばかしくて笑っちゃいます。そもそも、この本の背景になっている時代に、写真がそれほど普及していた、とは思えませんし」

ずけずけ言う麻里奈に、沙帆ははらはらして下を向いた。

「ヨーロッパでは、ダゲレオタイプの写真が一八四〇年代に、いっせいに出回ったといわれているがね」

本間は、どうということもない口調で反論し、すぐに付け加えた。

「もっとも、ポートレートを一枚撮るだけでも、とてつもない手間と金がかかったそうだから、確かにそのくだりは眉唾ものだな」

「要するに第二部は、写真が普及し始めたあとで別の女性が、ヴィルヘルミネの名を借りて、書いたんじゃないでしょうか。もちろん、第一部にしてもヴィルヘルミネが書いた、という保証はなさそうですけど」

麻里奈が言い切ると、本間は肩をすくめただけで、何も言わなかった。

実のところ、沙帆もこの日までに一応読み上げてきたのだが、第二部の方は退屈した。ことに、女同士でたわむれる場面には、うんざりした。

思い切って、口をはさむ。

「フランス語版には、アポリネールの序文がついているそうですが、翻訳本にはついていませんね。なぜ、収録しなかったのでしょうか。アポリネールの賛辞があれば、それだけで売れるのではないか、と思いますが」

本間は小さく、肩を揺すった。

「カットした理由は、わしにも分からんな。翻訳したのは、アポリネールの作品も手がけている、よく知られたフランス文学者なんだが」

沙帆も麻里奈も、例の文庫本をバッグから取り出した。

麻里奈が言う。

「この、スガ・カンという訳者が、よく知られたフランス文学者なんですか」

本間は笑った。

「スガ・カンではない。習慣の慣で、ナレルと読ませるのだ」

沙帆も麻里奈も、カバーの訳者名を見直した。

須賀慣で、スガ・ナレルと読ませるのか。

本間が続ける。

「つまりそのペンネームは、モリエールの戯曲の主人公の名前、スガナレルをもじったものさ。いかにも、フランス文学者らしい遊びではないかね」

沙帆は思わず笑って、麻里奈と顔を見合わせた。

確かにモリエールの作品に、そういうタイトルの喜劇があった。

麻里奈は、笑ったものの、すぐ真顔になり、本間に目をもどした。

「須賀慣の本名は、なんとおっしゃるんですか」

「スズキ・ユタカだ。もう亡くなったが、早稲田大学の名誉教授だった人だ。スズキはふつうの鈴木、ユタカは豊作の豊と書く」

鈴木豊か。

沙帆も、フランス文学者については、あまりよく知らない。初めて耳にする名前だ。

麻里奈が、もっともらしく言う。

「フランス文学って、昔はそこそこ人気がありましたけど、今はそれほどじゃないですよね。フランス文学者も、昔は鈴木信太郎とか辰野隆とか杉捷夫とか、名のある先生がたくさんいた、と思います。でも、澁澤龍彦亡きあとは野崎歓とか、鹿島茂くらいしか思い浮かばないわ」

沙帆は笑った。

「いくらなんでも、それじゃあいだがあきすぎでしょう」

「それなら、だれがいるの」

そう聞き返されて、ぐっと詰まる。

「わたしも、思いつかないけれど」

麻里奈は、本間を見た。

「外国語の語学の先生がたは、大学のお給料や辞典や語学本の執筆だけでは、食べていけませんよね。翻訳の仕事でもしなければ、生活が成り立たないでしょう」

遠慮のない指摘に、自分もその一人に当たる沙帆としては、いささか忸怩（じくじ）たるものがあった。

「そのとおりじゃ。もっとも、売れない本をせっせと訳したところで、いくらにもならぬだろう。訳した本が売れるかどうかは、出してみなければ分からぬから、翻訳はかならずしも、わりのいい仕事ではない。ただ、質のよいポルノ小説は事前にある程度、売れ行きが見込まれる。出版社も訳者も、そこに商機を求めているわけさ。ただ鈴木豊先生は、正体を隠そうとして別名を使った、というわけではあるまい。本業以外の、お遊びのペンネーム、とみてよかろう。たとえ片手間にせよ、翻訳の文章もこなれておるし、ただの小遣い稼ぎではない」

本間が、珍しく他の学者を弁護したので、沙帆は驚いた。鈴木豊と、知り合いだったのか、と思いたくなるほどだ。

本間は、さらに続けた。

「そもそも富士見ロマン文庫は、ただの際物（きわもの）のシリーズではないぞ。なんといっても、カバーの絵を描いているのは、かのカネコ・クニヨシだからな」

沙帆は、カバーの絵の下の横文字を、あらためて見直した。

なるほど、〈cover painting by Kuniyoshi Kaneko〉とある。

「有名な画家さんなのですか」

本間が、不機嫌そうに人差し指を立てて、左右に振る。

「カバーの袖を見てみたまえ」

あわててカバーをめくると、そこに〈カバー　金子國義〉とあった。

どちらにしても、聞いたことのない名前だ。

「すみません。絵の世界には、とんとうといものですから」

本間は眉根を寄せたまま、麻里奈に目を向ける。

「きみも初耳かね」

麻里奈は、背筋を伸ばした。

「ええと、名前だけは知っています。このカバーの絵でも分かりますけど、いわゆるデカダンふうの、独特の絵を描く人ですよね」

本間は、まだ不満そうだった。

「まあ、それを知っとるだけ、ましな方だ。とにかく、彼は鬼才だった。わしは昔、金子國義と銀座のバーで知り合って、『バグダッドの黄金』という映画のビデオを、進呈したことがある。なぜかあの御仁は、ベリーダンスがはいった映画に、目がなかったのでな」

麻里奈は沙帆を見て、軽く肩をすくめた。

本間が続ける。

「そうしたら、お返しにサイン入りの本をくれたよ。これなんか、ファンなら垂涎(すいぜん)の的だぞ、きみ。残念ながらこの人も、何年か前に亡くなったがね」

それほどの有名画家とは知らず、沙帆は自分の無知を少し恥じた。

爪(つめ)のささくれを調べるふりをして、なんとかやり過ごす。

麻里奈が、すかさず話を変えた。

「ところで、鈴木豊先生は本名でも翻訳のお仕事を、してらしたんですか」

本間は、出ばなをくじかれたように、もぞもぞとすわり直した。

不承不承という感じで、その問いに答える。

「ああ、かなりの数をこなしていた。ミステリー作家のミッシェル・ルブラン、カトリーヌ・アルレー、それにジョルジュ・シムノンのメグレものも、一つ二つあったな。須賀慣名義は、アポリネールも含めてポルノ小説だけの、ペンネームだったようじゃ」

「だとしたら、鈴木先生はフランス文学の翻訳者として、かなりの売れっ子だったわけですね」

「そう言ってもいいだろうな」

麻里奈は、ふと思い出したように、文庫本をめくり直した。

「鈴木先生は〈解説〉で、いろいろ興味深いエピソードを、紹介しておられますね。たとえば、ヴィルヘルミネ自身が書いた序文を読むと、この原稿が公表を意図したものではなく、ある特定の人物に宛てて書かれた私記だ、と指摘しています」

「そのとおりだ」

「それと、作者の序文にはドレスデン、一八五一年二月七日、と日付がはいっていますから、ヴィルヘルミネが一八〇四年生まれとすれば、四十六、七歳のころに書かれたもの、ということになりますね」

本間がうなずく。

「その序文を読むだけでも、いかにも本物らしいじゃないか」

「ええ。訳者によると、ヴィルヘルミネはヴェーバーの『魔弾の射手』の主役、マックスの恋人のアガーテ役も、務めたことがあるそうです。でも、それほどの人がこんな手記を書くなんて、ちょっと信じられませんね」

「訳者の調べたところによると、この手記はヴィルヘルミネの死後、彼女の甥が発見して出版したらしい、というのだが」

本間の指摘に、麻里奈は目を上げた。

「確かに、そう書いてありますね」

「例の『悪女モニカ』の原稿が、ルートヴィヒ・デフリントから甥に引き継がれ、巡り巡ってハウザー博士の手に渡った、という話と似とらんかね」

本間はそう言って、麻里奈と沙帆の顔を見比べた。

沙帆はしかたなく、口を開いた。

「甥がからむ、という点で共通しているだけだ、と思います。甥というのは、いつも都合のいい狂言回しとして、登場してきますね」

麻里奈が割り込んでくる。

「そう、そう。ベートーヴェンの甥とか、ラモーの甥とか」

すると本間は、いかにもつまらなそうな顔をして、ぱちりと扇子を閉じた。

にわかに、すわり直して言う。

「さてと、きょうはこれくらいにしておこう。ではまた、来週にな」

取りつく島もない口調だった。

沙帆と麻里奈は、ほとんど追い立てられるようにして、〈ディオサ弁天〉を辞去した。

74

【E・T・A・ホフマンに関する報告書・十三】

――(ETAは一八一九年の)十月一日、国王フリードリヒ・ヴィルヘルム三世が設けた、〈国家反逆罪等に当たる危険な活動を行なう団体を調査する国王直属委員会〉と称する、長たらしい名前の組織の委員に、選ばれた。

この委員会は、その直前にメテルニヒ(オーストリア外相)の主導による、自由主義運動弾圧のための言論統制、監視強化対策を盛り込んだ、いわゆる〈カールスバート決議〉が採択された結果、創設された組織だった。

委員長は、ベルリン大審院の副院長フォン・トリュチュラーで、委員はホフマンを含む大審院判事二名、陪席判事二名からなっている。

この人事が、ETAの精神的、肉体的健康を、いちじるしくむしばむとともに、小説の執筆時間を大いに侵食したことは、間違いない。

しかし、驚いたことにETAの執筆の速度と量は、衰えるどころかますます上がっていったのだ。あなたをそばにはべらせて、一晩中書き続けることもあるそうだから、体調を崩さぬ方がおかしいだろう。

ETAが、委員に任命される二カ月半ほど前、フリードリヒ・ヤーンが逮捕された。あなたも、名前くらいは聞いたことがあるだろう。ヤーンは、体操教育の理論と実践のシステムを確立し、わが国の〈体操の父〉といってもよい人物だ。

しかし、その活動がかなり過激なために、〈ドイツ同盟〉なる反政府団体への関与を疑われて、逮捕されたわけだ。

こうした弾圧のきっかけになったのは、今年の三月下旬に発生した〈ブルシェンシャフト（学生組合）〉の組合員、カール・L・ザントによる老作家アウグスト・フォン・コツェブーの、暗殺事件だった。

コツェブーは、自由主義運動に批判的な共産主義のスパイ、とみなされていた。もっとも、その疑いは間違いだったらしいが。

ともかく、その結果ザントは、反政府団体や結社のあいだで、英雄視されることになった。神経をとがらせた政府側が、そうした団体に弾圧を加え始めたのは、当然の結果といえる。

ヤーンは、そのとばっちりを食らった、と見なされた。

直属委員会の取り調べに対して、ヤーンは罪状をまっこうから否認した。

取り調べに当たったETAは、ヤーンの主張を大筋で認めて、釈放の判決をくだした。

その、ETAの前に立ち塞がったのが、プロイセン政府の内務大臣フリードリヒ・シュクマンと、警察庁長官のカール・A・カンプツだった。

そもそも、委員に任命された直後からETAは、それまでに逮捕勾留されていた、扇動者と見なされる多くの活動家について、釈放を認める判決を連発していた。

それがシュクマンや、カンプツの怒りを招いたことは、想像にかたくない。

カンプツは例の〈フォス新聞〉で、ヤーンの有罪を確実視する記事を、発表した。

これに対して、ヤーンはカンプツを名誉毀損罪で、告訴した。

ETAは、この告訴を受理して審理にはいったが、カンプツらが法務省に圧力をかけたとみえ、法務大臣のキルヒアイゼンから、公訴棄却を命じられる。

カンプツは、危うく大審院の召喚をまぬがれたが、ETAに対して強い怒りを覚えたはずだ。
その結果――（以下欠落）
――二月二十四日（翌一八二〇年）、ＥＴＡは大審院の名において、以下のような法務省宛の上申書を、起草した。

小職は、ヤーンのカンプツに対する名誉毀損の告訴を、法的になんら問題ないと思考いたします。たとえ、警察庁長官のような政府の高官といえども、法の埒外に置かれるものではありません。役人であれ民間人であれ、法に従うことを求められる点では、なんら変わりがないのであります。……国家的見地から、法の運用に制限をかける権限をお持ちなのは、国王ただお一人だと信じております。

果たして翌月の三月十三日、国王フリードリヒ・ヴィルヘルム三世は、ヤーンのカンプツに対する告訴を、棄却すべしとの勅令を発した。
カンプツへの召喚状は、撤回された。その裏にカンプツ、シュクマンの策謀があったことは、想像にかたくあるまい。
こうした騒動によって、大審院、とりわけＥＴＡが反政府運動の味方だ、という風評が広がることは、避けられなかっただろう。

またこれをきっかけに、カンプツらがホフマンに対して、なんらかの報復を考えることは、大いにありうると思われる。威かすわけではないが、ETAと同様あなた自身も、その覚悟をしておいた方がいい。

さて、ETAはそうしたごたごたのあいだにも、執筆活動を精力的に続けてきた。

昨年から今年にかけて、『ゼラピオン同人集』を第一巻から第四巻まで、断続的に書き継いで出版社に渡したし、『牡猫ムルの人生観』の第一部も、書き上げた。

わたしには、そうしたエネルギーがどこから生まれるのか、よく分からない。

ETAからはしばしば、判決文や上申書の下書きを見せてもらうが、その理路整然とした厳密、正確な文章は、小説を書くときの自由奔放な文章と、まったくの別物だ。

大審院の院長以下、多くの判事がETAの法律家としての能力を、等しく認めているのも当然だろう。

ともかく、ETAの生活がきわめて忙しいことは、あなたがいちばんよくご存じだと思う。

ただ、さいわいにもETAは週に二日(月曜と木曜)、大審院での午前中の執務を免除されて、それを執筆時間にあてることが可能になった。たいした特権ではないが、それでもETAにとっては、ありがたいことだったはずだ。

もっとも夜になると、三日にあげず芝居やオペラを見に、劇場へ足を運ぶ。

それがはねたあとは、〈ルター・ウント・ヴェグナー〉などの酒場へ繰り出して、明け方まで飲むこともしばしばだ。わたしといえども、とても毎日はお付き合いできないほどで、その肉体と精神の強靭（きょうじん）さには、舌を巻いてしまう。

しかし、あらためて繰り返すが、そうした不摂生がETAの体を、少しずつむしばんでいることは、間違いない。

その生き方をやめさせるのは、わたしはもちろんあなたにとっても、至難のわざだ。ETAの創作エネルギーは、そこからしか生まれないのだから。

それにしても、あなたはほんとうによくできた奥方、といわなければならない。

あなたは、そうしたETAの気性や生き方を理解し、決して愚痴をこぼすことがない。むろん、ETAに張りついてじゃまをしたり、よけいな口出しをしたりすることもなく、黙って自宅に閉じこもったまま、静かに過ごす。

ETAもそれを、よく承知している。

あなたをわずらわせないために、人と会うときは相手を自宅ではなく、毎度〈ルター・ウント・ヴェグナー〉に呼び出して、そこでてきぱきと応対する。

したがって、友人も知人もあなたという存在を、ほとんど忘れてしまっている。もちろん、わたしだけは例外だが。

そうそう、つい先日、かのベートーヴェンからETAあてに、手紙がきたのをご存じだろう。

あなたは、それをETAに見せられたそうだが、ドイツ語の、それもかなりの悪筆で書かれた手紙だったので、読めなかったと言ったね。

かわりにわたしが、多少の語句を補いながら読みやすく、清書してあげることにする。

この手紙は、三月二十三日（一八二〇年）の日付で書かれたもので、ETAが第五交響曲をはじめとする、ベートーヴェンが発表した楽曲の多くを、好意的に評論したことへの礼状、と考えてよい。

文面は、以下のとおりだ。

台下

愚生は、ネベリヒ氏を仲介者として得たこの機会に、台下のような聡明なる貴紳に、ごあいさつさせていただくことを、光栄に思うものであります。

台下は、すでに愚生や愚生の作品について、いくつか記事をお書きくださいました。また、わが柔弱なるシュタルケ氏も、台下が愚生について書かれた短評のメモを、見せてくれました。そのようなわけで、愚生は台下が愚生の作品に対して、なにがしかの関心をお寄せくださっている、と信じるものであります。それが、台下のようなすぐれた才能を持つ、貴紳からのお言葉であっただけに、愚生にとって非常な喜びであったことを、ぜひお伝えしたいと考え、ここに一筆したためた次第であります。

すべて美しく、よきものが台下に恵まれますように。

台下の忠実なしもべ
ベートーヴェン

ぎくしゃくした、あまり洗練された文章とはいえないが、ベートーヴェンらしい無骨な誠実さが、表われていると思う。

アダム・ネベリヒは、ベートーヴェンがヨーロッパ一、と評価するワイン商人だ。ベートーヴェンは、ホフマンを知るネベリヒを通じて、好意的な音楽評論の礼を述べた、という次第だろう。ちなみにネベリヒは、クレメンス・ブレンターノとベッティナ兄妹の、異母兄に当たる。

またシュタルケは、ベートーヴェンの甥カールのピアノ教師で——（以下欠落）

——八月（同じく一八二〇年）になって、先ごろ『ブランビラ王女』が完成したばかりというのに、またまたもめごとが発生した。

昨年、国家反逆罪の容疑で逮捕された、ルートヴィヒ・フォン・ミュレンフェルスが、このほど釈放された。そのきっかけとなる報告書を、直属委員会として作成したのは、またもETAだった。

ETAの一貫した考えは、〈人はその思考、思想によってではなく、実際に犯した行為によってのみ、罰せられる〉というものだった。

つまり、頭の中で何を考えようと犯罪にはならず、それを実行に移して初めて犯罪になる、という考え方だ。

むろん、この方針は国王や政府高官の考えに、反している。

そのため、内閣は国王直属委員会の権限を大きくけずり、さらにそれを厳重に管理するため、新たに内閣委員会を組織した。

それにもかかわらず、ETAは容疑者の釈放判決を出し続け、内務大臣や法務大臣を悩ますことを、やめなかった。

そうした高官たちの意を受けて、ＥＴＡの前に立ち塞がったのが、例の警察庁長官カンプツだったのだ。

［本間・訳注］

このあたりから、ホフマンの創作意欲はいや増しに増して、次から次へと作品を発表していく。それはあたかも、大審院での日中の仕事が忙しくなるのと、ほとんど比例するようだ。

夜の劇場がよいや、そのあとの酒場での乱痴気騒ぎをやめれば、もっと執筆スピードがあがったはずだ、と考えるのはおそらく間違いだろう。ヨハネスの言うとおり、それはホフマンにとって時間の浪費などでは、まったくない。創作のための、助走だった。

法律の解釈と運用で、こちこちに固まった脳みそを解きほぐし、想像を掻き立てる柔らかさを取りもどすには、精神を活性化させる観劇と飲酒に加えて、親しい友人たちとの才気煥発な言葉の応酬が、必要不可欠だったのだ。

それを、酔っ払いのたわごとと小説にすぎぬ、などと切り捨てる評論家の愚論など、一顧だにする価値もない。

今回紹介された、ベートーヴェンのホフマンに対する礼状については、すでに【報告書・四】の［本間・訳注］でも、一度触れている。

二人は、親しい付き合いもなければ、面識すらもなかった。にもかかわらず、ベートーヴェンは冒頭で Euer Wohlgeboren（台下）と、最高度の敬語でホフマンに呼びかけている。それを見ると、いささかへりくだりすぎの感が、なきにしもあらずだ。

しかし、その当時ベートーヴェンは、ホフマンが率先して称揚するまで、後世に残るほどの大作曲家、とまでは考えられていなかった。

一方、ホフマンはこの礼状が書かれたころ、すでに売れっ子の作家の一人として、そこそこに名を知られる存在になっていた。ベートーヴェンが、これほど礼を尽くした手紙を書いたのも、うべなるかなといえよう。

以前にもあったように、第五交響曲〈運命〉は当初音楽界で、かならずしも好意的な受け止め方を、されていなかった。ホフマンが綿密な分析とともに、好意的な評論を発表して初めて、注目されるようになったのだ。また、第六交響曲〈田園〉（本来はこちらが先の第五番）も、最初は似たような評価だった。

そうしたことから、ホフマンこそ近代的な音楽評論の創始者、といっても過言ではないのだ。

〈運命〉は、のちにフランツ・リストの手で、ピアノ独奏用に編曲された。この編曲は、グレン・グールドなど二十世紀のピアニストによっても、しばしば演奏されている。

実は、この交響曲が発表されてほどない時期に、フリードリヒ・シュナイダーという作曲家による、ピアノ連弾用の編曲が同じ出版社から、出版されたという。あいにく、本間はそれを聞いたことがないし、今でも弾くピアニストがいるのかどうか、承知していない。

余談はさておき、今回の報告書によってホフマンの身辺が、しだいにあわただしくなってきたことが、うかがわれよう。ミーシャにとって、ホフマンのそばからユリア・マルクが消えた今、その行動の一部始終を知る必要は、なくなったようにみえる。

報告書にあるとおり、ミーシャはホフマンの仕事や交友関係に、口を挟むことはなかった。ある意味では、理想的な妻といえるだろう。

しかし、ヨハネスが指摘するとおり、これまでの飲酒や破天荒な仕事ぶりで、ホフマンの体がむしばまれつつあったことは、容易に想像がつく。

ここにおいて、死にいたるまでのわずかな年月に、ホフマンの波瀾万丈の人生が、きわめて濃厚に凝縮されていることは、十分に予測することができよう。

75

「もう九月か。早いものだな」

本間鋭太が、珍しくしみじみした口調で、述懐する。

同じことを考えていたので、古閑沙帆もすなおにうなずいた。

「ほんとうに。最初に、このお仕事のご相談にうかがったのは、確か五月のことだったと思います」

本間は、紺の筒袖の甚兵衛にステテコ、といういでたちだ。

まだ残暑の季節だが、この日は朝から曇りがちで気温が上がらず、沙帆はブラウスの上に白のサマーニット、という装いだった。

「きょうは、麻里奈くんは来ないのかね」

本間の問いに、心なしか残念そうな色合いが、にじんでいた。

これまで、伯父と姪の関係に無頓着だったのが、いくらか変わってきたらしい。

「はい。このプロジェクトもあと少しですし、原稿の受け渡しはわたしに任せる、と言っていますので」

「そうか」

本間は、ソファの上で体を揺すり、さらに続けた。

「ヨハネスの報告書も、そろそろ大詰めにきておるよ」

沙帆は、原稿の束に手をふれた。

「そのようですね。読んでいて、分かります。かなり飛びとびになって、もう一八二〇年にはいりましたし。お書きになったとおり、ホフマンが亡くなったのは一八二二年ですから、あと二年しかありませんね」

本間は少し考え、ふと思いついたように言った。

「ヨハネスの報告書には、ホフマンの著作に関する記述が、ほとんど出てこない。もちろん、題名くらいは顔を出すが、それがどういう小説であるとか、どんな反響をよんだかとか、そうしたことにほとんど触れていないのだ」

沙帆もそのことは、十分に承知していた。

ただ、自分としてはホフマンの作品というよりも、ホフマン自身の生き方に関心を引かれていたから、ほとんど気にならなかった。

「これはあくまで、奥さんのミーシャへの報告書ですから、ヨハネスもあえて作品に触れる必要はない、と考えたのではないでしょうか。そもそも、この報告書が長く続いたのは、バンベルクでのユリア・マルクとの、危ない関係が始まったせいです。ユリアが、グレーペルと意に染まぬ結婚をして、ホフマンとの関係が断絶したあとは、ミーシャの心配も消えてしまった、とみていいわけですね。だとすれば、ヨハネスがそれ以後報告を続ける理由も、実質的になくなった気がしますが」

沙帆が言うと、本間は軽く首をかしげた。

「それは、どうかな。ホフマンは、『ウンディーネ』でプリマ・ドンナに起用した、ヨハンナ・オイニケにユリアの面影を、見いだしたように思えるが」

わざわざホフマンの、トラブルの種を探しているようだ。

「ヨハンナは、ユリアと似ていたのですか」

「外見だけを見れば、ユリアより美しかったようだな。むろん、十代でプリマ・ドンナを務めるほどだから、ヨハンナがすばらしい才能に恵まれた、オペラ歌手だったことは間違いない。まあ、年はユリアより二つ三つ下だったから、ホフマンがそこに知り合ったころの、ユリアの面影を見たと考えることも、できるがね」

「ただヨハネスも、ヨハンナのことをユリアの後釜のようには、報告していませんね。

これまでに、ヨハンナをそのように位置づけた論評は、なかったのですか」

「なくもなかったが、強力にそれを主張するホフマン論は、読んだ覚えがないな。ただホフマンは、死ぬ直前までけっこう筆まめに、ヨハンナに手紙を書いていた。それも、おおげさな賛美の言葉を並べ立てて、だ。少なくとも、ホフマンが無意識にせよヨハンナの中に、ユリアの面影を求めていたことは、間違いあるまいて」

「でも、ユリアのときのように、頭に血がのぼるほどではなかったのでしょう」

念を押すと、本間は小さく肩をすくめた。

「まあ、ホフマンもいくらかおとなになった、ということじゃな」

矛を収める様子に、沙帆も話を移す。

「ヨハンナ・オイニケは、このあいだから話題になっている、ヴィルヘルミネ・シュレーダー＝デフリントと比べて、どうだったのですか。つまり、オペラ歌手として、ですが」

本間は、またその話かというように、眉を動かした。

「当然ながら、二人の歌を聞いたことがないから、なんともいえんな。しかしヨハンナの方が、一般大衆に人気があったことは、確かなようだ。あのハイネでさえ、ウンター・デン・リンデンで偶然ヨハンナを見かけたとき、興奮のあまりぼうっとなって倒れた、とかいう話もあるくらいだからな」

思わず、笑ってしまう。

「今でいう、アイドル歌手みたいですね」

「まあ、そういうことだ。しかし、それも長くは続かなかった。ヨハンナは、『顧問官クレスペル』に出てくるアントニエと、同じ運命をたどったのさ」

沙帆は、唇を引き締めた。

ホフマンの『顧問官クレスペル』は、読んだことがある。

クレスペルの娘アントニエは、たぐいまれな美しい声を持ちながら、歌うことをやめないと命にかかわる、と医者に宣告された。

そのため、父親から歌うことを禁じられた、悲劇の歌姫だ。

「つまりヨハンナは、歌えなくなったのですか」

「さよう。三十にもならぬうちに、声が出なくなったのだ。もっとも、その後クリューガーという宮廷画家と結婚して、幸せに暮らしたらしい。ユリアも、グレーペルとの結婚こそ失敗だったが、二度目はうまくいったといわれている。長い目で見れば、かならずしも美人薄命とばかりは、言えぬようだな」

そろそろ切り上げようと思い、沙帆はテーブルに置いた原稿を取り上げ、とんとんとそろえた。

それを見透かしたように、本間が新たに口を開く。

「ところできみ、タルコフスキーを知っとるかね。アンドレイ・タルコフスキーを」

沙帆は、記憶をたどった。

「タルコフスキーって、ロシアの映画監督じゃありませんか」

本間が、うれしそうに指を立てる。

「そう、そのタルコフスキーだ」

「子供のころ、テレビで『僕の村は戦場だった』という映画を、見た覚えがあります。あれって、タルコフスキーですよね」

「さよう。そのタルコフスキーが、実はホフマンのことを書いとるんだ」

沙帆は、顎を引いた。

「ほんとうですか。小説ですか、評論ですか」

「あえて言えば小説に近いが、映画のための構成メモのようなものだ。正式の脚本、台本ではないがね」

「公表されているのですか」

「それどころか、日本語で翻訳出版もされている」

本間はソファから飛びおり、背後の例のサイドボードの中から、本を取って来た。

テーブルに置かれたのは、チョコレート色の帯がかかった、白いカバーの薄い本だった。

手に取って見る。

『ホフマニアーナ』、アンドレイ・タルコフスキー。帯には、〈タルコフスキー　幻の8作目〉とある。

本間が言う。

「来週まで預けておくから、読んでみたまえ。薄いし、読みやすい訳だから、二時間もあれば読める」

76

【E・T・A・ホフマンに関する報告書・十四】


——五月五日（一八二一年）に、ナポレオンが死んだ。

その報が伝えられたとき、わたしはETAがいったいどんな反応を示すか、大いに興味があった。

なぜなら、ナポレオンの侵略によってＥＴＡは、ワルシャワに赴任してからこのかた、行く先ざきで迷惑をこうむっていたからだ。

ワルシャワでは判事の職を失い、市内からの立ち退きを余儀なくされた。

その後、ドレスデンでもライプツィヒでも、大砲の音に悩まされ続けた。もちろん、あなたも同じだろうが。

この戦争は、ＥＴＡの音楽活動にも文筆活動にも、大きな障害となった。

ＥＴＡにすれば、ナポレオンが勝とうとプロイセン・ロシア連合軍が勝とうと、関係なかった。とにかく、戦争さえ終わってくれればそれでいい、と思っていたはずだ。

ただ、ＥＴＡは戦闘行為そのものに対しては、強い関心をいだいていた。

そのため、しばしばわたしを誘っては、前線の見物に出かけたものだった。もっとも、どちらが勝ちそうかを自分で見極めよう、という野次馬根性的な気持ちが、あったのかもしれない。

戦争がなければ、ＥＴＡは昼間判事の仕事を続けながら、夜は心静かに作曲ができ、小説や評論の原稿も書けたのだ。ＥＴＡは、自分の仕事がだれにも邪魔されず、思うとおりに好きなだけできれば、だれが支配者だろうとかまわなかった。

ともかく、ナポレオンさえ存在しなかったら、今度の戦争は起こらなかった、とETAは信じていたのだ。

したがって、わたしはETAがナポレオンの死を知れば、小躍りして喜ぶとまではいわぬまでも、あなたが作るお得意のポンチで、祝杯を上げるくらいのことはする、と予想していた。

ところが、〈ルター・ウント・ヴェグナー〉に、ナポレオンの死を告げる新聞が届いたとき、どうであったか。

店中が、歓声で沸き返ったまさにそのとき、ETAはかのルートヴィヒ・デフリントと額を寄せ合い、何かひそひそ話をしていた。

ETAは、周囲の騒ぎに迷惑そうに眉根(まゆね)を寄せ、デフリントの話をよく聞き取ろうと、身を乗り出して耳に手を当てた。

わたしは、たまたま同じテーブルにいたのだが、二人の話がほとんど聞こえなかった。どうやら、シェークスピアのどれかの劇の、演技についての話だったようだ。

ともかく、ETAを喜ばせようと思って、わたしも二人の方に体を傾け、大声でどなった。

「朗報だぞ、きみたち。かのナポレオンが、ついに死んだそうだ」

するとETAとデフリントはわたしを見るなり、声をそろえてこう言った。

「それがどうした」

次の瞬間、二人はもう二人だけの話題に、もどっていた。

すでにナポレオンは失脚し、戦争はひととおり終わっていた。今さら元皇帝の死など、ワイングラスに落ちた蠅ほどにも、興味を引かないようだった。

二人のあいだでは、ナポレオンはとうに――（以下欠落）

――（ナポレオンが）死んだおよそ一カ月後（六月十八日）、ようやく再建されたベルリン王立劇場で、ヴェーバーの『魔弾の射手』が初めて、上演された。あなたも、ETAやわたしと一緒に見たから、そのことは承知しておられよう。

実はその一カ月ほど前、前年五月に国王の招聘でベルリンに来た、イタリアの人気作曲家スポンティーニのオペラ、『ヴェスタの巫女』がさる劇場で上演された。

しかし聴衆の反応は、今ひとつだった。

ベルリン市民は、スポンティーニが旧来のイタリア歌劇を脱して、むしろわがグルックが目指した、新しいオペラに取り組みつつあることに、ほとんど関心を払わなかった。

要するに、国王や宮廷がドイツの音楽家を差し置いて、イタリアの作曲家をちやほやすることが、おもしろくなかったのだ。

スポンティニの代表作の一つ、『オリンピア』は舞台に実物の象を出すなど、人目を驚かす演出と大音響で、いっとき話題になった。

ハインリヒ・ハイネによると、世間ではこのやかましいオペラを、落成間近の新しい王立劇場で上演して、壁がどの程度の音響に耐えられるか、試したらよかろうなどと噂(うわさ)し合ったそうだ。

その一カ月後に、新築なった新王立劇場のこけら落としで、『魔弾の射手』が上演されたわけだ。

当日の公演には、わたしたちのほかにハイネ、そしてまだ十二歳の天才ピアニスト、フェリクス・メンデルスゾーンなども、足を運んだ。

この『魔弾の射手』の大成功によって、『オリンピア』はもちろんのこと、かの『ウンディーネ』も影が薄くなり、話題性を失ったことは否定できない。

ともかくこのオペラが、『ウンディーネ』の初演に勝るとも劣らぬ、盛大な拍手喝(かっ)采(さい)をもって迎えられたことは、ご存じのとおりだ。

従来、オペラはスポンティニに代表される、華麗なイタリアものが圧倒的に、人気を誇っていた。

しかるに、モーツァルト以来初めてヴェーバーが、ドイツ・オペラをイタリアものに比肩(ひけん)する、高いレベルに引き上げたと評価された。

ETAの身になってみれば、王立劇場の火事で舞台装置や衣装が焼け、再演が不可能になる事故さえなければ、『ウンディーネ』がその栄誉に浴していたはずだ、という思いがあっただろう。

たまたま、上演からしばらくあと〈フォス新聞〉に、『魔弾の射手』を手厳しく批判する、匿名(とくめい)の音楽評が掲載された。

世間では、その記事を書いたのはETAに違いない、との噂がもっぱらだった。

当時ヴェーバーが、あれだけ『ウンディーネ』を絶賛したのに、ETAはその恩を仇(あだ)で返した、と非難された。

むろんETAは、そのような卑劣なまねをする男ではないから、噂など歯牙(しが)にもかけなかった。あなたも、そんな心ない噂など、信じてはいけない。

当のヴェーバーも、そうした噂はためにする中傷にすぎない、と承知していたと思う。

確かにETAは、ヴェーバーに『魔弾の射手』の音楽評を書く、と約束していた。

しかしながら、あなたもすでにご存じのとおり、最近博士の診断で明らかになった、例の脊髄癆(せきずいろう)がETAの体をむしばみ始めており、筆をとるのが苦痛になりつつあった。

さらに、出版社に約束した原稿の執筆が、たくさんたまっている。その中には、すでに前払いしてもらったものも、少なくなかった。

それらを、次から次へとこなさなければ、生活が破綻(はたん)することは明らかだった。

そのことは、あなたがいちばんよく、ご存じのはずだ。

そんなこんなで、ETAは約束の音楽評を執筆する余裕が、なかったわけだ。

したがって、批判したとか黙殺したとかいう指摘は、見当違いの噂にすぎない。

ただETAは、そうした言い訳をするのを、いさぎよしとしなかった。それで、沈黙をつらぬいたのだ。

せめて、あなただけはその苦衷のほどを、理解してやってほしい。

ご記憶だろう。『魔弾の射手』の初演が、大盛況のうちに終わった直後、ETAは舞台上でみずからヴェーバーに、特大の月桂冠を手渡した。そうやって、最大限の祝意と称賛の意を表わすことで、自分の気持ちを伝えたのだった。

わたしは、そのように理解している。

どちらにせよ、ヴェーバーが喜びのうちにも、いくらかわだかまりを残しながら、ベルリンを立ち去ったであろうことは、想像にかたくない。

それからしばらくして、ETAはライプツィヒにいるフランツ・ホルバインから、手紙を受け取った。

あなたも知るとおり、ホルバインはETAと組んでいたころ、バンベルク劇場をプロイセンでも一、二を争う一流劇場に育て上げた、功労者だ。

ETAより三つ年若だが、役人をやめてギタリストに転身した変わり種で、音楽監督としても指折りの才能の持ち主、といってよい。

そのキャリアを認められて、バンベルク劇場の音楽監督に就任し、ETAの助力を仰いだわけだ。

ホルバインはETAへの手紙に、少なからぬ楽譜を同封してきた。

なんでも、ホルバインの友人のギタリストが、パリで活動するスペインのギタリスト、フェルナンド・ソルの弟子だそうだ。ホルバイン自身も、一度ソルのレッスンを受けたことがある、と言っていた。

その友人が、先ごろ帰国してホルバインのもとを訪ね、ソルが作曲したギター曲の楽譜を、何曲分か置いていったらしい。

ホルバインはETAに、もし曲が気に入ったらそれらを別紙に写し、原譜をまた送り返してくれればいい、と書いてきたそうだ。

わたしは、ETAにその楽譜を手渡されたうえ、写譜してもらえないかと頼まれた。ETAが忙しいことは、わたしも重々承知していたので、気軽に引き受けた。

楽譜を眺めると、なるほどそれはソルの新作に違いなく、モーツァルトの『魔笛』のアリアを主題とする、序奏つきの変奏曲と分かった。ほかにもいくつか、練習曲らしいものが含まれており、量は十数枚に及んでいた。

モーツァルトを信奉するETAは、どうしてもそれを自分で弾きたいようだった。わたし自身も、弾いてみたくなった。

もっともETAは、最近の思わしくない体の状態からして、ふたたびギターを手にすることが、できるかどうか。

できればいいが、むずかしいところだ。

写譜するうちに、わたしもいよいよその曲を弾いてみたくなり——（以下欠落）

［本間・訳注］

このくだりから、まずは本報告書の何枚かの裏に、ギターの楽譜が書かれていた理由が、はしなくも判明したような気がする。

そしてその書き手が、ヨハネス自身らしいことも、明らかになった。

ヨハネスはホフマン、あるいは自分のために写譜した紙の裏を、報告書を書くのに使ってしまったのだろう。あたかも、『牡猫ムルの人生観』の小説作法を、彷彿とさせるしわざだ。

当時は、紙が今よりもはるかに貴重だったから、楽譜が頭にはいった時点で用なしになり、報告書に使い回しをしたのかもしれない。

――昨年（一八二一年）の十月八日、ＥＴＡが大審院の評議員に転任したのは、当人にとってもあなたにとっても、まことにめでたい異動だった。

おかげで、ＥＴＡは例の国王直属委員会の気の重い、神経をすり減らす仕事から解放されて、ようやく心休まる環境に落ち着いた。

しかも、この評議員なる肩書の実態はといえば、仕事量が減って給料は上がるという、願ってもない名誉職なのだ。

一方、ＥＴＡを目の上のたんこぶとみなす、政府上層部の連中からすれば、やっかい者を追い払ってせいせいした、というところだろう。

さりながら、いいことばかりは続かない。

その六週間ほどあと、ＥＴＡにとってもあなたにとっても、つらい出来事があった。

十一月の末、あなたたちがかわいがっていた牡猫ムルが、あっけなく病気で死んでしまった、あの一件だ。

飼い始めたのが、確か一八一八年の夏だったはずだから、一緒に暮らしたのはわずか三年ほどの、短い期間でしかなかった。

ショックだっただろうが、ETAはムルの死をことのほか悲しんで、親しい友人に大まじめな筆致で、死亡通知を出した。

ヒツィヒには、ムルが死んだその日（十一月三十日）のうちに、使いの者にメッセージを持たせた。

ヒペルには、翌日（十二月一日）の日付で、はがきを出した。

文面はいずれもほぼ同じで、次のようなメッセージだった。

　この、十一月二十九日から三十日にかけての夜、わが得がたき愛弟子(まなでし)の牡猫ムルが、輝かしき前途を控えながらわずか四年の生涯を終え、さらなるすばらしき存在を目指して、天国へ旅立ちました。生前のムルを知り、美徳と廉直(れんちょく)の王道をあゆむその姿を、間近に目にしてきた諸氏諸賢には、小生の悲しみをお察しいただくとともに、どうかムルの冥福(めいふく)をお祈りくださるよう、心よりお願いする次第であります。

ホフマン

同じように、ムルの死を悲しむあなたのために、ETAは新たにオウムを飼おう、と提案したそうだね。あなたが、それを断わったのは、当然だろう。ムルのかわりになるものなど、何もないからだ。

それにからんで、もう一つ。ムルの死の、数日前のことだ。

朝方、あなたが慈善バザーの手伝いに出かけ、わたしがETAの話し相手をしているとき、例のルートヴィヒ・デフリントとアウグスト・クリンゲマンが、二人でやって来た。

ETAは、このところ体調がすぐれず、寝たり起きたりの生活だったから、デフリントが心配して、見舞いに現われたのだ。

著述家であり、劇場支配人でもあるクリンゲマンは、それまでETAとは面識がなかったが、デフリントに誘われて同行したらしい。

初対面とはいえ、ETAもクリンゲマンもそれぞれ、お互いの名前と仕事ぶりについては、よく承知していたようだ。

あとでETAに聞いたところ、以前話題になった『夜警』の匿名の著者、ボナヴェントゥラの正体は、このクリンゲマンだということだ。

あのおり、ETAはなぜか正体を知りながら、明かそうとしなかった。会ったこともないのに、クリンゲマンが見舞いに来てくれたのを喜んで、教える気になったのかもしれない。

ETAは、ほどなく慈善バザーから帰って来たあなたに、例のポンチを作って二人に出すように、と言った。

あなたの作るポンチは、〈ルター・ウント・ヴェグナー〉であれどこであれ、ほかでは絶対に飲むことができない、ETAのお気に入りの飲み物だ。したがって、だれかれかまわず飲ませる、というものではない。

わたし自身、ETAがそれを自宅で、客に振る舞うのを目にするのは、めったにないことだった。あなたにとっても、同じではないか。

おそらくは、親友のデフリントが連れて来た人物だから、ETAも特別にクリンゲマンを、歓待したに違いない。

あなたが席をはずしたあと、ETAはデフリントとクリンゲマンを相手に、ときどきわたしにあいづちを求めながら、機嫌よくバンベルクやライプツィヒでの音楽活動、演劇活動の話をして聞かせた。

二人とも熱心に、ETAの話に耳を傾けていた。

そのうち、ETAとデフリントはひたいを寄せ合い、二人だけでひそひそ話を始めた。

それとともに、今まで生きいきと輝いていたETAの瞳に、陰りが差してきた。やがては、表情そのものが夜のとばりのように、深く暗く沈んでしまった。

ひそひそ話を始めると、ETAもデフリントも決まって、二人だけの世界にはいり込んでしまう。そうなると、二人とも周囲のことが何も見えなくなり、耳にはいらなくなるのだ。

わたしには、にわかに深刻になったETAの口調や、断片的に聞こえてくる医者とか病気、重症、治療法といった言葉から、何の話かすぐに察しがついた。

クリンゲマンは、初めのうちETA自身の病気の件だ、と思ったらしい。それでおとなしく、口を挟まずに聞いていた。

しかし、途中でどうもそうではないようだ、と気がついたとみえる。

クリンゲマンは、控えめな口調で二人の話に割り込み、ETAにこう尋ねた。

「どなたかご家族、あるいは親しいご友人の中に、病気のかたがおられるのですか」

するとＥＴＡはやおら立ち上がり、黙ってクリンゲマンの肘をとらえた。

それから、隣の部屋のドアにクリンゲマンを導いて、中をのぞかせた。

わたしは、その部屋で牡猫ムルが末期の病に苦しみ、小さな死の床に横たわってい るのを、よく承知していた。

クリンゲマンは、ＥＴＡたちの話の対象が人間ではなく、猫だと知って少々とまど ったようだった。

それでも、口の中で何やらぼそぼそと、慰めの言葉をつぶやいた。

ほどなく、わたしたちはＥＴＡの住まいを辞して、ジャンダルマン広場に出た。

歩きながら、デフリントは言った。

「あの猫が、今ベルリンの読書界をにぎわしている、牡猫ムルなんですよ。もうすぐ、第二部が出ますがね」

それを聞いて、クリンゲマンは――（以下欠落）

――（つい先ごろ）出た『牡猫ムルの人生観』の第二部の末尾に、作者によって牡猫ムル死亡の事実が、付け加えられた。

その中で、ＥＴＡは作中のムルが死んだあと、生前書かれた備忘録や回想録、吸い取り紙に使ったクライスラーの伝記本の残りが、寝床の中から見つかった、と書いている。

その上で、ETAはそれらのムルの遺稿を、次の復活祭(一八二二年四月七日の日曜日か)の前後に出版予定の、第三部の中で紹介するつもりだ、と予告した。

ETAの中では、飼い猫のムルと小説の中のムルとが、完全に一致していたのだ。思えば第一部の冒頭を飾った、ETA自身の絵筆によるムルの肖像画は、その毛並みや模様からして、飼い猫ムルとそっくり――(以下欠落)

――気づいておられるだろうが、ETAは今めんどうな状況に立たされている。

昨年(一八二一年)の十一月初旬から、フランクフルト・アム・マインにある、ヴィルマンスという出版社に、何回かに分けて送り始めた新作、『蚤(のみ)の親方』の一件だ。この作品は断続的に書き継がれて、十二月中にはとりあえず最終稿が送られた、と承知している。

内容は、第一から第七までの七つのエピソードで構成され、わたしは一つのエピソードが書き上げられるたびに、その草稿を読まされた。

最初の方はともかく、第四のエピソードからにわかに、雲行きが怪しくなる。第五のエピソードにも、それがさらに過激なかたちで、引き継がれた。

これはひょっとすると、物議をかもすことになりかねない内容だ、と直感した。

この小説は、一応メルヒェンの形をとっているが、ETAは書き進めているうちに、あの国王直属委員会でのひどい体験を、作中に取り込もうと決めたに違いない。

つまり、反政府運動の容疑で逮捕された、急進的な活動家の処分を巡って、まっこうから対立した警察庁長官、カール・A・カンプツの卑劣なやり口を、槍玉(やりだま)に挙げたのだ。

人はその思想ではなく、行動によって裁かれなければならない、というETAの法理論を、カンプツはまっこうから否定した。

直属委員会の権限を抑えるため、国王を動かしてこれを問答無用で統制する、内閣委員会を設置したカンプツは、ETAにとって許しがたい敵となった。

例によって、ETAの作品は分かりやすく要約できないし、あなたにとってわずらわしいだけだから、ごく簡単に説明することにしよう。

まず、『蚤の親方』の主人公は、愛書家のペレグリヌス・テュス、という男だ。

ペレグリヌスは、ふだんから親しくしている製本業者、レンマーヒルトの家でアリーヌと名乗る、美しい娘と出会う。

アリーヌは、実の名をデルティィエ・エルファディンクといい、〈蚤のサーカス〉の興行主ロイヴェンヘークの姪で、伯父の客集めの手伝いをしている。

ロイヴェンヘークは、一匹の〈蚤の親方〉に蚤の一団を統率させ、サーカス興行を打つのを生業とする。そのため、万が一にも〈蚤の親方〉がいなくなると、ロイヴェンヘークは食べていけなくなる。

またデルティエも、ふだんから大動脈の鬱血症状に悩んでおり、ときどき〈蚤の親方〉に血を吸ってもらわないと、死んでしまう。

つまり、二人にとって〈蚤の親方〉は、生死に関わるたいせつな存在なのだ。

さて、ペレグリヌスはレンマーヒルトの家を出たあと、寒さのため路上で気を失ったデルティエを抱き、家へ運んで行く。

ところが、そのことでペレグリヌスはなんと、婦女誘拐の嫌疑を受けるはめになり、逮捕されてしまうのだ。

しかし、審理の結果裁判官は犯罪の証拠がなく、したがって勾留する理由がないと判断し、ペレグリヌスを釈放しようとする。

そこへ現われたのが、枢密顧問官のクナルパンティだ。

クナルパンティは、こう宣言する。

「まず犯人を逮捕勾留すれば、犯罪はおのずと明らかになる。たとえ、容疑者がかたくなに否定しようとも、あちこちつつき回して矛盾点をほじくり出せば、勾留を正当化する証拠が、見つかるはずだ。それができずに、容疑者を釈放するような裁判官は、はなから裁判官の資格がない」

たいした暴論だ。

さらにクナルパンティは、ペレグリヌスの日記を蚤取りまなこで、調べ上げる。

その結果、容疑者が尋常ならぬ女たらしであり、婦女誘拐を何度も繰り返している、との〈証拠〉を山ほど積み上げてみせる。

その中の一つ、たとえば「この誘拐は、すてきもすてき、上出来だ」などと、〈誘拐〉なる言葉が何度も出てくる日記の書き込みを、有力な証拠だと主張する。

しかしペレグリヌスの書き込みは、あるオペラを見たあとの感想なのだ。

「わたしは、モーツァルトの『後宮からの誘拐』を、これで二十回見たことになるが、いつもと変わらず感動した。この誘拐は、すてきもすてき、上出来だ」

クナルパンティは、このように書き込みの一部分だけを抜き出して、〈証拠〉と主張するにすぎないのだった。

これはほんのさわりで、クナルパンティの挙げた〈証拠〉なるものは、全部が全部こうしたこじつけから、でき上がっている。

となれば、『蚤の親方』におけるこのようなエピソードが、警察庁長官カンプツのきたない手口への当てつけだ、ということは読む者が読めば、すぐに分かるだろう。

そもそも、クナルパンティ（Knarrpanti）という名前をよくみれば、〈あほうのカンプツ（Narr Kamptz）〉をもじったもので、これもまた一目瞭然の嘲弄といってよい。

しかも、クナルパンティが街を歩くたびに、通行人は汚物を見たように鼻をつまみ、レストランでテーブルに着くやいなや、周囲の客が席を立ってしまうなどと、作中でこの男をさんざんにやっつけている。

こうした悪ふざけが、単に活字の上だけのことですめば、カンプツや官憲も見過ごしただろう。たとえ、連中の目に留まったところで、にがにがしく思うには違いないが、それほどの騒ぎにはならなかったかもしれぬ。

ところが、ETAはこれらの当てつけやこじつけ話を、本ができ上がらぬうちからあちこちで、おもしろおかしく吹聴しまくった。

それどころか、行きつけの酒場〈ルター・ウント・ヴェグナー〉では、例のデフリントを相手役に仕立て、実演まで披露してしまったのだ。

わたしは、何度かその寸劇の場に居合わせたが、裏の事情を知る者も知らぬ者も、クナルパンティを演じるデフリントの妙技に、怒ったりあきれたり笑ったりして、それはそれはたいした見ものだった。

あまりの盛り上がりに、さすがのわたしも少し控えた方がいい、と忠告した。

しかし、ETAはこうすれば話題になって、本の売れ行きにつながるだろう、とうそぶいた。

それどころか、そうなってしかるべきなのだ、と言い放った。

ところが、悪知恵の回るしたたかなカンプツは、ふだんからこうした酒場を含む盛り場に、多くの密偵を送り込んでいた。

そのため、ホフマンがしでかしたこの大騒ぎが、カンプツの耳に届くのは時間の問題、といってよかった。

案の定、『蚤の親方』の内容は出版されるよりも早く、今年（一八二二年）一月のうちには、カンプツの知るところとなった。

ミーシャよ。

あなたにも、その風評がカンプツを激怒させたことは、容易に想像できるだろう。

カンプツは、オタージュテットという警察の密偵から、出版社がフランクフルトのヴィルマンスだ、との報告を受けた。

さっそくカンプツは、フランクフルトにクリントヴォルトという、特別捜査官を送り込んだ。

フランクフルトは自由都市で、独立した政庁を持っていたから、いくらプロシア政府の高官の手先でも、勝手に権力を行使するわけにいかない。

クリントヴォルトは、正規の外交手続きを踏んで政庁の許可をとり、ヴィルマンス出版社にETAの原稿など、必要な証拠物件を残らず提出するよう、要求した。

ヴィルマンスは縮み上がって、ETAから預かった原稿はもちろん、トラブルを防ごうと原稿の一部削除を指示した、ETA自身の手紙まで洗いざらい、引き渡してしまった。

しかし、そこは抜け目のないヴィルマンスのこと、万一のために保証金二千六百グルデンを、要求した。(続く)

［本間・訳注］

前にも書いたことだが、当時のドイツ語圏では、地域によってグルデン、ターラー、フリードリヒスドール、ドゥカテン、フロリン、グロシェンなど、多種多様な通貨が流通していた。それを、互いにどう換算していたかについて、信頼すべき資料は残っていない。したがって、現在の通貨に換算することも、ほとんど不可能かつ無意味である。

大体の目安で、一グルデンを千五百円として換算するならば、二千六百グルデンは三百九十万円となるが、これはあくまで参考値にすぎない。

クリントヴォルトは、その押収品でホフマンを十分に有罪にできると踏み、言われたとおりの保証金を払った。

押収品を手に入れたカンプツは、例のやり口で原稿や手紙の一字一句に、目を通したに違いない。

このとき、小説の中に実際の裁判調書を流用した、と難癖をつけるのはカンプツにとって、容易なことだっただろう。なにしろ、調書のいくつかはETA自身が書き、カンプツの頭にもまだ鮮明に残っている、判決文だったのだから!

それをもって、カンプツが裁判官の守秘義務違反に相当する、と難癖をつけるのは簡単なことだった。

こうしたいきさつから、それらの押収証拠の大多数が、国家機密を暴露するものであるばかりか、過激な革命思想をあおるものだとして、ETAを告発する根拠にしたらしい。

それを聞いたETAは、わたしにこううそぶいた。

「国家機密とは、笑わせるじゃないか、ヨハネス。それはつまり、カンプツが度しがたい大ばか者だという、だれもが知る国家機密のことに違いないな」

しかし、いざ実際にカンプツに告発されてみると、ETAものんびりしてはいられなくなった。

一つには、ETAがこのところ悩んでいた、病気の問題がある。

あなたも、医者から説明を受けたと思うが、ETAは脊髄癆というやっかいな病気を、わずらっている。

その症状がこのところ、いちじるしく悪化してきたことは、隠しようもない。

それはあなたが、いちばん承知しておられるだろうから、あえて詳しくは言うまい。

ただ、脊髄癆は体のあちこちに激痛が走り、手足がしだいに麻痺(まひ)していくという、やっかいな病気だ。

その苦しみは、ETAの闘争心をくじく危険が、十分にある。

ともかく、その病床にあってETAが、カンプツの告発に対処するのは、たいへんなことだ。

わたしも、できるだけの援助をするつもりでいる。

それ以外に、ETAが抱えている仕事上の悩みで、あなたが知っておくべき問題については、今後もできるだけ早く報告することにしよう。

77

［本間・訳注］

今回の報告書も、書かれた時期がしばしば飛んでいる上、ところどころ欠落がある。

したがって、すでに過ぎ去った出来事をおさらいする、という場合も少なくない。

それはミーシャに、ホフマンが置かれている微妙な立場を、輪郭だけでも伝えておきたいという、ヨハネスの気持ちのあらわれと思われる。

ついでながら、今回報告されたホフマンの愛猫(あいびょう)ムルの死に関連して、例の夏目漱石の『吾輩(わがはい)は猫である』との関係に、多少の筆をついやす必要があるだろう。

漱石は、『吾輩』の連載を始めるに際して、ホフマンの『ムル』を剽窃したのか。

それとも、猫を擬人化して一人称の小説にしたのは、単なる偶然なのか。

これは、連載中からしばしば取り沙汰された、微妙な争点だ。

ホフマンの『ムル』第一部、第二部は、一八二〇年前後に相次いで、刊行された。

一方漱石が、〈ホトトギス〉に『吾輩』の連載を開始したのは、一九〇五年の頭からだ。

つまり、両者のあいだにはおよそ八十五年の、開きがある。

一九〇〇年代初頭には、『ムル』はまだ日本語に翻訳されていなかった。

ともかく、漱石は英文学が専門だったこともあり、『ムル』をドイツ語の原書で読んだ、とは思われない。

ただ漱石は、一九〇〇年から足かけ四年にわたり、イギリスに留学している。

イギリスでは、ホフマンの死後一八二〇年代の後半から、トマス・カーライルらによって浪漫派の作家、作品が紹介されるようになった。

しかし、ホフマンの翻訳作品は『黄金宝壺』や、『悪魔の霊液』『蚤の親方』くらいで、『ムル』の翻訳はそれらより大幅に、遅れたらしい。初訳は一九六九年、とする極端に遅い説もあるようだが、これはネット情報だから保証の限りではない。

ともかく、帰国するまでに英訳が出なかったとすれば、漱石が『ムル』を読んだ可能性は、皆無に近いだろう。

ホフマンの死後、ウォルター・スコットや当のカーライルが、ある面でその作風や作品を評価しながら、ときとして手厳しく批判もした。そのため、イギリスではフランス、ロシアほどには、ホフマン人気が出なかったようだ。

そのフランス、ロシアにおいても、生前のホフマンはまったくといっていいほど、知られていなかった。それが、かのゲーテと並び称されるまでに、高い人気を得るにいたったのは、あくまでその死後に翻訳が次つぎと、出回り始めてからのことだ。

ことにフランスでは、ゼラピオン同人の一人でもあった、コレフ博士の力にあずかるところが、大きかった。

ダフィト・フェルディナント・コレフ博士は、フランツ・A・メスメルが開発したメスメリズム、いわゆる〈動物磁気催眠療法〉をベルリン大学で教え、プロイセン首相ハルデンベルクの侍医を務めるなどした、著名な人物だ。

博士は、ホフマンの死後パリへ移住して、その作品の翻訳を積極的に推し進め、知名度を上げるのに大きな功があった。

ユーゴーやデュマ、シャトーブリアン、バルザック、スタンダール、ボードレール、メリメ等々、当時の錚々たる作家たちと親交を結んで、ホフマンの名をフランスの文壇に、広く浸透させた。ボードレールなどは、『ブランビラ王女』を数あるホフマン作品中の白眉、と断言してはばからなかったという。
こうしてみると、フランスにおけるホフマン受容の、最大の推進者はコレフ博士に、とどめを刺すだろう。

これに関連して、大阪芸術大学の美学・芸術学の教授、長野順子の『ホフマン物語』(ありな書房)に、触れておきたい。

この本は、オッフェンバックのオペラ『ホフマン物語』を、多角的に分析した労作だが、その序論ともいうべきフランスでのホフマンの評価に、類書にない綿密な考察がみられる。

したがって、ここでは繰り返さないことにする。

一方、ロシアでも文豪ドストエフスキーが、兄ミハイルとの手紙のやりとりの中で、何度かホフマンに言及している。

一八三八年八月九日付の、十六歳のときの兄宛ての手紙では、〈ホフマンの作品は、ロシア語の翻訳とドイツ語の原書(未訳の『ムル』など)で、全部読んだ〉と書いた。

また十八歳のときの手紙では、兄とともにホフマンの作品を数多く読み、たくさん語り合ったことを回想している。

ほかに、『死せる魂』のゴーゴリや、『現代の英雄』のレルモントフも、ホフマンを愛読したといわれるが、余談はこのあたりでやめておこう。

*

漱石に話をもどす。

漱石は『吾輩』の連載の最終回で、『ムル』について次のように言及した。

……先達てカーテル、ムルと云ふ見ず知らずの同族が突然大氣燄を揚げたので、一寸吃驚した。よく〳〵聞いて見たら、實は百年前に死んだのだが、不圖した好奇心からわざと幽靈になつて吾輩を驚かせる爲に、遠い冥土から出張したのださうだ。

（中略）――こんな豪傑が既に一世紀も前に出現して居るなら、吾輩の様な碌でなしはとうに御暇を頂戴して無何有郷に歸臥してもいゝ筈であつた。（以下略）

〈ホトトギス〉一九〇六年（明治三十九年）

八月号（最終回）

このくだりには、伏線があった。

これより三カ月前、〈新小説〉という当時の文芸雑誌の一九〇六年五月号に、藤代素人（本名・禎輔）が『猫文士氣㷔錄』なる、興味深い戯文を寄せている。文末には、〈明治三十九年四月十日〉と、脱稿の日付がしるしてある。手元にあるその雑誌から、問題の戯文の冒頭と、中間の厳しい指摘の部分を、引用しよう。

猫文士氣㷔錄

カーテル、ムル　口述
素人　筆記

此頃日本の文壇で夏目の猫と云ふのが、恐ろしく幅を利かして居ると、今は天國に居る吾輩の耳にも聞えたから、或る方法を以て其著書を見た所が、表題に「吾輩ハ猫デアル」とあつて下の方に夏目漱石著と出て居る。シテ見ると猫の名が夏目漱石と云ふのであらう。妙な猫名もあるものだと考へながら中を開けて見ると

吾輩は猫である、名前はまだ無い

と本文の冒頭に書いてある。ハテ變なこともあるものだ。名前の無いものが夏目漱石と名告る譯がない。（中略）

――まだ世界文學の知識が足らぬ爲めかも知れぬが、文筆を以て世に立つのは同族中己れが元祖だと云はぬばかりの顔附をして、百年も前に吾輩と云ふ大天才が獨逸文壇の相場を狂はした事を、おくびにも出さない。若し知て居るのなら、先輩に對して甚だ禮を欠いて居る譯だ。現に吾輩等はチークが紹介してロマンチックの大立物となつた「長靴を履いた猫」を斯道の先祖と仰いで、著書の中で敬意至れり盡せりだ。（後略）

藤代は、猫が書いた小説と称する漱石のアイディアには、すでに別の作家（つまりホフマン）の前例があること、さらに賢い猫ならルートヴィヒ・ティークの、『長靴を履いた猫』なる先輩がいることを、カーテル（牡猫）・ムルになりすます、

という巧みな裏わざを使って、明らかにしたのだ。

四百字詰め原稿用紙に換算すると、およそ十九枚ほどの掌編にすぎないが、わさびのきいた小気味よい戯文、といってよい。

前掲の、『吾輩』における漱石の猫の独白は疑いもなく、これを受けて書かれたものだ。

この戯文の筆致からすれば、〈ホトトギス〉に連載が開始される以前に、藤代がホフマンのことを教えたにもかかわらず、漱石が作中でそれにまったく触れなかったため、いささかつむじを曲げて寄稿した、とみることもできる。

だとすれば、藤代の筆致が少々皮肉に流れるのも、無理ならぬものがある。

もっとも漱石と藤代は、東京帝国大学時代以来の親しい友人だから、お互いに遊び心でこの応酬を楽しんだ、という見方もできよう。

このあたりの事情は、やはり『ムル』の翻訳者の一人で、『ホフマン――浪曼派の芸術家』（一九七一年）の著者でもある吉田六郎が、『「吾輩は猫である」論――漱石の「猫」とホフマンの「猫」』（勁草書房／一九六八年）で、さらに詳しく論じている。

吉田は大筋で、漱石がホフマンの『ムル』から、『吾輩』の着想を得た可能性があることを、すなおに認めた。

吉田はまた、漱石がやはり古い友人の一人で、英文学者の畔柳都太郎（吉田は郁太郎と誤記）から、『ムル』の話を聞いたことを示唆する証拠として、一九一六年（大正五年）一月の〈新小説〉増刊号への寄稿など、三つの資料を挙げている。

しかし、結論としては吉田は次のように、漱石を弁護する立場をとる。

もしも着想・趣向・外形の類似を以て、一作を他作と比較するとすれば、『猫』は或いは『ムル』の盗作であると云えるかも知れぬ。然し漱石はたぎる情熱をそそぐために『ムル』の器をかりたにすぎず、『猫』がどこまでも漱石のものであることは、ことごとしく弁ずるまでもあるまい。その意味で漱石は猫文学の先蹤を無視したのであって、『ムル』の影響なぞは問題とするに足りぬほど、『猫』は燦然とした独創である。

この一文を読むと、ホフマンへの限りない愛惜と裏腹に、文豪夏目漱石をおとしめてはならぬという、吉田の板ばさみの苦渋がにじみ出ている。

一方、文芸評論家の板垣直子は、その著『漱石文学の背景』（鱒書房／一九五六年）で、筆鋒鋭く漱石の剽窃を追及した。

板垣は漱石の『吾輩』が、『ムル』から着想を得て書かれたことを、事細かに分析して例証を挙げ、真っ向からその非をとがめている。

その論調はほとんど、〈糾弾〉しているといってもいいほど、厳しいものがある。その中で、例の畔柳都太郎の名を〈郁太郎〉、と誤記しているところをみると、前述の吉田は板垣の著書を参照して、同じ誤りを犯したものと推測される。

こうした経緯からすれば、時期はともかく漱石が藤代、畔柳のどちらかから、あるいは両方から、ホフマンの『ムル』の存在を聞いたことは、確かなように思える。

さらに、漱石はモデルにした飼い猫が死んだとき、弟子の野上豊一郎、小宮豊隆らに宛てて、死亡通知を出している。

> 辱知猫儀久々病氣の處、療養不相叶、昨夜いつの間にかうらの物置のヘツツイの上にて逝去致候。埋葬の儀は車屋をたのみ箱詰にて裏の庭先にて執行仕候。但主人「三四郎」執筆中につき、御會葬には及び不申候。以上

これを見ると、漱石はホフマンがムルの死亡通知を出した、という挿話も藤代あ

るいは畔柳から教えられ、承知していたと考えていいのではないか。

その上で、ホフマンのひそみにならったか、あるいはいっそ開き直るかしての、最後っぺと解釈すべきかもしれない。

とはいえ本間としても、その是非をここであげつらう気は、さらさらない。やはり、『ムル』と『吾輩』は設定こそ似ているものの、まったく別の作品といってよかろう。

＊

そもそも、ホフマン自身が他の作家の作品から着想を得て、というよりアイディアをそのままいただいて、いくつもの作品を書いていることを、指摘しておかなければならない。

たとえば、最大の長編小説『悪魔の霊液』は、イギリス作家マシュー・グレゴリー・ルイスの恐怖小説、『モンク（修道士）』を下敷きにしている。大筋においても、個々のシークエンスにおいても、類似箇所がかなりあることは明らかだ。

また『大晦日（おおみそか）の夜の冒険』は、友人シャミッソーの傑作『影を売った男（ペーター・シュレミール奇譚（きたん））』の、剽窃といってもよい。単に、なくすのが〈自分の影〉

ではなく、〈鏡の中の自分の映像〉というだけのことだ。

もっともシャミッソー自身が、おもしろがって許したとのことだから、これは公認のアイディア盗用、としておこう。

さらに、短編『顧問官クレスペル』の主人公は、ベルンハルト・クレスペルという名の、実在の人物をモデルにしたそうだ。

本物のクレスペルも、実際に風変わりな人物だったらしく、自分で設計した奇抜な建物に、住んでいたという。しかも、そのクレスペルなる人物は、よりによって若いころ、あの煙たいゲーテの友人だった、と伝えられる。

ホフマンは、その男の話を同じ浪漫派の作家、クレメンス・ブレンターノから聞かされて、小説に仕立てたといわれる。

この時代、他人の作品の一部を適当につまんだり、アイディアをちょうだいしたりして書く、というやり方は今の時代ほどには、責められることではなかったようだ。少なくとも、それがそのオリジナルの作品と同等か、さらに上を行くものであれば、大目に見られたのだろう。

現にハインリヒ・ハイネは、『ベルリンだより』第三信で『悪魔の霊液』を、ネタ元になったルイスの『モンク』よりも、はるかに高く評価している。

*

ついでながら『牡猫ムルの人生観』は、ムルの〈自伝〉とクライスラーの〈伝記〉が交互に、しかも途切れとぎれに出てくる、ややこしい構成を持つ。

ただし〈伝記〉の中にも、ムルはクライスラーの音楽の旧師、アブラハムの飼い猫として、しばしば登場する。口こそきかないものの、ムルは何やかやとクライスラーやアブラハムに、からんでくる。

ムルの〈自伝〉の部分は、ほぼ時間の経過に従って、つながりがあるように、書かれている。

しかし、クライスラーの〈伝記〉の方は、前後が行ったり来たりして、時間どおりにはつながらない。

たとえば第二部の最後で、ムルは飼い主のアブラハムが旅行に出るため、クライスラーに預けられることになった、と述懐している。

しかるに第一部の冒頭では、アブラハムがクライスラーにこう言う。

「すまんが、ヨハネス。わたしが旅からもどるまで、あのムルを預かってもらえないかね」

この構成から見れば、小説全体の流れは第二部の末尾から、第一部の冒頭へ逆もどりする、というかたちになる。

こころみに、クライスラーの伝記部分だけを抜き出し、並べ直せば筋がつながるのではないか、という気もしよう。

しかし、ただ順序が狂っているだけでなく、途中あちこちに欠落があるので、その作業はむだに終わるだろう。

以上、念のため、一言しておく。

もう一つ、頭がこんがらかるという意味では、例の『ブランビラ王女』も『ムル』に劣らぬ、手ごわい作品だ。主人公のジグリオとジアチンタが、いつのまにか芝居の中のコルネリオ王子、ブランビラ王女になり、愛し合ったり喧嘩(けんか)別れしたりを、繰り返す。二人以外の登場人物も、ころころと役がらが変わって、敵になったり味方になったりと忙しく、応接にいとまがない。

想像が飛躍する、と表現すれば聞こえはいいが、ただの酔っ払いの妄想と極めつけられても、返す言葉があるまい。まさに、頭がこんがらかるとしか、言いようがない。

しかし、ハイネはこの作品に、最大級の評価を与えた。

この小説を読んで、頭がおかしくならないようなやからは、はなから頭の持ち合わせがないのだ、と喝破している。

＊

余談はさておき、本題にもどろう。

肝腎の『蚤の親方』だが、ホフマンは仇敵(きゅうてき)カンプツのことを、甘く見ていたふしがある。

むろん、頭の切れという点でカンプツは、ホフマンの敵ではない。しかし、カンプツは絶大な権力を掌握しており、しかもその使い方を熟知している。

ホフマンとて、大審院判事という歴とした地位にあるが、権力の利用のしかたという点では、カンプツに太刀打ちできない。

〈クナルパンティ〉と、アナグラムまがいの変名をつけて、そのやり口を糾弾したところで、カンプツ当人は痛くもかゆくもあるまい。ホフマンにすれば、ただ告発する口実を与えるだけで、なんの得にもならない。

ちなみに、日本語を当てればカンプツは〈奸物(かんぶつ)〉に通じて、ぴったりなのだが。

ホフマンも、活字だけにとどめておけばよかったものを、人前で寸劇まで演じてしまったのは、さすがにやりすぎだった。

それに気づいたホフマンは、ただちにフランクフルトの出版社に手紙を書き、問題になりそうな箇所をいくつか、印刷原稿から削除するように指示した。

しかし、ヨハネスの報告書にもあるとおり、ヴィルマンス出版社は問題の原稿ばかりか、ホフマンが削除を指示した当の手紙まで、カンプッツの手先に引き渡してしまった。

その顚末に関しては、次回の報告書を待つことにしよう。

ここで、ホフマンがわずらった病気について、一言しておきたい。

脊髄癆は、いわゆる神経梅毒の一つで、潜伏期間が十年ないし二十五年と、長期にわたるという。

ホフマンの場合、おそらく一八〇〇年に二十四歳で赴任した、ポーゼンでのご乱行が原因で、罹患したのだろう。通常の梅毒を完全に治さずにおくと、後年この症状が現われる、といわれる。

初期には下肢の電撃性疼痛、中期には運動失調、筋力の減退等がひどくなり、やがて下半身から全身の麻痺にいたったのち、衰弱して死亡する。

その間の経年数は、十数年にも及ぶ場合がある、という。

現在ではペニシリン系、セフェム系の抗生物質が効くらしいが、当時は致命的な難病だった、と思われる。

ホフマンにとって、この時期にカンプッとの確執が顕在化したのは、不運というべきだろう。

しかしホフマンの闘争心は、最後まで消えなかった。

78

ちょうど読み終わったとき、廊下に例のそうぞうしい足音が響いた。

洋室にはいって来るなり、本間鋭太は立ったまま麦茶のコップを取り上げ、一息に飲み干した。

それから、いつものように後ろ向きに、ソファに飛び乗る。

九月も、はや二週目にはいったとはいえ、このところ残暑が厳しい。

それにおかまいなしに、本間は厚手のグレイのスラックスと、青いフランネルのシャツを着ている。

先週は逆に、むしろ涼しかったにもかかわらず、甚兵衛にステテコ、といういでたちではなかったか。

季節感が、まるでちぐはぐだ。

本間が、テーブルに向かって、顎をしゃくる。

「読んだかね」

古閑沙帆は、うなずいた。

「はい。今回は、報告書も先生の訳注も、かなり長いですね」

そう応じると、本間はいらだたしげに指を振り立て、もう一度顎をしゃくり直した。

「わしの原稿ではない。その隣の、タルコフスキーじゃよ」

沙帆はあわてて、原稿のそばに置いた『ホフマニアーナ』を、取り上げた。

「ええと、はい。読ませていただきました」

先週、本間から読んでみるようにと、貸し与えられたものだ。

「どうだ。すぐに読めたじゃろうが」

「はい。確かに二時間ほどで、読み終わりました。でも、そのわりに読みでのある、密度の濃い作品でした。映画にならなかったのが、惜しまれますね」

アンドレイ・タルコフスキーはロシアの映像作家で、亡命後一九八六年にパリで亡くなった、という。まだ五十代だったそうだ。

本間が言う。

「おそらくタルコフスキーは、ドストエフスキーやゴーゴリを読んで、ホフマンを知ったんじゃろうな」

この日はのっけから、〈じゃ〉の連発だ。くつろいだ気分とみえる。

「タルコフスキーが、ホフマンのどこに引かれたのか知りませんが、この本を読むかぎりでは、かなり心酔していたようですね」

沙帆が応じると、本間は満足そうにうなずいた。

「そのとおりじゃ。開巻早々『ドン・ジュアン』や、『大晦日の夜の冒険』のエピソードが出てくる。もちろん、ユリア・マルクもな」

「ユリアの従兄（いとこ）で、ホフマンの親しい友人でもある、シュパイア博士も登場しますね」

「ホフマン夫人の、ミーシャもだ」

「はい」

ホフマンはユリアのことで、ミーシャと口喧嘩をしたりもする。

ミーシャに、日記を取り上げられたことも出てくるし、ホフマンがユリアの婚約者グレーペルを、ポンマースフェルデンでののしる場面もある。

そうやって、すべてのエピソードが脈絡もなく、続いていく。

ホフマン自身のエピソードに、作品の一部が割り込んできたりもする。

それが、タルコフスキーらしいところかもしれないが、子供のころ『僕の村は戦場だった』を見ただけの沙帆には、判断がつかなかった。

映像メモは、八十ページほどの量にすぎず、長めのシノプシスといったところで、筋らしい筋も結末もなく、突然終わってしまう。

映画の構想として、もともとそこで終わってしまうのか、完結する前に投げ出されたのか、判然としない。

「これを読んで、映像になったときにどんなふうになるのか、ある程度想像はつくんじゃないかね」

本間の問いに、沙帆は首をひねった。

「ですが、こうした筋があるようなないような、いわゆるシンボリックな映画は、実際に映像表現を見てみないと、善し悪し(あ)が分かりませんね。だれか、別の監督がこの構成案をもとに、映画を作ってくれればいいのですが」

本間が、軽く首をかしげる。

「それはどうかな。タルコフスキーの、ホフマンに対する強い思い入れを、そっくりそのまま再現できる監督は、タルコフスキー以外におらんだろう」

沙帆はうなずいた。

本間の言うとおりだと思う。

本間は少し間をおき、本題にはいってきた。

「ところで、ヨハネスの今回の報告書は、どうかね」

沙帆は、原稿をそろえ直した。

「なんといってもトピックスは、倉石さんがマドリードで手に入れた古文書の裏に、ギターの楽譜が書かれていた理由が、明らかになったことでしょう。今さらながら、驚きました。あれを書いたのは、ヨハネスだったのですね」

本間の顔が、くしゃくしゃになる。

「さよう。わしも、手元にある代々の文書を最初に読んだとき、読み流したせいで楽譜のくだりを、忘れておったようだ。これで、倉石くんが発見した部分の楽譜の謎が、いちおう解明されたわけだ」

「はい。倉石さんもきっと、喜ぶと思います」

沙帆が言うと、本間はもぞもぞとすわり直して、口調を変えた。

「さてと、本題にもどろう。今回の報告で、追い詰められたホフマンの様子が、よく分かるじゃろう」

とっさに、本間の顔を見直す。

その口調に、どこかホフマンの苦境を楽しんでいるような、はずんだものを感じたのだった。

「そうなったのも自業自得だ、とおっしゃりたいのですか」

そう聞き返すと、本間は思わぬ逆襲にあったというように、ぐいと顎を引いた。

「まあ、そう言ってしまえば身も蓋もないが、ともかく自分でまいた種だからな。活字だけならともかく、酒場の酔漢相手に寸劇まで演じてみせたのは、いかにも軽率だった。持ちまえのサービス精神が、つい頭をもたげたんだろうがね」

「そんなことをすれば、カンプツが黙っていないことくらい、分かっていたはずですが」

「ああ、そのとおりだ。しかし、いざおおごとになりそうだと知って、出版社に一部削除を指示したのは、ホフマンらしからぬ弱腰だな。その覚悟をしていなかったのは、まったくもってホフマンらしくない、としか言いようがない」

そう言う本間の目に、沙帆はめったに見たことのない、強い失望の色を認めた。

本間の言うとおりかもしれない。

土壇場(どたんば)でばたばたして、みずからの失策を糊塗(こと)しようとするなど、確かにホフマンらしからぬ所業ではある。

本間は、もぞもぞと体を動かして、すわり直した。

「あるいは、ミーシャのことを、考えたのかもしれんな。生活苦や脊髄癆で、さんざんミーシャに苦労をかけておきながら、その上名誉毀損(きそん)や国家機密漏洩(ろうえい)罪で訴えられたりしたら、申し訳が立たんだろう」

それを聞いて、沙帆もなんとなく居心地が悪くなり、長椅子(ながいす)の上ですわり直した。

意識して、話を変える。

「そういえば、『夜警』を書いたボナヴェントゥラは、クリンゲマンだと明らかにしていますね」

本間も、気分を入れ替えるように、元気よくうなずいた。

「そう。これで、ボナヴェントゥラの正体もようやく、特定されたわけだ」

「クリンゲマン説は、ドイツでも認められているのですか」

「今のところはな。いつまた、別人だという説が出てくるか、分からんがね」

沙帆は、本間の原稿をめくり直した。

「それと今回、先生は訳注で漱石の『吾輩は猫である』と、ホフマンの『牡猫ムルの人生観』に、ずいぶん綿密な考証を加えておられますね」

　本間は首をひねり、耳たぶを引っ張った。

「厳密にいえば、わし自身の考証ではない。そこに書いた、吉田六郎の『吾輩』論や〈新小説〉の古いのを、引っ張り出しただけのことさ。一般に、文豪の夏目漱石がホフマンの作品を剽窃した、と認めるのを避ける風潮があるのは、きみも承知しとるだろう」

「はい。でも、吉田六郎は剽窃したと認めていませんし、本間先生も同じご意見のようですが」

「限りなく黒に近いが、決定的な証拠がない以上は、しかたあるまいて。ちなみに、おもての外苑東通りを、北へ百五十メートルほどのぼると、早稲田通りにぶつかる。そこが、弁天町の交差点だが、その少し手前を左にはいった先の右側に、漱石公園というのがあるんじゃ」

　初めて聞く話に、沙帆は背筋を起こした。

「漱石公園。夏目漱石の、公園ですか」

「さよう。そのあたりに、晩年の漱石が住んだ〈漱石山房〉があって、一部が公園になっとるんじゃ。そこに、石を重ねて造った〈猫塚〉というのが、残っとるのさ」

さすがに驚く。

「〈猫塚〉ですか。そういう、ゆかりの史跡がすぐ近くにあるなんて、単なる偶然とは思えませんね」

「これも、何かの縁じゃろうて」

そう言って、本間は得意げな笑みを漏らした。

またシンクロニシティ、という言葉が頭に浮かぶ。

「おっしゃるとおりですね。びっくりしました」

どちらにせよ、本間の性格からして漱石が剽窃した、と考えているのは間違いない、という気がした。

息をついて、話をもどす。

「ところで、先生が触れておられる板垣直子、という文芸評論家はかなり手厳しく、漱石に当たっているようですね。まるで盗作した、と言わぬばかりに。どういう人なのですか」

「詳しいキャリアは、わしも知らぬ。一九五〇年代に、そうした著作を出版できるほどだから、当時はそれなりの評論家だったのだろうな」

「ただの評論家だとすれば、ホフマンの信奉者というわけではなさそうですね」

「ホフマンに肩入れするというより、文豪漱石の作品研究に一石を投じよう、あるいはいっそ手投げ弾をお見舞いしよう、という意図があったのだろう。だれもが、あまり触れたがらないテーマに、挑みたかったのさ」

少し考える。

「漱石は『吾輩』を書くまで、さして文名は高くなかったわけですね。つまり、作家としてはまだ、一家をなしていなかった。そこで何か、だれも書いたことのない、変わった小説を書こう、と考えた。そこへたまたま、『ムル』の話をだれかに聞かされて、その日本版を書くことを、思いついた。そんなところでは、ないでしょうか」

本間は、肩をすくめた。

「うむ。それが、思いのほか大当たりしたものだから、あちこちで雑音が起こり始めた。そんなところじゃろう」

「そうですね。とにかく、いきなりあれだけの作品を書いて、しかもそのあと切れ目なしに、傑作を発表し続けたわけですから、さすが漱石としなくては」

「まあ、藤代素人にしてみれば、一言挨拶(あいさつ)があってしかるべきだ、というところだろう。その気持ちも、分からぬではないがね」

麦茶を飲み、本間を見返す。

「先生も、板垣直子の著作はともかくとして、〈新小説〉とかいう明治の古い雑誌など、よくお持ちですね」

水を向けると、本間は鼻をうごめかした。

「吉田六郎が目を通した資料は、おおむね手に入れたつもりだ」

それから、予想したとおり身を乗り出して、あとを続ける。

「どうしても見たければ、拝ませてやってもいいがね」

沙帆は、自分でもわざとらしいと思うほど、目を輝かせてみせた。

「ほんとうですか。ぜひ、拝見させてください」

言い終わらぬうちに、本間はソファを飛びおりた。

背後のライティング・デスクから、グラシン紙かパラフィン紙でカバーした、古雑誌を取って来る。

沙帆は、それを受け取ってテーブルに置き、ていねいに開いた。

見返しの広告の裏に、赤い文字で〈新小説第十一年第五巻目次〉とあり、〈本欄〉と書かれた冒頭に『猫文士氣燄録』、「カーテル、ムル口述」「素人筆記」、となっている。

そのあと、〈思潮〉〈雑録〉〈歐洲文藝見聞譚〉などの項目に分かれて、坪内逍遥(しょうよう)、上田敏、島村抱月、泉鏡花といった、錚々たる執筆陣が目に飛び込んできた。

奥付を見ると、明治三十九年五月一日発行で、発行所は春陽堂。一冊二十五銭。

対向面の赤いページには、〈森鷗外の『水沫集』訂正増版中〉と、広告が載っている。

藤代素人が書いた、「カーテル、ムル口述」と称する戯文の冒頭は、今回の報告書の訳注に引用されたのと、そのまま同じだった。

その先を、続けて読んでみる。

――何かこれには仔細のあることだらうと思つて序文を讀んで見ると夏目漱石とは人間の名前で、此名前の持主が猫に假托て著したもの、様に見せ掛けて居る。けれども吾輩の鋭い眼で看破して見ると、これは人の物を我物顔に濟まし込む人間慣用の猾手段であることが見え透いて居る。人間社會では此様な横着手段を「猫ばゞ」にすると云て居るが、これは我々猫族を見縊つた怪しからぬ言葉で聞棄にならぬ。自分共の方が餘程質が悪く出來て居ながら、猫ばゞもないものだ。此言葉は以來「人間ばゞ」と改正するが宜い。（後略）

沙帆はつい、笑ってしまった。

「けっこう、きついことを書いていますね。戯文には、違いありませんが」

本間も苦笑する。

「まあ、素人は漱石と古い付き合いだから、遠慮がないんだろうよ。ついでに、終わりの方の第十ページ、七行目のパラグラフを読んでみたまえ」

ページをめくり、その箇所を探した。

――表題は前にも云た通りカーテル・ムルで通るが、此原書を出版した人はアマデウス・ホフマンと云ふ音樂者と畫工と兼ねたロマンチックの詩人だ。此男が吾輩の著書を出版する時に、音樂師クライスレルの傳記と吾輩の著述と入れ混ぜて印刷して仕舞つた。(後略)

そのあとも、『牡猫ムル』の構成の妙について、正確な記述が続いている。

「藤代素人という人は、『牡猫ムル』をきちんと読んで、きちんと把握していますね。ホフマンのことも、よく知っているようですし」

沙帆が感心して言うと、本間はわが意を得たりとばかりに、肘掛けを叩いた。

「そのとおり。藤代としては、たとえ相手がどれほど親しい友人でも、漱石の前にホフマンありきと、そう言わずにはおれなかったんじゃ」

沙帆は、雑誌を閉じた。

「短い原稿とはいっても、こうして巻頭を飾るくらいの扱いですから、編集部としては当時の『吾輩』の人気にからんで、話題作りをねらったのでしょうね」

「それは、そのとおりだろうな。ただ、最終回とはいえ漱石先生も、連載の中で藤代の指摘に大まじめに、答えているわけだ。それはそれで、さすがだと思わんかね」

「ええ。しゃれっけがありますね。きっと、仲のいいお友だちだったのでしょうね」

「さよう」

本間は短く応じ、壁の時計を見上げた。

まじめな口調で言う。

「今日は、ここまでとしよう。翻訳も、ほどなくおしまいになるわけだが、麻里奈くんに渡された報告書の前半部分は、約束どおりこのまま頂戴しておく。引き換えに、パヘスのギターは倉石くんに、進呈しよう。倉石くん夫婦も、それで異存はないだろうな」

沙帆は神妙に、頭を下げた。

「はい。ないと思います」

麻里奈も、今さら返してほしいとは、言わないだろう。

「ところでギターは、きみに預けていいかね。それとも倉石くんが、自分で取りに来るかね、一緒に」

「倉石さんに、聞いてみます。もしかすると麻里奈さんも、ご挨拶に来たがるかもしれませんし」

沙帆の返事に、本間が少し体を乗り出す。

「せっかくだから、そのときは由梨亜くんも、連れて来たらどうかね」

沙帆は躊躇(ちゅうちょ)した。

「それも、聞いてみることにします」

由梨亜が、ここへギターを習いに来ていたことは、まだ麻里奈に話していない。

今さらの感もあるが、最後の段階でそれを打ち明けられては、麻里奈もいい気はしないだろう。

また、重い荷物を背負わされた気分で、沙帆は〈ディオサ弁天〉をあとにした。

79

【E・T・A・ホフマンに関する報告書・十五】

――(特別捜査官クリントヴォルトによって)押収された原稿を読み、警察庁長官カール・A・カンプツは、これでETAを有罪にできる、と確信したらしい。

罪名は、名誉毀損罪、国家機密漏洩罪、官憲侮辱罪など、いくらでもつけられる。

一月三十一日(一八二二年)、カンプツはプロイセンの内務大臣、フリードリヒ・フォン・シュクマンに、ETAに対する告発状の草稿を、提出したという。

それを受けて、シュクマンは二月初めハルデンベルク首相に、ETAの判事としての資質に異を唱え、なんらかの処分を求める書簡を送った、と思われる。

ETAを、大審院評議員から解任せよとか、どこか僻地へ左遷させるべしとか、そういった内容だと漏れ聞いた。

たとえば、インスターブルク(ホフマンが生まれた、ケーニヒスベルク=現カリーニングラドの東方、約八十キロに位置する町)あたりはどうか、と地名まで出たという。

インスターブルクは、東プロイセンのほとんど東端の僻地で、ロシアでいえばシベリアへの流刑に、相当する。

しかしハルデンベルクは、大審院もそうした命令には従うまい、と判断したようだ。その証拠に、シュクマンがあの手この手で、ETAの処分を迫ったにもかかわらず、そうした発令は行なわれなかった。

ヴィルマンス出版社によれば、その後シュクマン本人から、『蚤の親方』の不都合と思われる部分、つまり第四章の全部と第五章の前半三分の一を、削除するよう要請してきたそうだ。

そうすれば、プロイセン政府は押収した原稿等を返却し、出版を許可するという。それらを、押収したまま返却しなければ、押収時に支払った二千六百グルデン、という高額の保証金がもどらなくなる。

シュクマンとしても、そうしたむだな損失だけは、避けたかったのだろう。

ヴィルマンスは判断に迷い、その要請に応じるべきかどうかを、ETAに手紙で問い合わせてきた。

ETAは、すでに指示した以上の手直しや、削除に応じるつもりがなかった。そこで、ヴィルマンスにそのように返事をしていいか、とわたしに意見を求めた。

わたしは、ＥＴＡがそう決めているのなら、そのように返事をすればいい、と答えた。

ただ、一部分だけでもシュクマンの要請に応じて、相手の顔を立てるやり方もあるだろう、と付け加えた。

しばらく考えたあと、ＥＴＡは首を振った。

「きみの言うことも分かるが、ぼくにも譲れることと譲れないことがある。ぼくが指示した以上の、削除と訂正の要請にはいっさい応じるな、と言ってやろう」

ヴィルマンスはやむをえず、シュクマンにそのとおり回答した、と思われる。

そうこうするうちに、国王のフリードリヒ・ヴィルヘルム三世は、いっこうにらちの明かぬ状況に、業を煮やしたらしい。

大審院の院長、ヨハン・Ｄ・ヴォルダーマンに対して、ただちにＥＴＡの尋問を実施するよう、特命をくだしたことが伝えられた。

おそらく、シュクマンにやいのやいのと言われて、ハルデンベルクが国王の判断を、仰いだのだろう。

それがこの、二月八日のことだ。

ヴォルダーマンは、大審院判事としてのＥＴＡの能力を、高く評価していた。したがって、国王の特命には頭を抱えたに違いない。

このときに当たって、あなたもよく知るＥＴＡの親友で、幼いころからもっとも頼りにしてきた、テオドル・ヒペルが立ち上がった。

ヒペルはたまたま、赴任地のマリエンヴェルダーから長期出張で、ベルリンに滞在中だった。ハルデンベルクとは、ナポレオン戦争時に秘書官を務めるなど、旧知の仲だったこともあって、プロシア政府には顔がきいた。

ヒペルは、手始めにハルデンベルクの娘婿（むすめむこ）で、ＥＴＡとも相識のフォン・ピュクラー・ムスカウ侯爵（こうしゃく）に、口利きを求めた。

しかし、グルメでもあり遊び人でもある侯爵は、その種の事件に関わるのを嫌ってか、あっさり助力を断わってきた。

次いで、ハルデンベルク本人への嘆願も、不調に終わった。首相としても、内務大臣など他の閣僚と、対立するのを避けたかったもの、と思われる。

結局、ヒペルの必死の裏工作もむなしく、日ごろＥＴＡと親しかった者たちまで、関わるのをいやがった。ＥＴＡは、表向きの交際範囲こそ広かったが、真の友だちと呼べる相手は、きわめて少なかったのだ。

時間稼ぎのため、ヒペルはＥＴＡがここ数年リウマチ、肝臓障害をわずらい、今や脊髄癆にも侵されていることを訴えて、尋問期日の延期を国王に嘆願した。

ハインリヒ・マイヤー博士（ＥＴＡの主治医）も、ＥＴＡの病状を詳述した診断書を提出し、当分は尋問に応じられる状態にない、とのヒペルの主張を裏付けた。

国王はやむなく、二週間の猶予（ゆうよ）を認めた。

ヴォルダーマンは、たとえわずかな期間とはいえ、気の重い仕事が延期になって、さぞほっとしたことだろう。

そのあいだにも、シュクマンはカンプツにせっつかれて、『蚤の親方』の原稿を手直しするよう、ヴィルマンス出版社にしつこく要求し続けた。

しかし、当初はみずから削除訂正を指示していたＥＴＡも、シュクマンらの権柄（けんぺい）ずくのやり方に怒り、結論が出るまでそれ以上の要求に応じないよう、今一度指示した。

かくて、二週間後の二月二十二日にあらためて、尋問の期日がやってきたわけだ。

もはや、回避するすべはない。

それより前、尋問の延期が決まったあとＥＴＡは、あなたを通じてヒペル、ヒツィヒ、デフリント、それにわたしを病床に呼び集めた。

そこで、ヴォルダーマンの尋問に対して、どう応じたらよいかについて、細かい検討が行なわれた。

どのような質問が出るか、予想するのはむずかしくなかった。

裁判官としてのETAが、ここ三年ほどカンプツにとって、大きな悩みの種であったことは、だれの目にも明らかだった。

したがって、カンプツがどこをどう突いてくるか、ETAにはあらかた見当がついていた。

そのため、クナルパンティを登場させた一件は、あくまで作家として悪気のない、単なる軽率と不注意のなせるわざだ、というスタンスで押しとおすことを決めた。

最終的に、シュクマンやカンプツが問題視する箇所につき、作家の立場からどんな理由で書いたか、またそれによって何を表現しようとしたかを、細かく弁明する準備書類を作成した。

もちろん、ETAは手が震えてもはや字が書けず、ヒツィヒが代筆した。

まずは、それに基づいて尋問に対応する、という方針だった。

さらにその書類自体を、当人の弁明書として提出できるならば、それに越したことはなかった。

しかし、推敲(すいこう)に多くの時間がかかり、清書は尋問の当日までに、仕上がらなかった。

そのためETAは、とりあえず草稿を何度も読み返して、内容をしっかりと頭に叩き込んだ。

二月二十二日、大審院の院長ヴォルダーマンが、書記役の事務官ヘッカーを引き連れ、ETA宅にやって来た。

ヴォルダーマンは作法どおり、白い髪粉を振りかけたかつらをかぶり、重たげな下げ髪を後ろにたらして、黒い法服に身を包んだいでたちだった。

わたしたち友人は、あなたとともに奥の別室に、控えるつもりでいた。ところがヴォルダーマンから、四人のうち一人だけなら立ち会いを認める、と許可が出た。

そこで合議の結果、わたしが同席することになった。

ベッドに横たわったETAに、とくに緊張した様子はなかった。むしろ、いつもより元気そうに見えた。

ただ、ヴォルダーマンからすればETAは、ひどくやつれた印象だったに違いない。

顔は、青みがかった粘土のような色で、頰骨がとがって見えるほど、こけている。白いものが交じった髪は、鳥の巣さながらに乱れたままだ。

しかし、ヴォルダーマンを見上げる目はきらきらと輝き、法廷で判決を言い渡すときのように、生気に満ちていた。

ヴォルダーマンとヘッカーは、ベッドから少し離れた位置に用意された、肘掛け椅子にすわった。目の前には、小さなテーブルが置かれている。

わたしは、ベッドの足元の側に据えられた椅子に、腰を下ろした。その位置からだと、ETAとヴォルダーマンたちの顔を、両方とも見ることができる。

ヴォルダーマンは冒頭で、国王の特命により問題の案件につき、尋問を行なう旨を告げた。

ETAは小さな声で、しかしはっきりした口調で、それに応じる旨を答えた。

ヘッカーが、手持ちの小さなかばんから羽根ペンとインキ壺、紐で綴じられたノートを、取り出し、テーブルに並べた。

ヴォルダーマンは、まずETAの氏名、生年月日、出身地など、いわゆる人定質問を行なった。

ヘッカーが、そのやりとりを逐一、書き留める。

それがすむと、ヴォルダーマンは書類入れの中から、紙の束を取り出した。

表側をETAに示し、形式張った口調で質問する。

「この、『蚤の親方』という著作物の原稿は、貴下の書かれたものであるか」

その原稿は、例の特別捜査官クリントヴォルトが、ヴィルマンス出版社に保証金を払って、押収したものだ。

ETAは、ためらわずに自分の原稿である、と認めた。

ヘッカーが、ノートにペンを走らせる。

ヴォルダーマンは原稿をめくり、付箋が貼られたページの数字と、問題とされている箇所の文章を、いくつか読み上げた。

その上で、それを書いたのがETA本人かどうかを、同じような口調で尋ねた。

すると、ETAは少し間をおいてから、打ち合わせどおりこう切り出した。

「院長が質問をなさり、それに対してわたしが回答するのを、ヘッカー氏が書き留めるという作業は、あまりにも時間を浪費するもの、と考えます。それについて、わたしから提案があるのですが、聞いていただけますか」

ヴォルダーマンは、いくらかとまどいの色を見せたが、すぐにこう応じた。

「提案があると言われるなら、こちらにも聞く用意がある。続けたまえ」

「ありがとうございます」

ETAは、前日打ち合わせたとおり、質問に対する回答を文書にまとめ、弁明書として翌日提出する、ということでどうかと提案した。

さらに、その方が口述して供述書を作成し、読み聞かせと加除訂正を繰り返すより、手間がかからぬ上にずっと正確であろう、と説明を加える。

ヴォルダーマンは少し考え、それからヘッカーの方に体を傾けて、何かささやいた。ヘッカーも同じように、ささやき返す。

そうやって、しばらく二人で何か協議したあと、ヴォルダーマンは大きくうなずいて、ETAの方に向き直った。

「なるほど、貴下の提案はもっとも、と思われる。ついては、明日の正午にこのヘッカー君を、ここへよこすことにする。そのとき、大審院評議員としての名誉にかけて、間違いなく弁明書を提出する、と誓うかね」

そう言いながら、右手を上げるしぐさをする。

「誓います」

ETAも応じて、シーツの胸に置かれた右手を、上げようとした。

しかし、それはかすかに指が震えただけで、上がらなかった。

ヴォルダーマンは、急いで手を丸めて口をおおい、咳払い(せきばら)をした。

「よろしい。これで、手続きは終わったもの、とする。だいじにしたまえ」

この日の尋問は、こうしてあっさり終了した。

ヴォルダーマンにとっても、ETAの提案に従う方が気分的に楽だし、手間がかからないのは明らかだ。

話が決まると、来たときのいかにも気重な様子はどこへやら、二人は足取りも軽く引き上げて行った。

肩の荷がおりた、という風情だった。

そのあと、わたしたちはもう一度ETAを囲み、額を集めて文章を推敲した。

最終的に、ヒツィヒがETAにそれを読み聞かせ、若干の訂正をへて清書に取りかかった。

そして、翌日の正午に出直して来たヘッカーに、わたしたち四人の立ち会いのもと、あなたが夫のETAに代わって、清書された弁明書を手渡したわけだ。

ヘッカーは、その場で弁明書を一字一句違えずに筆写し、かたちの整った供述書に仕上げた。

最後に読み合わせを行ない、間違いのないことを確認してから、供述書の末尾にETAが署名した。さらにその下に、ヘッカーが認証署名をする。

ETAは、両腕ともほとんどきかない状態だったが、署名だけはなんとか羽根ペンを握り、時間をかけてきちんとすませた。

供述書は、二月二十三日の日付で国王に提出されたが、あなたにもその内容をおおまかに、お知らせしておこう。

もっとも、『蚤の親方』を読んでいないあなたに、問題点を細かく説明したところで、おそらくちんぷんかんぷんだ、と思う。

したがって、要点だけ短く述べることにする。

この、たわいもないメルヒェンにおいて、カンプツがことさら問題視したのは、おもに次のような部分だった。

ペレグリヌス、という内気な主人公の青年が、身に覚えのない婦女誘拐(ゆうかい)の容疑で、官憲に拘束されて取り調べを受ける、という例のエピソードのくだりだ。

ETAはそこで、ペレグリヌスをことさら苦境に追い込むため、枢密(すうみつ)顧問官のクナルパンティという、理不尽な取り調べを行なう戯画的な人物を、登場させた。

それについて、ETAはこう説明する。

　枢密顧問官のクナルパンティなる人物は、ひたすらペレグリヌスを窮地に追い込むための存在で、それゆえきわめて横暴かつ狡猾(こうかつ)な性格に描かれなければなりません。

　しかし、現実の世界にこのような人物のモデルを求めても、それはむだな努力に終わるでしょう。このような人物は、あくまで作家の想像の世界でしか、生まれないものだからです。

つまり、ここでETAはクナルパンティのモデルが、カンプツではありえないことを、作家の立場から言明したのだった。

こう言明しておけば、読者がクナルパンティをだれになぞらえようと、作家の責任ではないと言い抜けられる。

また、ヴィルマンス出版社に手紙を出し、何カ所かを削除するよう指示したのは、そうした部分が官憲侮辱罪、あるいは名誉毀損罪に問われる恐れがある、と判断したからではないことも、主張した。

つまり、クナルパンティを見て人びとが鼻をつまむとか、同席を嫌って立ち去るとかいう場面は、実在のだれかに当てつけたものではない。

単に、他の作家（実名は挙げていない）が書いた、別の作品の同じような表現を、そこに挿入した方が効果的だと判断して、あとから付け加えたものにすぎない。原稿の、その部分をよく調べてもらえるなら、取ってつけたように後日加筆した跡が、明瞭に確認できるはずだ。

しかし、よくよく考えれば他の作家のアイディアを、どんなかたちにせよ自作に転用するのは、同じ作家として安易にすぎるし、自慢できることではない。そこで、あとから書き足した箇所の削除を、指示した次第だ。

それがＥＴＡの、言い分だった。

事実はどうあれ、これらは作家の弁明としてそれなりに、筋の通ったものといえよう。

ただ、判事としてどうしても譲れない点については、ＥＴＡも堂々と主張する。

それだけは、供述書どおりに書き留めておこう。

わたしはこの機会に、しばしば発生する法律上の問題点を二つ、指摘しておきたいと思います。

一つは、尋問官が実際に行なわれた犯罪の事実を把握せずに、行き当たりばったりに取り調べを行なうケース。

今一つは、尋問官がかたくなな先入観にとらわれ、それをもって法的手続きの規範とするケース。

少なくともこの二つだけは、尋問官が厳につつしむべきあやまちである、と愚考するものであります。

これはつまり、カンプツの汚いやり方を暗に批判したものだが、むろんETAはそれを露骨にはにおわせていない。

しかし、言うべきことは言っておこうという、強い意志が感じられる。

このあたりは、国王の目に留まることを、期待しての所為だろう。

さらに、こういう法律上の問題点を、メルヒェンに持ち込んだ理由について、ETAはこう弁明する。

いかなる作家も、自分の専門分野から逃れることはできず、物語の中にそれを持ち込むことに、楽しみを見いだすものであります。わたしの場合は、それが法律だというだけにすぎません。

こじつけともとられようし、もっともらしくも聞こえるだろうが、このETAの説明に反論するのは、なかなかむずかしかろう。

三月一日、ETAはわたしに前日のうちに、『蚤の親方』の訂正部分を、書き上げたと言った。

「きょう、風呂に入れてもらったあとで、最終チェックをする。それを、あすの昼までに〈Ｂ〉に清書させて、夕方の郵便馬車でフランクフルトの、ヴィルマンス出版社へ送るつもりだ」

ただ、ＥＴＡは読者がその物語の結末に、病気による著者の衰弱を感じ取るのではないか、という不安に駆られているようだった。

翌二日、ＥＴＡは〈Ｂ〉が清書を終えておらず、月曜日までかかると言っている、とこぼした。

わたしは、〈Ｂ〉のことを個人的には、あまりよく知らない。

どうやら彼について、ＥＴＡはその仕事ぶりに十分満足している、というわけではないようだ。

ただ、ＥＴＡは本人を傷つけたくないらしく、〈Ｂ〉の名前を明かそうとしないので、わたしもそれにならうことにする。

続けてＥＴＡは、〈Ｂ〉から取り返した草稿をわたしによこして、ヒツィヒに目を通してもらった上、翌々日の便でフランクフルトへ送るよう、手配を——（以下欠落）

〔本間・訳注〕

今回の報告は、『蚤の親方』事件の経過説明に、終始している。

ホフマンの弁明書（供述書）は、深田甫（はじめ）による『ホフマン全集』（創土社）第九巻に、付録として収録された。

この文書は従来、大審院の院長ヴォルダーマンがホフマンを尋問し、事務官ヘッカーがその供述を書き取って、最後にホフマン自身が署名したもの、と理解されてきた。

しかし、重い脊髄癆（せきずいろう）に侵されたホフマンが、長時間続けての尋問に応じたばかりか、ヘッカーが書き留めた草稿に目を通し、今一度口頭で加除訂正を施したあと、さらにそれが清書されるのを待つ、といっためんどうな作業に耐えられた、とは考えにくい。

それよりも、ホフマンが二週間の猶予期間のうちに、知恵を絞って準備作成した弁明書を、一日遅れながら清書した上で提出した、というヨハネスの報告書の記述の方が、よほど信憑性（しんぴょうせい）があるだろう。

このような状況下でも、ホフマンは『蚤の親方』を完成させようと、病床にありながらも口述筆記を続けたようだ。

しかも書き上げたあとで、気力の衰えを読者に見抜かれるのではないか、との不安を訴えている。その作家根性には、胸を打たれるものがある。

こうしたいきさつをへたあと、結果として『蚤の親方』は、ＥＴＡが指示した数箇所を削除、あるいは訂正されたかたちで、ようやく一八二二年四月十三日に、ヴィルマンス出版社から刊行された。

政府がそれを認めたのは、保証金に差し出した二千六百グルデンを、よほど惜しんだからに違いない。

ついでながら、一九七五年に公刊されたある資料によれば、当時のレートで一グルデンを五ドル、と算定している。それを当てはめれば、一万三千ドルに相当する。

当時の平均対米レート、三百円弱で換算すれば、およそ四百万円に当たる。ただしこの数字は、あくまで参考にすぎない。

＊

ホフマンを巡る、一連のこうした騒ぎに対しては、ベルリンの知識人が何人か、抗議の声を上げた。

カール・アウグスト・ファルンハーゲンは、文学サロンの主宰者として著名な、ラーエル（旧姓レーヴィン）の夫だが、上流社会の消息通としても知られる。ファルンハーゲンは日記に、通常は流布しない官界や文壇の内部情報を、まめに書き留める習性があった。

この『蚤の親方』事件についても、一八二二年二月一日の日記に、著名な哲学者フリードリヒ・シュライアマハアが、声明を出したことを記録している。

すなわち、間違ってもホフマンが免職されたりしたら、大審院の判事はすべて辞任するもの、と信じる。もし、大審院がホフマンの一件を黙視するならば、自分はあらゆる機会に大審院を非難し、以後はその裁判権を認めないだろう。

シュライアマハアは、そのように言明したというのだ。

*

出版から、およそ十週間後の六月二十五日、ホフマンは完全版を見る機会を持たぬまま、四十六歳で死去した。

皮肉なことに、ホフマンを毛嫌いしていたあのゲーテが、不完全なかたちで出た『蚤の親方』を、ある程度評価したらしいことが、伝えられている。

逆に、ホフマンを高く買っていたハイネは、これを手放しでほめてはいない。第一章は傑作だが、そのあとは退屈な小説だ、と切り捨てる。

全体に、構成が緊密を欠き、盛り上がりがない。かりに『牡猫ムル』の、クライスラーの伝記部分のように、ページの順序をわきまえずに製本しても、読者は気がつかないだろう、うんぬん。

もし、最初の原稿どおりに出版されていたら、ゲーテとハイネの評価は、逆転したのではないか。

そう考えるのは、死んだ子の年を数えるのと同じで、無益なことだろう。

＊

ついでながら、報告書には報告されていないが、ホフマンはこの最後の長編を、ヨハンナ・オイニケに献本した。

そのおり、本に添えられた愛情あふれる献辞を、紹介しよう。

覚えていようが、ヨハンナはかのユリア・マルクより、二歳年若の美しいソプラノ歌手だ。

オペラ『ウンディーネ』では、十八歳でプリマ・ドンナを務めているし、ホフマンから熱烈にかわいがられたせいで、第二のユリアにも擬せられている。

削除版の刊行から、二週間と少し過ぎた五月一日、『蚤の親方』が以下の献辞とともに、ベルリン市内に住むヨハンナのもとに、届けられた。


ヨハンナ！　小生は、あなたのやさしい眼差しを見ることもできますし、甘くかわいらしい声を聞くこともできます。それどころか、しばしば眠れぬ夜などに、〝かくも明るき朝よ……〟（『ウンディーネ』のヨハンナの歌の一節）などとささやく、あなたの声さえ聞こえてきます。

　それを耳にすると、この三カ月半というもの、小生をベッドに縛りつけて離そうとしない、いわく言いがたいひどい苦痛が、和らげられる思いがするのです。手も足も麻痺（まひ）しているため、『蚤の親方』を直接お渡しすることができず、手紙をつけてお届けします（蚤の話だけに、跳んで行くと書きたいですが）。それが、小生ならぬ使いの者に持たせた、この本です。

　これを読んで大いに笑い、あなたの元気いっぱいの活力と、すばらしい機知が何をもたらすものか、よくお考えいただきたい。それに対して、いかなる政府のお偉がたといえども、反論の声を上げられますまい。どうかあなたが、神とともにありますように。近いうちに、またお目にかかれるよう、心から祈っております。

ホフマンは、〈蚤のサーカス〉団の興行主、ロイヴェンヘークの姪デルティエに、ヨハンナの面影を映したといわれる。

この文面は、ユリアを相手にしたときに劣らぬ、愛情と賛美に満ちたものだ。

＊

『蚤の親方』の一件記録は、ベルリンの国家機密文書館に長いあいだ、死蔵されていた。

それが、事件から八十年以上たった二十世紀の初頭、ゲオルク・エリンガーという一研究者の手で、発掘された。

エリンガーは、『蚤の親方』の削除された部分を復元し、完全版として公刊した。

このとき、ホフマンが苦心のうえ作成した弁明書も、日の目を見ることになった。

現在、日本語で読める『蚤の親方』は前出の深田甫訳と、集英社の世界文学全集に収められた池内紀訳の、おそらく二つだけである。

深田訳のホフマン全集には、一八二二年の初版本で訂正、削除された部分が、本文のどの箇所かという指摘とともに、すべて収録されている。

それらの部分をチェックすると、今の目から見ればさほど問題がある、とは思われない。もっとも、当てつけられたカンプツにしてみれば、確かに不愉快だったに違いあるまい。

ともかく、現在の観点で判断するかぎり、かりに告発されたとしても、立件はされないと思われる。むしろ、つまらぬことで騒ぎ立てると受け取られ、笑いものになるのが落ちだろう。

カンプツ自身も、そのこと自体に腹を立てたというより、判事ホフマンが自分の捜査方針に、ことごとく楯(たて)ついたことに対して、どうにも黙っていられなくなった、というのが本音ではないか。

つまり、自分の方針をすべて違法捜査、と断じられたことにがまんがならず、その意趣を晴らそうとしたのが真相、とみてよい。

結局のところ、この事件のいきさつを理解するためには、前掲の二種類の訳書のいずれかを、読んでみることが不可欠なので、これ以上の解説は控えることにする。

ホフマンの立場からいえば、このようなおとなげない振る舞いによって、晩年の貴重な時間をむだに費やしたのは、まことに惜しむべきである。この一件が、もともと長くなかったホフマンの命を、さらに短く縮めてしまったことは、間違いあるまい。

ちなみに、これ以降のヨハネスの報告書は、きわめて簡略になっている。当然ながら、ホフマンは外出することができず、そばにいるミーシャに報告する話など、なかったからだろう。

ただ、ベッドに寝たきりのホフマンに、親友のヒペルが別れを告げに来たり、あるいは今ではとうてい考えられない、荒療治が行なわれたときの様子などが、報告されている。

それは次回の原稿で、紹介されることになろう。

80

古閑沙帆は、原稿を閉じた。

今回は、ヨハネスの報告も本間鋭太の訳注も、いくらか短い気がする。前回が、夏目漱石の『吾輩は猫である』との比較論で、かなり長くなったせいだろう。

それにそろそろ、大詰めに近づいた雰囲気だ。

この日、沙帆はいつものように三時少し前に、〈ディオサ弁天〉に着いた。

本間はすぐに原稿を手渡し、二十分もしたら仕事が終わると言い残して、奥へ消えた。

それからすでに、三十分以上たっている。

いつも、読み終わるころを見計らったように、廊下を鳴らしながらやって来る本間が、珍しくなかなか姿を現さない。

万が一にも、書斎で倒れていたりはしないかなどと、ありそうもないことを考える。

そう思いつつも、にわかに不安をかき立てられて、沙帆は腰を上げた。

戸口へ向かおうとしたとたん、いつものあわただしい足音が、廊下に鳴り渡った。

ほっとして、立ったまま本間を待つ。

部屋にはいって来るなり、本間は指で沙帆にすわるように合図して、自分もソファに飛び乗った。

この日は、淡いピンクのカッターシャツを身に着け、腕まくりをしている。下は、裾（すそ）をくるぶしまでまくり上げた、ジーンズといういでたちだ。

「今回の報告書で分かるとおり、あとは臨終を待つばかりだ」

のっけからそう言われて、さすがに面食らう。

「確かに、展開からすればそんな感じですが、その前に何か一波乱ないのでしょうか。このまま、あっさり終わってしまうのは、なんとなく心残りのような気がしますが」

そう応じると、本間はくすぐったそうな顔をして、鼻の下をこすった。

「まあ、そう言いたもうな。報告書は、あくまで報告書であって、小説ではない。それより、どうだね。前回が長かった分、今回はいささか、物足りなかったんじゃないかね」

「というか、終わりが近いことが惻々(そくそく)と伝わってきて、なんとなく胸をつかれました」

「すると今回は、取り立てて疑問点も感想もない、ということかな」

そう言って、探るような目を向けてくる。

沙帆は少し考えた。

「とりあえず、ヴォルダーマンの尋問について、お尋ねします。報告書によると、これまでは質問とそれに対する回答を、その場で事務官が書き留めて清書し、供述書に仕上げて署名させた、というのが定説だったわけですね」

「まあ、ふつうはそのように書かれているが、正しくはこうした手続きで行なわれた、ということだろう」

「はい。報告書では、あらかじめホフマンが作成した弁明書を、翌日ヘッカーという事務官が取りに来て、供述書に仕上げたことになっていますね」

「うむ。ヘッカーが、ホフマンの弁明書をただちにリライトして、供述書のかたちにととのえた。その文書に、ホフマンがみずから署名した、というわけだ」

「ヘッカーがわざわざ、弁明書を供述書にリライトしたとすると、あまり手間が省けたとは、いえないのでは」

「そうはいっても、事前に文書で用意しておいた方が、意を尽くせるだろう。ホフマンにすれば、文句はないはずだ」

「するとやはり、実際はこの報告書に書かれたとおりの手続きで、進められたということですか」

「それで、間違いあるまい」

そう言って、自信ありげにうなずく。

沙帆はあらためて、報告書をめくった。

「これによると、仲間うちであれやこれやと文案を練って、ホフマンが最終的にオーケーを出し、それをヒツィヒが清書した、とありますね。なぜヨハネスが、清書しなかったのですか。ヨハネスこそ、もっともホフマンの身近にいた人物だ、と思っていましたが」

その問いに、本間はいかにも虚をつかれた様子で、もぞもぞとすわり直した。

「ヨハネスは、あくまで陰の存在なんじゃ。ヒツィヒは、ホフマンと同じ判事を務めていたし、文筆家でもあった。幼なじみのヒペルを除けば、ホフマンといちばん親しい人物だった、といってよい。ホフマンを、ベルリンの作家たちに紹介したのも、ホフマンの死後真っ先に評伝を書いたのも、ヒツィヒだ。弁明書を代筆するには、最適の人物じゃろう」

なんとなく、取ってつけたような〈じゃろう〉に聞こえた。

「ただ、親しかったにもかかわらず、ホフマンはヒツィヒとドゥツェン（duzen ＝きみ付き合い）しなかった、と吉田六郎の評伝に書いてありましたが」

本間は顎を引き、一度唇を引き結んだ。

「少なくとも、当時のドイツでは家族とか親友とか、よほど親しい相手でないかぎり、ズィーツェン（siezen ＝あなた付き合い）で通すのが、ふつうだった。ゲーテだって、そうだった。きみもドイツ語学者なら、それくらい知っておろうが」

「はい、一応は。当然ながら、幼なじみのテオドル・ヒペルとは、ドゥツェンし合う仲だった、と聞いています。ただ、ルートヴィヒ・デフリントともそうだったと、何回か前の報告書に書いてありましたね。ヒツィヒより、だいぶあとの知り合いですが」

「確かに、デフリントは新しい友人だが、ホフマンと心に通じ合うものがあった。もっと古く、バンベルクで親しくなったクンツとさえ、ホフマンはきみ付き合いをしなかった。ホフマンにはホフマンなりの、基準があったのさ」

「クンツとの付き合いには、お互いに持ちつ持たれつとでもいうか、打算的な面があったからでは」

「まあ、そうだろうな。ただ、クンツとの手紙のやりとりは、ホフマンがバンベルクを去ったあとも、ずっと頻繁に行なわれていた。そのあたりの心情は、日本人には分からん」

「クンツ宛のホフマンの手紙は、かなり残っているのですか」

「ああ、たくさん残っている。むろん、いちばん多いのは、音楽や出版関係の仕事先を除けば、幼なじみの親友ヒペル宛の手紙だ。ただクンツ宛も、ホフマンの二番目に古い友人の、ヒツィヒに負けぬくらいある。クンツもヒツィヒも、ホフマンが死んだら伝記を書こう、という心づもりがあったから、だいじに保管していたのさ」

「ホフマンへの来信の方は、どうなんですか」

本間は軽く、肩を揺すった。

「ホフマンもある程度は、手元に残していたようだ。書簡集にも、ごくわずかだが収録されている。むろん、ヒペルやヒッツィヒの手元に、もどったものもあるだろう。しかし、大半はホフマンの死後、妻のミーシャが絵や楽譜と一緒に、競売にかけて処分したらしい」

沙帆は驚き、背筋を伸ばした。

「ほんとうですか。遺品を、競売にかけるほど、お金に困っていた、と」

「そういうことだろうな」

「でも、ホフマンは本でだいぶ稼いだはずですから、かなりお金を残したと思いますが」

本間が、指を立てる。

「今とは時代が違うよ、きみ。本の発行部数は、今よりはるかに少ないし、増刷などもほとんどなかった。一般の市民は、小説などめったに買わなかったんだ。読みたいときは、貸本屋で借りたのさ。日本も、江戸時代まではそうだった」

沙帆は驚いた。

「それじゃ作家は、ご飯が食べられなかったでしょう」

「あの時代に、作家一本で飯を食った人間など、ほとんどおらんよ。みんな、本業を持っていたんだ」

そう言われると、思い当たるものがある。

「確かに、あのゲーテでさえ死ぬまで宮廷勤めを、やめなかったんですよね」

本間は、右手を払いのけるように振って、なんとなく否定的なしぐさをした。

「ゲーテはもともと、権威主義的な人物だからな」

「先生はゲーテが、あまりお好きでないようですね」

沙帆の指摘に、こめかみを掻く。

「まあ、ナポレオンにすり寄るような人物を、好かんだけさ」

「それだけですか」

本間はもぞもぞと、すわり直した。

「ゲーテが、イギリスのある大主教と会った話を、取り巻きの一人に語ったことがある」

「エッカーマンですか」

すかさず、知ったかぶりをしたが、本間は首を振った。

「いや。ゲーテの晩年の、腰巾着の一人さ。その男の話によると、大主教はのっけから偉そうな態度で、ゲーテを迎えたらしい。例の『ヴェルテル』について、とんでもない不道徳本だとか、若者たちに自殺をそそのかした、あんたの罪はとんでもなく重いとか、さんざんに言いつのったそうだ。すると、ゲーテは切り返した。たった一枚の召集令状で、そうした若者たちを戦場に送り、死なせた連中の責任はどうなるのだ、となる。その上、『ヴェルテル』を読んで自殺した若者は、ただの愚か者だと切り捨てた。それどころか、そういう若者はすべて、現世では役に立たない連中だった、とまで言いきった」

沙帆はつい、喉を動かしてしまった。

「ゲーテが、そんなことを言ったのですか」

「少なくとも、フレデリック・ソレーは、そう書き留めておる。ソレーは自然科学者で、ホフマンが死んだ年の夏、二十代の後半でヴァイマールに出て、ゲーテと知り合った。それからおよそ十年、ゲーテが死ぬまで親しく付き合って、二人のあいだに交わされた会話を、まめに書き留めたのさ」

「日本語に、翻訳されているのですか」

「白水社の『ゲーテ対話録』には、いくつか収録されとるだろう。もっともわしが読んだのは、戦時中に弘文堂の〈世界文庫〉にはいった、『ゲーテと共に在りし十年』

という、仙花紙の文庫本じゃがね」

いささか自慢げな、〈じゃがね〉に聞こえた。

ともかく、本間の話に沙帆は少なからず、意外の念を覚えた。

「ゲーテが、自作の『ヴェルテル』について、そんなことを言ったなんて、少しも知りませんでした」

「ひとに優れた業績と、相応の地位を持つ自分のような人物は、それにふさわしい接遇を受けて、しかるべきだと考えていたのだろう。たとえば、ベートーヴェンと一緒に歩いているとき、通りかかった政府の高官だか貴族だかに、ゲーテが道を譲ってうやうやしく挨拶した、という話を知らんかね」

「ええと、どこかで読んだ覚えがあります。そのとき、ベートーヴェンはむしろ堂々として、逆に相手からうやうやしく挨拶された、という話ですよね」

沙帆の返事に、本間は肘掛けを叩いて喜んだ。

「そう、そのとおりじゃ。ゲーテは、上に礼を厚くしたわりに、下にはいばりくさった。ベートーヴェンは、だれに対しても同じように振る舞った、ということさ」

本間のゲーテ嫌いは、徹底しているようだ。

ホフマンのゲーテ観も、そこまでひどくはなかった気がする。

沙帆は話を変えた。

「ゲーテを除いて、その時代に筆一本で生活できた作家は、いなかったのですか」

本間は、またこめかみを掻いて、少し考えた。

「さよう、ルートヴィヒ・ティークなどは、数少ない専業作家の一人だろう。日本でもそのころ、つまり江戸後期のことだが、作家業だけで食えたのは十返舎一九（じっぺんしゃいっく）と、滝沢馬琴くらいしかいなかった。山東京伝（さんとうきょうでん）、式亭三馬（しきていさんば）は別に収入を得る店があったし、貧乏旗本や御家人がこまめに洒落（しゃれ）本などを書いたのも、足りない食いぶちを少しでもおぎなおう、という事情があったからだ。あのころはどこの国でも、筆一本で飯を食えるやつなぞ、めったにいなかったのさ」

そうとは知らず、沙帆は肩から力が抜けた。

「式亭三馬などは、『浮世風呂』や『浮世床』が売れて、左うちわか、と思いましたが」

「なかなかどうして、そんなに楽ではなかったんじゃ。ちなみに式亭三馬と平田篤胤（あつたね）は、西暦でいえば一七七六年の生まれだから、ホフマンと同い年だった。篤胤は、六十代後半まで長生きしたが、三馬はホフマンと同じ一八二二年に、仲よく死んでおる」

初めて聞く話に、にわかに世界が開けたような気がする。

恥ずかしながら、文学史をそのような視点でとらえたことは、一度もなかった。

文学史だけでなく、日本史と世界史そのものをそれぞれ、別個に考えていた気がする。それはほとんど、長崎の出島を通じてしか世界を知らなかった、江戸時代の人びとの狭い視野と、変わりがないではないか。

「どうしたんじゃ、そんな情けない顔をして」

本間にからかわれて、われに返った。

「すみません。自分の視野の狭さに、あきれていただけです」

正直に言うと、本間も眉根を寄せて、真顔にもどる。

「ホフマンも、酒場がよいさえほどほどにしておけば、判事をやめて一本立ちできたかもしれん。それを口約束で、出版社から前借りを繰り返したために、金なんかほとんど残らなかった。というより、借金の方が多かったんじゃ」

暗然とする。

「それにしても、遺品まで売り払わなければならなかったなんて、ミーシャもかわいそうですね。せっかく、ホフマンのような才能のある人と、結婚したのに」

ミーシャの人生を思うと、ついため息が出てしまう。

かまわず、本間は続けた。

「たとえば、酒場の〈ルター・ウント・ヴェグナー〉あたりには、多額の酒代のつけが残ったそうだ。店主のJ・C・ルターが、それを請求するのをやめたから、ミーシャも少しは助かったわけだが」

「つけをちゃらにするなんて、ずいぶん太っ腹な店主ですね」

沙帆がすなおに感心すると、本間はわざとらしく瞳(ひとみ)を回した。

「ホフマンが、毎日せっせとかよってくれたおかげで、客が引きも切らずやって来たわけだから、ルターはむしろ恩義を感じていたのさ。一説によれば、ホフマンが残した借財の総額は、二千三百ターラーだという。そのうち千百十六ターラー、つまり半分近くがルターへの、未払い勘定だったそうだ」

「今のお金にして、どれくらいなのですか」

「貨幣価値も物価も違うから、正確な比較はできんだろう。ただ、吉田六郎はホフマン伝の中で、一ターラーを三マルク、一マルクを百円に換算している。本が出版された、一九七〇年前後の換算率だろうが、それを当てはめるとホフマンの借財は、約七十万円ということになる。ルターのつけは、その半分程度だな」

たいした額ではないので、拍子抜けがする。

「今は、物価がずっと上がっていますから、もっと多いのでは」

「さよう。その五倍でも、おかしくないくらいだ。ともかく、単純に今の数字と比較するのは、ナンセンスというものさ」

そのとおりかもしれない。

「店主が、つけを回収しないことにしたのは、それを差し引いてもお釣りがくる、と判断したからですね」

沙帆が言うと、本間は指を振り立てた。

「まあ、そんなとこだな」

ふと気がついて、居住まいを正す。

「でも、先生。ヨハネスの報告書では、まだホフマンは亡くなっていないんですよね。死後の話をするのは、ちょっと早すぎるんじゃないでしょうか」

本間も、にわかにまじめな顔になり、すわり直した。

「おう、そうだった、そうだった。縁起でもないことを、話題にしてしまった」

その反応に、つい笑ってしまう。

「二百年も前の話ですから、今さら縁起がいいも悪いもない、と思います。ただ、なんとなく結末を迎えるのが、寂しく感じられるものですから」

本間は腕を組んで、めったにないほど思慮深い顔をした。

「二百年もたって、遠い日本でこのような作業が行なわれている、と知ったらホフマンも感激するだろう。墓の下で、ポンチを飲んどるかもしれんぞ」

ふと思い出して、報告書をめくり直す。

「そういえば、あと一つだけ、お聞きしたいことがあります。この報告書によると、ホフマンは手足にまで麻痺が及んで、ペンを取れない状態だったわけですね。署名するくらいが、関の山で」

「そうじゃ」

「だとすれば、ヨハンナ・オイニケに本を送ったとき、そこに添えられた献辞を書いたのは、だれなのでしょうか」

沙帆の問いに、本間はなぜかうれしそうに唇の端に、笑みを浮かべた。

「それはなかなか、いい質問だ。だれだと思うかね」

「当然、ヨハネスだと思います。だからこそ、ヨハネスは報告書でそのことに、いっさい触れなかったのでしょう」

本間は小さく、首を振った。

「この献辞を代筆したのは、ホフマンの書簡集を編纂(へんさん)した、例のハンス・フォン・ミュラーによれば、当時ホフマン家のメイドをしていた、ルイーゼ・ベルクマンのようだ」

その名前は以前、報告書の中で目にした覚えがある。

本間が、さらに続ける。

「ルイーゼは、あまり学問がなかったとみえて、ホフマンの代筆をした手紙には、だいぶ綴(つづ)りの間違いがあったらしい。ミュラーは書簡集に収載するとき、その間違いをいちいち訂正して、リストにしている。文面からすると、ヨハンナに届けたのはポストボーテ(郵便配達人)ではなく、ルイーゼ自身だった可能性もある」

沙帆は、首をかしげた。

「でも、ホフマンがそんな熱烈な献辞を、ルイーゼに口述筆記させたり、届けさせたりするでしょうか。ルイーゼが、ミーシャに言いつけたりしたら、たいへんでしょう」

「ホフマンは、ルイーゼを信頼していたのさ。それに、ルイーゼもホフマンの気質を、よく承知していた。わざわざ、つまらぬことをミーシャの耳に入れて、悩ませたくなかったはずだ。どっちみちホフマンには、ヨハンナに言い寄るだけの気力も体力も、なかったわけだからな」

そこで、はっと気がつく。

沙帆は原稿をめくり直し、当該の箇所を確認した。

「この報告書に、初めて〈B〉という名前が出てきますね。ホフマンが、原稿の清書を頼んだ人物、となっています。ヨハネスも、かしら文字しか書いていませんし、正体は明らかになっていないのですか」

「さよう。だから、わしもあえて訳注で、触れなかったわけさ」

本間の返事に、沙帆は胸を張った。

「もしかして、この〈B〉はルイーゼ・ベルクマンの、〈B〉ではないでしょうか」

ふとした勘の働きに、つい息がはずんでしまう。

本間は、つくづくと沙帆の顔を見直し、いきなりにっと笑った。

「なかなか、いいところに目をつけたな。わしも五秒くらいは、同じことを考えたがね」

その返事に、肩の力が抜ける。

「違うのですか」

「報告書を、よく見てみたまえ。少しあとにヨハネスは、ホフマンが〈彼に満足していない〉、という意味のことを書いとるじゃろう。つまり、〈ihm〉となっているからには、女ではなく男だということさ」

沙帆は、もう一度報告書をのぞき込み、それを確かめた。

なるほど、〈彼に〉となっている。

ドイツ語の名詞や人称代名詞は、男性・女性・中性で格ごとの語形が、複雑に分けられているのだ。

「ほんとうですね。早とちりでした」

がっかりしながら、すなおに認める。

本間はなぐさめるように、明るい声で続けた。

「さっきも言ったが、当時の平均的な労働者階級の女性は、みんな学問に縁がなかった。ルイーゼのように、ひととおり読み書きができれば、上出来だったのさ」

なるほど、そうかもしれない。

さらに、本間が続ける。

「実は、ルイーゼには救いがたいほど貧乏な、男の兄弟がいた。ホフマンはときどき、この男を援助していたらしいから、清書の仕事を回してやったのではと、一瞬わしも考えたくらいだ。しかし、その男にしてもルイーゼと同じく、労働者階級だからな。

清書の仕事は、どだい無理だろう」

さすがに、本間はあらゆる可能性を視野に入れ、その適否を検証しているようだ。

気を取り直して、話を進める。

「ルイーゼは、洗濯をしたり料理をしたり、家事をこなすのに忙しかったはずですね。かりに知識と能力があっても、ホフマンの小説の口述筆記や手紙の代筆、ましてや介護をする余裕など、なかったような気がしますが」

本間は、厳粛な面持ちになった。

「いかにも、そのとおりじゃ。ホフマンの症状がここまで進んでくると、ミーシャやルイーゼのような女性には、介護の仕事はきつすぎよう。ベッドから運び出して、風呂に入れたり日光浴をさせたりするには、どうしても男手が必要だ。主治医のマイヤーも、四六時中詰めているわけにはいかん。なにしろ、一八二二年のベルリンは、総人口二十万人に対する医者の数が、内科外科全部引っくるめて百八十人ほどしか、いなかったからな」

びっくりして、顎を引く。

その数の多少よりも、そんなことを知っている本間に、しんそこ驚いた。

本間が笑う。

「まあ、千人に一人弱という数字が、今の東京と比べて多いか少ないか、はっきりとは知らんがね。もしかすると、当時のベルリンの方が、多いのかもしれんぞ」

沙帆は、すわり直して気分を入れ替え、話を続けた。

「ええと、そうした介護の仕事を、親しいヨハネスが引き受けた、ということではないのですか」

本間は、すぐに首を振った。

「いや、それはない。だれにせよ、ずぶの素人に重病人の介護をさせるのは、とうてい無理な相談だ。知識と経験のある、そう、今でいうなら専門の介護士でなければ、務まらんだろう」

なるほど、言われてみれば、そのとおりだ。

「つまり、そうした介護を専門にする人が、ホフマンについていた、ということですか」

「さよう。それにホフマンも、創作意欲だけは衰えていなかったから、介護と同時に口述筆記や、手紙の代筆を引き受けられるだけの、知的レベルの高い介添人が、必要だった。そうでなけりゃ、務まらんからな」

「そんな人が、いたのですか」

今まで考えもしなかったが、確かにそうした介添人が必要なことは、理解できる。

「実のところ、脊髄癆が進行してから、四六時中ホフマンのそばにいて、秘書兼介護士の仕事を務める男が、いたことはいたのさ。フリードリヒ・ヴィルヘルム・リーガーという男だ」

「リーガー、ですか」

「さよう」

ホフマンに関わる人物で、報告書や本間の訳注に出てきた人物は、きちんと頭の中にインプットされている。少なくとも、そのつもりでいた。

しかし、フリードリヒ・ヴィルヘルム・リーガーは、初めて耳にする名前だ。

「どんな素性の人なのですか、そのリーガーという人物は」

「詳しいことは分からぬ。吉田六郎の評伝にも、ザフランスキーその他の翻訳書にも、ほとんど姿を見せておらぬ。石丸静雄(しずお)も、『ホフマンの愛と生活』の中で、名なしの看護人がいたことに、ちらりと触れているだけじゃ」

石丸静雄はその昔、ホフマンの作品を相当数翻訳した、独文学者だ。

「その看護人は、ドイツ語の一次資料にも、出てこないのですか」

「かろうじて、ミュラーが編纂したホフマンの書簡集の、最後の方に二、三度名前が出てくるだけさ。まあ、見落としがあるかもしれんが、今のところ名前以外に、消息を伝えるものは何もない」

「書簡集には、どのようなかたちで、出てくるのですか」

「いくつかの手紙に、これはリーガーが代筆した、と書き添えてあるだけだ。それも、数はきわめて少ない。それだけではなく、『蚤の親方』を含めた晩年の作品のほとんどは、ホフマンの口述をリーガーが筆記したもの、とみてよかろう」

「どういう人なのか、ヒントらしきものもないのですか」

沙帆の問いに、本間は少し考えた。

「ホフマンが、死の床で書いたものに〈Die Naivität〉という、一ページにも満たぬ断章がある。深田甫が『無邪気』、前川道介が『天真爛漫（らんまん）』という題で、邦訳しておる。病人が、夜中に朗々と歌っとるのに、看護人として雇われた若者が、まるで目を覚まさぬ。そこで、病人がそいつを大声で呼び起こして、歌がうるさくなかったか、と聞く。すると、看護人はうんにゃ、うるさくねえだ。おいらは、いたって寝つきのいい方だでな。そう応じて、また眠ってしまう。しかたなく、病人がふたたび朗々と歌い出すという、それだけの、いってみれば小咄（こばなし）じゃよ」

そのおどけた話しぶりに、沙帆はあいさつに困って、もじもじした。

「ええと、ホフマンがそれをわざわざ口述して、リーガーに筆記させたとしたら、ちょっと皮肉がきついのでは」

「まあ、かろうじてホフマンが、まだ自分で書くことができたあいだの、いたずら書きかもしれん。そういえば、明らかに口述筆記になってから書いた、『従兄の隅窓』にも看護人が出てきたな。こちらは、小牧健夫(こまきたけお)の古い訳によれば、しわだらけの老廃兵、となっとるが」

「老廃兵といいますと、負傷して引退した老軍人、ということですか」

「さよう。今度は老人、というわけじゃ」

そう極端に変わると、どちらも真のモデルになっていない、という気がする。

どちらにせよ、口述筆記を任せるほどの人物なのに、リーガーの詳細が伝わっていないのは、不思議に思える。

ともかく、ホフマン再評価の最大の功労者、とされるハンス・フォン・ミュラーさえ、名前しか把握していなかったとすれば、それ以上のことはだれにも分かるまい。

あらためて聞く。

「モデルかどうかはともかく、ヨハンナへの献辞を代筆したのも、メイドのルイーゼではなくて、そのリーガーかもしれませんね」

「いや。その献辞に関するかぎり、ミュラーはルイーゼが書いた、と認めておる。リーガーなら、ルイーゼのような初歩的な綴り間違いは、しなかったはずだからな」

本間はそう言って、思い出したように壁の時計に、目を向けた。

「おっと、四時を回ってしまった。今日は、これくらいにしておこう。まだ一仕事、残っとるのでな」

そう言って、ソファから飛びおりる。

81

翌日。

古閑沙帆は、帆太郎と一緒に倉石学のマンションへ、報告書を届けに行った。

帆太郎が、倉石のレッスンを受けているあいだに、紅茶をいれてくれた麻里奈に、原稿を読ませる。

麻里奈は、すばやく流し読みして、顔を上げた。

「前回に比べると、今回はけっこう短いわね。そろそろ終わりに近づいた、ということかしら」

「そうね。ホフマンが、家で寝たきりになってからは、ヨハネスも報告することが、なくなったんじゃないかしら」

「そうか。ミーシャが、いつもホフマンのそばについているから、わざわざ報告するまでもないわけね」

沙帆はうなずいた。

「ええ。せいぜい、ミーシャが席をはずしているあいだに、ホフマンがヨハネスに話したこと、それくらいしかないと思うわ」

「それだって、たかが知れてるわよね。あとは、だれかにあてて伝言を頼まれるとか、その程度でしょう。そんなこと、報告したってしょうがないし。最後の方は、もっと短くなるかもね。ミーシャを慰める、お悔やみの言葉だったりして」

麻里奈の口ぶりに、つい苦笑してしまう。

「あまり、期待してないみたいね」

沙帆が言うと、麻里奈は軽く肩をすくめた。

「まあね。ホフマンの臨終前後のことは、卒論を書くときにけっこう調べたから、新しい情報はほとんどない、と思うわ」

そう言って、ぱらぱらと報告書をめくり直す。

沙帆は、話題を変えた。

「ところで、報告書の裏に書かれた楽譜のこと、倉石さんに話したの」

麻里奈が、顔を上げる。

「うん、話した。なんだか知らないけど、すごく喜んでたわ。考えてみたら、報告書を書いたヨハネスが、ついでに裏に楽譜を写しましたなんて、おもしろくもおかしくもない話よね、あたりまえすぎて」

「そう言ってしまったら、身も蓋もないじゃないの」

沙帆が言い返すと、麻里奈は頭の後ろで手を組んで、ソファの背にもたれた。

「それもそうね。すなおに、喜ばせておけばいいわ」

すぐに体を起こして、あとを続ける。

「ところで、先生から何か、新しい話は出なかったの」

沙帆は、紅茶に口をつけた。

「一つだけ、報告書になかった話を、聞かされたわ。晩年のホフマンには、口述筆記も担当した専門の介護士が、ついていたらしいの」

麻里奈が、小さくうなずく。

「そう言われれば、石丸静雄のホフマンの評伝だか何かで、専門の看護人だか介護士がいた、という話を読んだ覚えがあるわ」

「先生も、そんなことをおっしゃっていたわ」

「その介護士には、名前があるのかしら」

「ええ。フリードリヒ・ヴィルヘルム・リーガーですって」

それを聞いたとたん、麻里奈が吹き出した。

「ドイツ人の男性の名前って、フリードリヒとヴィルヘルムしか、ないみたいね」

沙帆もつい、笑ってしまう。

「ほんとね。あと、ヨハネスとハインリヒと、ルートヴィヒ」

ひとしきり笑ったあと、麻里奈は続けた。

「それで、そのリーガーなる介護士は、どういう人なの。確か、吉田六郎の評伝にもどの翻訳本にも、名前どころか介護士の存在すら、出てこなかったと思うわ」

「そうらしいわね。先生によると、ミュラーが編纂した書簡集の、最後の方に名前が二、三度出てくるだけですって。氏素姓については、何も書いてないそうよ」

麻里奈は唇をとがらせ、ソファの背にもたれ直した。

「そのリーガーなる人物が、死ぬ間際(まぎわ)のホフマンのことを詳しく、書き残してくれたらよかったのにね」

「もしかすると、どこかにその人の手記かなんか、残ってるんじゃないかしら」

沙帆が言うと、麻里奈は首を振った。

「文学とも、音楽とも関係ない無名の人じゃ、無理でしょう。存在するなら、とうにだれかが見つけてるわよ」

「ホフマンの最期(さいご)を、詳しく書き残している人って、いったいだれかしら。ヨハネスは、別としてよ」

沙帆の問いに、麻里奈はうなずいた。

「知られているのは、ヒツィヒとクンツくらいでしょうね。ホフマンの評伝を書く人は、だいたいこの二人の回想記を、利用してるのよ。ただクンツは、バンベルクからホフマンのところへ、見舞いに行った形跡がないわ。それに、評伝を書くに当たっては、ヒツィヒから資料の提供を、受けているくらいだしね。晩年のことは、詳しく知らないはずよ」

「その二人の回想記って、両方とも翻訳されてないんでしょう」

「ええ。わたしなんか、原書さえ持ってないもの。せめて、英訳でもされていれば、なんとかなったのにね」

「ヨハネスの、最後の報告書にはそのあたりのことが、詳しく書いてあるかもね」

麻里奈が、首をひねる。

「それはどうかな。ヨハネスが、臨終に立ち会ったかどうか、分からないでしょう。それに、ミーシャはその場にいたはずだから、報告を受ける必要がないしね」

ほどなく、帆太郎のレッスンが終わった。

それと前後して、学習塾に寄っていた由梨亜も、帰って来た。

おしゃべりをしているうちに、久しぶりにみんなで食事をしよう、ということで衆議一決した。

沙帆は、義母のさつきに電話して、その旨を伝えた。

倉石が、麻布十番にある〈バルレストランテ・ミヤカワ〉という、スペイン料理店を予約する。

当日にもかかわらず、急なキャンセルが出たとかで、運よく五人すわれるテーブルを、取ることができた。

麻布十番は、本駒込から地下鉄南北線で一本なので、行き帰りが便利だ。

駅から店まで、にぎやかな商店街を歩くあいだに、軒を並べる珍しい店に立ち寄る。めったに来ないこともあって、豆菓子やチョコレート、団子など、ふだんあまり食べないものまで、買ってしまった。

帆太郎と由梨亜は、親をそっちのけで二人仲よく歩き、しきりに笑い声を立てるかと思えば、急にひそひそ話をしたりして、久しぶりのデートらしきものを、楽しんでいた。

目当ての〈ミヤカワ〉は、さして広い店ではなかった。

しかし、奥の席は壁にさえぎられており、落ち着いた雰囲気で食事ができる。

バスク料理だという、おいしい前菜をいくつか食べたあと、最後にオックステールの煮込みが出た。

倉石のおすすめだけあって、これはめったにない極上の肉料理で、五人とも大いに満足した。ことに、柔らかく煮込まれた骨の髄は、絶品というにふさわしい味だった。

そのせいもあってか、帆太郎と由梨亜は翌日の日曜日に、一緒に映画に行く約束をするなど、二人でしきりに盛り上がっていた。

＊

その三日後、火曜日の夜。

沙帆が、一カ月ほど前に小さな出版社から頼まれた、『ドイツ浪漫派傑作短編集』の構成を考えていると、携帯電話が鳴った。

表示を見ると、以前登録した例の〈響生園〉の介護士、南川みどりからだった。

なんとなく気が重かったが、しかたなく通話ボタンを押す。

「古閑沙帆さまでいらっしゃいますか」

相変わらずの口調だ。

「はい、古閑ですが」

「〈響生園〉の介護士の、南川でございます。その節は、失礼いたしました」

「ああ、南川さん。ご無沙汰しています。倉石玉絵さんのご様子は、いかがですか」

できるだけ自然で、穏やかな対応をしようと意識したのに、やはり紋切り型の口上が出てしまう。

「このところ、だいぶお加減がよくなったように、お見受けしております。ご心配いただいて、ありがとうございます」

相手も負けずに、紋切り型の物言いだった。

「いいえ、こちらこそ。それで、ご用件は」

「またか、とおっしゃるかもしれませんが、実は玉絵さまがもう一度、古閑さまにお越しいただけないか、と申しておられます。いかがでございましょうか」

体の力が抜ける。

そんな気がしていたのだ。それ以外に、南川介護士が電話をよこす用事など、あるはずがない。

「どんなご用件かしら」

前回は、確か七月末の日曜日だったから、ほぼ二カ月近くたっている。

「わたくしには、何もおっしゃいませんので、分かりかねます。ただ、とてもだいじなことだとだけ、お伝えしてほしいと」

そっと息をつく。

倉石玉絵にとってはそうかもしれないが、自分には直接関わりのないことだ。

「倉石さんご夫妻には、お伝えしてあるのですか」

少し、いじわるな気持ちになって、わざと聞いてみる。

南川介護士は、動じなかった。

「いいえ。倉石さまご夫妻には、前回と同じくお知らせしないように、と言われております」

沙帆は間をあけ、考えるふりをした。

しかし、断わるわけにいかないという、妙な強迫観念に取りつかれる。

「いつごろでしょうか」

聞き返したものの、自分の声ではないようだった。

「なんとか今週中、できればあすかあさってのうちに、いかがでしょうか」

決して、押しつけがましくはないのに、なぜかいやとは言わせぬ圧力を、ひしひしと感じる。

手帳を見るまでもなかった。

あすは、午前中に授業が一コマはいっており、午後は出版社と打ち合わせがある。後期が始まったばかりだし、まさか休講にするわけにはいかない。

あさっては、午前中美容院の予約がはいっているが、午後はとくに予定がない。久しぶりに映画に行くか、今作業中の短編集の構成を決めるために、候補作を読み直すか。そんなことを、考えていたのだ。

沙帆は、ため息をついて言った。

「あさって、木曜の午後ならなんとかなる、と思います」

「ありがとうございます。それでは午後二時に、お待ちしております」

電話を切ったあと、手が汗ばんでいるのに気づく。

いったい玉絵は、なんの用があるのだろうか。

82

古閑沙帆は、京王線の柴崎駅を出た。

前回一人で来たときは、まだ夏の盛りの七月末のことで、ひどく暑かった記憶がある。

あれからすでに二カ月近くたち、九月も下旬にはいった。

残暑は、かすかに感じられるものの、秋の気配が濃くなっている。

いつの間にか、速足で歩いていたらしい。約束の二時より十分も早く、〈響生園〉に着いてしまった。

前回も、そうだったことを思い出して、つい苦笑を漏らす。

門の受付で手続きをすませ、五階建の赤レンガの建物を目指した。

しのぎやすい気候になったせいか、園内を車椅子(くるまいす)で行き来する入居者や、付き添いの介護士の姿が、ずいぶん目につく。

南川みどりは、一階のロビーで待っていた。

いかつい体を包む、例のピンクの制服にはしわ一つ、見当たらない。

黒目がちの瞳が、いささかの揺るぎもなく、沙帆を見返してくる。

「何度もお呼び立てして、申し訳ございません」

南川介護士は、わびの言葉というよりも、むしろ文句があるかと言いたげな口調で、声をかけてきた。

「いいえ。少しでも、玉絵さんのお気持ちがまぎれるようでしたら、わたしはかまいません」

つい本心とは裏腹な、当たり障りのない返事をしてしまう。

「玉絵さまは、古閑さまがお気に入られたようでございます」

硬い表情で返され、沙帆は困惑して背筋を伸ばした。

「あら、そんな。ところで、きょうのご様子は、いかがですか」

急いで話を変えると、南川介護士は唇を引き結んだ。

「このところご体調もご気分も、だいぶよろしいようでございます」

ほっとした。

念のため、聞いてみる。

「その後、倉石さんご夫妻は」

「お二人とも、お見えになっておられません」

そっけない返事に、沙帆は少し気おされた。

南川介護士は口元を引き締め、エレベーターホールへ向かった。

三階に上がると、介護士の控室の前で足を止め、そろえた手の先で前方を示す。

「あちらの、三〇一号室でございます。ご用ができましたら、前回も申し上げたとおり、枕元（まくらもと）の赤いボタンを、押してくださいさい。すぐにまいりますから」

沙帆は、手にした紙袋を持ち上げ、南川介護士に示した。

「これ、玉絵さんに買って来たおせんべいなんですけど、かまいませんか」

最初のとき、手土産を召し上げられたのを思い出し、念のため聞いてみたのだ。

南川介護士は少し考え、なぜか親指と小指だけ立てた右手を、目の前に掲げた。

「おせんべいなら、お持ちくださってかまいません」

そう言い残して、控室に姿を消す。

沙帆は三〇一号室に行き、一つ深呼吸をしてから、ドアをノックした。

すぐに返事があった。

「どうぞ」

中にはいり、ドアを閉じて、向き直る。

前回はなかった、籐（とう）のスクリーンが目の前に立っており、中が見えなかった。

「失礼します」

声をかけ、恐るおそるスクリーンの陰から、顔をのぞかせる。

窓を背にして、車椅子にちょこんとすわった玉絵が、沙帆を見返した。

「いらっしゃい」

そう言って、微笑する。

心なしか顔の色つやがよく、肌も前回より張りがあるように見える。南川介護士が言ったとおり、体調がいいようだ。

白いカーディガンを羽織り、薄手の膝掛け(ひざか)けにくるまれた玉絵は、ベッドの足元のテーブルに、うなずきかけた。

「どうぞ、おすわりになって」

落ち着いたその声は、以前沙帆をののしったことが嘘(うそ)のような、穏やかな口調だった。

「失礼します」

沙帆は言われたとおり、テーブルの手前の椅子に足を運び、腰を下ろした。

テーブルの上のトレーには、給湯ポットと急須(きゅうす)と湯飲みが三つ、それに茶筒が置いてあった。

そのわきに、手土産の紙袋を載せる。

一カ月ほど前、倉石麻里奈と〈ディオサ弁天〉を訪れたとき、本間鋭太に教えられた銘菓だ。

「わたしの好きな、〈もち吉〉のおせんべいを、お持ちしました。お口に合うかどうか、分かりませんが」

玉絵が、眉を上げた。

「あら。わたしも、しばらくいただいてないけれど、〈もち吉〉は大好きよ。ありがとうございます。それより、何度もお呼び立てして、申し訳ありませんわね」

微笑しながらそう言い、車椅子をテーブルの反対側に、移動させて来る。

「いえ。ご気分は、いかがですか」

「このところ、ずっと具合がいいみたい。認知症は認知症だけれど、なぜか記憶がはっきりすることが、ときどきあるんですよ」

「いい傾向ですね。認知症にも、いろいろあるのでは」

「そうね。わたしの場合は、出たり出なかったりでね。それがある意味では、都合がいいのよ。前にも言ったような気がしますけれど」

ぼけている、と思わせておく方が楽な場合もある、と言ったのを思い出した。

玉絵が、紙袋を指さす。

「せっかくだから、おせんべいをいただくわ。あけてくださる」

沙帆は、紙袋から包みを取り出した。

〈もち吉〉のせんべいは、四角い缶にきちんと区分けされ、何種類かはいっている。

缶をあけているあいだに、玉絵がお茶をいれてくれた。

蓋を取って中を示すと、玉絵はためらわずに海苔で巻いた、醬油味のせんべいの袋を選んだ。

沙帆も同じタイプの、サラダ味を選ぶ。

玉絵は、心地よい音を立てて、ものも言わずに食べ終わった。

満足そうにお茶を一口飲み、しみじみとした口調で言う。

「〈もち吉〉のおせんべいは、ほんとうに久しぶり。いついただいても、おいしいわね」

「わたしも、そう思います」

沙帆も応じて、次の言葉を待った。

玉絵の唇に、海苔の切れ端がくっついていたが、何も言わずにおく。

玉絵はゆっくりと、車椅子の背にもたれた。

膝掛けの上で手を組み、思慮深い目で沙帆を見る。

「このあいだ、わたしが学のことを〈しゃあちゃん〉と呼んだ、という話が出たわね」

ぎくりとして、沙帆は喉を動かした。

その話題を玉絵の方から、それもなんの前触れもなしに持ち出す、とは思わなかった。

「はい」

短く答えて、様子をうかがう。

玉絵に緊張した様子はなく、異変の兆候も見られなかった。

「学が、〈しゃあちゃん〉でないことは、分かっていたの。このあいだも言ったように、わたしにはドッペルゲンガーがいて、わたし自身を外から見ているのよ。おかしい、と思うかもしれないけれど」

「いいえ。その感覚は、わたしにも分かります」

沙帆が請け合うと、玉絵は頰を緩めた。

「もう一人のわたしは、学が〈しゃあちゃん〉でないことを、よく承知しているの。でもね、学は〈しゃあちゃん〉に、そっくりなのよ。顔かたちが、というよりも、存在そのものが」

「はい」

うなずくほかはない。

「〈しゃあちゃん〉は、お亡くなりになったのですか」

さりげなく聞くと、玉絵はゆっくりと顔を上げて、遠くを見るような目をした。

「わたしより、五つも若かったのに」

だとすると、やはり養子縁組して夫になった、久光創のことだろうか。

玉絵が続ける。

「まだ、三十二だったわ」

独り言のような口調だった。

倉石学が、久光創の死んだ年齢を三十四歳、と言っていたのを思い出す。〈しゃあちゃん〉とは、久光創のことではないのだろうか。

認知症のせいで、記憶が混乱しているのかもしれない。

勇を鼓して、どうしても尋ねたかったことを、口にする。

「話は変わりますが、お母さまはお若いころゼラピオン同人会、というドイツ文学の研究会に、所属しておられませんでしたか」

上を見ていた、玉絵の瞳がゆっくりと下がって、沙帆に向けられる。

玉絵は、抑揚のない声で言った。

「ゼラピオン同人会ね。ええ、所属していたわ。よくご存じね。〈しゃあちゃん〉もわたしも、そこの同人だったのよ」

あっさり認めたことに、少し意外感を覚える。

同人の名前が、次つぎと頭を去来した。

本間鋭太。寺本風鶏。秋野依里奈。戸浦波止。倉石玉絵。久光創。

久光創と、口の中でつぶやいたそのとき、天啓のようにひらめくものがあった。

久光創。

ヒサミツソウ。ヒサミッソウ。サミッソウ。

シャミッソー。

そうだ。〈しゃあちゃん〉とはやはり、久光創の発音になぞらえたシャミッソーの、シャの字を取った愛称に違いない。

思わず、生唾(なまつば)をのむ。

かつて卒論のテーマに選んだ、アデルベルト・フォン・シャミッソーが突然、その場に姿を現わしたような気がして、沙帆は胸が高鳴った。

年齢の食い違いはともかく、〈しゃあちゃん〉が、若くして亡くなった玉絵の夫、久光創のことだとすれば、話のつじつまが合う。

会いに来た息子のことを、玉絵が死んだ夫だと思い込むのも、認知症の症状の一つと考えれば、納得できる。

そう考えながらも、まだどこか釈然としないものが残り、沙帆は口を閉じた。

息子を夫と思い込むことはあっても、初めて会った沙帆を昔の恋がたきと間違える、などという錯誤例があるだろうか。

本間も同じようなことを言ったが、それほど自分は戸浦波止という女性と、似ているのだろうか。

沙帆は頭が混乱して、目の前がくらくらした。

そのとき、突然ドアにノックの音がして、われに返る。

玉絵は背筋を伸ばし、はきはきした口調で応じた。

「どうぞ」

ドアが開いて、スクリーンの陰から南川介護士の、野太い声が聞こえた。

「お呼びになったかたが、下のロビーにお見えになりました」

沙帆は意表をつかれて、玉絵の顔を見直した。

自分とは別に、ほかのだれかを呼び寄せていたのか。

玉絵が、目をきらきらさせて、沙帆を見返す。

「実はもう一人、面会の約束があるの」

そう言ってから、スクリーンに向かって声をかけた。

「南川さん。そのまま外で、待っていてちょうだい」

「分かりました」

ドアの閉じる音。

玉絵が、意味ありげに横目を遣う。

「〈しゃあちゃん〉を呼んだのよ。会わせてあげようと思ってね」

沙帆は声をのみ、玉絵を見返した。

玉絵の目は、今やきらきらというより、らんらんと光っていた。

また、発作が起きるのではないかと、不安が頭をもたげてくる。

「あの、さっきは、〈しゃあちゃん〉は若いときに亡くなったと、そうおっしゃいませんでしたか」

おずおずと聞き返すと、玉絵は行灯(あんどん)の油をなめる化け猫のように、ぺろりと唇に舌をはわせた。

くっついていた海苔が、舌と一緒に消える。

「それがね、つい最近生き返ったのよ。だから、呼び寄せたわけ。あなたも、会ってみたいでしょう」

そう問いかけられ、沙帆は椅子にすわったまま、体をこわばらせた。あまりに唐突な展開に、すぐには言葉が出なかった。

玉絵が正気なのか、それとも正気を失ってしまったのか、判断がつかない。

ドアの外に、南川介護士がいると分かっていても、込み上げる不安は収まらなかった。

パニックにおちいりそうになり、沙帆は急いで立ち上がった。

「あの、わたしはこれで、失礼させていただきます。おじゃまをしたくありませんので」

目を光らせたまま、玉絵がじっと見上げてくる。

引き留められるかと思ったが、玉絵はあっさりうなずいた。

「あら、そう。残念ね。紹介しようと思って、せっかく来ていただいたのに」

その言葉が、目の前にいる沙帆に向けられたものか、それとも〈しゃあちゃん〉に向けられたものか、分からない。

「どうも、おじゃましました」

沙帆は頭を下げ、そのまま逃げるように、ドアに向かった。

正直なところ、それだけのために呼びつけられたのかと、どこか割り切れないものが残った。

とはいえ、文句を言うわけにもいかない。

玉絵の声が、追いかけてくる。

「おいしいおせんべいを、どうもありがとう。それと南川さんに、すぐお客さまをお通しするように、伝えてくださらない」

沙帆は、スクリーンのわきで足を止め、向き直った。

「承知しました。どうぞ、くれぐれもおだいじに」

外に出ると、南川介護士が待ち構えていた。

「エレベーターまで、ご一緒いたします」

玉絵の声が、聞こえたらしい。

そのそっけない態度に、この女も玉絵とぐるなのではないか、という気がしてきた。

南川介護士は、沙帆が帰るものと決めつけていたように、ためらいもなく歩き出した。

しかたなく、あとを追う。

エレベーターの前まで来たとき、沙帆は背後から声をかけた。

「わたしは、お手洗いに寄って行きますので、どうぞお先に」

振り向いた南川介護士に、ホールの先のトイレを目で示す。

「分かりました」

南川介護士は表情も変えずに応じ、一人でさっさとエレベーターに乗り込んだ。

動き出すのを待って、沙帆は脇の階段を二階との境の踊り場へ、おりて行った。そこで足を止める。

それから、今度は靴音を立てないように、また三階のフロアへもどった。

上がり口の角に背を預け、バッグからコンパクトを取り出す。

不審を招かぬため、化粧直しをしているように、装(よそお)ったつもりだ。

しかし、廊下にも階段にもあきれるほど、人けがない。見ている者は、だれもいなかった。

先刻の外の様子から、散歩の時間なのだろうと見当をつける。そのほかの入居者は、昼寝というところか。

どちらにしても、人目を気にする必要はなさそうだ。

三分もすると、エレベーターがのぼって来た。

チャイムが鳴り、三階のドアが開く。人がおりる気配。

続いて、リノリウムの床を踏む足音が二つ、響き始めた。

角から目をのぞかせると、南川介護士が先に立って奥へ向かい、その後ろから背広姿の小柄な男が、特徴のある歩き方でついて行くのが見えた。

男は、今どき珍しいソフト帽をかぶり、どこにもベンツのない、グレイの上着を着ていた。

まるで、筒のように胴をぴたりと押さえる、クラシックなスーツだ。

これで、ピークトラペルのダブルの仕立てだとすれば、二十世紀も半ば前後のファッション、ということになる。

南川介護士に案内され、男が三〇一号室にはいるのを見届けて、沙帆は階段をおりた。

心臓が高鳴っていた。

前回来たとき、最後の方で〈しゃあちゃん〉の話を持ち出したとたん、玉絵の様子が急変したのを、あらためて思い出す。

そのときはあわてて、逃げるように退散したのだが、沙帆が部屋を出る間際に玉絵は、しきりに独り言をつぶやいていた。

しゃあちゃん。しゃるふ。しゃあちゃん。しゃるふ。しゃあちゃん、しゃるふ。

それが鮮明に、耳の底に残っている。

そして、たった今その意味が電撃のように、脳裡にひらめいた。

しゃあちゃんの〈しゃ〉は、シャミッソーではなかった。

しゃるふ、の〈しゃ〉だったのだ。

シャルフ（scharf）は、英語でいえばシャープ（sharp）、つまり〈鋭い〉という意味の、ドイツ語だった。

〈しゃあちゃん〉とは、ゼラピオン同人会の同じメンバーだった、本間鋭太のことに違いなかった。

偶然ということは、ありえない。玉絵は本間の名前をシャルフと略し、さらに〈しゃあちゃん〉と呼んで、愛称にしたのだ。

沙帆はそう確信した。

今しがた目にした、オールドファッションの男のどしどし、という感じで歩くあの足取りは、まぎれもなく本間鋭太のものだった。

めまいを覚え、階段をおりる足を止める。

壁に手をついて、体を支えた。

一つだけ、分からないことがある。

南川介護士は、〈お呼びになったかたが、下のロビーに〉うんぬんと、確かにそう言った。

玉絵自身も、自分から〈しゃあちゃん〉を呼び寄せた、と認めた。

すると、最初に沙帆を呼んだときと同じように、南川介護士に電話をかけさせて、呼び寄せたのだろうか。

そのためには、電話番号を知っていなければならないが、玉絵は本間と長いあいだ、接触が途絶えていたはずだ。本間の、電話番号や住所といった連絡先を、知っているとは思えない。

本間の方から、〈響生園〉に電話をした可能性も、ないとはいえない。

確か本間は、倉石夫婦と沙帆が玉絵を見舞った話を、由梨亜から聞いたと言っていた。

そのときに、〈響生園〉というホーム名も出たとすれば、番号を調べるのはたやすいことだ。

もっとも、そうまでして本間が玉絵に会いたがる、何か特別な理由があるかどうかは、沙帆の知るところではない。

つい、ため息が出た。

玉絵は本間に、直前まで沙帆が居室にいたことを、話すだろうか。

沙帆は壁から手を離し、またゆっくりと階段をおり始めた。

そもそも、なぜ玉絵はきびすを接するような間隔で、沙帆と本間を呼びつけたのだろうか。

ほんとうに、二人を会わせるつもりでいたのか。そうだったのなら、無理にも引き止めようとしなかったのが、かえっておかしい。

どう考えても、分からない。

いつもなら、あしたはまた〈ディオサ弁天〉へ、原稿を取りに行く日だ。

しかし、こうしてみると本間のところへ行くのが、なんとなくおっくうになる。

もし、玉絵が本間に沙帆のことを話すとすれば、本間はきょうのことを話題にするかもしれない。

あるいは、二人ながら何食わぬ顔で原稿の受け渡しをし、何ごともなかったように意見を交わすだけで、終わるのだろうか。

沙帆は重い気分で、〈響生園〉をあとにした。

83

翌日の金曜日。

さんざん迷ったあげく、古閑沙帆はいつもどおり午後三時少し前に、〈ディオサ弁天〉に行った。

あらかじめ、電話してみようかと迷いもしたが、それもなんとなくはばかられた。

万が一にも、〈響生園〉で目にしたことが、自分の思い違いだったとしたら、どうしよう。

しかし、自分の目と勘が正しいことには、それなりの自信があった。

それに本間鋭太が、沙帆に後ろ姿を見られたことに気づいた、とは考えられない。

ただ倉石玉絵から、直前まで沙帆が来ていたことを、聞かされた可能性は十分にある。

前日の出来事は、玉絵が沙帆と本間を鉢合わせさせるために、わざと仕組んだことなのだ。

認知症であろうとなかろうと、玉絵にそんなことをする理由が、何かあるのだろうか。

玉絵の言う、ドッペルゲンガーのしわざなのか。

そもそも、玉絵は本間と沙帆の関係を、承知していないはずではないか。

玉絵と、二人きりで会ったのは二度だけだが、その中で本間は話題にものぼらず、名前すら出なかった。

沙帆は、腕時計に目を向けた。

いつの間にか、三時一分前になっている。

肚(はら)を決めて、ガラス戸を引いた。

予想に反して、びくともしなかった。今度は、格子(こうし)に両手を掛けて試したが、やはりガラス戸は開かない。

その昔、ここへ勉強にかよっていたころから、この戸に鍵(かぎ)がかかっていたことは、一度もなかった。

途方に暮れて、あたりを見回す。これまでと、どこにも変わりはなかった。

よく、マットの下に鍵を隠す話を耳にするが、今立っている狭いポーチには、そもそもマットがない。

だめと承知で、もう一度ガラス戸を引いてみる。

戸は、それ自体が本間の意志のように、固く閉ざされたままだった。

思い切ってガラス戸を、格子ごと叩(たた)いてみようか。それとも、声をかけてみようか
と、しばし迷う。

今さら電話をして、在不在を確かめる気も起こらず、沙帆は少しのあいだその場に、
立ち尽くした。

ふと、勝手口があることを思い出す。

そちらも、施錠されているかもしれないが、試してみる価値はあるだろう。

建物の横の、枯れ葉がいくつか散った細い通路を、奥へ向かう。

勝手口の戸も、やはり鍵がかかっていた。

少し考えてから、さらに裏手へ回ってみよう、と決めた。書斎は、裏庭に面してい
たはずだ。

以前、倉石由梨亜が沙帆に何も言わずに、ギターを習いにここへやって来たとき、
様子をうかがおうとして、こっそり裏庭へ忍び入ったのを、思い出す。

あれはまったく、冷や汗ものだった。

裏庭の出窓の下に、前回はなかったものが見えた。

土が掘り返された跡があり、蒲鉾(かまぼこ)板のような木片が立っている。

沙帆はそばに行き、身をかがめてのぞき込んだ。

木片には、本間の手らしい癖のある字で、次のように書いてあった。


〈愛猫ムル、ここに眠る〉


思わず、息をのむ。

ふてぶてしいまでに、ホフマンのムルを彷彿とさせたあの野良猫が、やはり飼い主に等しい本間より先に、死んでしまったのか。にわかには、信じられなかった。

その粗末な墓標の肩に、赤いリボンにつながれた鍵が、掛かっている。

沙帆は、ムルの墓に手を合わせて、鍵を取り上げた。

飼い猫ではないし、あの本間が手続きしてムルを火葬にした、とは思えない。埋めるのに、どれだけ掘り下げたか見当もつかないが、ともかく葬ったことに変わりはあるまい。

簡素なものにもせよ、墓は墓だった。

おもてのガラス戸は、残された鍵でわけなく開いた。

狭い三和土は、これまでと違って真冬のように、冷えきっていた。玄関は、まだいくらか明るいものの、廊下の奥までは光が届かない。

なんとなく、胸騒ぎがする。

「本間先生。ご在宅ですか」

念のため声をかけてみたが、それはまっすぐ奥の暗がりへ、吸い込まれてしまった。

これといった理由もないのに、いやな予感が肩口にまとわりつく。

思い切って靴を脱ぎ、廊下に上がった。

「おじゃまします」

また、わざと大きく声をかけ、奥へ向かう。

廊下の右側は、居間兼寝室になっているが、開いた襖(ふすま)の内側にはひとけがなく、書棚がおとなしく並んでいるだけだ。

左側のキッチンをのぞくと、テーブルの上はきちんと整頓(せいとん)されており、流しも洗い物がたまったりしておらず、きれいになっていた。

突き当たりの左側に、トイレがある。

右へ曲がった左手が、本間の書斎だった。その奥は、小さな納戸(なんど)になっている。

廊下にも、書斎の中にも照明は点灯しておらず、ドアの上部にはめ込まれたガラスに、出窓の薄明かりが映っているだけだ。

試しに、ドアをノックしてみたが、なんの応答もない。

「失礼します」

一応声をかけ、緊張しながらノブをひねって、ドアを押しあけた。

薄暗い六畳ほどの洋室に、人の気配はなかった。

窓際の、驚くほど大きなデスクの上に、縦長のＡ４画面のワープロ。

それと並んで、小型のパソコンと、プリンター。

そのほかの壁は、書籍の詰まった不ぞろいの書棚で、埋まっている。あらかたがドイツ語の本で、日本語といえば辞典、辞書類と国文学、国語学関係の書籍が、ほとんどだった。

部屋の中央に、小さなテーブルが置いてある。

隅の方に、少し斜めにかしいだ、からの譜面台。

雑然としてはいるが、散らかった印象はない。

ざっと探してみたが、例の古文書も解読原稿らしきものも、見つからなかった。ギターケースも、見当たらない。

その様子から、一時的に留守にしただけという雰囲気は、うかがわれなかった。

まさか、にわかに転居したわけでもあるまいが、しばらくはもどって来そうもない、森閑とした空気が漂っている。

沙帆は、首をひねった。本間はいったい、どこへ行ったのだろうか。

隣の住人か、アパートの管理人に聞いてみようか、と思う。

しかし、本間が親しく隣人付き合いをしていた、とは考えられない。他の入居者も管理人も、本間の行く先を知らないどころか、姿を消したことにさえ気がつかないだろう。

本間が、携帯電話を使うのを見たことはないし、持っていたとしても番号を知らない。

それにしても、この期(ご)に及んで約束した仕事を投げ出し、何も言わずに姿をくらますとは、本間らしくない振る舞いだ。

そう考えたとき、ムルの墓のことを思い出した。

姿を消したものの、本間が家の鍵を残したことには、それなりの意味があるはずだ。

沙帆は書斎を飛び出し、急いで玄関へもどった。

とっつきの、ふだん原稿を受け取る洋室の引き戸を、引きあける。

肩の力が抜けた。

テーブルの上に、原稿の束などがきちんと積まれ、本間愛用のソファにはギターケースが、ぽつねんと載っていた。

なんとなく、ほっと安堵(あんど)の息をつきながら、中にはいる。

長椅子に腰を下ろすと、暑くもないのに体中に汗が吹き出すような、異様な興奮を覚えた。

いちばん上に、いつもの解読原稿がある。

その下に包装紙にくるまれた、いささか厚みのあるものが、置いてあった。

解読原稿の上に、二つに折った紙が載っている。

広げてみると、メモ用紙におなじみの悪筆で、短いメッセージが書かれていた。

古閑沙帆さま

これが、最後の報告書です。

お預かりしていた倉石家所有の、オリジナルの報告書の前半部分は、約束どおり小生が頂戴(ちょうだい)することにします。

ただし、念のためにその前半部分と、小生所有の後半部分をコピーして、両方残していきます。倉石麻里奈くん、ないしはあなたに活用していただきたい、と思います。

また、これも約束どおり、伝フランシスコ・パヘスのギターを、置いて行きます。あなたが代わりに、倉石夫妻に届けてやってください。

なお、お帰りの際は、戸締まりを忘れずに。スペアがありますから、お手元の鍵はあなたにお預けします。いずれ、返していただく機会も、あるでしょう。

長いあいだ、ご苦労さまでした。

本間鋭太

沙帆は、頰を押さえた。

なんとか読み取った、珍しくばかていねいなその文面に接して、全部終わらないうちにわけもなく、涙があふれてきた。

どうにも、こらえることができなかった。

こういう結果になったのは、本間鋭太が前日〈響生園〉に行き、倉石玉絵と再会したことが、原因なのではないか。

さらにその上、直前まで沙帆が来ていたことを、聞かされたからではないのか。

なんとなく、そんな気がしてくる。

自分が〈響生園〉を出て行ったあと、二人のあいだに何があったにせよ、沙帆には考えの及ばぬことだった。

想像したとおり、〈しゃあちゃん〉の正体が実際に、本間だったとしよう。その本間を、戸浦波止が玉絵から横取りしたのだとすれば、ただではすまなかったかもしれない。

もっとも、本間によると波止はすでに他界した、とのことだった。それが事実なら、もはや争いにはならないのではないか。

とはいえ、玉絵が沙帆を波止と思い込んで、あれほど取り乱したところをみると、まだ古い傷あとが残っている、とみることもできる。

ただ沙帆が、ここ二回二人きりで面談したかぎりでは、玉絵にそうした発作を起こしそうな気配は、ないように思える。

いくら考えても、堂々巡りを繰り返すだけだ。

沙帆は深呼吸をして、頭の中を整理した。

それとは別に、たとえ一時的にせよ本間自身が、姿を消さなければならないような、予想外の事件が出来（しゅったい）したのだろうか。

かりに本間と会ったことで、玉絵の病状が急変したのだとすれば、〈響生園〉から倉石夫妻の方に、連絡があるはずだ。場合によっては、沙帆自身に南川介護士か、麻里奈から電話があっても、不思議はない。

沙帆は、メモを見直した。

どちらにせよ、それを読むかぎりでは本間も、しばらく家をあけるというだけで、何か短気を起こすような気配は、なさそうに思える。

そもそも、短気を起こす理由など何もないはずだし、むしろそれを案じる自分の心配性が、おかしかった。

なぜ本間が、突然姿を消すことになったのか、なんとなく分からないでもない、という気がする。ただ、何ゆえにそんな気がするのかが、分からなかった。

メモにもあるように、いずれまた本間と会える日がくる、と思う。

というより、本間はさほど日がたたないうちに、もどって来るに違いない。

少なくとも、そう信じたい。

沙帆は頰をぬぐい、解読原稿を手元に引き寄せて、読み始めた。

84

【E・T・A・ホフマンに関する報告書・十六】

――（書記役のヘッカー事務官が）供述書を持ち帰った翌日から、ETAは体調がよくないときを除いて、まだ完結していない『蚤の親方』の、最後の部分の口述を続けた。

三月二十六日（一八二二年）には、あなたの同席のもとに連名で、遺言状を書き取らせた。むろん、万一の場合に備えて、のことだ。

あなたも知るとおり、ETAは著作権を含むすべての財産を、あなたに遺（のこ）すと記録させた。

しかし、これについてもあなたの知るとおり、遺産より借財の方が多かった。

なぜなら、〈ルター・ウント・ヴェグナー〉その他の酒場の莫大（ばくだい）なツケと、まだ書いてもいない作品の、出版社に対する原稿料の前借りで、首も回らない状態だったからだ。

当然ながら、あなたはそれを百も承知だったが、一言もETAを責めようとせず、黙って遺言状に連署した。

そして、ETA自身もそのことがよく分かっており、あとでわたしにこう言った。

「ぼくが死んだあと、借金取りに追い回されないように、ミーシャに相続権を放棄せよ、と言ってくれたまえ」

もちろんETAが死んだあと、相続を放棄しただけではすまないことも、分かっていたはずだ。生計を維持する手段が、ないからだ。

そのため、ETAはあなたがいないときを見計らって、ヒツィヒやデフリントを呼び寄せ、手元に残っている原稿や楽譜の断片、描き散らしたカリカチュアなどを換金して、生活の足しにするよう手配を頼んだ。

そうした合間に、ETAは天気がよくて病状も落ち着いているとき、リーガー（秘書兼介護士）の手を借りて、近所の公園に木々の緑を見に行ったり、ベッドから窓際に置かれたソファに場所を移して、眼下に広がるジャンダルマン広場の雑踏を、あきずに眺めたりする。

ETAにとっては、それさえも創作意欲をかき立てる、強い刺激になるようだった。

その精細な観察から、『いとこの隅窓』という、ETAにしては珍しい、写実的で静謐な小品が、生まれたわけだ――（中断）

――（四月にはいって）非常につらい別れがあった。

ETAのもっともたいせつな竹馬の友、テオドル・ヒペルの出立の日が、目前に迫っていた。

長期のベルリン滞在のあと、ヒペルは避けられぬ事情のため、どうしても勤務地のマリエンヴェルダーへ、もどらねばならなかった。

しかも、もどるべき予定の期日はすでに、何日も過ぎていた。

マリエンヴェルダーと、ベルリンのあいだはおよそ七十マイル弱（プロイセン・マイル、約五百キロメートル）足らずだが、そう簡単に行き来できる距離ではない。郵便馬車を、昼夜兼行で走らせても、ゆうに片道六日はかかるだろう。

ＥＴＡの病状が奇跡的に、そして劇的に改善されれば話は別だが、今のままでは二度と会えない可能性もある。

あなたも知るとおり、ヒペルはマリエンヴェルダーへ去ることを告げるために、ここ一週間ほど毎日のように、ＥＴＡのところへ来ていた。

しかし、いつもそれを告げそびれてしまい、そのたびに期日は一日一日と、先送りにされる。ヒペルは、衰弱しきったＥＴＡの顔を見ると、なかなか切り出せないのだった。

ＥＴＡはＥＴＡで、見舞いに来たヒペルが帰ろうとするたびに、もう少しいてくれと執拗（しつよう）に哀願し、あなたやまわりの者たちを困らせる。まるで、だだをこねる子供のような、やるせない振る舞いだ。

もし、ヒペルがマリエンヴェルダーへ去り、二度と生きて会えなくなる恐れがある、と知ったらどんな修羅場になるか、考えるだけでもつらいものがある。

そうならないように、ETAに別れを告げずに出立してほしい、とヒペルに頼んだらどうか、という意見も出た。

あなたはもちろん、ヒツィヒもわたしもそれが最善の方法だ、と分かっていた。しかし、心やさしいヒペルにそれはできまいし、無理じいすればヒペル自身をも、後悔させる結果になる。

結局、その案は沙汰やみになった。

そしてとうとう、これ以上は延ばせない四月十四日が、やってきた。

午後九時のこと。

ヒペルは、翌朝一番に出るケーニヒスベルク行きの郵便馬車で、ベルリンを立つべく心を決めていた。

もはや、それをETAに告げずに去ることは、できなかった。

ヒペルが、とうとうつらい別れを口にしたとき、ETAはこれまで見せたこともない、恐ろしい愁嘆場を繰り広げた。

わたしたち友人はもちろん、あなたもＥＴＡがあのように自分を失い、狂乱する姿を目にしたことは、一度もないだろう。

わたしの耳には、麻痺（まひ）した体から最後の力を振り絞り、ベッドの中で痙攣（けいれん）しながらのたうち回って、狂ったように泣き叫ぶＥＴＡの声が、今でも耳の底に残っている。

嘘だ、嘘だ……。嘘だと言ってくれ！　ぼくを見捨てて、行ってしまうなんてことが、きみにできるはずがない！　頼む、頼む。どうか、行かないでくれ！

そのときわたしは、ＥＴＡにとってヒペルが、どれほどたいせつな友であったか、あらためて思い知った。

ＥＴＡが職を失い、パンと水だけで暮らすはめになったとき、手を差し伸べたのはヒペルだった。

色恋沙汰も含めて、何もかも手紙で報告、相談をした相手も、ヒペルだった。

判事として、大審院に返り咲く道をつけてくれたのも、ヒペルだった。

筆禍事件で、絶体絶命の窮地に立たされたとき、救助のために奔走してくれたのも、ヒペルだった。

子供のときから、ヒペルはＥＴＡに終生変わらぬ友情を、注ぎ続けたのだ。ＥＴＡはヒペルに、何度苦境を救われたことか。

ヒペルがいなければ、ETAはベルリンでまともに生活することも、できなかった。もし、判事として復帰を果たせなかったら、ETAは生活のために相変わらず、音楽の教師をしたり音楽評論を寄稿したり、戯画を売ったりして細ぼそと稼ぐしか、道がなかっただろう。

判事という定職を得たからこそ、ETAは後顧の憂いなく文筆の才能に、花を咲かせることができたのだ。

何度か断絶はあったにせよ、ETAは実にまめにヒペルに手紙を書き、同じくらいまめに、返事をもらいもした。わたしはそのことを、よく承知している。

ただ、ヒペルとETAとは任地が違うこともあり、実際に会う機会は少なかった。

そのため、ETAはヒペルを話題にすることが、あまりなかった。それは、あなたに対しても、同様ではなかったか。

しかし、今になって初めてわたしは、悟るところがあった。

作家E・T・A・ホフマンを、真に作家たらしめたのはクンツでもなく、ヒツィヒでもなく、まさにテオドル・ヒペルだったのだ。

そのヒペルが去ったあと、たった一つETAの慰めになったのは、あの名優ルートヴィヒ・デフリントが、舞台の合間を見ては病床を訪れることだった。

デフリントが来るたびに、ETAは病人とは思えぬほど生気を取りもどし、二人のあいだで際限もなく、芸術論が戦わされる。

ETAの注文に応じて、デフリントが室内を縦横に歩き回り、得意のシェークスピア劇の登場人物、ハムレットやフォルスタフを舞台さながらに、再現してみせることもたびたびだった。

それを見る、ETAの瞳(ひとみ)はめらめらと炎のごとく燃えて、麻痺した体が今にも飛び出しそうになるほど、ベッドの中でのたうち回るのだ——(中断)

——一カ月ほど前のこと、ETAに対して主治医のマイヤーが、恐ろしい治療の試みを行なった。

患部の脊柱(せきちゅう)下部の両側に、灼熱(しゃくねつ)した鉄の鏝(こて)を当てて焼くという、身の毛もよだつような療法だ。それによって、生命力をふたたび呼び起こそうという、新たな試みらしい。

マイヤー博士が、その療法をどうやって思いついたのか、わたしは知らない。他の患者に関して、効果があったという症例を目にするか、耳にするかしたのだと思う。

わたしには分からないが、この施術によって脊髄癆(せきずいろう)の患部が焼けただれ、生きる元気を取りもどす、という寸法だろうか。

それで果たして、麻痺した力が取りもどせるのだろうか。

ともかく、このまま手をこまねいていたのでは、おっつけ死を免れないことは、だれの目にも明らかだ。

おそらく、この施術はマイヤー博士としても、一か八かの試みだろう。ETAもまた、黙ってそれに賭けるしかない、と覚悟したに違いない。

デフリントにも知らせたかったが、舞台出演のためニュルンベルクに行っており、連絡がかなわなかった。

立ち会う予定だったヒツィヒは、どうしてもはずせない重要な法廷があって、すぐには来ることができなかった。それでも終わりしだい、飛んで来ることになっていた。

その施術が行なわれるあいだ、あなたとわたしは住居の建物の並びにある、〈カフェ・シュテーリ〉に一時待避することになった。

同じフロアにいるかぎり、たとえ別室でも施術中の不穏な騒ぎが、聞こえてくるに違いない。わたしは、それをあなたの耳に入れたくなかったし、わたし自身もあなたと一緒にいるべきだ、と思った。

したがって、寝室に残ったのはマイヤー博士とその助手、秘書兼介護士のリーガー、そしてメイドのルイーゼの、四人だけだった。

実はルイーゼも、マイヤー博士に退去をうながされたのだが、長年仕えた主人のために残ると言い張り、がんとして譲らなかった。実に、気丈な女性ではある。

〈シュテーリ〉は、天井が高く真四角なフロアのカフェで、壁にはさまざまな絵がかけてある。フロアの中央は、踊りや音楽の実演ができるようにあいており、客用のテーブルは壁際に並んでいた。

わたしたちはそこで、シナモンのワッフルとコーヒーを頼み、待機することにした。

じりじりしながら待つうちに、小一時間もするとルイーゼがのめるように、カフェに駆け込んで来た。

さすがに頬がこわばり、顔から血の気が引いていた。しかし、思ったよりしっかりした口調で、施術が無事に終わったことを告げた。

ほっとはしたものの、〈無事に〉とはとにかく死にはしなかった、という意味のように聞こえて、あまりいい気はしなかった。

急いでもどろうと、カフェから飛び出したところで、ちょうど駆けつけて来たヒツィヒと、ばったり顔を合わせた。

わたしたちは大急ぎで、三階のＥＴＡの住居へ駆け上がった。

入り口をはいるなり、かすかになんともいえぬ異様なにおいが、鼻をついてきた。

ルイーゼはあわてて、あちこちの窓をあけた。

居間では、施術を終えたマイヤー博士と助手が、たいへんな力仕事を終えたあとのように、乱れた施術着のまま椅子にもたれて、コーヒーを飲んでいた。

ヒツィヒとわたしは、あなたと博士たちをルイーゼに任せて、ETAの寝室に行った。

リーガーが窓をあけ、施術の後片付けをしているところだった。

ベッドに目を向けると、ETAはシーツにくるまれた姿で、うつぶせのまま顔だけこちらにねじ曲げ、苦しげに息をしていた。

わたしたちは言葉もなく、息をのんでETAを見つめた。

ETAは、わたしたちを横目で見返し、口をもぐもぐさせた。

くぐもった声で言う。

「どうだね、きみたち。うまそうな、ステーキのにおいがしないかね」

ヒツィヒもわたしも、絶句してその場に立ちすくんだ。

――ここにて口述終了。

85

［本間・訳注］

ヨハネスの報告書は、これをもってすべて終了する。ヒツィヒの手でホフマンの晩年の様子は、残された自筆ないし代筆の手紙類と、ヒツィヒの手で死の翌年に刊行された、『E・T・A・ホフマンの生涯と遺稿』で、ほぼ正確に伝えられている。

最後の報告書にある、信じられぬような凄惨（せいさん）極まる荒療治のあとも、ホフマンの病状は改善しなかった。

ついに麻痺は、全身に及んだ。

それでもホフマンは、死力を振り絞って口述筆記に取り組み、その執念と奮闘は死の直前まで続いた、という。

以下、ホフマンの死までの状況は、ヒツィヒが自分自身の目で見たこと、ミーシャやリーガーなど関係者から聞いたことを、ホフマンの評伝にまとめた報告によるもので、信頼性はかなり高いと判断できる。

六月二十五日の早朝、ホフマンの背中の裂けた傷口から、激しい出血があった。ミーシャや介護士のリーガー、メイドのルイーゼなど、その場にいた者はみな、死期が近いことを悟った。

ホフマンは、リーガーをそばに呼んで、何か言った。もはや、何を言っているか、分からなかった。

ミーシャがベッドにかがむと、ホフマンはまた何か言った。

すると、ミーシャはそれを聞き取ったらしく、ホフマンの麻痺した両手を取り上げ、胸の上で組み合わせてやった。

生気を失ったホフマンの目は、まっすぐに天井に向けられていた。

ヒツィヒが、あとからミーシャに聞いた、とされるところによれば、その目は天国を見つめているようだった、という。

それからミーシャは、ホフマンが次のようにつぶやくのを、耳にした。

Man muß doch auch an Gott denken!

（人たるものは詰まるところ、神のことをも考えねばならんのだな）

それからしばらくして、ホフマンはいくらか気分がよくなったらしい。にわかに、中途まで口述筆記を進めていた、『仇敵（Der Feind）』という作品の、先を続けたいと言いだした。そしてリーガーに、先に口述したところまで読み聞かせてほしい、と求めた。

しかしそれは、ミーシャに止められた。

ホフマンは、ミーシャに頼んで顔を体ごと壁の方へ、向けてもらった。

それからほどなく、ホフマンの喉（のど）がごろごろと、音を立て始めた。午前十時半近かった。

死期が近いことは、もはや疑いがなかった。

ミーシャは、ルイーゼに急いで裁判所へ行き、ヒツィヒを呼んで来るように、と言いつけた。

またリーガーも、主治医のマイヤー博士を呼びに、飛び出して行った。

リンデン街の大審院で、公判に立ち会っていたヒツィヒは、取るものもとりあえず法廷を抜け出し、ホフマンのもとへ駆けつけた。

しかし、ヒツィヒもマイヤー博士もわずかの差で、臨終に間に合わなかった。

かくして、エルンスト・テオドル・ヴィルヘルム（アマデウス）・ホフマンは、一八二二年六月二十五日、午前十一時に永眠した。

享年四十六だった。

＊

葬儀は三日後の、六月二十八日に行なわれた。

あいにく本間は、会葬者の名前を詳しく伝える資料を、目にしたことがない。

どちらにせよ、マリエンヴェルダーのヒペルはもちろん、バンベルクのシュパイア博士やクンツにも、参列する時間がなかったはずだ。当時の、郵便馬車の事情を考えれば、死亡の知らせが届くころにはすでに、葬儀は終わっていただろう。

したがって、ベルリンとその周辺に住む友人知人、裁判所の関係者くらいしか、参列できなかったと思われる。

ただ『ベルリン文学地図』（宇佐美幸彦著／二〇〇八年）に、ハインリヒ・ハイネが参列した、との情報があるのがわずかな救い、といえよう。

ホフマンの遺骸はベルリン南部の、ハレ門外にあるエルサレム墓地に、埋葬された。

のちに、親しい友人たちの手で、次のような碑文を刻んだ、墓標が立てられた。

E.T.W.ホフマン
プロイセンのケーニヒスベルクにて
1776年1月24日に生まれ
1822年6月25日
ベルリンに死す

大審院判事の
公務において
また文学者として
また音楽家として
さらに画家として
卓越せる人物なり

友人一同この墓碑銘を刻む

＊

ホフマンの死後。
ミーシャは、ホフマンの指示による友人たちの助言に従って、七月一日に遺産相続権を放棄した。

前回にも話したが、その十日ほどあとミーシャは友人たちの手を借りて、ホフマンが収集した絵画、器物などの動産を競売にかけた。

かつてドレスデン時代に、ヒペルからプレゼントされた金側の時計も、背に腹は代えられなかったとみえて、売り払われた。

さらに七月下旬には、ホフマンの筆になる相当数の絵画類が、売りに出された。

しかし、それもさしたる生計の足しにならず、十月にはホフマン手書きの楽譜類、楽器類が処分された。例の、ステファノ・パチーニのギターも、同じ運命をたどったに違いない。

しまいには、ホフマンがだいじにしていた蔵書類も、競売に付された。

さて、その中でヨハネスがミーシャに宛(あ)てて、せっせと書き続けたこの報告書は、どんな運命をたどったのか。

それについては、あらためて後段で明らかにするつもりなので、ここでは触れないことにする。

*

ミーシャのその後については、多少の報告がある。

いくら、夫の遺品を金に換えたところで、生活のたつきを持たぬミーシャには、ほんの一時しのぎにすぎなかった。

以下、前回口頭である程度明かしたことも含むが、あらためていくつかの事実を、書き留めておこう。

内容は主として、忘却の闇にうずもれていたホフマンを、百年ぶりにドイツの文学界に呼びもどした、ハンス・フォン・ミュラーの研究に依拠する。その原典は、日本語にも英語にも、ほんの断片的にしか紹介されていないので、多少とも興味を引くだろう。

ホフマンの死後、ヒツィヒはホフマンが出版社に前借りした借金を、棒引きにするよう交渉して回った。ヒツィヒ自身が判事であり、文筆家であり、さらに出版社経営の経験もあったから、これはおおむね成功したようだ。

またヒツィヒは、生前からホフマンに評伝を書く、と約束していた。

冒頭でも触れたが、早くも死後一年たった一八二三年に、ヒツィヒは『E・T・A・ホフマンの生涯と遺稿』を、自費で出版した。

しかも、支払われるべき印税の受取人を、ミーシャに指定した。これは、相続権を放棄したことと関係なく、ミーシャの受け取るところとなった。ヒツィヒの善意が、よく表われている。

ポーランド出身のミーシャは、ドイツ語の知識や能力が十分とはいえない。そのためホフマンの死後、母親の住むポーゼンへもどった。その後の足取りは不明だが、一八三〇年代半ばまでそこで生活し、その後独身の姪マティルデ・ゴトヴァルトと、暮らすようになった。

マティルデは、ミーシャの姉カタリナの娘だ。また、一時ホフマン夫妻が養女として預かった、ミヒャリナ（ミーシャと同名）の姉でもある。

そうしたあいだも、ヒツィヒはミーシャとの連絡を絶やさず、わずかながらもホフマンの年金を、受け取れるように手配した。

また、三カ月ごとに二人の住まいの家賃、十五ターラーを払い続けた。

その上、ホフマンの作品を出した出版社と掛け合い、前借りを帳消しにしただけにとどまらず、死後に刊行ないし増刷した分の印税を、ミーシャに支払うよう話をつけた。

本来なら、相続権を放棄したミーシャに請求権はないが、出版社もヒツィヒの温情に打たれて、それに報いることにしたようだ。

そのヒツィヒも、一八四九年に六十九歳で亡くなった。

さらに、幼友だちのヒペルは六十七歳で、六年早い一八四三年に死去している。

それでも、やはり旧友の未亡人のことを忘れず、生前は必要に応じてミーシャのために、ペンションを借りてやったりした。

ホフマン夫妻の生涯を通じて、二人に対するヒツィヒとヒペルの奉仕は、まことにもって献身的だった、というべきだろう。

ちなみに、ホフマン伝を書いた吉田六郎は、「(ヒツィヒは)ホフマンの友人であることを誇称して、ホフマンの理解者、同情者さては庇護者であることを公衆に強く印象づけようと試みる人であった」うんぬんと、ある面で批判的な評価をしている。

しかし、残念ながら吉田の考察は、ホフマンの死後にまで、及んでいない。いろいろな文献を通覧するかぎり、吉田の批判はかならずしも当たらない、と本間は考える。

ミーシャとマティルデは、ヒペルやヒツィヒが亡くなったあと、一八五〇年代からブレスラウで暮らしたのち、最終的にシレジアのヴァルムブルンに、居を移したらしい。ここはかつて、ミーシャが体調を崩した夫の保養のために、一緒に訪れた温泉地だ。

夫に遅れること約三十七年、一八五九年一月二十七日に、思い出のこの地で亡くなった。

ホフマンの陰に隠れて、ミーシャは地味で控えめな存在ではあったが、どの資料にも奇矯な夫にはもったいない、絶世の美女だったと書いてある。

ホフマンは、ミーシャの柔順の美徳があって初めて、作家として名を残すことができた、と言ったら言いすぎだろうか。

＊

ミーシャについて、今少し補足しておく。

小説に限らず、ホフマンはその著作の中でミーシャ、ないしはミーシャを彷彿させる女性を、ほとんど書くことがなかった。

ユリア・マルクをはじめ、ほかの女性はしばしば作中に登場し、それなりの印象を残しているが、ミーシャだけは例外だった。

作中に取り入れたとしても、黒褐色の髪とか濃青色の瞳とか、ミーシャだけのものではない、一般的な特徴しか描写しなかった。

作中ばかりでなく、ホフマンは親しい友人や周囲の者に対しても、ミーシャについて話すことは、めったになかったと伝えられる。

したがって、いろいろな評伝にミーシャの名は出てきても、そのエピソードが語られることは、ほとんどない。

ミーシャに言及する内容は、ごく簡単なことに限られる。

何はさておき、ホフマンには不釣り合いなほど、たぐいまれな美貌の持ち主だったこと。

柔順を絵に描いたような、万事控えめな女性だったこと。

家計の苦しい時代でも、愚痴をこぼさず、所帯持ちがよかったこと。

まさに、男にとって理想的な良妻、というべきだろう。

ちなみに、当時のプロイセン王国における、女性の社会的地位はきわめて低かった。それは、連邦を結成したあとのドイツ帝国でも、ほとんど変わらなかった。

一部の上流階級を除いて、女性はまともな教育を受けることなく、もっぱら苛酷な家事雑役の労働に、従事していた。

その、男尊女卑的な差別の様相は、同時代の江戸後期の日本の状況と、似たりよったりだった、といっても過言ではない。

こうした事情を考えるならば、ミーシャは当時の平均的な女性の生き方と比べて、いちじるしく恵まれていなかった、とまではいえないかもしれない。
余談ながら、バンベルク時代の友人だったクンツは、一八三六年に出版した〈ホフマン伝〉の中に、例の皮肉っぽい口調でこう書き残している。

ホフマンは、自分の妻を知的で読書好きな女性として、前面に押し出そうとするきらいがあった。ことにわたしの前では、その傾向が強かった。しかし、彼女と話をしてみると、そういうタイプの女性ではないと分かるのに、さほど時間はかからなかった。わたしや、まわりの友人たちのそぶりで、彼女が自分の主張するとおりの女性、と思われていないことを悟ると、ホフマンはひどく不機嫌になった。

さらにクンツは、ホフマンが女神のようにあがめた、あのユリア・マルクの資質についても、「彼女には、ホフマンの賛美するような芸術的、美的感性など、毛ほどもなかった」と、にべもない筆致でやっつけている。
クンツが真の友人だとしたら、ホフマンの死後にこのようなことを、あからさまには書かなかっただろう。

再婚したあと、しあわせな生活を送っていたユリアは、それを読んでいたく傷つけられた。さすがに黙っておられず、いとこでもありホフマンの友人でもあった、いとこのシュパイア博士に長文の手紙を書いて、クンツの記述が事実と異なることを、強く訴えた。

その手紙の中で、ユリアはホフマンに対する当時の心情を、すなおに吐露している。

それは、ユリアがホフマンの愛情を十分に認識し、自分もその気持ちに動かされていたことを、控えめながら認めるものだった。

生きているあいだに、ホフマンがこの手紙を読んでいたら、と考えるのは無益なことだが、それでも熱烈なホフマニアンにとっては、いささかの慰めになるだろう。

手紙を読んだシュパイアは、ユリアに代わって謝罪と訂正を求めるべく、クンツに強く抗議した。しかし、クンツがぬらりくらりと逃げ回るうちに、シュパイアは病を得て死亡する。

そのため、この一件は結局うやむやのうちに、終わってしまった。

こうしたことから、多くのホフマン研究者はクンツの〈ホフマン伝〉に、不快と不信の念を抱いている。

しかし、バンベルク時代のホフマンについて、もっとも身近にいたクンツの証言が、どれほど貴重なものであるかは、言をまたない。したがって、研究者がその信頼性に疑義を挟みつつ、引用せざるを得ないのが実情、といえよう。

確かに、クンツはある意味で俗物根性丸出しの、小市民的な商売人だったかもしれない。しかし、ホフマンの人物や作品を評価できないほど、愚かではなかっただろう。

あやまちや誤解、悪意などが混じっていたにせよ、その証言がホフマンを理解するための、貴重な資料の一つであることは、認めなければなるまい。

＊

吉田のホフマン伝は、文字どおり労作の名にふさわしい、貴重な評伝だ。

ただ、微に入り細をうがつ精密な前半部分に比べて、後半はいささか息切れした印象がある。ことにホフマンの、発病から死にいたるまでの記述は、駆け足になった感を否めない。

一九〇八年生まれで、出版当時（一九七一年）すでに六十歳を超えていた吉田にも、この評伝に関わる長年月（一九三九〜七一年）の刻苦勉励の結果、高齢化による体力の減退が、緊張の持続を許さなかったのかもしれない。

とはいえ吉田のホフマン伝は、膨大な一次資料を精力的に渉猟し、縦横に駆使した渾身の力作、といってよい。

そのほかに、ホフマン作品を多く翻訳した石丸静雄が、『ホフマンの愛と生活』を残している。これは、角川書店の〈世界の人間像〉シリーズの一冊に、他作家の別作品と併録された、物語ふうのホフマン伝だ。

単独本ではないが、原稿用紙にして二百五十枚を超える、貴重な評伝となっている。やはり、ドイツ語の研究書を丹念に渉猟した結果、吉田本にない情報もかなり含まれており、資するところの多い労作といえる。

ところで、日本独文学会の機関誌『ドイツ文学』の、第八十五号（一九九〇年秋号）に掲載された、ホフマンの作品翻訳・研究文献の書誌（梅内幸信編）を一覧すると、その数の多さに驚かされる。

まとまった評伝こそ少数にとどまるが、機関誌や紀要に発表された個別の論文は、想像以上に多い。かりに、これを分類してジャンルごとにまとめれば、何冊ものホフマン研究書が、でき上がるだろう。一般の目に触れないのが、惜しまれるほどだ。

この書誌を見るかぎり、ホフマンの長編小説も数多い短編小説も、若いころの失われた原稿、あるいは晩年の未完の小品などを除いて、ほとんどの作品が翻訳されていることが分かる。

編者による、著作探索の対象期間は十九世紀末に始まり、一九八〇年代末にまで及んでいる。これまた、称賛に値する労作というべく、研究者には欠かせない貴重な資料である。

ちなみに音楽評論は、『ベートーヴェンの第五交響曲』など、わずかな数しか翻訳されていない。英語文献では、ホフマンの音楽関係の小説、エッセイ、それに音楽評論を集積した翻訳書が、つとに出版されている。

とはいえわが国でも、最近は音楽家としてのホフマンの研究が、しだいに進められつつあるようだ。

それらを斟酌(しんしゃく)しても、日本における総合的なホフマン研究は、まだまだ道半ばといってよかろう。

＊

最後に、ホフマンのことをミーシャに報告し続けた、ヨハネスとはいかなる人物だったのかを、考察する。

もったいぶらずに、正直に言おう。

この報告書の原文を見たとき、本間にはすぐだれの手になるものか、ほぼ察しがついた。

心ある読者は、すでにお気づきだろう。これを書いたのは、あのヨハネスに違いあるまい、と。

さよう、『クライスレリアーナ』や『牡猫ムルの人生観』でおなじみの、ホフマンその人の〈分身〉ともいうべき、ヨハネス・クライスラーこそが、この報告書の書き手なのである。

一八一二年四月二十八日付で、ベルリンのヒツィヒに宛てて書いた、ホフマンの長い手紙の中に、次のようなくだりがある。

> 現在書き進めている、音楽学に関する拙論の中で、小生は音楽を巡る個人的な考え方、ことに楽曲における内部構造についての見解を、披露する所存であります。一見奇矯と思われる考えに対して、現に存在する余地や居場所を与えるため、〈狂える音楽家〉が正気のときに書いたもの、というかたちをとります。

ホフマンが、〈狂える音楽家（wahnsinnige Musiker）〉の着想を得たのは、このときが初めてだったと思われる。これがのちに『クライスレリアーナ』や、『牡猫ムルの人生観』のヨハネス・クライスラーとして、結実することになったのだ。

そのヨハネス、つまりホフマンの分身が報告者と明かされて、あるいは驚いた読者もおられるかもしれない。

しかし、だまされたなどとは、思わないでいただきたい。

この場合の〈分身〉は、ホフマンが書いた短編作品、『分身』の原題から敷衍して考えるならば、〈ドッペルトゲンガー（Doppeltgänger）〉と綴られなければならない。

すなわち、一般に表記される〈ドッペルゲンガー（Doppelgänger）〉とは、〈t〉のあるとなしとで厳密に、区別する必要がある。

ホフマンは、一八〇四年一月六日の日記に初めて、次のように書き入れた。

〈……Anwandlung von Todes Ahndungen――Doppeltgänger（突然、死に神の

罰を受けたくなる——分身)〉

ホフマン全集の訳者深田甫によれば、〈t〉のはいった用語を遣い始めたのは、ジャン・パウルだという。

まず、〈t〉がはいらぬ方の表記は、一人の人間の中の〈二重の自我〉、ないし〈二重の人格〉を意味しよう。

一方〈t〉がはいるものは、自分とまったく同一の人間が、別個に存在するのを意識する、あるいは現に目撃するといった意味に、とらえられる。

したがってこれは、〈分身〉と呼ぶべきだろう。

つまり、ホフマンはおりに触れて、自分の分身であるクライスラーを、実在のものとして意識したり、目にしたりするのだ。

逆にクライスラーは、自分とそっくりのホフマンが、自分とは別個に存在するのを、見ることになる。

そして二人は、ときどき入れ替わる。まるで、ホフマンのいくつかの作品の、登場人物のように。

その典型的な例が、今回の報告書にちらりと出てきた、〝Des Vetters Eckfenster

（いとこの隅窓）」だろう。

　この作品は吉田六郎、小牧健夫、池内紀らによる翻訳があるが、ホフマンが脊髄癆の病床で、口述筆記によって書き上げた、最晩年の短編だ。

　主人公の〈ぼく〉は、死病に侵された〈いとこ〉を見舞いに、住居のある三階の角部屋を、訪ねて行く。〈いとこ〉は作家だが、すでに余命いくばくもない。わずかに、窓から見下ろす大きな広場を、日がな一日眺めて暮らすのを、慰めとしている。

　この広場は名前が出てこないが、ホフマンの住居の直下にあった、ジャンダルマン広場だ、とすぐに見当がつく。

　つまり、この〈いとこ〉は脊髄癆を病む、ホフマン自身なのだ。そして、それを見舞う〈ぼく〉もまた、ホフマンその人と想像がつく。

　二人は広場を見下ろして、そこに群がる人びとを事細かに観察し、彼らが何をしているか、何を考えているかを想像しながら、対話を続ける。その描写は、従来の浪漫主義というよりも、むしろ次代の写実主義に近いものがある。

　目に見えるものを、つぶさに点描しただけの作品なのだが、これはまさしくホフマンとその分身、ヨハネス・クライスラーの相互独白的対話、と理解されよう。

さらに言えば、『牡猫ムルの人生観』においても、ムルが現実世界のホフマンの投影だとすれば、クライスラーは幻想世界におけるその分身、ととらえることができる。

そのようなことが、心理学上ないし精神医学上ありうるのか、という疑問を抱くのは無意味だろう。そして、その答えを探そうとすることは、さらに無意味である。

このような事象について、音楽学の分野に例を求めるならば、こうもなろうか。

たとえば、ハ調より半音高い〈嬰ハ調〉と、ニ調より半音低い〈変ニ調〉は、呼び名こそ違え平均律の上では、同じ音に聞こえる。しかし、音響学からみれば振動数が異なるため、音楽学的には別の音調に属することになる。

これを、異名同音（エンハルモニク）と呼ぶが、いわばホフマンとクライスラーは、相互に異名同音的転換、ないし移動を繰り返す存在、とみることもできよう。

二回目の報告書の訳注で、本間は書き手がだれであるかについて、あれこれと意見を述べた覚えがある。

その中で、ヨハネスはヨハネス・クライスラーである可能性、つまりはホフマン自身が書いた可能性もあることに、言及した。

ただ、筆跡が似ているだけで、別人が書いたようにも見える。

いずれ、専門家による鑑定の機会が得られるならば、おそらく同一人物のものと判明するだろう。

あの時点では、まだそこまでの確信はなかったのだが、新たに発見された報告書の前半部分と、自分が所持する後半部分とを比較精査して、そう結論するにいたった。

報告書の筆跡、書体は、今に残るホフマン自身の原稿、書簡のそれと比較して、まったく同じとはいえないものの、各所に共通の書き癖が認められる。

ホフマンが、意識してそれを変えたかどうかは、分からない。クライスラーになりきって、報告書を書いたかどうかも不明だ。

本間が思うに、これは日ごろかえりみないミーシャへの、ホフマンの真情の吐露であり、謝意の披瀝(ひれき)だろう。

前述のように、ホフマンは著作の中ではいっさい、ミーシャに触れなかった。

しかし手紙では、ときにミーシャに言及することがあった。心を許したヒペルに対しては、しばしばそれが見られた。

ベルリンで、大審院の仕事を得たホフマンは、一八一五年三月十二日付のヒペル宛(あて)の手紙で、次のように本音を漏らしている。

……ぼくは何があろうと、もはや芸術を捨て去ることはできない。もし、ぼくと苦労をともにしてきた愛する妻（Herzensliebe）に、安楽な生活をもたらす必要がなかったなら、ぼくは法曹界という圧延工場で押し延ばされるより、もう一度音楽の教師にでもなる方が、まだましだ。

ホフマンは、日常生活の面でもその他の面でも、ミーシャに重荷を負わせていた。その負い目から、ふだん一緒に行動しないミーシャに、自分が家の外でどんなことをしているのか、正直に書き留めておくべきだという気持ちも、あったに違いない。

そうした心の葛藤が、ヨハネスとなって報告書を残すかたちで、現われたのではないか。

本間は今や、そう確信している。

しかし、こうした現象を理屈で説明しようとするのは、まったく浪漫的な態度でないことを、書き添えておこう。

＊

そして、さらに。

事実が、そのとおりであるとするならば、この報告書はミーシャに手渡されず、ホフマンによって日記とは別個に、篋底深く(きょうてい)しまい込まれていたはずだ。いっさい、ミーシャの目に触れないように、ひそかに保管されていたに違いない。

そして夫の死後、遺品を整理しているあいだにミーシャは、はしなくもこの報告書を発見した。

当然ながら、ドイツ語に明るくないミーシャにとって、手書きの亀甲文字は難物だっただろう。

とはいえ、断片的にしろいくらかはその内容を、読み取れたはずだ。少なくとも、それが自分に宛てた夫の秘密の手記だ、と見当がつく程度には。

ミーシャは、この報告書をだれの目にも触れぬよう、競売に付する遺品の中からいち早く、除外したに違いない。

そうでなければ、評伝を書くと決めていたヒツィヒやクンツ、あるいはホフマンの未発表の原稿を、喉から手が出るほどほしがっていた出版社が、この報告書を見逃すはずがない。

おそらく、死後の処理がすべて片付いたあと、ミーシャはこの報告書を後生大事に携えて、母親の住むポーゼンへ向かったのだろう。

むろん、これはあくまで希望的な観測であって、実際にはミーシャが生活のために、どこかでそれを売却した可能性が高い、と考えられる。

ともかく、報告書はいつかどこかで人手に渡り、前半部分はドイツの外へ持ち出されて、最終的にマドリードの古書市場に、出回った。

そして後半部分は海を越え、流れ流れて東の果ての日本へ渡来した、という次第だろう。

現時点で考えられることは、それくらいしかない。

＊

話を少しもどそう。

例の、カンプツ事件が始まったあたりから、報告書の筆跡がしだいに乱れ始めた。

本間がコピーした、報告書後半の最後の方と比べてみれば、その変化がはっきりする。

今回の報告書の末尾の、〈ここにて口述終了〉という部分に、注目してほしい。

体調を崩したホフマンは、脊髄癆が急激に悪化し始めたことで、手足の麻痺が始まった。それが進行するにつれて、ペンを取るのがむずかしくなるのは、当然の結果といえよう。

そのため、ホフマンは自分の小説はおろか、報告書を書くこともままならぬ、苦境に追い込まれた。

そうなると、あとは口述筆記しかない。

ミーシャは、簡単な日常会話にはさほど不自由しないが、ドイツ語の読み書きは生涯苦手だった、といわれる。したがって、口述筆記を頼むことはできない。まして、小説や手紙のたぐいならまだしも、ミーシャへの秘密の報告書を、当人に口述筆記させるなど、論外だろう。

そのために、秘書兼介護士のリーガーが雇われた、と考えられる。ときには手紙など、メイドのルイーゼを使うこともあったが、誤記が多いため口述筆記には向かない。やむをえないときしか、頼まなかったはずだ。

ホフマンは、ミーシャがいないときを見計らって、今回の最後の報告書をリーガーに口述し、書き取らせたに違いない。

リーガーは、いちおう筆の立つ男のようではあるが、ホフマン、あるいはクライスラーのような、流麗な字は書けなかった。

それ以前のものは、亀甲文字の手書き書体で書かれており、まずまず端正な筆跡だった。

一方、最後の最後に口述筆記した部分の筆跡は、間違いこそさほど多くないものの、端正でもなければ美しくもない。明らかに別人、リーガーの手になるものだ。

自分への、信じがたい荒療治をかくのごとく、しゃれのめして口述するホフマンの作家魂には、鬼気迫るものが感じられる。

以上、書き漏らしたこともあるかと思われるが、これをもってヨハネスの報告書の解読、およびその訳注を終えることとする。

86

古閑沙帆は、緊張に固まった体を、ほっと緩めた。

本間鋭太の長い訳注を読んで、無意識に肩に力がはいっていたことに、気がつく。

ホフマンに対する、強い思い入れが熱となって伝わるような、力のこもった原稿だ。

訳注というよりも、本間自身の論稿とみなしていいだろう。

深呼吸を繰り返すうちに、張り詰めた気持ちが少しずつ、解けるのを覚える。

同時に、報告書がついに終了したという事実が、予想以上のさびしさとなって胸に広がるのを、身に染みて感じた。

また、新たな涙がにじみ出るのを意識して、ぐったりと長椅子の背に体を預ける。

この報告書の書き手が、ホフマンの分身ともいうべき、ヨハネス・クライスラーだと明かされて、呆然としたのは確かだ。

とはいえ、正面切ってそうと指摘されれば、自分も意識下でその答えを予想していた、という気もする。

そもそも、この報告書の書き手として、ヨハネスの名が出てくる以上、それはしごく当然の結果、とみなしてもいいだろう。ヨハネスこと、ヨハネス・クライスラーはまぎれもなく、ホフマンその人だったのだ。

訳注にあるとおり、ヨハネスはホフマンの〈ドッペルゲンガー〉ではなく、〈ドッペルトゲンガー〉なのだ、と納得できる。二人が、別々に行動する場面があったとしても、さして違和感を感じずにいられるのは、不思議なほどだった。

そうしてみると、あの倉石玉絵が口にした〈ドッペルゲンガー〉も、その説明から推断するかぎり、正しくは〈ドッペルトゲンガー〉といわなければなるまい。

ともかくヨハネスが、ホフマンになり代わってこれを書いた、とする本間の指摘は納得できるものだし、あえてそれに異を唱える気はない。ヨハネス、すなわちホフマンということならば、報告書にしばしば見られたアンビバレントな心情も、よく理解できる。

それにしても、ホフマンの最期（さいご）についてはすでに、ある程度承知していたことだが、かなり凄絶なものがあったようだ。たとえ、平均余命が短い時代だったにせよ、もう少し長生きしてほしかった、と惜しまずにはいられない。やはり若き日の、ポーゼンにおける並はずれた放蕩（ほうとう）が、たたったのだろう。

それはさておき、夫が死んだあとのミーシャの消息まで、本間が詳しく書いてくれたことには、救われる思いがした。

ミーシャは、そこに書かれた内容を詳しく知らぬまま、この報告書を人手に渡してしまったのだろうか。

もし、その前に姪のマティルデにでも、読み聞かせてもらっていれば、決して手放しはしなかったはずだ。

おそらく、死ぬまでこれを肌身離さず持ち歩き、一緒に自分の墓に入れてもらうか、マティルデの手に残したに違いない。

いずれにせよ、結局はミーシャがホフマンの死後、早い時点で手放したのだろう。

それにしても、この報告書はいったいどんな経路をたどって、スペインと日本へ別れわかれに、伝えられたのか。

いくら考えても、分からない。

ふとわれに返り、訳注の最後の紙をめくる。

するとそこに、別の新たな原稿が現れた。

手に取って見る。

報告書と同じくワープロで、きれいに打たれた文章が、連なっていた。

読み始めると、それは沙帆自身に宛てた本間のメッセージだ、と分かった。


〈本間のメッセージ〉

最後に、個人的なことを書かせてもらう。

これはきみ宛の私信だから、麻里奈くんに渡したり、見せたりする必要はない。

おとといの夜、わたしは〈響生園〉という老人ホームの、南川みどりと名乗る介護士から、電話を受けた。倉石玉絵の、介護を担当している、とのことだった。南川みどりは、玉絵がわたしに会いたがっている旨を告げ、翌日、つまりきのうの午後二時半に、来園してもらえないか、と要請してきた。

あまりにも突然だったので、わたしもさすがに面食らった。

以前、由梨亜くんと電話で話したとき、きみが倉石夫婦と一緒に施設を訪ね、入所している祖母を見舞った、という話は聞いていた。

もちろん、わたしにもそれが玉絵のことだ、とすぐに分かった。

それにしても、玉絵ないし南川みどりがなぜ、わたしの電話番号を知っているのか、腑に落ちなかった。

とはいえ、玉絵へのなつかしさもあったし、向こうが会いたがっているのならと、さして迷うこともなく承知した。

きみも、了解しているかもしれないが、その昔の戸浦波止を巡る確執も、遠いものになったのだろう、と善意に解釈した。

それで、きのうの昼過ぎ柴崎へ、出向いたわけだ。

ただ、〈響生園〉に行くのは初めてなので、どれくらい時間がかかるか分からず、柴崎駅に着いたときは、まだ一時二十分だった。〈響生園〉までは、駅から十五分ほど聞いたので、二時半までにはまだだいぶ間がある。

駅前の古い喫茶店で、時間をつぶすことにした。

コーヒーを飲みながら、ぼんやりガラス窓の外を眺めていると、なんと十分もしないうちに、きみが通り過ぎるのが目にはいった。

一瞬、偶然か、人違いかと見直したが、すぐにそうではない、と思い当たった。

倉石夫婦と一緒ならともかく、きみ一人となると話は別になる。

わたしはとっさに、玉絵が無理やりきみとわたしを、鉢合わせさせるつもりに違いない、と悟ったわけだ。

きみがいつだったか、庭で鳩がうるさく鳴いているのを聞いて、波止という名前を耳にした、と言い出したことがあった。それで確か、倉石玉絵がどこかの施設にはいっており、見舞いに行ったきみを波止と間違えた、という話になったはずだ。

それを思い出して、これはきみとわたしを引き合わせるために、玉絵が仕組んだたくらみに違いない、と察しをつけた。つまり、波止とそっくりのきみを引き合わせて、わたしがどんな顔をするのか見よう、という魂胆なのだ。

女の恨みというのは、年を取っても消えないものだ、と苦笑が出た。

やはり女と男は、根本的に違うようだな。

とにかく、わたしは肚(はら)を決めて時間どおりに、〈響生園〉へ行ったわけだ。

すると、案に相違してきみの姿は、すでになかった。あまりにおとなげない、と玉絵が考え直して、きみを帰らせたのか、と思った。

どちらにせよ、玉絵は直前まできみが来ていたことなど、おくびにも出さなかった。

認知症という気配も、ほとんど感じられなかった。

玉絵と会うのはほぼ四十年ぶり、正確にいえば、三十八年ぶりのことだ。

にもかかわらず、玉絵がわたしの電話番号を知っていた理由が、会ってみてやっと分かった。

玉絵によれば、四日前の日曜日の午後、思いもかけぬ見舞い客が二人、やって来たという。

一人は、倉石夫婦の娘、由梨亜。

もう一人は、きみの息子のハンタロウくんだ。きみの息子だとすれば、たぶん帆太郎と書くのだろう。

由梨亜は、以前両親ときみが玉絵を見舞ったとき、帆太郎くんと一緒に同行するはずだった。にもかかわらず、なんとなく気が重くなり、行きそびれてしまった。

それがずっと気になっていて、日曜日には映画を見る予定だったのを、お見舞いに切り替えることにした、といういきさつらしい。

二人とも、〈響生園〉には予約なしに行ったので、入り口で多少もめたようだ。しかし、南川介護士の口添えで面会を認められた、とのことだった。

その面会のあいだに、何かの話の流れで由梨亜が、わたしにこっそりギターを習っている、と玉絵に告げたそうだ。

そこで玉絵は、わたしとは昔なじみだと打ち明けて、由梨亜から電話番号を聞き出した、という次第だった。

そう、あらためて白状するが、その昔玉絵とわたしは、言葉の真の意味で（翻訳調の表現を許してくれたまえ）、好いた同士の仲だったのだ。少なくとも戸浦波止が、ゼラピオン同人会にはいって来るまでは、の話だが。

波止が割り込んで来たために、三人のあいだでいざこざが起きて、残念な結果になった。しかし、今さらその痴話話をきみに述べ立てても、しかたがあるまい。

ともかく、それなりのいきさつがあって、玉絵とわたしは別れることになった。

その結果、当時わたしと玉絵を争っていた久光創、という別の同人のメンバーが、わたしの後釜（あとがま）にすわった。

ほどなく二人は結婚して、久光は倉石家の養子にはいり、倉石創と名を変えた。

その後、二人のあいだに子供ができたこと、さらには倉石創が癌に侵され、若死にしたことなどを、風の便りに耳にした。

ついでながら、波止とわたしも長続きせずに、別れるはめになった。そして、波止もほどなく病を得て、早死にした。

いろいろ思い出すことがあって、事情を知らぬ第三者のきみを相手に、つい長ながと昔話をしてしまった。

玉絵が、わたしを〈響生園〉へ呼びつけたのには、もう一つ理由があったのだ。

玉絵は、わたしに言いたいことがあり、それを伝えるときの証人として、きみを同席させようとしたに違いない。

しかし、どのみちきみには関わりのないことだから、きみがさっさと（かどうかは知らぬが）帰ってしまったのは、正解だったともいえる。

玉絵が、わたしに言いたかったことは、ただ一つだけだ。

わたしと別れた直後、玉絵は身ごもっていることに気づいた、と打ち明けたのだ。

倉石創は、自分の子供だと信じていたが、玉絵にすれば生まれ月から逆算して、微妙にそうではないことが分かった、と言うのだった。

実際には、倉石創も多少疑いを抱いていたらしいが、それについてはひと言も口にせずに、世を去ったそうだ。

今の医学をもってすれば、真実を知るのはたやすいことだろう。

しかし、今さらそれを突きとめたところで、市が栄えるわけではない。

また、わたしが姿を消すことにしたのは、それだけが理由ではない。一人になって、やらねばならぬことがまだ、たくさん残っているのだ。

倉石夫婦には、事情があってドイツへ渡った、とでも言っておいてくれたまえ。よけいなことは、言わなくていい。

このアパートの部屋は、残して行くことにする。家賃は、今後もきちんと払い続けるから、心配しないでほしい。ただ、きみがときどきのぞきに来て、空気を入れ替えてくれれば、ありがたい。

そのほか、書棚の蔵書類を利用したいなら、自由に閲覧してくれていい。内外を問わず、E・T・A・ホフマンを含むドイツ浪漫派の、貴重な資料がそろっている。

学生を連れて来て勉強会、場合によっては宴会をやってもかまわぬ。ただし資料の持ち出しは、遠慮してもらいたい。

当然のことながら、火事だけは出さんでくれたまえ。

あの報告書（全部がコピーだが）を利用して、きみか麻里奈くんがホフマン論を書いてくれたら、ヨハネスもさぞ喜ぶだろうと思う。

それでは、Auf Wiedersehen!

本間鋭太

この独白に、沙帆はしんそこ驚かされた。

きのう、〈響生園〉で目にした男は思ったとおり、本間鋭太だったのだ。

そして、その本間が〈響生園〉に姿を現した理由も、これではっきりした。

五日前の日曜日、沙帆は帆太郎が由梨亜と映画に行った、とばかり思っていた。

前日の土曜日に、倉石一家とそろって食事をしたおり、由梨亜とのあいだでそんな話が出たのを、聞いていたからだ。

ところが帆太郎は、実際には由梨亜と二人連れ立って、倉石玉絵を見舞いに行ったという。たぶん、一人で行くのに腰が引けた由梨亜に、一緒に行ってほしいと頼み込まれて、気軽に承知したのだろう。

そのあげく由梨亜は、見舞ったことを両親に知られぬように、帆太郎に口止めしたに違いない。

現に帆太郎は、一緒に見舞いに行ったことなど、おくびにも出さなかった。

理由は分からないが、おそらくそういう筋書きだろう。

ただ、そのこと自体は、たいした問題ではなかった。

それより、本間の独白にはもっと重大なことが、におわされている。

梅雨明けの前に、倉石とポルトガル料理を食べたとき、倉石から同じようなことを別の言葉で、聞かされた覚えがあった。

「わたしのおやじは、実はそうちゃんじゃなくて、しゃあちゃんなのかもしれない」

倉石は確かに、そう言ったのだ。

とはいえ、その意味を深く追及するのは、気が進まなかった。どのみち自分には、関わりのないことだ。

沙帆は、報告書と本間のメッセージを、トートバッグにしまった。

いちばん下にあった、包装紙をあけてみる。

また、新たな紙の束が、現われた。

今回の報告書よりは、だいぶ厚みがある。大きさは同じ、A4のサイズだ。

開いてみると、それは本間がメモに書いていた、報告書原文すべてのコピーだった。

前半部分は、麻里奈が本間にオリジナルを渡す前、自分用にコピーを取ったはずだが、別に重なっても不都合はない。

あらためて、ぱらぱらとめくってみる。

亀甲文字の筆記体で、やはり沙帆には断片的にしか、読み取れなかった。

ただ、後半部の最後の方をチェックすると、にわかに書体が変わってしまう。

それまで、流れるように続いていたペンの運びが、ぎくしゃくした筆跡になるのだ。

本間が、書き残したとおりだった。

これはやはり、ヨハネス・クライスラーことホフマンが、全身麻痺のためにペンが持てなくなり、リーガーという秘書兼介護士に命じて、口述筆記させた結果だろう。

リーガーは、おそらくホフマンの指示を受けて、ヨハネスその人が書いたように、口述をそのまま筆記したに違いない。

筆跡さえ変わらなければヨハネス、つまりホフマン自身が書いたといっても、分からなかったはずだ。

そのコピーを包み直そうとして、下から大きめの封筒がのぞいているのに、気がつく。

抜き取ってみると、指先に厚さおよそ一センチほどの、四角いケースらしきものの感触が、伝わってきた。

糊(のり)づけされてなかったので、試しに口を傾けてみた。

十センチ四方ほどの大きさの、プラスチックのケースが手のひらに、落ちてくる。
それと一緒に、今度はきちんと封緘(ふうかん)された、小さな封筒が滑り出てきた。
おもて側に、大きな字で〈逢坂 剛先生 侍史〉とだけ、書いてある。
封筒の下部に、沙帆に宛(あ)てた別のメモが、貼られていた。

古閑くん

別添のフロッピディスクを、この手紙と同梱(どうこん)で、作家の逢坂剛氏の仕事場へ、宅配便で送付するように、お願いする。発送伝票もつけておく。依頼主は便宜上、新潮社総務部としておいた。

送る前に読みたければ、わたしの書斎のワープロを使ってくれていい。使い方は、分かるだろう。

逢坂氏から、なんらかの問い合わせがある場合は、わたし宛に直接連絡するように、手紙に書いておいた。したがって、きみや新潮社をわずらわせることは、いっさいない。安心してくれたまえ。

それではよろしく。本間

最初のメモと違って、こちらは悪筆にふさわしいともいえる、そっけない事務的な筆致だった。

ケースを開いてみる。

最近目にすることのない、三・五インチのフロッピディスクが二枚、向かい合わせにはいっていた。

ラベルに①②と、番号が振ってある。ほかには何も記載がない。

あらためて封筒をのぞくと、確かに宅配便の発送伝票が、はいっていた。

届け先は、千代田区神田神保町の逢坂剛。

依頼主は、新宿区矢来町の新潮社総務部。

伝票には、ビニール袋にはいった五千円札が、添えてある。配送料のつもりだろう。

逢坂剛宛の封書には、折り畳んだ便箋(びんせん)らしきものが何枚か、はいっているようだ。

読んだことはないが、逢坂剛という作家の名前は、耳にしている。

とはいえ、新潮社の名をかたっていきなり、あやしげなものを送りつけたりして、いいものだろうか。

不審物と思われて、開封されることなく廃棄される可能性も、ないではないと思う。

せめて、添付の手紙だけでも読んでくれたら、御の字というところだろう。

あらためて、メモを読み直す。

文面からすると、手紙の中に本間の連絡先らしきものが、書いてあるらしい。

こっそり、この封緘を開いて中を盗み読みし、本間の居場所を確かめようか。あとで、うまく封をし直しておけば、相手には分かるまい。試してみる価値はある。

というより、そうすべきだと思った。

しかし、盗み読みという言葉が頭をよぎると、たちまち動悸が激しくなった。性分からして、それはできなかった。

その思いを振り払い、沙帆はフロッピディスクを取り上げた。こちらは、読みたければ読んでいいと、本間のメモにそう書いてある。

だとすれば、読まずにはいられない。

ケースを持って、奥の書斎へ行った。椅子にすわって、ワープロの電源を入れる。

それはかなり昔、生産中止になってしまった、シャープのワープロの最高機種、〈書院／WD－MF01〉だ。

沙帆は大学に在学中、独文科の研究室でこのワープロを、愛用したものだった。

ほかの学生の多くは、すでにだいぶ進化していたパソコンで、卒論を書き始めていた。

しかし沙帆は、日本語を打つ作業に特化したこのマシーンを、何よりも重宝した覚えがある。おそらく今でも、日本語の原稿を作成することだけに限れば、パソコンも追いつけないと思う。

すでに交換用の基板、部品の保管期限が過ぎたはずだから、故障すれば修理は不可能だろう。

それを、今でも本間が使用しているとすれば、少なくともここ十年以上は、修理していないことになる。もしかすると、一度として故障したことがないのかもしれない。

つくづく、生産中止になったのが惜しまれる、すぐれたワープロだった。

スロットに、フロッピディスクの①をセットして、文書呼び出しのボタンを押す。

表示された画面から、最初の文書番号〈100〉のブロックを選び、ディスプレイに呼び出した。

それを読み始めた沙帆は、しだいに頭が混乱してきた。

フロッピの内容は、次のようなかたちで、始まっていた。

＊　＊　＊

鏡影劇場

——ある文学者、音楽家、画家にして判事の、
途方もなく深刻な悩みについて——

本間鋭太

プロローグ

マドリードの、初夏の夕暮れどき。
プエルタ・デル・ソル（太陽の門）広場から続くアレナル街は、パセオ（散策）を楽しむ夫婦連れや家族連れ、恋人同士や学生仲間等の群れで、たいへんな人出だった。

とはいえ、それは昨日今日始まったことではない。

たそがれどきのパセオは、すでに何十年、いや、おそらくは何百年も続いてきた、スペイン人に欠かせぬ習慣の一つ、といわれている。

差し当たり、ドミンゴ・エステソのギターを後生大事に抱えて、人とぶつからないように歩くのが、精一杯だった。

そのエステソは、一九二一年に製作された年代ものだが、所有するギターの中で特別古い、というわけではない。もっと古いギターを、何本か持っている。

ちなみに今は、アレナル街と交差するボルダドレス街にある、ビセンテ・サグレラスのピソ（マンション）へ、向かう途中だった——

〈あとがき〉


読者諸君。

本間鋭太なる人物から、フロッピディスクで送られてきた小説は、ここで唐突に終わりを告げる。

フロッピディスクは、①と②の二枚に分けられていたが、もしかすると③以下を送り忘れた、とも考えられる。

あるいは、①と②までしか完成しておらず、おっつけ続きが手元に届くのではないか、という期待も一時はあった。

結局、その期待もむなしく、以後は何も送られてこなかった。

つまりは、ここで終わりということだろう。

その唐突さも含めて、この作品には奇妙かつ不可解な点が、いくつか見られる。

それについて、本作品発表の仲介者たるわたし逢坂剛は、〈あとがき〉代わりに解

説めいた補足を、付け加えなければなるまい。あるいは蛇足になるかもしれないが、

本書を読み解く参考になればと考え、書き記す次第である。

まず目を引かれるのは、原作者と称する本間鋭太が、そのまま主要人物の一人として、作品中に登場することだ。

となると、この作品は原作者自身が実際に行なった、例の古文書の解読と翻訳の作業、もしくは自分の専門分野の研究成果を、小説ふうに組み立ててまとめたもの、ということになろうか。

それならば、あえて小説仕立てにする必要は、なかったようにも思える。たとえ仕立てるとしても、一人称の小説のかたちにするのが、ふつうではないか。

しかし、この小説はそのようなかたちでは、書かれていない。

本作品の現代に相当する部分は、わたしの読みそこないでなければ、終始〈古閑沙帆〉という一女性の視点で、進められる。三人称で書かれてはいるが、〈古閑沙帆〉の一人称小説、といってもいいくらいだ。他の登場人物の視点描写は、見たところ一つもない。それは、あきれるほど徹底している。

ただしプロローグの、マドリードのエピソードだけは、別だ。

ここは、自称代名詞こそ現れないものの、開巻ほどなく登場する主要人物の一人、

〈倉石学〉の一人称視点だということが、明らかになる。

とはいえ、この設定は本筋の必然的要請ではなく、イスパノフィロたるわたし逢坂剛の気を引き、書き出しだけでも読ませようという、あざといねらいがあったようにもみえる。

もっともそうしたことは、さほど重要な問題ではない。

まず注目すべきは、末尾が尋常の小説の終わり方ではない、という点にある。

本作品の末尾は、古閑沙帆が本間鋭太から託された、フロッピディスクをワープロにセットして、中身を読み始めたところで終わる。

そしてその始まりは、わたしに送られてきた『鏡影劇場』の書き出し、つまり倉石学のマドリードでのエピソードの冒頭が、そっくりそのまま再現されたものなのだ。

よく考えれば、それは別に不思議ではないように、受け止められる。

本間が沙帆に指示を与え、その小説をわたしに送りつけてきたとすれば、事実そのとおりの展開だからだ。

しかし、それをそのまま最後まで読んでいくと、また冒頭のエピソードにもどる、という繰り返しになるだろう。

こうした仕組みは、いったい何を意味するのか。

この小説は、ふたたび冒頭へもどって同じ物語が始まり、それが何度となく繰り返されて、永久に終わらないのだろうか。

つまりは、『鏡影劇場』というタイトルにふさわしく、鏡の中に鏡を映して無限の映像を作る、あの仕掛けになっているのだろうか。

それこそ、ホフマンが考えそうな凝った手口だが、当面その答えを得る手掛かりは、どこにもありそうにない。

もっとも、ギゼラ・ホーン『ロマンを生きた女たち』(一九九八年／現代思潮社)の編訳者、伊藤秀一は〈まえがきに代えて〉の中で、次のように喝破している。


たとえば小説は、いつもすでにはじまったものとしてしか開始しないし、決して最終的にまだ終わっていないものとしてしか終わらない。つまり、どんな小説の冒頭を見ても、すでに物語は開始してしまっているし、どんな小説の最後も、いや最後だけではなくてあらゆる部分が、新たな展開の萌芽をもっている。(原文のまま)

まさに小説は、ある時間の流れの途中から突然始まり、その流れの途中でまた突然終わるもの、と相場が決まっているのだ。

そういう視点からみれば、この『鏡影劇場』も取り立てて奇抜な小説、とはいえまい。

さりながら、わたしはこの作品の出版を仲介した者として、読者にそれなりの理解を促すべく、不明瞭(ふめいりょう)な部分を補足し、解説する責任があると考える。

そこで、可能な範囲で行なった追跡調査の結果を、以下のとおり報告したい。

*

読了した読者諸君は、すでにお分かりのことと思う。

この小説は、ドイツ浪漫主義時代の鬼才といわれる、E・T・A・ホフマンの後半生をたどった、ある種の書簡体の報告書を主軸としている。

おおまかにいうと、ドイツ浪漫主義は十八世紀の中盤以降、レッシング、ヘルダーからゲーテ、シラーにいたる古典主義時代、さらに疾風怒濤(どとう)（シュトゥルム・ウント・ドゥラング）時代をへて、十八世紀末に始まった芸術運動の一つだ。

余談ながら、〈疾風怒濤〉のドイツ語の原語は〈Sturm und Drang〉で、直訳すれば〈激発と衝動〉といった意味になる。それを、著名なドイツ文学者の成瀬無極(むきょく)は、原語の〈S〉と〈D〉の頭韻を踏んで、〈疾風怒濤〉と訳した。発音、語感ともにその原意をよく伝えており、けだし名訳といえよう。

ドイツ浪漫主義の運動は、やがてフランス、ロシアなど国外にも波及し、十九世紀後半以降の自然主義、写実主義に移行していく。

ホフマンは、そうした浪漫主義時代の文学をいろどる、後期浪漫派の作家の一人とされる。また、それだけにとどまらず、ハインリヒ・フォン・クライストとともに、のちの写実主義への橋渡しをした作家、とも見られている。

そのホフマンの、後半生の日常行動を克明に観察し、断続的にホフマン夫人ミーシャに報告した、ある人物の手記が本編を構成する報告書、ということになる。

その報告書と対照的に、並行して展開される現代の日本の物語は、料理で言うつなぎのような役割を、果たしている。

報告書の部分は、ホフマンのごく身近にいたらしい、ヨハネスなにがしの視点で、描かれる。

そして、ヨハネスの正体が明らかにされぬまま、報告書は終わる。

ただし、ヨハネスが何者であったかは、原作者でもあり登場人物の一人でもある、本間鋭太の訳注によって、的確に指摘されることになる。

報告者ヨハネスは、ホフマンが創造した〈狂える音楽家〉の、ヨハネス・クライスラーだ、というのだ。

そう、『西洋の没落』を書いたシュペングラーが、「ドイツの音楽家魂の、もっとも深遠な文学的表象であって、その意義はファウストと並ぶものだ」と言いきった、あのヨハネス・クライスラーなのだ。

それは、取りも直さずこの文書の報告者が、ホフマン自身であることを示す。ホフマンは、『クライスレリアーナ』や『牡猫(おすねこ)ムルの人生観』で、ヨハネス・クライスラーに存分に、自分のありのままの姿を表象した。

もっともそのこと自体は、驚くほどの仕掛けではない。ヨハネス・クライスラーが、生みの親であるホフマンの音楽的投影だということは、少なくともドイツ文学の専門家のあいだでは、広く知られた事実だからだ。

とはいえ、例のハインリヒ・フォン・クライストの、自殺事件の詳細を調べるためにヨハネスが、バンベルクからベルリンへ赴くエピソードなど、たとえ分身(ドッペルトゲンガー)の存在を認めるにせよ、にわかに首肯しがたい部分も、ないではない。また、クライストとホフマンの会見にしても、対話内容からは大いにありそうに思えるが、信じるに足る証拠は提示されていない。

ただそうしたエピソードは、自我の解放と精神の飛躍を本領とする、浪漫派特有の視点や志向を考慮すれば、かならずしも不条理とはいえないだろう。

*

ところで、ドイツで集積されたホフマンに関する文献資料は、今や質量ともに文豪ゲーテに迫るものがある、ともいわれる。

作品全集はもちろん、日記、書簡、絵画、戯画、知人友人の証言記録、さらにそれらを利用した評伝、研究書のたぐいは汗牛充棟、といっても言いすぎではない。

もっとも、生きているあいだ、ホフマンの作品はよく読まれたものの、プロイセンをはじめとするドイツ語圏での、ホフマン自身の死後の評価は、きわめて低かった。ただの通俗作家、としか見なされなかった。

それは一つには、かのゲーテがホフマンの作品に、拒否反応を示したことが影響した、と考えられる。

ゲーテは、自殺したハインリヒ・フォン・クライストのことも、ある程度才能は認めながら、やはり嫌っていた。

ホフマン、クライストのような、自分にとって健全な精神の持ち主ではない、と感じられる作家に対して、ゲーテは根っから好意を示さなかったのだ。

エッカーマンは、ゲーテの発言を丹念に書き留めた中に、こんなことも記録している。

古典主義は〈健康的〉であり、浪漫主義は〈病的〉である。

もともと、『ヴィルヘルム・マイスターの修業時代』を、浪漫主義の鑑(かがみ)として称揚することで、ごくふつうの人気作家だったゲーテを、神のような大作家に祭り上げたのは、シュレーゲル兄弟やルートヴィヒ・ティークなど、初期浪漫派の評論家や作家だった。

逆にゲーテは、浪漫派の作家たちにさしたる興味を示さず、むしろありがた迷惑と言わぬばかりに、距離をおく立場をとった。

ことにホフマンには、めったに関心を寄せなかったらしい。

作品もほとんど読んでおらず、まともに読んだのはホフマンが死ぬまぎわ、あるいは死んだあとという説も、あるほどだ。

さらに、ゲーテの次のようなホフマン批判は、同じくホフマンを手厳しく論じた、イギリスの作家ウォルター・スコットの、受け売りだともいわれている。

国民の文化に真に関心を持つ者は、この病的な人物（ホフマンのことだ）の気味の悪い小説が、長年にわたってドイツに影響を及ぼし、かくも異常な思考がすこぶる有益な革新的思想として、健全なる精神に植えつけられてきたことを、だれしも嘆かわしいと思わずにはいられないだろう。

ゲーテがどれだけ偉いか知らぬが、かかる狭量な言辞を弄する人物でもある、ということを覚えておいてほしい。

ともかく当時、文豪ゲーテがだれかについて、なにがしか批判的な意見を述べれば、その影響はとてつもなく大きかったのだ。

現に、ゲーテが批判した同時代の通俗作家たちで、後世に名を残した者はほとんどいない。

たとえば、H・クラウレン（H.Clauren＝本名 Carl Heun のアナグラム）という、そのころドイツ語圏で人気のあった、通俗（とされる）作家がいる。

クラウレンは、シェリー夫人の『フランケンシュタイン』や、アラン・ポーの『アッシャー家の崩壊』の、原型になった小説を書いたともいわれる、人気作家だった。

しかし、ゲーテにうとんじられたこともあり、今ではすっかり忘れ去られた存在になった。シェリー夫人や、ポーを読む者はそれを忘れぬよう、心してほしい。

ホフマンも、当初はそれに近い状況だった。

ただフランス、ロシアなど非ドイツ語圏の国では、その死後作品が翻訳され始めるとともに、ホフマンの評価は逆に高まっていった。

ヴィクトル・ユーゴー、アルフレッド・ド・ミュッセら、フランスでの浪漫派作家の台頭は、ホフマンの影響が大きかった、といわれる。

ゴーゴリ、ドストエフスキーら、ロシアの作家がホフマンを愛読したことは、本文で本間鋭太が指摘しているとおりだ。

ドイツ語圏内で、ホフマンの再評価の気運が高まり、全集や日記、書簡その他の貴重な資料が、少しずつ整備され始めたのは、ドイツ帝国が成立した一八七一年以降、十九世紀も末になってからのことである。さらに、真に評価されるようになるまでには、二十世紀を待たなければならなかった。

ただしそうした状況は、本文の報告書や訳注にも詳しいので、これ以上は触れないことにする。

それはさておき。

＊

この物語は、現代の日本と十九世紀初頭のドイツを、自在に行き来しながら進行する、二重構造の小説になっている。

原作者が、小説中のホフマン学者と同一人物ならば、こういう物語を書いたとしても、不思議はない。

その発想というか、思いつきには独特のものがある。

なかんずく、ヨハネスの報告書の後半部分が、江戸時代から続く解読者本間鋭太の、家代々に伝わったとするもっともらしい展開は、まさに奇想天外といってよかろう。

いささか無理筋の気もするが、エピソードとしてはおもしろい。

よく知られた日本語学者、J・J・ホフマンとジーボルトの出会いや、ハイネとジーボルトの助手ビュルガーの邂逅(かいこう)は、それなりの記録が残っているらしく、フィクションではないようだ。

これらの挿話はJJとETA、両ホフマンの因縁を強く暗示して、ある種のシンクロニシティを想起させる。

ホフマンの伝記に関する部分は、その死の直前にいたるまで、ヨハネスの報告書と訳注により、つまびらかにされている。執筆に当たって、日本語、ドイツ語を問わず、内外の資料を幅広く、渉猟した形跡が認められる。

ただ、どこまでが史実でどこまでがフィクションか、これは専門家でなければ分からないので、その評価はここでは控えることにする。

ともかく、ホフマンの報告書の部分については、一応完結したものとみてよかろう。最後の最後まで、ホフマンが介護士に口述筆記させたホフマンの執念には、たとえフィクションだとしても、鬼気迫るものがある。

それにひきかえ、報告書以外の現代の部分については、奥歯にものが挟まったままの感を、まぬがれない。まだ、解決しきっていない部分が、いくつか残されている。つまり、先へ続きそうな雰囲気を漂わせながら、小説は唐突に途切れてしまったわけだ。

まさにベルゲングリューンは、ホフマンの評伝『E・T・A・ホフマン』の中で、次のように指摘している。

（ホフマンは）或る着想がぱっと浮かぶと、あとをどう処理するか考えないで書きはじめるのである。かれのたいへんすばらしい作品の中に、均衡を崩したもの、結末まで構想を練り抜かれていないもの、断章的なものが混淆(こんこう)しているのは、まさしくこの理由によるものであり、前半、巨匠的な手腕を発揮して物語の筋を錯綜(さくそう)させながら、後半、無味乾燥な結末となりがちな弱点をもつのも、このためである。
……（中略）ひとつの文章を一日がかりで推敲(すいこう)して、その文章が正真正銘のリズムをもっているように見せかける、というやり方をかれはやらない。トルストイがそうだったように、かれもまた物語の結末へ近づいてから、脇役(わきやく)の諸人物に最初つけた名前を忘れ、改めてあっさり別の名前をつけることがある。（原文のまま）

――朝日出版社・一九七一年刊・大森五郎訳

まさか、そのひそみにならったわけではないだろうが、原作者にいくぶんそうした傾向がみられることは、否定できないだろう。

おそらく原作者は、ホフマンに関する問題の報告書が、ホフマンの死によって杜絶(とぜつ)したため、わが事終われりとしたのではないか。

その点はおくとしても、原作者がホフマン自身の影響を受けた、と推測できる部分は確かにある。

たとえば、登場人物の血筋が入り組んでいる点は、ホフマンほどおどろおどろしくないにせよ、『悪魔の霊液』のメダルドゥスに与えられた、複雑な血縁関係とよく似ている。

また、本筋と直接関わりのない挿話が、あちこちに挟み込まれるという趣向も、ホフマンの手法を取り入れたもの、とみてよかろう。

話をもどす。

原作者によれば、もし刊行を引き受ける出版社が現われた場合、種々の手続きやゲラのやりとりなど、わずらわしい作業はすべてわたしに任せる、とのことだった。

読み終わったあと、わたしとしてもいささかの不満を覚えながら、そうした事務的な作業を代行してもよい、という気持ちになっていた。

そこで、送られてきたフロッピディスクの、発送依頼人として社名を使われた、新潮社の担当編集者氏に原稿を渡し、出版を検討してもらえないか、と打診してみた。

編集者氏は、ひととおり読んではくれたものの、当初はさほど乗り気でなかった。テーマが、あまり一般的とはいえないし、だいいち長すぎる。出版不況のこのご時世では、売る自信がないということらしい。

ただし、と編集者氏は付け加えた。もし、逢坂剛自身の作品として刊行するならば、検討してもいいというのだ。

わたしも、三秒ほどは考えたものの、さすがにそれはいかがなものか、と判断してお断りした。

そのかわり、必要と思われる加除訂正を行なうとともに、責任をもって校了まで見届けるから、と請け合った。

それで、ようやく編集者氏も重い腰を、上げてくれたのだった。

ちなみに、フロッピディスクに添付された手紙には、編集の段階で手直しが必要と判断された場合、遠慮なくわたしに手を入れてもらっていい、と書いてあった。

いろいろ考えたあげく、わたしは原作のオリジナリティを保つため、若干の漢字変換ミスと誤字脱字の訂正など、最小限の手直しにとどめることにした。

*

忘れないうちに、読み終わってから気づいた、原作者のひそやかな遊びに、触れておきたい。

すでに、途中でお分かりになった読者も、おられるだろう。

原作者は登場人物の何人かに、ホフマンの〈ゼラピオン同人〉の作家の名前を、織り込んでいるのだ。

まず、本間鋭太という名前は当然ながら、E・T・A・ホフマンの前後を入れ替えた、もじりにすぎない。

次に、本文で種明かしがされたが、久光創はアデルベルト・フォン・シャミッソーだ。

寺本風鶏は、『ウンディーネ』の作者、デ・ラ・モット・フケーだろう。

この二人は、ホフマンともっとも親しい、作家たちだった。

そのほか戸浦波止は、ユリア・マルクを知る以前の、若き日の大学生ホフマンと、道ならぬ関係にあった、人妻ドラ・ハット。

さらに倉石という名字には、ハインリヒ・フォン・クライストが、ひそんでいるかもしれない。

ついでながら、古閑沙帆は〈OHSAKAGO〉の、単純なアナグラムだ。

これらは、いわば児戯に類するお遊びだが、分かる読者に分かればそれでいい、という原作者の忍び笑いが、聞こえてくるようだ。

余談はともかく。

わたしとしても、原作者とまったく顔を合わせずに、編集作業を進めるというのは、やはり抵抗がある。もちろん、不安も残る。

そこで、せめて印刷に取りかかる前に、一度くらいは会っておくべきだろう、と考え直した。

もし、この作品の続きがあるなら読んでみたいし、奇妙な終わり方をした理由が何かあるのなら、それも聞いてみたい。

ところで、同梱(どうこん)された原作者の手紙には、電話番号が書かれておらず、連絡先は〈青梅市青梅東郵便局私書箱二十五号〉となっていた。

そのため、原作者との連絡はその私書箱を経由して、手紙のやりとりで行なわれたのだった。

こうなったからには、めんどうでも青梅市へ出向き、原作者との接触を試みなければならない、と肚(はら)を決めた。

*

仕事の合間に、わたしは一日青梅市まで足を延ばして、青梅東郵便局を訪ねた。

局員に調べてもらったところ、本間鋭太名義で使用された私書箱二十五号は、すでに本人から〈使用廃止届〉が出ており、現在は空きになっているとのことだった。

これには当惑したが、すぐにあきらめるわけにはいかない。

ひとまず、自分が前に二、三度当該の私書箱を通じて、本間と連絡し合った者であることを、告げた。

さらに名刺を渡して、正体を明らかにした。

名刺を見るなり、局員はにわかに硬い表情を崩して、わたしの小説を何冊か読んだ、と言いだした。どれもおもしろかった、と付け加えさえした。

これは脈がありそうだと思い、さりげなく私書箱の使用者、本間鋭太の住所や電話番号など、連絡先を教えてほしいと頼んでみた。

すると、局員はみじんも笑みを消さずに、愛想よく応じた。

「それは、使用者の個人情報ですので、お教えするわけにはいきません」

そのあと、あの手この手を尽くして食い下がったが、ついに局員をうんと言わせることは、できなかった。

言うまでもなく、そのような個人情報の開示を求めても、教えてもらえるわけがない。

それは百も承知だったが、わざわざ青梅まで出向いて来た上に、相手が愛読者らしいと分かったため、だめでもともとという気持ちで、聞いてみただけだ。

最後の手段として、局員自身が本人と連絡をとり、連絡先を教えていいかどうか、確かめてもらえないか、と持ちかけた。

しかしその懇願も、あえなく却下された。

まったく、愛想はいいが頭の硬い、しかし職務に忠実な局員だった。

ともかく、わたしとしてもここまできたら、もはやあともどりはできない。

引き続き、登場する人物に関わりのある場所を、順にチェックすることにしよう、と決めた。何か、原作者につながる手掛かりが、つかめるかもしれない。

仕事場へもどり、まず老人ホームの〈響生園〉を、探してみた。

柴崎を含む、京王線に沿った広い地域に、そういう名称の施設は、見当たらなかった。

念のため、探索対象を東京全域に広げてみたが、やはり架空の施設だったとみえて、から振りに終わった。

倉石学一家が住む、本駒込駅に近いマンション〈オブラス曙〉も、古閑沙帆母子が住む義父母のマンション、北区神谷界隈の〈パライソ神谷〉も、見つからなかった。

あるいは、周辺にモデルになったマンションが、実在するのではないか、という気もした。

しかし、それらしい物件を探し歩く時間は、残念ながらない。

作中で、古閑沙帆や倉石麻里奈が関わった大学、由梨亜がかよっていた中学校も、見当たらない。名前が出てくるレストラン、飲食店、古書店などもわずかな例外を除いて、実在しなかった。

最後に、これが最大の手掛かりになるはずの、〈ディオサ弁天〉を当たることにした。すなわち、作中の本間鋭太が住んでいるという、東京都新宿区弁天町の古いアパートだ。

小説には、都営地下鉄大江戸線の、牛込柳町駅からの道筋が、ひととおり細かく描かれている。

とりあえずその周辺を、地図で当たってみた。

すると、新宿区弁天町のほとんど小説と重なる場所に、〈グロリア弁天町〉と称する建物が、見つかった。

地図では、マンションかアパートメントか分からないが、そこがモデルかもしれない。直感的に、そうひらめいた。

ふと思いついて、手元にある四十年以上も前の版の、新宿区の住宅地図帳を参照してみた。

するとほぼ変わらぬ場所に同じ名称の建物、〈グロリア弁天町〉が載っているではないか。すぐ近くに、作中にちらりと出てくる、それらしい寺もある。

少なからず、心が騒いだ。

何十年も前の古い住宅地図帳に、現在と同じ名前の建物が残っているとすれば、これは有力な手掛かりになる。小説と名称は異なっても、〈ディオサ弁天〉と同様かなり古い建物には、違いあるまい。

なんとなく、そこがモデルだという可能性が、高まったような気がした。

*

矢も盾もたまらず、わたしはさっそく新宿区の弁天町へ、出向いた。

それは真冬の、ぞくぞくするほど寒い日の、夕方のことだった。

地図を頼りに、地下鉄大江戸線の牛込柳町駅から、外苑東通りを北へたどった。

やがて小説にもあったとおり、右側にこれが寺かと疑いたくなるほど、モダンなデザインの建物が、見えてきた。数十年前までは、おそらく昔ながらの木造建築の、寺らしい寺だったはずだ。

地図を確かめ、その手前の細い道をはいる。

あちこちと、周囲を見回しながら足を運んだが、どちらを向いても小型の集合住宅が、目につくばかりだ。

多少くねってはいたが、迷うことのない一本道だった。

やがて真正面に、目当てのものらしき建造物が、見えてきた。

そこは、少し斜めになったT字路の突き当たりで、小型車ならなんとか通れそうな、狭い左向きの一方通行の道路が、左右に延びている。

いかにも古風な、多少汚れの目立つ白い建物だ。木造モルタル造りらしく、周囲の比較的新しい集合住宅とは、明らかにおもむきが違う。

門柱の表札によれば、確かにそれが〈グロリア弁天町〉だった。

ただ、小説から想像していた建物に比べると、さほど古ぼけた感じはしない。だいぶ前にもせよ、外壁の改修工事が行なわれたのだろう。

見たところ上下二部屋ずつ、合わせて四部屋だけの建造物だ。建物の左右に、それぞれ二階へ上がる外階段が、のぞいている。

玄関ホールが一つしかない、いわゆる小規模マンションとは、構造が違う。戸別に、おのおの小さな外玄関がついた、アパートメント形式のようだ。

そう、要するに小説と同じ構造の、アパートメントハウスといってよい。〈ディオサ弁天〉が、このアパートをモデルにしたことは、確かだという気がした。

少しはげた、白塗りの鉄柵の内側に、飛び石がYの字型に枝分かれして、奥へ延びるのが見える。

その分岐点には、枯れ枝や蔓（つる）や蔦（つた）でおおわれた木の柵（さく）が、立ちふさがっていた。

レバー式の取っ手をひねり、鉄柵を押してみる。

ロックされているのか、揺れただけで開く気配はない。

御影石の門柱の、右側の中ほどに埋め込まれた、四枚の小さな表札が目にはいった。

どの表札にも、押しボタンがついているのは、呼び出し用と思われた。

表札の名前は、それぞれ内田、高澤、中村となっている。

残りの左下の一枚は、何も書かれていない。空室のようだが、位置関係からして一階の左側の部屋、と見当がついた。

小説の中の、本間の住まいもその部屋だった。

目を上げると、門柱の内側の上の方から、白いカバーボックスでおおわれた、監視カメラらしきものが、のぞいている。

外でボタンを押すと、居住者がそのカメラで来訪者を確認する、という仕組みらしい。

何も期待せずに、名前のない表札のボタンを、押してみた。

しばらく待ったが、なんの応答もなかった。やはり、空室のようだ。

一階の右側、つまり本間の部屋の隣に当たる、内田と書かれた表札のボタンを、押してみようかと思った。

しかし、ひとに何か聞こうにも、何をどう聞けばいいのか、分からない。

途方に暮れていると、突然頭の上から声が降ってきた。

「どなたさまでしょうか」

*

落ち着いた、女の声だった。

監視カメラと同じ位置から、聞こえてきたようだ。インタフォンのスピーカーも、併設されているとみえる。

わたしは、驚きながらもカメラを見返し、低い声で言った。

「突然で、申し訳ありません。わたしは、作家の逢坂剛といいますが、少しお尋ねしたいことがありまして、おじゃましました」

少し間があき、声がもどってくる。

「どういったご用件でしょうか」

空室ではなく、住人がいるらしいと分かって、いくらか希望がわいた。

それにしても、わたしの名前は相手になんの感慨も、与えなかったようだ。

「こちらに、本間鋭太さんというご年配のかたが、お住まいではありませんか。本間さんからお預かりした、原稿の件でお目にかかりたいと思いまして、うかがったのですが。いきなりで、申し訳ありません」

しどろもどろに言うと、しばらく静寂が続いた。

それから、どこかで錠がはずれるような、かちゃりという音がした。

試しに、レバーをひねって鉄柵を押すと、今度はすっと開いた。どうやら、オートロックが解除されたようだ。

これにはいささか、面食らった。

中にはいれ、という意味の解錠だとすれば、本間鋭太がその部屋にいるのを、認めたことになるのだろうか。

すばやく、中にはいった。

飛び石伝いに、蔓や蔦のからまった木の柵を、左に回り込む。

右側の、隣との境目はほぼ腰と同じ高さの、柴垣になっていた。

正面に、予期した小説のガラス戸とは異なる、木のドアが見える。白いペンキが塗られているが、いささか汚れが目立った。顔の高さに、三十センチ四方ほどの大きさの、鉄線入りの波模様のガラスが、はめ込まれている。

ドアには、呼び鈴のボタンもなければ、表札もなかった。ノックをしようか、どうしようかと考える間もなく、またかちゃりという解錠の音が、耳を打った。

なんとなく、『注文の多い料理店』の客になったような、いやな感じがした。しかし読者のためにも、ここでくじけてはならぬと自分を励まし、思い切ってドアのノブを回す。

そっと引くと、ドアは音もなく開いた。

玄関の内側は、照明があるとしても点灯しておらず、真っ暗だった。窓はなく、明かりはドアのガラスから射し込む、外光だけのようだ。中にはいると、そこは土間ならぬコンクリートの、幅一間ほどの三和土だった。まるで氷の上にいるように、ひしと冷えきっていた。

ドアを閉じ、正面に向き直る。

外光を背にしたわたしの影が、ぼんやりと上がり框の板の間に映った。框は、五十センチほどの高さにあり、手前に御影石の靴脱ぎが見える。履物は見当たらず、下駄箱や靴箱らしきものもない。

板の間の上に、デパートの名前がはいった紙袋が、置いてあった。

奥に向かって、廊下が延びているようだが、光が届かないので分からない。

暗い廊下の奥へ、声をかけてみた。

「ごめんください」

その声は、洞穴へ向かって呼びかけたように、暗闇の奥に吸い込まれた。

なんの反応もない。

小説の最後の方に描かれた、古閑沙帆の当惑と緊張がそこはかとなく、思い出された。

それと同時に、虚構の世界に引き込まれたような、奇妙な錯覚を覚える。

もう一度、口を開こうとしたとき、突然廊下の突き当たりに、明かりがついた。

その光を背にして、奥の方から人影がゆらゆらと、やって来る。

こちら側は暗く、正面がまともな逆光になるため、顔も姿かたちも分からない。女と思われる輪郭が、ぼんやりと浮かぶだけだ。

人影は、ドアの外光が届かないあたりで止まり、その場に正座した。裾模様の有無は分からないが、とにかく冠婚葬祭で身に着けるような、黒い和服の装いに見える。

「ご用件を、どうぞ」

そっけなくはないが、ほとんど感情のこもらないその口調は、やはり女の声だった。色白だ、ということだけは、なんとなく分かる。ただ、年寄りなのか若い娘なのか、声からは判断できなかった。

あらためて名を告げ、ここを訪ねるにいたった事情を、かいつまんで伝える。あまりはしょったのでは、話が通じない恐れもあるので、原稿を預かったいきさつだけは、詳しく話した。

女はみじろぎもせず、一言も発せずに聞いていた。

「そういう次第ですので、ぜひ本間鋭太氏にお目にかかりたいのですが」

わたしが話を結ぶと、女は抑揚のない声で応じた。

「せっかくですが、今本間鋭太はここにおりません。当分、もどる予定もございません」

にべもない返事に、言葉の接ぎ穂を失う。

しかし、中へ入れてくれたからには、まったく関心がないわけでもあるまい。

ふと、頭にひらめくものがあり、ぶっつけに聞いてみる。

「失礼ですが、そちらのお名前は古閑沙帆さん、とおっしゃるのではありませんか」

一瞬、間があいた。

「いいえ。ここに、そういう名前の女性は、おりません」

礼を失しない程度に、きっぱりした口調だ。

「失礼ですが本間さんの、ご家族のかたでいらっしゃいますか」

続いて尋ねると、身じろぎもしなかった女の肩が、かすかに揺れたような気がした。

女がすわったために、廊下の奥の天井に取りつけられた明かりが、まともにこちらの目を射るかたちになり、まぶしくてしかたがない。

女が、おもむろに答える。

「わたくしは、本間鋭太の孫でございます。ユリアと申します」

*

その返事に、足が冷たい三和土に沈み込みそうになり、頭がぐるぐる回るような気がした。

小説で明らかにされた、登場人物の複雑な人間関係が、次つぎに浮かんでくる。

それを整理すれば、倉石由梨亜の母麻里奈は、寺本風鶏を父とし、秋野依里奈を母とする。つまりその二人が、由梨亜の母方の祖父母になる。

ちなみに祖母依里奈は、秋野家へ養女にはいって姓が変わったが、もともとは本間鋭太の実の妹だ。

わたしは、疑問をぶつけた。

「ええと、小説の中では、由梨亜さんは本間鋭太氏の姪御さん、つまり倉石麻里奈さんのお嬢さん、となっておられますが」

「わたくしは、その小説を読んでおりません」

取りつく島もない返事に、一瞬言葉を失う。

そう、確かにあれは、小説の中での話だった。そもそも、由梨亜はまだ中学生になりたての、少女でしかなかったはずだ。

女が続けて、口を開く。

「そしてわたくしの父は、倉石学でございます」

さすがのわたしも、その言をすぐには受け止められず、一瞬ぽかんとした。

由梨亜が、倉石学の娘であることは小説の中で、はっきりしている。また、久光創の孫だというなら、何も問題はない。

しかし、先に本間鋭太の孫と言われたあとでは、すぐには納得がいかない。それは、別の新たな意味合いを、含んでくる。

本間鋭太の孫であり、本間の実の妹依里奈（倉石麻里奈の母）の孫でもある、という血縁関係は、常識的には考えられないことだ。

だとすれば、倉石学は久光創ではなく、本間鋭太の息子でなければならない。

小説の中で示唆（しさ）されたとおり、倉石玉絵を妊娠させた相手は久光創ではなく、やはり本間鋭太だったということか。

倉石学が、本間鋭太の息子だとするなら、由梨亜は倉石の娘であると同時に、本間の孫ということになる。

いや、それはあくまで、小説の中での話だ。

本間鋭太は、古閑沙帆に宛（あ）てた独白の中で、玉絵から聞かされた往時の打ち明け話を、書き留めている。

それによると、倉石玉絵は本間を戸浦波止に奪われたあと、妊娠していることに気づいた。

その後倉石家に養子としてはいり、玉絵と結婚して倉石姓になった久光創は、生まれた学を自分の息子として、何も言わずに受け入れた。

久光創も、多少の疑いは抱いていたかもしれないが、そのことには一言も触れずに、逝ってしまったとのことだった。

もし、小説での関係が現実のものだとすれば、由梨亜は確かに本間の孫に当たる。

さらに、麻里奈が本間の妹の娘であるならば、倉石と麻里奈はいとこ同士の関係で、いわゆる近親婚になる。

いとこ同士の結婚は、法律上認められてはいるものの、近親婚であることに変わりはない。地方、地域の伝承や、家系維持等の事情にもよるだろうが、今では件数が少なくなっている、と推測される。

そこで思い当たるのは、ホフマンの父クリストフ・ルートヴィヒと、母のルイーゼ・アルベルティネが、いとこ同士だったことだ。

さらに、ホフマンの最初の婚約者だった、一つ年上のヴィルヘルミネも、確かホフマンの母方の、いとこではなかったか。

その婚約を、ホフマンが最終的に突然破棄したのは、父母と同じようになりたくなかった、というのが理由の一つだった、と伝えられる。

先にも触れたとおり、ホフマンの代表作の一つ『悪魔の霊液』は、まさに近親婚の問題を扱った作品だった。

さらに、あの『牡猫ムルの人生観』にも、それを思い起こさせるくだりがある。ムルが、愛猫ミースミースを他の猫に奪われたあと、しばらくして今度は若い牝猫ミーナに、惚れてしまう。ところが、そのさなかにムルはミースミースから、ミーナはあなたの子だと打ち明けられる。つまり、ここでもまたそれを暗示するメロディが、奏でられることになるのだ。

ホフマンの深層心理に、このテーマが色濃く投影されていることは、確かな事実と思われる。

ホフマンは、持って生まれた肉体的な不均衡と、卓越した芸術的才能の確執という、アンビバレントな自我意識の対立を、近親婚の結果によるもの、と理解したのではないか。

そしてその苦悩を、筆に託したに相違ない。

原作者の本間鋭太に、そうした意識があったかもしれないことは、容易に想像できる。

ただ小説である以上、そこにどのような人間関係が設定されようと、別に問題はない。

したがって、その件をあげつらうのはこのあたりに、とどめておこう。

一つだけ気になるのは、由梨亜のことだ。

ユリアと名乗り、本間鋭太の孫と明かした以上は、この女が倉石由梨亜か、そのモデルであることに、間違いはあるまい。

さりながら、くどいことを承知でいえば、小説に出てくる由梨亜は、まだ中学一年生の少女にすぎなかった。

だが、目の前に端座しているこの女は、顔かたちこそ見えないものの、その立ち居振る舞いや言葉遣いからして、とうてい中学生とは思われない。

逆に、その声は十分おとなびているとはいえ、さほどの年齢にも聞こえない。

いくらかためらったものの、わたしは思い切って尋ねることにした。

「まことに失礼ながら、あなたは今年、おいくつになられましたか」

女の眉（まゆ）がぴくり、と動いたような気がした。もちろん、実際に見えたわけではない。

「初対面のおかたから、そのようなご質問をお受けする筋合いはない、と存じます」

ばかていねいな口調だが、相変わらず抑揚のない声だった。

「小説の中では、あなたは中学一年生、という設定になっています。それは今から、何年前のことになりますか」

「そのお尋ねは、同じことでございましょう」

ぐっと言葉に詰まる。

＊

女は続けた。

「そちらがおっしゃる小説とやらは、いつの時代のお話でございますか」

答えようとしたが、これも同じく返事ができない。

あらためて考えると、あの小説には年代が書かれていなかった。それほど古いとは思えないが、きのうきょうの話でもなさそうだ。

しかたなく答える。

「わたしにも、いつの時代の話か、分からないのです。小説には、年月日など細かい日付が、いっさい明示されていないので」

返事は、何もなかった。

沈黙が漂い、気まずい空気が流れる。

これ以上、長居のできる雰囲気ではなかった。

やむなく、頭を下げる。

「どうも、おじゃましました。ぶしつけなことばかりお尋ねして、申し訳ありませんでした。これで、失礼します」

いかにも唐突ながら、そう言うよりほかなかった。

「どういたしまして」

まるで予期していたように、今度はもろにそっけない挨拶が、返ってくる。

わたしは、名刺を取り出して上がり框に置き、未練がましく言った。

「もし、本間鋭太氏がおもどりになるか、こちらにご連絡があるかした場合は、この名刺の電話番号に、電話していただきたいと、そうお伝え願えませんか」

女は言下に応じた。

「それは無理か、と存じます。祖父は、だいぶ前から入院しておりまして、退院できる見込みはございません」

これには、虚をつかれた。

「ご病気とは、存じませんでした。おだいじにしてくださいますように」

しかたなく言って、もう一度頭を下げる。

「ありがとうございます。残念ながら、担当医から助かる可能性はない、と言われております。脊髄癆のために、全身が麻痺しておりますので」

愕然（がくぜん）とした。

今どき、ホフマンがわずらった脊髄癆、などという病気が存在するのだろうか。

いくら、本間が根っからのホフマニアンにせよ、そこまでホフマンに倣（なら）うとは考えられない。

どうやらこの女に、からかわれているようだ。

もしかすると、この女が本間鋭太になりすまして、あの小説を書いたのではないか、という気もする。

そう、当人は否定したが、やはりこの女が古閑沙帆であり、本間鋭太の名義で『鏡影劇場』を、書いたのかもしれない。

あるいは本間鋭太が口述し、女が筆記したとも考えられる。

どちらにせよ、この女が小説の内容を承知していない、ということはないはずだ。

しかしもはや、それを確かめるすべはなかった。

三たび、頭を下げる。

「長ながとおじゃまして、申し訳ありませんでした。これで、失礼します」

すると、すかさずという感じで、女が言葉を返した。

「どういたしまして。よろしければ、それをお持ちくださいませ」

闇の中で、白い手がひるがえるのが、かすかに見える。

その指先は、すぐ横手の板の間に置かれた、デパートの紙袋を指しているようだった。

聞き返そうとするより早く、女が腰を上げる気配がする。

名刺には、手も触れなかった。

黒い和服姿が、奥へ向かって遠ざかり、廊下の端に達する。

とたんに、女の頭上の明かりが消えて、あたりは真の闇になった。

すでに日が落ちたとみえ、ドアのガラス窓からはいってくる外光も、ほとんど闇に沈んでいる。

少しのあいだ、その場にたたずんでいたが、もはやできることは何もない。

手探りで紙袋を取り上げ、ドアの方に向きを変える。

そのとき、廊下の奥からかすかな音が、届いてきた。

ギターの音だった。バッハらしき曲だ。

和服のまま、ギターを弾く女の姿が、ちらりと頭をかすめる。それとも、別のだれかか。

わたしは、追い立てられるような気分で、外に出た。

背後で、自動的にドアに施錠される、かちゃりという音がする。

門を出て、〈グロリア弁天町〉を十分に離れてから、持ち重りのする紙袋の中を、あらためてみた。

そこには、ドイツ語の亀甲文字とおぼしき筆跡で埋まった、古い文書の束がはいっていた。

*

わたしによる調査は、これをもって終了する。

謎がすべて、きれいに氷解したわけではないが、大きな疑問については過不足なく、カバーしたと思う。

これでも、まだ納得できないという向きは、〈グロリア弁天町〉を訪ねてみるのも、一興だろう。ただし、建物が現在も残っているかどうかは、保証のかぎりではない。

なお、倉石由梨亜(と名乗る女)から渡された問題の古文書が、小説で扱われたものであることは、確かなように思われた。そのうち、十六枚の裏側には小説にあるとおり、古い楽譜が手書きされていたからだ。

どちらにしてもその古文書は、わたしの手に負えるものではない。したがって、近ぢかバンベルクにある〈ホフマン協会〉に、寄贈するつもりでいる。
最後に、ここまでお付き合いいただいた読者諸氏に、深く感謝したいと思う。

逢坂　剛

【謝辞】

まず、本邦未訳の〈ホフマンの日記〉の私家版翻訳コピー、および慶應義塾大学日吉紀要所載の論文、『バンベルク時代のE・T・A・ホフマンとその周辺』を、ここころよく提供してくださった慶應義塾大学文学部名誉教授、識名章喜氏に深く謝意を表したい。

次に、同じく未訳の『E・T・A・ホフマンの思い出』（ユリア・マルク記／一八三七年）を、個人的に翻訳してくださった猪股和夫氏（元新潮社）にも、感謝の意を捧げたいと思う。猪股氏は、その後病を得て逝去された事情もあり、この場を借りて心よりご冥福をお祈りする。

また、早稲田大学文化構想学部教授、松永美穂氏にも、ベルリンの資料を提供していただいたほか、何かと有益な助言をたまわった。

さらに、広く〈ベルリン学者〉として知られるHerr Michael Bienertからは、署名入りの著書〝E.T.A. Hoffmanns Berlin〟を贈られたばかりか、ホフマンの墓を案内していただくなど、いろいろとご厚意にあずかった。

併せて、厚く御礼を申し上げる。

なお、深田甫氏（慶應義塾大学名誉教授）が試みられた、『ホフマン全集』全十巻の個人訳は、一九七一年から二十年以上の長い年月をかけて、第九巻まで世に送り出された。しかし、諸般の事情で最後の一巻を残したまま、断絶する運命をたどった。その後深田氏は、残された第十巻の〈評論・書簡・日記・評伝〉の翻訳に、着手されていたとも聞く。さりながら、その宿願もかなわず、惜しくも二〇二〇年三月二十六日、心不全のために死去された。享年八十五。最終巻を欠くとはいえ、『ホフマン全集』の訳業はまさしく、日本の独文学界に遺された巨歩、といわなければならない。

謹んで、ご冥福をお祈りしたい。

【鏡影劇場／主要文献一覧】

本編を執筆するに当たって、参考にしたおもな文献の一部を、年代順に掲げる。

ただし、作中に出典を明示した文献については、省略したものもある。

この一覧表は、E.T.A.ホフマン、ドイツ浪漫派に興味を抱かれた読者、あるいは後進の研究者のため、および作者自身の心覚えのために残すもので、文献資料の博捜を誇るものではない。

いずれにしても、上記諸氏の有形無形の励ましと支援、またここに掲げたものを含む、数かずの貴重な資料の助けなしには、本編の完成はかなわなかっただろう。

あらためて、深く感謝する次第である。

書名/著者/編者	訳者等	版元/刊行年
★水沫集		
ホフマンほか	森　鷗外	春陽堂/1906
★ケーベル博士続々小品集		
ケーベル、R.	久保　勉	岩波書店 1924
★『伝記』「シーボルトと本間玄調」		
森　銑三		南光社/1935
★『独逸文学』「ホフマンに現はれたるユリア事件の影響とその展開」		
湯浅　温		有朋堂/1938
★告白・回想		
ハイネ、H.	土井義信	改造文庫

1939

★牡猫ムルの人生観
ホフマン、E.T.A.　石丸静雄　角川文庫
1958

★『ゲーテとその時代』「ゲーテに照して見たホフマン」
石川　進　郁文堂出版
1959

★一法律家の生涯（ラートブルフ著作集 第7巻）
ラートブルフ、G.　菊池榮一 宮澤浩一　東京大学出版会/1963

★世界の人間像・17「ホフマンの愛と生活」
石丸静雄　角川書店
1965

★江戸参府紀行
ジーボルト、P.F.　斎藤　信　平凡社東洋文庫/1967

★ホフマン――浪曼派の芸術家
吉田六郎　勁草書房
1971

★E.T.A.ホフマン――幻想の芸術
ベルゲングリューン、W.　大森五郎　朝日出版社
1971

★ホフマン全集（既刊全9巻）
ホフマン、E.T.A.　深田　甫　創土社/1971～93

★ベートーヴェンの生涯
セイヤー、A.W.　大築邦雄　音楽之友社

1971·74

★大音楽家の病歴
ケルナー、D.　石山昱夫　音楽之友社
1974

★ユリイカ（1975年2月号）／ホフマン特集号
池内紀/種村季弘ほか　青土社/1975

★フェルナンド・ソル
ジェファリ、B.　浜田滋郎　現代ギター社
1979

★ドイツ・ロマン派全集・3、13　ホフマンⅠ・Ⅱ
前川道介ほか　国書刊行会
1983·89

★愛の孤独について「ホフマン、音楽に生きた人」
石丸静雄　沖積舎/1985

★ドイツロマン主義研究
プラング、H.　加藤慶二ほか　エンヨー
1987

★ベルリン 王都の近代
川越　修　ミネルヴァ書房/1988

★『ドイツ文学』「日本におけるE.T.A.ホフマン」
梅内幸信　日本独文学会
1990

★ドイツ・ロマン派全集・19　詩人たちの回廊
鈴木　潔ほか　国書刊行会
1991

★愉しいビーダーマイヤー

前川道介　国書刊行会 1993

★E.T.A.ホフマン
ザフランスキー、R.　識名章喜　法政大学出版局/1994

★ゲーテとその時代
坂井栄八郎　朝日新聞社 1996

★ヨーロッパ・ロマン主義を読み直す
高辻知義ほか　岩波書店 1997

★E.T.A.ホフマンの世界
ロータース、E.　金森誠也　吉夏社/2000

★図説 プロイセンの歴史
ハフナー、S.　魚住昌良 川口由紀子　東洋書林 2000

★江戸のオランダ人
片桐一男　中公新書 2000

★ロマン主義の自我・幻想・都市像
木野光司　関西学院大学出版会/2002

★ホフマンと乱歩 人形と光学器械のエロス
平野嘉彦　みすず書房 2007

★ベルリン文学地図
宇佐美幸彦　関西大学出版

部/2008
★欧米探偵小説のナラトロジー
前田彰一　　彩流社/2008
★探偵・推理小説と法文化
駒城鎮一　　世界思想社 2009
★ロマン主義――あるドイツ的な事件
ザフランスキー、R.　津山拓也　法政大学出版局/2010
★ホフマンの日記
E.T.A.ホフマン　識名章喜　私家版/2014
★E.T.A.ホフマンの思い出
ユリア・マルク　猪股和夫　私家版/2014
★オペラのイコノロジー6　ホフマン物語
長野順子　　ありな書房 2018

★E.T.A.Hoffmanns Briefwechsel（ホフマン書簡集）
Hans von Müller & Friedrich Schnapp/Winkler-Verlag, 1967-8
★HOFFMANN: Author of the Tales（ホフマン：物語作家）
Harvey W. Hewett-Thayer/Octagon Books, 1971
★E.T.A.Hoffmann Tagebücher（ホフマンの日記）
Hans von Müller & Friedrich Schnapp/Winkler-Verlag, 1971
★El Alucinante Mundo de E.T.A.Hoffmann（ホフマンのめくるめく世界）

Carmen Bravo-Villasante/Nostromo,1973

★E.T.A.Hoffmann in Aufzeichnungen seiner Freunde und Bekannten（友人知人によるホフマンの記録）

Friedrich Schnapp/Winkler-Verlag,1974

★E.T.A.Hoffmann : Leben und Werk（ホフマン：生涯と作品）

Klaus Günzel/Verlag der Nation,1976

★Selected Letters of E.T.A.Hoffmann（ホフマン書簡集）

Johanna C. Sahlin/Univ.of Chicago Press,1977

★E.T.A.Hoffmanns Leben und Nachlass（ホフマンの生涯と遺稿）

Julius Eduard Hitzig/Insel Verlag,1986

★E.T.A.Hoffmann's Musical Writings（ホフマンの音楽関係著作集）

David Charlton/Cambridge University Press,1989

★E.T.A.Hoffmanns Bamberg（ホフマンのバンベルク）

Rainer Lewandowski/Verlag Fränkischer Tag,1996

★Berlin and Its Culture（ベルリンとその文化）

Ronald Taylor/Yale University Press,1997

★E.T.A.Hoffmanns Berlin（ホフマンのベルリン）

Michael Bienert/VBB,2015

★Das Bamberg des E.T.A.Hoffmann（ホフマンのバンベルク）

J.K.Hultenreich/A.B.Fischer,2016

〈編者跋語〉

好奇心豊かな読者諸君。

以上で、編者に送られてきた原稿は、完結する。

これより以下は、編者による正真正銘の〈跋語〉であり、原作者が付け足したのは〈あとがき〉に見せかけた、いわゆるエピローグに当たるものだ。

念の入った仕掛けではあるが、きちんと謝辞、参考文献までつけているのは、誠実な態度と評価していいだろう。

その〈あとがき〉が指摘するとおり、本文におけるホフマンの報告書は、ひとまず完結しているようにみえる。ただし、その報告書が解読される過程を描いた、現代編については確かに、未解決の部分がある。

それはある程度、原作者の偽作による〈あとがき〉の中で、解決されたといってよい。

とはいえこれから先、倉石学と麻里奈夫妻の関係がどうなるのか、そこへ古閑沙帆がどうからんでくるのかなど、残された課題もいくつかある。

ただこの小説の末尾が、さながら冒頭へもどるかたちで終わる構成は、永久運動を示唆(しさ)するとの原作者の指摘によって、なんとなく納得させられる。

逆に、新たな謎(なぞ)がそこに提示された、と思われる箇所もある。

編者になりすました原作者が、作中の〈ディオサ弁天〉のモデルとおぼしき、〈グロリア弁天町〉を訪ねて行くくだりが、それに当たる。

そこに待ち構えていた、顔かたちの分からない女がユリア、と名乗るのにはどの読者も等しく、虚をつかれるだろう。

ここは、〈あとがき〉でも触れられているように、古閑沙帆であってもおかしくない。むしろその方が、未解決部分を解き明かす展開としては、適切だったかもしれない。

しかし、原作者はあえてその展開を避け、細かい部分を未解決のまま残した。

実際、そうしたあいまいさを含むところが、この小説の持ち味でもあろう。さらにいえば、そのあたりの奇妙で怪しい雰囲気こそ、ホフマンを彷彿(ほうふつ)させはしまいか。

ここまで読み進んだ読者の中には、ひょっとして〈ディオサ弁天〉のモデルを探しに、現地へ足を運ぶ好奇心旺盛(おうせい)な向きも、あるかもしれない。

もしかすると、そこに和服姿の謎の美女（らしき女）が待ち構え、この作品で明らかにされなかった部分を、説き明かしてくれるのではないか。現に原作者も、そのようにほのめかしている。

読者が、それにそそのかされたとしても、無理はないだろう。実をいえば、編者もその一人であったことを、正直に告白する。

ただし、そうした期待が果たされたかどうかは、真に好奇心豊かな読者のために、ここでは伏せておくことにしよう。

ただ、編者はこの仕事を終えたあと、手紙をやりとりした青梅市の本間鋭太宅を、訪ねて行ったことを報告する。

手紙のやりとりが、とどこおりなく行なわれたところから、その住まいが実在することは、分かっていた。

事実、編者は青梅市の某所を訪ねて、そこに本間鋭太宅を発見した。

その場で、〈あとがき〉で展開されたような、不可思議なやりとりがあったのでは、などと期待しないでいただきたい。

ただ、本間鋭太氏が病気療養のため入院中で、面会はかなわなかったという点は、同じだった。

編者に応対してくれたのは、七十代半ばとみられる白髪の老婦人で、本間氏の夫人と名乗った。知的な、みごとに整った顔立ちの持ち主で、若いころはかなりの美女だった、と思わせるものがあった。

本間氏の病名が、脊髄癆かどうかを確かめる勇気は、編者にはなかった。

編者の手紙は、夫人の手から本間氏の手に渡り、返事は夫人が氏の口述を受けて、代筆したという。

夫人は、氏が書いた小説を読んでいないとのことで、なぜか本になっても読むつもりはない、と言明した。

編者は、『鏡影劇場』の印税を支払う新潮社のために、振り込み口座の詳細を教えてほしい、と頼んだ。

夫人は、その要請にすなおに応じ、メモ用紙に銀行名や口座番号を、書いてくれた。

その口座の名義人は、〈本間沙帆〉となっていた。

それを見たとたん、この夫人こそが〈本間鋭太〉になりすまし、〈古閑沙帆〉を記録者に仕立てて、本作をものしたのではないか、との考えが編者の脳裡をよぎった。

とはいえ、それを口にするのは、いかにも愚かしく思えて、控えることにした。

＊

最後に、本書の出版に当たって、辛抱強く支えてくれた新潮社の編集者U氏、N氏、T氏、E氏、そしてこのめんどうな作品を、辛抱強く精査してくださった校閲の諸氏に、正体不明の原作者になり代わって、厚くお礼を申し上げる。

編者・逢坂剛 跋

特別対談　ホフマンは二度おいしい

逢坂　剛／松永美穂

逢坂　小説でE・T・A・ホフマンを書きたいという気持ちは、若い頃からずっとあったんです。ところが、なかなか調べものが進まなくて、その間に資料ばかり集まってしまいましてね。

松永　私はホフマンに全然詳しくなくて、逢坂さんに、こういう本を知ってますかとか聞かれても、知らないことだらけで。逢坂さんはどうしてこんなにご存じなんだろうと思っていました。

逢坂　松永さんは、ドイツ文学でもホフマンはご専門ではないんですね。

松永　専門はドイツの戦後文学なんです。大学院生の時に、当時まだドイツが東西に分かれていましたから、東独の反体制作家に興味を持ちまして。

逢坂　わたしは、ドイツ文学者じゃないし、ホフマン一本でしたけれども、それなりに大変でした。たとえば、これはホフマンの書簡集第一巻ですが、取り寄せてみたらフラクトゥール（亀甲文字）なんです。普通のドイツ語だってすらすら読めるわけじゃないのに、本当に古文書を解読するようなものでした。

松永　邦訳は出ていないんですね。

逢坂　全く出てないんですよ。幸いにも、部分的に英訳が出ていたので、それはずいぶん助かりました。何度、松永さんに電話して、ドイツ語を教えてもらおうと思ったことか。

松永　電話してくださればよかったのに（笑）。未邦訳の資料に当たられているというのは、本当に素晴らしいことです。ホフマンについての新しい情報が、びっしり詰まっているんですね。

逢坂　ホフマンを巡る報告書の部分は、ほぼ事実に即しています。ホフマンとクライストの対話は、私の創作ですが、実際にあったとしてもおかしくないわけで。年表を作るのも大変でした。

松永　通貨のターラーやグルデンの価値も、確定するのが難しいですね。

逢坂　あれは結局、あいまいなままでした（笑）。たまたま見た本に、当時の諸物価が書かれていたので、そこから類推したりして。距離の単位も、今とは違います。

松永　当時のプロイセンマイルは、今のマイルより長いですよね。

作家、音楽家、法律家ホフマン

逢坂　ホフマンの小説は、日本では昭和初期から十年代にかけて、断続的に翻訳されています。戦争直後には、粗悪な仙花紙(せんかし)本でも出ているんですね。私も古本でずいぶん集めました。対訳本も出ていたくらいで、日本でも人気があったわけです。ドイツでは、ホフマンの没後は次第に読まれなくなったようですが、フランスで評判になり、ロシアにも波及していきました。
松永　日本では、ドイツ文学通の方が特にお好きですね。「砂男」とか個々の作品は、ドイツで今でも読まれているようです。アンソロジーに入ったり、子供向けに書き直されたりもしていると思います。ただ、ホフマンって、ドイツではすごく多い名前なんですね。
逢坂　鈴木や佐藤みたいな。
松永　そう。それで、イニシャルのＥＴＡもつけて呼ぶことが多いです。
逢坂　ゲーテが、ホフマンに対して批判的だったんですね。判官贔屓(びいき)じゃないけど、私はゲーテばかり持て囃されるのが腹立たしくて。だから、この本の中では、ゲーテをかなり批判的に描いています。といっても、私の創作じゃありませんよ。実際にあったエピソードばかりですから。

松永　ゲーテはロマン派に否定的でしたからね。でも、何でもゲーテじゃ面白くないですよ。私はホフマンが脊髄癆で亡くなったのも知らなくて。作家であると同時に、音楽家で法律家だったというのは知っていましたが、奥さんの名前やユリアという少女とのエピソードも知りませんでした。

逢坂　作曲家としてのホフマンは、モーツァルトの亜流みたいな感じなんですね。なんとなくモーツァルト、とでもいうか。

松永　チャイコフスキーの「くるみ割り人形」は、ホフマンの原作ですね。シューマンにも、ホフマンの作品に曲をつけたものがあります。

逢坂　ベルリンに取材に行った時に、ちょうど「くるみ割り人形」のバレエがあると聞いて、劇場に行ったんですよ。礼服も持ってないから、どうしようかと思ったけど。

松永　そんな心配はしなくて大丈夫ですよ（笑）。みんなジーパンとかで来てますから。

逢坂　やっぱりチャイコフスキーになると、メロディが耳に残るんですね。その点、ホフマンは、残念ながらそこまでは行かない。代表作の「ウンディーネ」も聴いたけど、耳に残らないんです。才能がないわけではないけれど、音楽家としては大成しなかった。

松永　ライバルが大きすぎたのでしょうか。ベートーヴェンと張り合うのは、ちょっと大変です。でも、ホフマンは法律家としても、正義感が強くて筋を通す、魅力的な人ですね。

逢坂　その代わり、苦労も多かった。特にお金に苦労して、安定したのはやっと最後の数年ですか。その五、六年で、集中して小説を書いています。

秘密が多すぎる！

松永　どんなふうにホフマンを小説にするのかと思ったら、この設定が素晴らしいですよね。ホフマンにまつわる手記を誰が書いたのか、それが現代の日本にどのように繋がってくるのか、そういった謎で最後まで引っ張られます。出だしはスペインで、ギターがらみというのも逢坂さんらしいし。

逢坂　あれは、本間鋭太なる人物が書いて送ってきた原稿でありまして、私が書いたわけでは……。本間が私の関心を引くために、ギターの話から始めたんですよ。
松永　そうでしたね（笑）。その本間鋭太による翻訳と解読が、すごく面白いんです。最初はホフマンについての手記は、前半しかないという話だったじゃないですか。その前半が終わりになった時には、自分でもがっかりしてしまって。続きがあると分かった時には嬉しかったですね。
逢坂　あのくだりに出てくる、本間道偉という医者やその係累は、実在した人物なんです。本間鋭太の本間は、それなりの理由があってつけた名字ですが、先祖の道斎は単なる思いつきでした。偶然とはいえ、古い雑誌に載っているのを見つけて、自分でも神がかってるな、と驚きました。
松永　ホフマンの部分と、ミステリー要素の割合がすごくいいですね。だんだん倉石家の方にも複雑な秘密があることが分かってきて、しかもそれがホフマンと重なってくる。
逢坂　最初からこんな仕掛けにするつもりで書いた覚えはないんですけどね。
松永　これは秘密にしてくださいって、倉石家の人たちがみんな、沙帆さんに言ってくるでしょう。倉石家、ちょっと秘密が多すぎるんじゃないかと。
逢坂　ドイツ語については、おかしなところはありませんでしたか。

松永　これは突っ込むところかどうか分かりませんが、いわゆるシーボルトを「ジーボルト」だとお書きになっていますよね。標準ドイツ語では確かにジーボルトなんですが、南ドイツに行くとSの発音が澄んだ音になるんです。それで日本語でもシーボルトになったのかも。本人がどう発音したかは分からないので、正解は分かりません。
逢坂　北と南で発音が違うのは、知っていたんですがね。ただ、正しくはジーボルトじゃないか、とする少数意見を紹介したい、という気持ちがあったんです。
松永　本間鋭太がまた不思議な人で、服装もいつも奇天烈なんですね。変なステテコだったり、急におしゃれになったり。アパートに鍵をかけないくせに、一番手前の部屋に貴重な本が置いてあって、大丈夫なのかと。
逢坂　あそこに出てくる『カロ風幻想作品集』の初版本は、私が手に入れたものなんですよ。神保町にある洋書専門の古書店の目録で見つけて。それをそのまま使いました。たぶん、私が持っている一番高い本ですね。本物か偽物かは、鑑定団にでも出さないと分からないけど。
松永　当時の本の初版部数が、どのくらいだったか分かりませんが、その後、戦争もありましたし、そのうち何冊が残ったかと考えると貴重ですね。
逢坂　折れ目とか染みもなくて、状態のいい本であることは確かです。

ドイツへ、弁天町のアパートへ

松永　執筆にあたっては、ドイツにも取材に行かれたのですね。

逢坂　バンベルク、ライプツィヒ、ベルリンの三か所ですね。ホフマンが長く住んだバンベルクは、中世そのままのたたずまいが残っていて、いい町でした。当時、ホフマンが住んでいた家が、記念館になっていてね。マッチ箱を立てたような小さな家で、そこの三階と屋根裏部屋を借りて、ホフマン夫妻が住んでいたんです。境い目の床に、上と下で話のできる穴が、残っていましたね。

松永　私はバンベルクはまだ行ったことがないんです。

逢坂　ライプツィヒは、ホフマンも森鷗外も、ゲーテもいたことのある町です。彼らが行った居酒屋がありましてね。

松永　ああ、『ファウスト』で有名な。

逢坂　クライストが人妻と心中した、ベルリン郊外のヴァン湖(ゼー)にも行きました。小さなお墓があってね。何もあんなところで死ぬことはないじゃないか、と思いましたが。

松永　本間鋭太の弁天町のアパートにも行きたくなりますね。本間や沙帆は、あれからどうなってしまったのか……。ネタバレになるので詳しくは言えませんが、『鏡影劇場』という題名にも、二重の意味が込められているように思います。二度おいしいというか、ホフマンのことがよく分かるし、ミステリーとしても、最後に何回も驚かされました。まだあるの、まだあるのって。

逢坂　それで結末を袋とじにしたんです。文庫になると、無理ですけどね。袋とじは昔、よくあったんですよ。封を切らなければ、お代はお返ししますって。今回は返金はしませんが。松永さんのようなドイツ文学者に読んでいただいて、面白がってもらえれば、書いた甲斐がありました。読者がみんな松永さんのように喜んでくれるなら、作者の本間鋭太も本望でしょう。

（おうさか・ごう　作家）
（まつなが・みほ　早稲田大学教授・ドイツ文学翻訳家）

この対談は、単行本刊行時に「波」（二〇二〇年一〇月号）に掲載されたものである（編集部）。

本書は令和二年九月新潮社より刊行された。

江戸川乱歩著
江戸川乱歩傑作選
日本における本格探偵小説の確立者乱歩の処女作「二銭銅貨」をはじめ、その独特の美学によって支えられた初期の代表作9編を収める。

江戸川乱歩著
江戸川乱歩名作選
謎に満ちた探偵作家大江春泥――その影を追いはじめた私は。ミステリ史に名を刻む「陰獣」ほか大乱歩の魔力を体感できる全七編。

有栖川有栖著
絶叫城殺人事件
「黒鳥亭」「壺中庵」「月宮殿」「雪華楼」「紅雨荘」「絶叫城」――底知れぬ恐怖を孕んで闇に聳える六つの館に火村とアリスが挑む。

有栖川有栖著
乱鴉の島
無数の鴉が舞い飛ぶ絶海の孤島で、火村英生と有栖川有栖は「魔」に出遭う――。精緻な推理、瞠目の真実。著者会心の本格ミステリ。

津村記久子著
とにかくうちに帰ります
うちに帰りたい。切ないぐらいに、恋をするように。豪雨による帰宅困難者の心模様を描く表題作ほか、日々の共感にあふれた全六編。

彩瀬まる著
暗い夜、星を数えて
―3・11被災鉄道からの脱出―
遺書は書けなかった。いやだった。どうしても、どうしても――。東日本大震災に遭遇した作家が伝える、極限のルポルタージュ。

鏡影劇場 下巻

新潮文庫 お-35-11

令和五年三月一日発行

著者 逢坂剛

発行者 佐藤隆信

発行所 株式会社新潮社

郵便番号 一六二―八七一一
東京都新宿区矢来町七一
電話 編集部(〇三)三二六六―五四四〇
読者係(〇三)三二六六―五一一一
https://www.shinchosha.co.jp

価格はカバーに表示してあります。

乱丁・落丁本は、ご面倒ですが小社読者係宛ご送付ください。送料小社負担にてお取替えいたします。

印刷・錦明印刷株式会社　製本・錦明印刷株式会社

ISBN978-4-10-119521-6 C0193